海飞自选集
SELECTED WORKS
STORIES BY HAI FEI

赵邦和马在一起
ZHAO BANG AND THE HORSE
A JOURNEY OF SOLACE

海飞 著

花城出版社
中国·广州

图书在版编目（CIP）数据

赵邦和马在一起 / 海飞著. -- 广州：花城出版社，2023.6
　（海飞自选集）
　ISBN 978-7-5360-9376-8

　Ⅰ．①赵… Ⅱ．①海… Ⅲ．①短篇小说－小说集－中国－当代 Ⅳ．①I247.7

中国国家版本馆CIP数据核字(2023)第100765号

出 版 人：	张　懿
责任编辑：	黎　萍　夏显夫
责任校对：	衣　然
技术编辑：	凌春梅
装帧设计：	吴丹娜

书　　名	赵邦和马在一起 ZHAO BANG HE MA ZAI YIQI
出版发行	花城出版社 （广州市环市东路水荫路11号）
经　　销	全国新华书店
印　　刷	广州市岭美文化科技有限公司 （广州荔湾区花地大道南海南工商贸易区A幢）
开　　本	880 毫米×1230 毫米　32 开
印　　张	12.375　　2 插页
字　　数	268,000 字
版　　次	2023 年 6 月第 1 版　2023 年 6 月第 1 次印刷
定　　价	268.00 元（全四册）

如发现印装质量问题，请直接与印刷厂联系调换。
购书热线：020-37604658　37602954
花城出版社网站：http://www.fcph.com.cn

| 目　录 |

秀秀	001
烟囱	048
萤火虫	076
大雨滂沱	121
风起云涌	163
青少年木瓜	202
温暖的南山	231
到处都是骨头	263
赵邦和马在一起	297
瓦窑车站的蜻蜓	343
为好人李木瓜送行	367

秀秀

1

秀秀怀里抱着三妞站在门框边,她的身边站着大妞和二妞。大妞和二妞不约而同地把手指头塞进嘴巴里,她们的目光顺着家门口的路投向远方,好像在等待一个人的归来。三妞没有把手指含在嘴里,她还很小,她粉嘟嘟毛茸茸的脸呈现在阳光下,半明半暗的。三妞的嘴里含着的是秀秀的奶头,三妞的眼睛紧闭着,但是三妞的脸上漾着淡淡的笑容,这让她的表情有了一种幸福感。她的嘴巴一直没有停,她不停地吮吸着秀秀的奶头,秀秀偶尔会皱一下眉,那是因为还没长全牙的三妞咬痛了秀秀。

这时候一个人背着一只箱子出现在家门口的大路上,这个人是国生。国生是村里优秀的木匠,说他优秀是因为在丹桂房这个不大不小的村子里,国生从来没有歇着的时候,而别的木匠就没有那么好的生意。所以别的木匠看到国生背着木工箱子大踏步前进的时候,总是恨得牙根痒痒的,好像急需要寻找什么硬物磨磨牙。国生越走越近,终于到了家门口。国生说,你们为什么站在家门口？大姐和二姐异口同声地说，爹，娘说你就快回来了，娘让我们在家门口等你，娘说你一个人挣钱养着我们全家，你是我们家里的功臣，是最辛苦的人。国生听了好像有些感动，但是他什么也没说，他只是说，开饭了。

三姐没有吃饭，因为三姐还不会吃饭，她只知道吮秀秀的奶头。现在三姐已经在摇篮里睡着了，大姐和二姐吃完了饭也奔去祠堂道地玩跳房子的游戏。大姐和二姐在村子里跳房子跳出了名，她们在孩子们中间的名气就和国生在村子里的名气一样大。国生喝了三两酒，国生其实不怎么喜欢喝酒的——但是国生居然喝了三两酒。喝完酒他把饭碗一推，还哼起了戏，秀秀老是觉得国生哼的戏有些耳熟，在收拾碗筷的过程中开动脑筋想这是一出什么戏。后来秀秀终于想起来了，去年秋收刚完的时候，就有一个剧团开进村子里，唱了三天三夜的戏。有一个人在下雪天骑着一匹马，很有英雄的样子，唱了这样一段戏，戏的中间还夹杂着"啪"的一声枪响。但是秀秀忘了这段戏的名字，却记得那个男演员的眉毛特别浓。她后来就到处问别人，那个男演员的眉毛为什么这么浓。有人笑了，有人说，那是画上去的眉毛，你要是画上去，你也有这么浓。

国生去拉秀秀。秀秀说，干什么，国生你想干什么？国生没说话，只是拉着秀秀。秀秀说，你个畜生，大白天的。秀秀又说，门还没关呢。国生就去关了门。国生关好门再去拉秀秀的时候，秀秀已经不推了。秀秀和国生上床，国生的动作很麻利，秀秀想国生今天怎么有这样好，国生今天做事怎么会这样好呢。秀秀就闭上了眼睛，秀秀终于想到国生今天晚上又是喝酒，又是哼戏的，原来国生最重要的任务在后头。秀秀轻轻叫了一下，秀秀又轻轻叫了一下。秀秀就这样在国生的冲撞中叫了一下又一下。她的头发有些湿了，她把头在国生脸上蹭来蹭去。国生后来喘着粗气从秀秀身上滚落下来，秀秀笑了，想说些什么。后来秀秀说，国生你刚才哼的戏是不是叫《打虎上山》？国生没说什么，只是喘着气。

后来秀秀终于说起了那事。秀秀说，国生，你想不想要儿子？国生叹了一口气。秀秀说，我已经生了大妞、二妞和三妞，已经没有力气再生了。我也不想生四妞、五妞和六妞，我想我这辈子生不出儿子了。我娘也是，我娘生了七个丫头，才生下我弟这么一个男娃。我没有我娘那么大本事，我娘生孩子像生鸡蛋一样，扑通生一个，扑通又生一个。我不想生了，我怕再生下去，我就会生死掉了。

国生又叹了一口气。国生没爹没娘，没人能帮国生。国生靠自己这门手艺造了三间平房，靠这门手艺娶了婆娘，靠这门手艺养活一家五口。国生当然很辛苦，但是国生最希望生一个儿子，因为国生是一个单丁，他不想自家就这样断了香火。国生又叹了一口气。国生就这样平躺在床上不停地叹气。秀秀说，你不要叹气了，你老是叹气像个太监似的。国生说，叹气都不行吗？国家又没规定叹气的人就像太监。秀秀说，叹气有什么用？如果叹气能叹一个儿子来，你就叹气吧，我也和你一起叹气，我还叫大妞、二妞、三妞陪你一起叹气。不对，三妞还不会叹气，但是她长大了我也会教她叹气。国生说，叹气没有什么办法，不叹气也没有什么办法，那还不如叹气，因为叹气能让心情好一些，再说叹气又不用花力气。

秀秀踢了国生一脚。秀秀说，你想不想要儿子？你想要儿子你就偷偷在外面生一个。我生不出儿子,所以我不会怪你,你去外面生一个吧。国生说,我又不是一只公鸡,随便逮住哪只母鸡就能往上爬。秀秀说,你去找张小芬吧。你去找巨根的婆娘张小芬吧。张小芬只有一个上小学的儿子,张小芬的老公巨根死了,张小芬没有公公,只有一个瞎了一只眼睛的婆婆。这个村子里你只能找张小芬了。国生说,张小芬是个寡妇,张小芬生孩子全村老小都会笑掉大牙,寡妇怎么可能生得出儿子呢?秀秀坐直了身子,看了国生很久,说,你什么办法也没有了,黄花闺女不会为你生儿子,有老公的人不会为你生儿子,全村上下只有张小芬可以为你生儿子。国生说,张小芬生了儿子,也不是我们家的儿子,生下来又有什么用?秀秀说你可以让他儿子做干儿子,你可以对干儿子好一点,你可以让干儿子来家里住,你可以为干儿子造房子。国生说,丹桂房人一个个都像精怪似的,会看不出来这个儿子长得像谁?秀秀说,看得出来又怎么样?看得出来总比没有儿子强。国生说,你让我想想,你让我想一想。国生想了很久,还是没有想出什么来。秀秀冷笑了一声说,不用想了,人家张小芬还不一定愿意呢。国生说,对呀,人家张小芬还不知道同意不同意呢。秀秀说,你不想生儿子了,你以后就不要在我面前叹气,不要怪我没有为你生儿子。国生说,我想的,我们付钱给张小芬吧,请张小芬为我们生一个儿子。

秀秀没再说什么,这时候三妞已经醒来,她奇怪地看着国生和秀秀两个光身子的人。当然她什么也不懂,她把一只小小的指头也塞进了嘴里,她好像已经懂得模仿两个姐姐了。

2

　　秀秀和张小芬都是从旺妙嫁过来的，在做姑娘的时候就认识，但是秀秀和张小芬从来不说话。她们不说话的原因是秀秀和张小芬都长得很漂亮，一个村子里怎么可以有两个同样漂亮的人呢？秀秀是瓜子脸，张小芬是圆脸。秀秀是长发，张小芬是短发。秀秀做了一件淡灰的呢子大衣，张小芬就买来一件红色的滑雪衫。秀秀嫁到了丹桂房，张小芬也跟着嫁到了丹桂房。秀秀嫁给了木匠国生，张小芬就嫁给了砖匠巨根。但是巨根有一次从房上摔了下来，送到医院不久就断了气。张小芬号啕的哭声响彻了整个丹桂房，张小芬没有心思和秀秀去比什么了，一个寡妇还有什么东西可以和别人去比呢？如果要比的话，只能拿自己的儿子去和秀秀的三个丫头片子比。秀秀也不想和张小芬去比了。秀秀生了三个女儿，肚皮生得松松垮垮，眼角的皱纹也爬上来了。两个从同一个地方嫁到丹桂房的女人，从做姑娘时候起就相互不说话了。现在，秀秀必须要和张小芬说话。秀秀一直在想，自己遇到张小芬后说的第一句话应该是什么。

　　秀秀一直在找这样一个机会，这个机会必须自然而然地出现，不然的话秀秀会下不来台，所以秀秀的目光一直在盯着张小芬转。这个机会一直没有出现，春天却迈着不紧不慢的脚步来了。春天来临的时候，丹桂房河埠头的两边开遍了野花。张小芬挎着一只竹篮去河边，张小芬去河边是因为要去洗床单。张小芬卷着裤腿，两只雪白的脚就浸在了清水中，在水波的作用下，张小芬的腿在清水中一扭一扭的，床单也在水中一扭一扭的，像一丛被风吹起的超长的头发。张小芬在青石板上用肥皂浆床单，用棒槌捶床单，用雪白的一双嫩脚踩床单，用手揉床单。然后张小芬开始在清水里漂洗床单。太阳映在清水里一晃一晃的，张小芬自己的影子也一晃一晃的，然后张小芬看到了另一个人影，这个人影也在水里晃动起来。张小芬抬起头，她看到了秀秀，秀秀正挎着一只竹篮站在她的身边。张小芬什么也没有说，又低下了头，在张小芬低下头之前她看到了秀秀眼角的笑意，这让张小芬怎么也想不明白：这个在自己面前从来都是板着脸的女人，怎么会突然眼角含笑。

　　张小芬听到秀秀"哎"了一声，张小芬没有抬头。张小芬又听到秀秀"哎"了一声，这时候张小芬抬起了头，她先是抬头看了看四周，只看到站在远处的大妞抱着三妞，二妞站在大妞和三妞的旁边，她们正在向这里张望。张小芬想，秀秀难道在和自己打招呼？张小芬怕自己听错了，所以还是没有朝秀秀看。这时候张小芬没有听到"哎"，听到的是"小芬"两个字，张小芬只好抬起头来，并且挤出一个笑容给秀秀。秀秀说，洗床单哪？张小芬说，我洗床单。张小芬又说，洗衣服哪。秀秀说，我洗衣服。然后，秀秀站起了身，她走到张小芬身边，她要帮张小芬拧干床单里的水，床单里的水稀里哗啦地往河里掉，两个人的裤腿都打湿了。幸好是温暖的春天，两个人都没感觉到寒冷，而是感觉到了从来都没有过的温暖。在拧床单的过程中，秀秀说，小芬你一个人也挺难的。小芬的眼圈突然红了，她一直都没有听到谁说过那么体己话。小芬叹了口气说，秀秀姐你就别提了，我的命没有你那么好，死鬼男人那么年轻就去了。秀秀也叹了一口气，说，我一直没有为国生生下一个儿子，我的命也好不到哪里去。两个女人就站在河埠头有一搭没一搭地叹气，然后她们各自挎了一只竹篮向村子里走去。她们在不远的地方和大妞、二妞、三妞会合，然后她们像一支小小的部队一样向村子里进发。村子里的人们突然看到两个从来没有说过话的女人有了说不完的话，都用奇怪的目光看着这两个女人。

秀秀的身影经常出现在张小芬家。秀秀像一个大姐姐一样照顾着张小芬。秀秀说小芬你不容易。秀秀那天送给张小芬家一小袋黄豆，说黄豆炖肉骨头味道不知道有多好。秀秀还亲自为张小芬家炖黄豆，就连肉骨头也是秀秀买来的。张小芬说秀秀姐你不要这样子，你这样子让我不好意思。秀秀说张小芬你说这句话做姐姐的可要生气了，再怎么说咱们还是一个村子里走出来的姐妹，姐妹不帮忙还有谁帮忙呢！秀秀请村子里的王裁缝到家里来做衣服，给家里每个人都做了一套衣服。秀秀还把张小芬请到家里来，给张小芬也做了一套衣服，又给张小芬的儿子大豆做了一身衣服。张小芬一定要付钱给秀秀，秀秀挤出一脸灿烂的笑容。秀秀没有收钱，说你要付钱给我，你就别再叫我姐姐。其实秀秀很心痛，做这么多衣服花去了秀秀不少钱。尽管国生是一个生意不错、收入不错的木匠，但是一家人的开销也是蛮大的。

在那段日子里秀秀甚至冷落了大妞、二妞和三妞，她像一个需要去张小芬家上班的工人一样，每天都要跑到张小芬屋子里去，坐上一会儿，聊上一会儿。有一天晚上秀秀甚至睡在了张小芬家。国生说秀秀你家也不要了，你为什么不要命似的往张小芬家跑，三妞吃奶都找不到你的人。秀秀笑了，很轻蔑地对着国生笑。秀秀说我想办的事没有一样办不成的，我一定要让你抱上儿子。

秀秀和张小芬睡在一头。秀秀和张小芬其实整晚都没有睡着,她们不停地谈话。她们谈做姑娘时同时看中的村里的一个拖拉机手,结果这个长相英俊的拖拉机手突然一病不起,不出一个月就死了。在他身体健康开着拖拉机奔跑在大路上的时候,曾经吸引了村子里多少姑娘的目光。那时候秀秀和张小芬经常打扮得整整齐齐,有意无意地出现在拖拉机手的面前,或是假装从拖拉机手的家门前走过。说到这些,秀秀和张小芬就大笑着抱成一团,秀秀触到了张小芬的皮肤,她开始暗暗吃惊,张小芬的皮肤居然这么光滑,仿佛还是一个十多岁的小姑娘。圆润的小腹没有一丝多余的脂肪,秀秀心里有了那种暗暗的嫉妒。秀秀想这么水灵的女人居然没了男人,其实自己真的没有张小芬那么好看。张小芬是一团棉花、一片水,是那种绵软得不能再绵软的女人。但是秀秀以为自己一直不比张小芬差的原因是,秀秀的脑子要比张小芬好,秀秀要靠自己的脑子去争取胜利。

秀秀说,张小芬,你有没有想男人?你男人去了,你有没有想男人,黑暗中秀秀看不到张小芬的脸,只感觉到张小芬呼出的甜丝丝的热气喷在自己的脸上,有些痒痒的感觉。秀秀伸出手去,她开始抚摸张小芬。她摸张小芬的脸,摸张小芬的脖子,摸张小芬的胸,摸张小芬的小腹,摸张小芬的屁股和大腿。秀秀听到了张小芬的呼吸声越来越重,张小芬的身子开始软下去,软下去,她在秀秀的怀里轻轻蠕动着。秀秀突然停止了动作,在黑暗中笑了。秀秀知道自己的手唤醒了张小芬,让张小芬突然感受到身体里面一粒种子正在春天里萌动。秀秀在黑暗中笑得厉害,但是她没有笑出声来。秀秀说,张小芬你找一个男人,你必须找一个男人,你再不找男人你就迟了。你这么肥的一块田,怎么可以没有男人来耕种呢?你这么好的田白白浪费了,不是很可惜吗?

张小芬没说话,在黑暗里睁着一双眼睛。张小芬只是抱着秀秀,她开始叹气,一声接一声地叹气,她叹气的时候眼泪就流了下来。秀秀替她擦眼泪,秀秀说,张小芬,你和国生好吧,我让国生和你好。张小芬猛地推开了秀秀,秀秀看不到张小芬的表情,她只是再一次温柔地将张小芬搂在怀中,说你别怕,没人会知道,我让国生帮你不是我大方,而是国生精力过剩,我很害怕,我受不了,也算是你帮姐姐一个忙吧。张小芬说不可以,我不可以这样做,我怎么可以做这样的事呢?我怎么可以做对不起姐姐的事呢?

秀秀说,你别怕,我都愿意了,你有什么好怕的?秀秀和张小芬不再说话,她们看不到彼此的眼睛,但是她们能感受到彼此的心跳。她们不再谈论这个话题了,她们谈论做大姑娘时候的一些事情。她们很久都没有回娘家旺妙了,她们想回一趟旺妙看看。她们睡着的时候,天边已经露出了鱼肚白。

3

那天早上秀秀碰到了张小芬的婆婆。张小芬和秀秀还躺在床上,张小芬的儿子大豆已经上学去了。大豆上小学一年级。大豆很喜欢秀秀去他家,大豆身上穿的新衣服就是秀秀送给他的,这身新衣服让大豆在班级里找到了美好的感觉。大豆走了没多久,张小芬的婆婆桂花瞎眼就来了,桂花瞎眼不是全瞎,她只是瞎了一只眼睛，留下了一个可怕的黑洞。张小芬打开门，桂花瞎眼就像双枪老太婆一样身手敏捷地跳了进来。她看到床上的人影。她的一只眼睛瞎了，另一只眼睛有轻度白内障，她只看到床上的人影。桂花瞎眼冷笑了一声，说张小芬你让你床上的人下来。秀秀下来了，走到桂花瞎眼面前。秀秀说，桂花婶你为什么冷笑？你一冷笑房间里的气温就要下降，一下降我们就要感冒，你可不可以不要冷笑？桂花瞎眼果然没有再冷笑。桂花瞎眼想我以为床上是个男人，没想到居然是国生家的女人。但是桂花瞎眼还是很顽强地挺直了身子说，国生家的女人，你不去陪着国生，你陪着张小芬干什么？秀秀说，桂花婶你从那么远的邓村山下赶来，你不怕路上看不见路跌一跤吗？你跌一跤不要紧，如果你跌得瘫痪了那该怎么办？桂花瞎眼的一头银发竖了起来，她的愤怒通过那只白内障的眼睛来表达。她用仅存的一只眼睛狠狠瞪了秀秀一眼，桂花瞎眼说国生家的女人，我们家张小芬是很贤惠的一个人，就怕你给教坏了。

秀秀开始冷笑，一声接一声地冷笑。秀秀说，桂花婶，我来看看我的姐妹怎么了？国家又没有规定我不可以看看我的姐妹，就好像国家没有规定你们家巨根年轻的时候不可以死一样。国家没有规定的东西，就算是错的我们也可以做。秀秀看到桂花瞎眼的身子剧烈颤抖起来，好像秋天的时候风吹起一树的叶子一样。秀秀没再说什么，她转身向自己家走去。她突然想到三妞一定在大妞的怀里号啕大哭，因为大妞没有奶给三妞喝。她走出很远的时候，回头看到张小芬已经进屋了，桂花瞎眼还站在张小芬家门口。她是五保户，很早就生活在邓村山下的丹桂房敬老院里了。她还是站在那儿不住地颤抖。秀秀笑了一笑，秀秀想，老太婆，你拿什么东西和我斗呢？

那天秀秀去了一趟街上，买回来一对猪脚，用煤炉炖了一个下午的猪脚。秀秀亲自去张小芬家请张小芬和张小芬的儿子大豆吃饭。大豆很高兴，他一直都不明白秀秀为什么突然对自己家这么好。大豆想了很多次也没想明白，后来大豆索性就不想了。大豆和张小芬一起像贵客一样坐在了秀秀家的饭桌上。秀秀买来了酒，说这是啤酒，城里人就喜欢喝这种像泔水一样的酒。我们今天就做一回城里人吧，城里人吃猪脚，我们也吃猪脚。

于是国生和秀秀带领着大妞、二妞和三妞，张小芬带领着大豆，他们一起做起了城里人。夜越来越黑了，在点电灯之前秀秀说，国生你把二十五瓦的灯泡换成四十瓦的吧，今天我们都做城里人了，还会在乎点几瓦的电灯？四十瓦的灯泡亮了起来，让灯泡下面的人就更有了城里人的感觉。国生一直在低头喝酒，张小芬也一直低头喝酒，只有大豆和大妞、二妞在吵闹。秀秀说，大妞、二妞，你们吃完了就和大豆一起去祠堂道地的路灯下跳房子吧，大妞、二妞因为跳房子从来没有输给过任何人，所以她们很愉快地答应了，而且拉着大豆一起去。秀秀抱着三妞，三妞在吃奶，她的目光一直停留在张小芬的身上。屋子里一下子静了下来，张小芬笑了一下，想说一句什么话来打破这样的宁静，想了很久也没想出一句什么话来，张小芬只好再笑了一下。秀秀开始劝酒，劝张小芬喝了很多酒，没多久张小芬就喝醉了。秀秀说，国生，国生你这个畜生轮到你了。秀秀和国生一起搀张小芬到了里间，张小芬还在说，秀秀姐，城里人的啤酒真好喝，城里人的啤酒为什么有那么多泡泡，是不是里面加了洗衣粉。加了洗衣粉的酒一定很卫生，我们乡下的酒怎么就不加洗衣粉呢？秀秀没再说什么，她从里间出来，关上了门。然后她坐在外间，并且把外间的门又关上了。

秀秀一直抱着三妞，三妞在她的怀里很安静。里间却不再安静，里间传出了那种压抑的声音，一浪一浪地叩击着秀秀的耳膜。秀秀把门关了，坐在一堆黑暗中。里面的声音又传出来了，秀秀尽量不去想国生和张小芬现在的样子，秀秀想的是大妞和二妞跳房子的姿势，或者是桂花瞎眼气得发抖的样子。但是秀秀的注意力集中不起来，秀秀根本就想不到大妞、二妞和桂花瞎眼的身上去。秀秀很恨自己，自己为什么这么不争气呢？这么聪明的人注意力却这么集中不起来。张小芬的嘴巴像被人捂住了似的，发出含混不清的声音。张小芬的声音时高时低，似乎是在克制着声音向外传播。但是那张床的声音却是不能克制，那张床显然显得有些愤怒了，它不能忍受两个人不知天高地厚地在它身上肉搏，于是叽叽嘎嘎的声音传到了秀秀的耳中。这时候秀秀把脸贴在了三妞的脸上，三妞的小脸嫩嫩的，显得异常光滑。秀秀想，这个张小芬，一定没有醉；这个张小芬果然不简单，她是故意装醉了，如果真醉了她怎么会拼命压低自己的声音呢。

秀秀就这样坐在黑暗里，秀秀的眼泪开始不知不觉地下来了，她开始为自己的这一行动感到后悔，但是秀秀不可以回头了。国生这个畜生一直没有出来，张小芬也没有。张小芬这个荡妇一定是饿坏了，饿了这么久，怎么会不饿坏呢？秀秀想国生和自己从来都没有这么长的时间，秀秀很气愤，秀秀的牙齿就不由自主地咯咯响起来。秀秀想要去推门，让两个人停止，但是秀秀还是拼命忍着。国生和张小芬一起出来的时候,秀秀看到国生满脸是汗,张小芬的头发湿了,张小芬的脸上潮红的一片,眼睛像醉了的桃花一样迷人。秀秀胃里的酸味就一直一直翻滚着。张小芬这块肥田,如果有好男人去开垦,不知道会有多么美丽。秀秀仍然挤出了笑容,三个人都没说话,因为心照不宣,所以都没说话。没过多久,大妞、二妞和大豆回来了;再然后,张小芬带着大豆回去了。张小芬走的时候,看了看秀秀。秀秀没有抬头,秀秀头也没抬地说,国生,把灯泡换成二十五瓦的吧,我们又不是城里人,不需要点四十瓦的电灯。国生没说什么,他的眼睛一直在张小芬身上逗留。他的目光像一把锋利的刀子,再一次把张小芬的衣服剥去了,他看到了白皙的皮肤和肥大的屁股。他就笑了一下。

4

秀秀不怎么去张小芬家了,但秀秀还是张小芬的好姐妹,村里人都说一个村出来的姑娘终究还是有情谊的,你们看看秀秀和张小芬就知道了。秀秀抱着三妞,带着大妞、二妞去娘家旺妙住了几天。秀秀有六个姐姐和一个弟弟,秀秀娘一直生,一直生,生到有了儿子为止,生到秀秀娘生儿子像生鸡蛋一样简单。在田里锄地,锄着锄着肚子痛了,就蹲在稻草丛边,皱皱眉,咬咬牙自己抓住小孩的一条腿,一拉就出来了。然后用牙咬断脐带,包扎一下,一手扛锄头,一手抱孩子,就回到了家。后来秀秀从村里人那儿听说,自己就是这样被娘抱回家的。而在生下弟弟的时候,娘受到了从未有过的礼遇。爹坐在堂屋里捧着万金儿子一哭就是一天，从中午哭到半夜，哭一阵，笑一阵。从那时候开始秀秀知道人是有级别的，比如说在自己家里，弟弟是一等品，而她和六个姐姐统统是二等品。

秀秀带着三个女儿回了娘家。秀秀回娘家的时候，路上的人都和她打招呼。秀秀已经很久没有回娘家了，爹娘就问秀秀这次为什么想到要回娘家。秀秀说，我想让你们看看三妞，我的三妞比以前大很多了。爹娘就抱过了三妞，他们象征性地看了一下，又迅速还给了秀秀。他们自己就生了七个女娃，所以他们对女娃根本就不感兴趣。秀秀站在门口，门口刚好有那么一轮内容苍白的太阳，但是这片属于娘家的阳光还是让秀秀感到了一丝温暖。秀秀看到对门站着一个神情木讷的女人和一个驼着背的男人。男人是秀秀的弟弟，弟弟为了给爹娘传香火已经生了五个女儿了，这五个女儿现在一长溜排着整齐的队伍坐在墙脚跟啃番薯。那个面容泛着油黑的黄而且显现着明显老态的女人，肚子又再一次挺了起来。她大概不知道自己这辈子还要生几个孩子，如果老天保佑，肚子里的孩子是个男的，那么她的使命也就完成了。他们一家显然都看到了秀秀，弟弟很勉强地笑了一下，看样子他也是笑不出来。他们一家都没有搭理秀秀，爹娘也对秀秀的到来没有多大的热情。

对于娘家对自己的冷淡秀秀表现出十二分的理解，她仍然像没事一样，给爹娘讲一些丹桂房发生的事，当然出于虚荣心她也狠狠表扬了国生的老实肯干。秀秀还到村子里去转了转，在张小芬娘家门口看到了张小芬的爹和娘。张小芬的娘在晒几件湿淋淋的衣服，那些水不小心就滴到了张小芬娘的鞋子上。张小芬的爹在院子里给一棵砍倒的树刮树皮，他们看了秀秀一眼没说什么,他们知道秀秀和张小芬在做姑娘的时候就不和。但是他们却听到了秀秀一声甜甜的称呼。秀秀说,小芬爸。秀秀又说,小芬妈。秀秀还说,小芬和我在村子里很好,我们经常相互走动,相互关照。秀秀说得最动情的一句话是,旺妙人在外面也不容易的。这句话让小芬爹娘丢掉了手中的活儿,他们把秀秀和大妞、二妞拉进了院子,他们还抱过了秀秀怀中的三妞,不停地逗弄三妞,逗三妞的同时说一些嘘寒问暖的话。这时候秀秀突然想,如果不是拼命拉拢国生和张小芬,那么自己和张小芬和好了,倒真的是一件大好事。

秀秀在旺妙住了两天就回了丹桂房,娘家的空气太沉闷,让她住不下去了。秀秀走的时候对爹娘笑了笑,说我走了,我以后再来看你们吧。你们年纪大了,连怎么笑都忘了。什么都可以忘,就是笑不可以忘。如果连怎么笑都忘了,那还有什么意思呢?爹娘都没有说什么,但是他们还是站起了身,把秀秀送到门口。他们张了张嘴一直想说一句什么,秀秀也一直等着他们能对女儿说一句体己话。他们终于说话了,他们说,你弟弟这一回生的不知道是不是儿子。

秀秀冷笑了一下,又冷笑了一下。秀秀觉得自己除了冷笑,不会再有其他的笑声了。秀秀纠正了爹娘的说法,说第一,我弟弟不会生儿子,如果要生,也只能是我弟媳生儿子;第二,根据我的经验,肚子圆生女儿,肚子尖生儿子,我看弟媳生的还是女儿。秀秀转身离开了,秀秀带着大妞、二妞,抱着三妞走出很远的时候,才听到爹娘在院子门口一声绝望的惨叫。秀秀没有回头,只是大声笑了起来,大妞、二妞抬头问秀秀,娘,娘你为什么用这么大的声音笑?秀秀瞪了大妞、二妞一眼,说国家又没有规定不可以大声笑。你们给我记住，国家没规定的东西，即使是错的，你干了也没关系。

秀秀娘家离丹桂房十多里地。秀秀是乘一种叫天目山的农运车回到丹桂房的。回到丹桂房的时候天刚擦黑，秀秀就去地里割了一点青菜，然后她在家里和面，她很想吃一碗青菜面。国生一直都没有回来。国生很晚才回来，国生回来的时候秀秀她们早就吃过晚饭了。国生说，我不吃饭了，我已经吃过了。秀秀冷笑了一声。秀秀很奇怪自己为什么老是冷笑，难道是桂花瞎眼传染给自己的？秀秀说，这几天你是不是都在张小芬家吃的？国生说是的。国生接着又说她们家需要做一个大橱，我这几天在给她做大橱。秀秀想不简单呀不简单，张小芬真是精明到家了，做大橱的工钱恐怕也是收不到的。秀秀没有说什么，因为秀秀不可以再说些什么了。

秀秀发现国生变了，国生变得很爱干净，他一天到晚穿着干净的中山装在村子里走来走去。秀秀还发现国生变得很晚回家，秀秀刚说了国生两句，国生就又说秀秀你不可以在我面前指手画脚，你没有资格在我面前指手画脚。秀秀想要和国生大吵一场，但是秀秀忍住了。秀秀忍住的第一个原因是吵架需要力气，自己操持着这个家已经够累了；第二个原因是桂花瞎眼这个老太婆会幸灾乐祸；第三个原因是张小芬就算不幸灾乐祸，但至少也不会过来劝一劝。所以秀秀一直不敢和国生吵架。秀秀不敢吵不等于两个人就不会吵架，国生居然有许多个晚上不回来睡觉了。秀秀当然知道国生去哪儿睡觉了，这时候秀秀开始后悔，秀秀和张小芬睡过一个晚上，知道张小芬的身体对男人的诱惑有多大。

那天晚上国生吃了晚饭往外走,秀秀说不可以走,拦在了门边。国生说你给我走开,你信不信我用降龙十八掌惩罚你。秀秀说,你不可以走,你是我的男人,我答应你和张小芬生一个儿子,但是我没答应你一天到晚往张小芬家跑。国生说,你让开,你不让开我的降龙十八掌真的要来了。秀秀没有让开,国生的降龙十八掌果然使了出来。国生其实不会什么降龙十八掌的,但是国生老是对别人说自己在做木匠的过程中遇到过一位姓杨的高人传给他这门武功。这门武功让秀秀一家鸡飞狗跳,大妞、二妞和三妞在国生和秀秀的厮打中哭出了抑扬顿挫的声调。国生最后还是走出了院门。国生走出院门的时候朝着秀秀吐了一口唾沫,说,叫你以后再管我。秀秀的头发乱了,衣服破了,鞋子也找不到了。秀秀一点力气也没有了,她的嘴角还在淌着血。秀秀就躺在凉凉的院子里,大妞、二妞停止了嘹亮的哭声,她们一起动手拉秀秀进屋。但是秀秀太沉,她们怎么也拉不动。她们看到秀秀的眼睛呆呆地望着天上,脸上青一块紫一块的,她们感到很害怕,又开始哭了起来。她们哭了很久,哭累了,后来她们就不哭了。但是就在这时候,她们听到躺在地上的秀秀突然很凄厉地笑了一下,她们感到害怕。

5

秀秀在一个清晨起来后呆呆地坐在床边,拿起一面圆镜照着自己蓬头垢面的样子。秀秀看到自己的脸色是蜡黄的,眼圈也黑了,并且有了轻微的眼袋。秀秀看着镜子里的自己突然觉得时光真是太可怕了,明明自己还是一个在旺妙村子里活蹦乱跳的小姑娘，一转眼就变成了三个孩子的妈妈。如果再一转眼，那就是大妞、二妞和三妞一个个地嫁出门去，然后又一个个牵着自己流鼻涕的小孩子回娘家小住。到那时候，秀秀就变成一个浑身枣皮的老太婆了。

那天秀秀没有去干活，她坐在屋檐下想着一个问题，这个问题就是她怎么样才可以把国生从张小芬身边拉回来，怎么样才能在国生的心上挂一把锁，怎么样才可以让自己不会输。秀秀后来站起了身，她看到日头升上来，挂在半空中，明晃晃的，很刺眼。再后来秀秀带着三个女儿去了一趟镇上，她扯回来许多好看的布，那个暴牙的营业员很高兴地告诉她这些都是流行的布料。秀秀又买回了擦脸用的润肤霜，还买回来一瓶花露水，还给国生买了一双人造革的皮鞋。她本来想买真皮的，但是真皮的太贵，得一百多块钱。而现在她只花了二十五元钱就买到了一双看上去和真皮鞋一模一样的皮鞋。那时候她想只要经常给人造革皮鞋上油，谁也不会看得出这是一双人造革的皮鞋。她甚至咬咬牙在供销社买回了一件胸罩。其实她是看到过这种东西的，村主任那个从镇上讨回来的老婆就用这东西，在阳台上很招摇地挂着，吸引了村里男人们好奇的眼光。都说人是要穿衣服的，但是没想到人身上的一部分零件也需要穿衣服。营业员看了看秀秀那地方，说天哪，这么大呀，秀秀就感到脸上发烧。秀秀想真是奇怪呀，我已经过了脸发烧的年龄，脸怎么还会烧得厉害呢？秀秀想，一定是自己返老还童了。秀秀这样想着，就好像自己真的年轻了不少。

那天秀秀请王裁缝为自己做了两套衣服。王裁缝的手抚摸了布料后抬起戴着老花镜的眼睛说，这布料一定很贵，秀秀，你们家国生是不是发财了？秀秀说让你做衣服你就做衣服，你的任务是替我做衣服，不是问这问那的。王裁缝想了好一会儿才点了点头说，对呀，我是裁缝，我管那么多干什么。于是王裁缝的剪子像一条蛇一样在布料上游了过去。两天后，秀秀就穿上了新衣服。秀秀还洗了一个澡，在自己身上喷上了花露水，在头发丛中夹了一个黑色的发夹。秀秀炖了一锅肉骨头，肉骨头的清香让大妞、二妞的口水像是没有刹车一样自动滑下来。她们对秀秀身上的新衣服和花露水一点也不感兴趣，她们对像一双牛眼睛一样的胸罩也没有兴趣。她们只对肉骨头有兴趣，她们一次次地问秀秀说，这是什么东西，能不能吃呀？秀秀怀里抱着三妞，说这不是给你们吃的，这是给国生那个畜生吃的，我要对国生好一点，你们也要多叫他几声爸爸。你们去给国生打酒吧，让他多喝一点酒，多打几个酒嗝，让他想想自己的生活是多么幸福。大妞、二妞就为国生去打酒，她们很快地把酒打回来了，然后她们站在秀秀的身边，等待着国生的回来。

　　国生终于出现在不远处的弄堂，然后国生一步步向这里走来。他看到了穿着新衣服的秀秀，很奇怪地看了秀秀一眼。国生说秀秀你今天为什么穿得这么漂亮？秀秀你是不是要回娘家去看看？秀秀说我不回娘家就不能穿得漂亮一点吗？以后我要天天漂亮给你看。秀秀让大妞抱住三妞，自己亲自为国生端上了肉骨头，倒上了酒，并且拿出了那双皮鞋让国生换上。国生那天很高兴，他喝着喝着，越想越觉得生活真是太幸福了。国生说，秀秀，今天我在家里怎么像在做皇帝一样，我是不是在做梦？秀秀说你没有做梦，你是回到了自己的家里，你说这个家好不好？国生点了点头又喝下一口酒说，好的好的。

那天国生喝多了一些,躺在床上叽里呱啦地唱戏。后来他感觉到一个软软的女人缠着他,像一条蛇一样。国生睁大眼睛看到了秀秀,秀秀的脸泛着红晕,眼睛湿漉漉的,身上飘着花露水的清香。更让国生感到吃惊的是,秀秀的胸脯上戴着一双牛眼睛一样的胸罩。国生说你怎么这样浪费,奶子还要用这东西保护起来,你又不是村主任老婆,戴这东西干什么?秀秀有些生气,说国家又没有规定只许村主任老婆戴这东西,不许木匠老婆戴这东西。国生看到了一个漂亮女人,闻到了漂亮女人身上的香味,但是他老是不太敢相信这个女人其实就是自己的老婆。不过国生的积极性还是被调动了起来,他红着眼睛一骨碌爬起来就去褪秀秀的裤子,手伸进去的时候秀秀激灵了一下,秀秀想,我怎么啦?我是过来人,居然会有那么紧张和激动。秀秀等待着国生,但是国生最后满头大汗趴在她身上一动也不动。国生说我不知道怎么回事,它怎么就那么不争气呢!秀秀的眼泪下来了。秀秀轻轻推开国生,侧过身子去睡。秀秀想,一定是张小芬那个狐狸精把国生搞得筋疲力尽了,所以国生在自己老婆身上就不行了。秀秀一夜没有合眼,秀秀想,我得去找张小芬,我不找张小芬,国生就完蛋了,就永远也不会再是秀秀的老公了。

第二天早上秀秀去找张小芬,张小芬还赖在被窝里,听到敲门,衣服也没穿就来开门。一开门她看到的是秀秀,就有些失望的样子。秀秀的眼睛很尖,说你一定以为是国生来敲门吧。张小芬坐回了被窝里,迎着秀秀,毫不示弱的样子。秀秀坐到张小芬的床边,她们很久都没有说话,只看到门缝里漏进一丝光亮像一条小蛇一样,很瘦弱地躺在地上。秀秀叹了一口气,说张小芬你能不能放过国生，如果没有他我就没有家了。我们都是从旺妙嫁过来的，不算亲如姐妹吧，总还是乡亲对不对，你放过她行不行？张小芬把脸埋到了毯子里，过了很久才抬起头说，秀秀姐，其实我也离不开他了。我答应你不去找他，但是他来找我，我就没办法了。能不能看住他，就看你的了。秀秀不能再说什么了。秀秀想张小芬已经说到这分儿上了，我还能说什么呢，都是自己的男人贱，老是一次次地跑来找张小芬。秀秀又叹了一口气，说，我走了。

这时候门被撞开了，国生端着一盆骨头进来说，小芬你吃肉骨头吧，吃骨头营养好。这时候国生看到了屋子里的秀秀。国生愣了一下，说秀秀你怎么也来了。秀秀什么话也没说，那盆骨头还是秀秀昨天为国生炖的，现在这盆骨头被国生用来"孝敬"张小芬了。秀秀盯着国生看，看得国生汗毛直竖。国生说，秀秀，你不要这样子看我。秀秀从国生身边向门外走去，走到国生身边交错而过的时候秀秀说，国生，你给我走着瞧。

张小芬看了看国生，国生又看了看张小芬，面面相觑都没有说话。秀秀的脚步声，越来越远了。

6

秀秀变得不太爱搭理人了。秀秀带着她的三个女儿，在村子里走来走去，像影子一样飘忽不定，无声无息。秀秀的身影不再出现在张小芬的家中，张小芬也尽量不再和秀秀照面。人是很怪的动物，牵涉到感情上的事，每个人都是自私的。秀秀一直都在想，是不是从旺妙和张小芬一起做姑娘时开始，一直到现在，自己都已经输给张小芬了。秀秀想再下一步就是，国生不再回家住，而完全有可能住到张小芬家中去。

秀秀没有办法。秀秀一直以为自己是一个聪明的人，但是现在一点办法也没有。无数个夜晚秀秀都睡不着觉，一遍遍抚摸着自己，她细细体味着自己的皮肤——自己生了三个女儿，但是皮肤仍然是白嫩的。自己的眉眼周正，凭什么就会输给一个张小芬呢？一个月夜，秀秀把自己脱得精光，她站在床前一直看着自己的身体，并且一遍遍深情抚摸。秀秀说，国生，你不要后悔，这么好的女人给了你，你却不要，你不要后悔。秀秀摸着自己的胸脯和屁股，该凸的愤怒地凸着，该大的大，该小的小，该有女人味的有女人味，秀秀说，国生，咱们走着瞧，我就不信我秀秀斗不过你。张小芬，你也走着瞧，我要让你们都看看秀秀是一个什么样的人。

秀秀一直是一个勤劳的人。秀秀把三妞交给大妞，然后她戴着草帽，背着锄头，走在村口的大路上，走出了虎虎生风的样子。秀秀的农活做得很细，许多男人也不是对手。秀秀在锄草，国强也在自己家的田里锄草。国强家的地就在秀秀家的地附近。国强是刚从部队回来的二十来岁的小伙子，长得浓眉大眼的，但是不太爱笑。国强不太爱笑是因为他从部队回来后本来可以到镇派出所做联防队员的，结果这个名额被同样从部队回来的镇长的小舅子抢走了。小舅子和国强是一个连队的，碰上的时候就多了一分尴尬。国强很想幽默一下，但是却怎么也幽默不起来。国强说的只是，老战友，以后如果我进去了，你多照顾。

秀秀一直在和国强说话，秀秀问长问短，问一些国强部队上的事。起先国强没有多大的兴致，问得多了，国强的话匣子也就打开了。听到秀秀咯咯咯的笑声，国强就感到很开心，就拼命讲笑话。秀秀听了就拼命笑，不时拿眼看一看国强。国强也抬眼看看秀秀，突然发现秀秀眼帘低垂的样子很漂亮。秀秀生了三个孩子，但是身架子还是那样苗条。秀秀的眼睛里盛满了水，笑起来的时候那水就开始荡漾起来。国强的肚子咕咕咕叫起来，但是国强没有回家，秀秀也没有。其实秀秀也饿了，秀秀看了看四周，再也没有什么人。秀秀就惊叫了一声，国强说什么事。秀秀没说什么。国强又问什么事，秀秀还是没说什么。国强就提着锄头过去了。秀秀说没什么，秀秀笑了笑，露出一排整齐的牙齿。秀秀说一条四脚蛇吓了我一跳，它跑掉了。国强要往回走的时候，秀秀放低声音说，国强，坐坐，你陪秀秀姐说说话。国强的脚步就挪不动了，他想我这么大个人怎么连走路的力气也没有了。

国强和秀秀坐在锄头柄上。到处都是泥土的腥味，不远的山上苦呀鸟一声一声叫着苦呀，苦呀。秀秀说，国强，你说做人苦呢，还是做鸟苦呢？我觉得做什么都不如做人苦。国强对这个话题反应平平，觉得这样一个命题对他来说太显深奥，而且他最大的不如意也仅仅是做联防队员的名额被人抢走了而已。麦苗已经灌浆了，在阳光下的气息就一浪一浪向这边涌来。秀秀忍不住打了一个喷嚏，又打了一个喷嚏。秀秀打了无数个喷嚏。然后秀秀伸出手抓住了国强的手，她看到国强像桂花瞎眼一样开始颤抖起来。秀秀笑了，秀秀的眼睛一直盯着不远的麦地里看，后来她努了努嘴，国强就喘着粗气抱起秀秀直奔麦地。

秀秀从来没有想到大地才是最好的爱床。秀秀想，想要引诱一个男人真是太容易了，怪不得国生会这样不顾一切地往张小芬家跑。秀秀轻轻解开了纽扣，她看到国强在慌乱地扯着衣扣就轻轻笑了一下，说国强你不要慌，你要慢慢来。国强果然停下动作，他看着秀秀笑了笑，然后俯下身咬了咬秀秀的嘴唇。秀秀的舌头伸到了国强的嘴里。这时候秀秀知道自己已经没有一点力气了，就算是等一下死了，秀秀也已经不管不顾。国强脱了秀秀的裤子，秀秀感受到来自大地的层层凉气向身体传达着。到处都是金灿灿的麦穗和一望无边的蓝天。秀秀感到了一种陌生力量的入侵，她的肌肉不由得快意地紧张起来。她抱紧了国强，紧紧抱住国强。她在国强耳边轻声说，弄秀秀，弄秀秀，弄秀秀。

国强什么也没有说，国强在辛苦地忙碌着。国强这时候突然跳起了一个奇怪的念头，他想起了那个镇长的小舅子。小舅子改变了国强的命运，所以国强开始愤怒起来，这样的愤怒体现在他的冲撞上，让身下的秀秀突然有了那么一种从未有过的愉快和幸福。秀秀差点就要晕过去了，秀秀说，弄秀秀，弄秀秀，闭着眼睛低低吼叫，用自己最大的热情迎接暴风骤雨的降临。

苦呀鸟还在一声声叫着。国强说我走了，说完就走出了麦田。秀秀看着一个强壮挺拔的小伙子离去，没有起身，她的身子骨已经碎了，她就那么躺在凉凉的麦地上。秀秀对自己说，秀秀，你是不是快要死了，还是死了以后又活过来了？她突然想到了国生和张小芬，国生和张小芬偷情的时候也一定像她和国强一样，一点也不怕累，就像做快乐的神仙一样。秀秀开始心痛，秀秀想看来国生是不太可能回头了，秀秀已经尽了她的努力，但是国生没有回头。这时候秀秀想，人一钻进死胡同的时候，是不可能再钻得出来的。秀秀当然知道张小芬对国生的诱惑会有多大，就像她轻而易举地勾引了国强一样。但是秀秀还是希望这一切都不要发生，她还守着国生过她的小日子，可发生的已经发生了，没有什么路可以回头。她起身的时候，看到麦子被压倒了一大片，看到自己身下曾经躺过的地方明显有一个浑圆的屁股的痕迹。秀秀笑了起来，风吹起了她的头发，秀秀很开心地笑着。秀秀后来不笑了，轻声说，国生你既然不想回头，那你也不要怪我。

7

秀秀的脸上有了光泽，她在村子里走来走去时居然有了歌声。秀秀没有再说一句让国生回家的话，秀秀仍然经常背着锄头走向田间，在乐此不疲地和国强偷情的过程中，秀秀找到了自己的快乐。

那天秀秀在王二癞的小店门口碰到了桂花瞎眼。那时候秀秀没有背锄头，只是抱着三妞而已。三妞比以前大了不少，她粉嘟嘟的身子在秀秀怀里扭来扭去。桂花瞎眼的一只独眼盯着秀秀看，秀秀冲着那只独眼灿烂地笑了。秀秀说，桂花婶，我已经很久没有去看张小芬了，我不去看张小芬是因为我很忙，但是张小芬比我还要忙。秀秀又说，桂花婶，你最近有没有去看过你儿媳妇？桂花瞎眼没有说话，怕一说话又要像上次那样不停地颤抖。那次颤抖让她两天两夜都没有睡好觉，她不想再两天两夜睡不好觉了。

秀秀看着桂花瞎眼一步步蹒跚着离开了王二癞的小店，又笑了。秀秀的笑很从容，让村子里的许多人都感受到了国生家的女人那种能做大事的气度。秀秀看到桂花瞎眼朝张小芬家里走去，她很开心。秀秀想，国生你等着瞧，张小芬你也等着瞧。

那天晚上国生回家吃晚饭。秀秀看到一个男人背着一只木工箱子向家中走来。秀秀说，大妞，你去打一斤老酒，离开我们家很久的男人回来了。大妞拿起盐水瓶，愉快地蹦跳着去打老酒了。秀秀说，二妞，你把三妞放到摇篮里，离开我们家很久的男人回来了，你给灶膛添火，我要为这个男人炒几个鸡蛋。过不了多久，酒和蛋放在了国生的面前。国生喝了一口酒，看看秀秀；又喝了一口酒，看看大妞；再喝了一口酒，再看看二妞；然后他喝了一口酒以后，走到摇篮边看了看三妞。三妞把手指头含在嘴里，无声地对着爹笑着。国生也笑了，他坐回桌边，再喝一口酒，然后有了一长声的感叹。大妞笑出了声，大妞对二妞说，从来没有听到过爹打这么长的一个酒嗝。二妞说，那不是酒嗝，那是一声叹息。果然她们听到国生叹了一口气后说，做小伙子打光棍的时候，梦里醒来都在想着女人。现在一张床上爬来爬去居然有四个女人。秀秀站在他的身边，亮亮的眼睛满含着笑意看着他。国生一抬头，盯着秀秀看了许久。国生突然说，秀秀，你怎么突然变漂亮了，你为什么变得这么漂亮？

国生说，张小芬怀上我的孩子了，我就要有儿子了。张小芬那么大的屁股一定是专门生儿子的，我马上就会有儿子了。国生又说，那个桂花瞎眼今天到张小芬那儿去了，张小芬没理她，我也没理她。那个老太婆居然冷笑了一下，让我一整天都感到冷得不得了。那个老太婆冷笑的威力居然那么大，像棒冰厂里的制冷机似的。秀秀一直静静地听着，什么也没问，只是脸上挂着笑。秀秀说你今天晚上是留在家里呢，还是去张小芬家？你就算一辈子不回家，我也不会来求你了。但是国生你要做好思想准备，你有了儿子那是你的喜事，跟我秀秀无关。你做任何事情都要想一想，如果想从我秀秀这儿赢一点什么的话，那是不太可能的。

国生说我没想赢，我只要我的儿子。我教他做木匠，再让他给我生十个孙子。我不要他做官，不要他发财，我只要他下面长的是小鸡鸡就行。国生后来喝完酒又背起木箱走了，他走出很远的时候，发现秀秀没有站在门口，站在门口的是二妞和抱着三妞的大妞。她们的姿势像电影里面送亲人去参军的老百姓一样，国生的心头突然涌起了那么一种任重道远的味道。

秀秀没再去关心张小芬和国生的事，秀秀只是抓住每个机会和国强亲热，玉米地、小山坡、青草地到处留下了他们的影子，他们就像疯子一样疯狂着。许多次秀秀问国强，我们是不是疯了，我们老是在野地里做这事是不是疯了。国强说没有疯，我们这叫野战，在野地里作战。秀秀说，会不会被村里人知道，丹桂房人个个都是精怪，他们的消息灵通得像报纸一样。国强说，管他呢；国强又说，管他呢，管他呢。秀秀就一把抱紧了国强。

终于有一天国生喝醉了酒。国生喝醉酒的样子使他看上去有点像醉打蒋门神的武松。那天国生踢开了房门，然后一手提着斧头，一手抓住了秀秀的头发往外拖。秀秀听到了大妞、二妞和三妞的哭声，三个女儿的哭声跟着国生和秀秀来到了国强家的门口。丹桂房人都涌了过来,秀秀一抬头看到了一张张幸灾乐祸的脸。秀秀低下了头,她根本不是国生的对手,所以她低下了头。国生丢掉斧头,骑在了秀秀的身上,然后他说秀秀你敢和国强做那种事,我就敢让你领教我的降龙十八掌。国生的巴掌狠狠抽在秀秀的身上,人群里有人说那完全不是降龙十八掌,降龙十八掌不是骑在身上抽的。秀秀没有反抗,秀秀的头发被国生死死地揪着,秀秀想你打吧,你打死我算了。国生没有打死秀秀,国生打了半天秀秀以后,有些累了。国生提起了斧头,然后他歪歪扭扭地走向国强的家门。这时候秀秀一抬头,她看到了丹桂房人的笑容,看到了桂花瞎眼那只独眼里放出来的光芒。桂花瞎眼开始对秀秀挤眉弄眼,这个老太婆把自己枣皮一样的老脸弄成奇形怪状的样子,让秀秀觉得好笑,于是秀秀对着桂花瞎眼笑了一下。桂花瞎眼吓了一跳,她怎么也想不到被打成了一摊泥一样的秀秀居然冲着她笑了一下。秀秀又看到了张小芬,张小芬站在人群的背后,她碰到秀秀的眼神时,垂下了自己的眼帘。然后,秀秀看到张小芬挤出了人群,向自己的家走去。

　　国生用斧头狠命劈着国强家的门,门被国生劈了一个大洞,然后国生走进了国强的家。家里一个人也没有,后窗开着,国强一家人大约都是从后窗走的。没有一个人去劝国生,也没有一个人敢走上前去,他们当然不会怕国生的降龙十八掌,但是他们怕国生的斧头。国生开始砸东西,他首先砸的是锅,然后他砸碗橱,然后他砸立柜,再然后他砸的是一台黑白电视机。那是一台新买的电视机,许多丹桂房人都感到可惜。本来玻璃块里面会出现那么多小人,现在噼里啪啦一阵,这个小匣子再也不会出现小人了。国生砸得兴起的时候,一辆三轮摩托车悄悄开进了村里。

国强出现了,站在了拿着斧头的国生面前。国强笑了笑说,国生哥,你有没有砸够?不要以为我会怕你的降龙十八掌。站在国强身后的是镇长的小舅子,小舅子抢了国强的饭碗,本来就有些内疚,听到国强报案,马上放下手中的麻将牌开上三轮摩托就赶到丹桂房来了。国生说,国强你居然干了我的女人,丹桂房人都知道了,我这个做乌龟的却最后一个知道。国生又说,国强,今天我劈了你。国强又笑了,说,国生,你劈不到我的,我今天让你吃手铐。国强迎着国生的斧头走过去,国生说不要过来,你再过来我就降龙十八掌和斧头一起来了。国生的话还没有说完,他的斧头已经到了国强的手中。国强再那么一个小动作,国生的手已经扭了过去,镇长小舅子走上前去,啪的一声给国生上了铐,并且很威风地说,带走。后来小舅子看看他并没有带兵来,于是只好亲自把国生给带走了。

丹桂房人散了开去,丹桂房人看到国强拍了拍手掌,像要拍尽手上的灰尘。国强说,我是侦察兵出身的,国生这件东西也敢跟我斗?国强又说,今天国生砸掉的东西,一样也没有白砸,我让他一件不少给我换成新的。然后国强伸手去拉秀秀,秀秀像一枚砸向大地的钉子一样,牢牢地钉住了。

秀秀在地上躺了一个晚上,那晚的星星很好,大妞、二妞抱着三妞一直坐在她的身边。秀秀对大妞、二妞、三妞说,你们为什么是女的?你们为什么要是女的呢?

8

秀秀在床上躺了三天，秀秀想自己好像从鬼门关走了一遭似的，一点力气也没有了。第三天的时候，秀秀很想吃一碗鸡蛋面，她对大妞说，大妞，我想吃一碗鸡蛋面。大妞就去下面了，拿了一张凳子垫在脚下才够得上灶台。二妞忙着烧火，一会儿一碗鸡蛋面就被捧到了秀秀的面前。秀秀吃面的时候，觉得这碗面特别咸，但是秀秀还是吃得很开心。秀秀吃完面后抱起三妞给她喂奶。三妞一直很听话，这么小的娃子居然会这么听话。秀秀在喂奶的过程中对着大妞、二妞和三妞哭了，秀秀说你们为什么要投胎到国生家？你们为什么不投胎到城里去呢？城里人生男生女都一样。大妞和二妞也哭了，三妞也跟着哭，于是一支嘹亮的交响乐就响了起来。

秀秀把三妞交给大妞、二妞，说我要把你们的爹去救出来。秀秀语气坚定，她的脸还有些肿胀，嘴角挂着血痂。秀秀向镇派出所走去，在派出所门口碰到了张小芬，她们对视了一眼想要擦肩而过，这时候秀秀叫住了张小芬。秀秀说小芬你站住。小芬以为秀秀要干什么，她的身体也开始颤抖起来，颤抖得与她的婆婆桂花瞎眼一模一样。秀秀看到张小芬的肚子已经稍微有些显山露水了。秀秀是明眼人，一眼就能看出个究竟。秀秀蹲下身，她轻轻地抚摸着张小芬的肚子，然后把耳朵贴了上去。秀秀听到了肚子里一个小子的歌唱，秀秀就仰起头冲张小芬笑了一下。秀秀后来站起身来，说张小芬一开始我们就都错了，我不该让你为国生生儿子，你也不该假装酒醉半推半就。张小芬的脸红了一下，但是她还是坚定地说，秀秀我一定要把他生下来，不管是男是女，我一定要把他生下来。秀秀说，你想生是你的事，但是你救不了国生的，国生只有我能让他出去，你信不信？

张小芬后来走了。张小芬走之前看了秀秀很久，对秀秀说，秀秀我是不能和你比的，我是个小女人，我什么都不要，我只要我的孩子。

秀秀见到了派出所所长，派出所所长是个瘦子，秀秀没有见过那么瘦的瘦子。那套小号的警服穿在所长身上就显得异常肥大，所长的头露在衣领外面，多么像从麻袋口伸出来的一颗绿豆芽。所长正在用指甲剪修理指甲，所长的指甲很长，他修指甲也就特别用心。他问你找谁。秀秀说我找所长，我找所长主要是因为我的男人国生被你们抓进来了。国生犯的事主要是砸了人家的东西，而他之所以砸东西主要是因为喝醉了酒。所长把头抬了起来，说你这个女人不简单，居然可以说那么多个主要，那么你今天来的意思主要是什么呢？

秀秀很妩媚地笑了一下，说我主要来的目的是想问一下我男人要怎么样才可以出去。所长哑哑地笑了，说把人家的家里砸成那个样子，还想出去？告诉你，判刑十年。秀秀又妩媚地笑了一下，知道判刑十年那是不可能的。秀秀一直对着所长妩媚地笑着，所长修完指甲后也笑了，所长说，你明天傍晚五点以前交上三千块钱罚款和赔偿款，你就把你男人领回家去。

秀秀又妩媚地笑了一下，她看到所长的喉结在不停地动着，好像发出了咕咕咕的欢叫。秀秀说，所长你等着，明天我一定给你交上罚款。秀秀走出了派出所的门，回头看的时候，发现所长站在派出所门口，瘦弱得像一片秋天的叶子似的。秀秀眯了眯眼，又妩媚地笑了一下。

秀秀去找国强。秀秀看到国强正在修补一扇门，那扇门就像打上补丁的衣服似的，样子显得不太好看。秀秀说，国强，派出所所长已经说了，国生要判刑十年。国强说，那是所长的事，所长的事和我无关，我只要报案就行了。他砸了我那么多东西我为什么不报案？要是不看在你的面子上，我先打他一顿再去报案。秀秀说，国强，你想要赔多少钱？派出所让我先交三千块钱，才可以让国生出来。我没有那么多钱，你能不能借我一点？

国强站在门口想了很久，然后国强叹了一口气说，我只有一千块钱，那是我的退伍费。秀秀说你借给我吧，我会还给你的。我一下子借不到那么多钱，但我必须把国生救出来。我可以没有国生，但是大妞、二妞和三妞怎么可以没有国生呢？国强领秀秀进屋，然后国强从箱子里翻出了一千块钱。秀秀接过钱的时候，拉住国强的手按在自己的胸口上。秀秀说，国强，我什么都没有，我只有这副身子了，你想要的时候随时都可以要，我为你留着。

国强的手在秀秀的奶子上停留了许久，他的手忽然活了，像奔跑在土埂上的拖拉机一样在秀秀身上奔跑起来，然后他一把抱起了秀秀，把秀秀放倒在床上。那个黄昏，金灿灿的夕阳从窗户溜进了房间，洒在了两个人身上。秀秀异常卖力地做着事。秀秀脑子里什么都不去想，只是认真地做着事。秀秀想，人在烦恼的时候是不是特别喜欢做这事。秀秀这样想着，所以秀秀和国强把这件事做得酣畅淋漓。两个人的身上都是汗，秀秀拼命扭着国强身上的肉，秀秀说，国强，国强，国强。后来国强和秀秀并排躺在床上，看夜色像一只黑色的口袋一样套在了他们的头上。两个人都没有说话，后来国强忽然笑出了声。秀秀说，你开心什么，你为什么笑？国强说，国生劈了那么多的东西却没把床劈了，他居然为我们留了一张床。秀秀又扭了一把国强，秀秀也笑了。

  第二天早上，秀秀牵着一头牛去了镇上的牛市。路上丹桂房人问秀秀，秀秀，你这么早就去放牛，是不是因为早上的空气新鲜？秀秀说我不是去放牛的，我要把这牛卖了，我现在连人也养不住，我还养什么牛？秀秀后来骑在了牛背上，秀秀小的时候经常骑在牛背上去放牛，长大后秀秀就从没骑过牛。现在秀秀很想骑牛，秀秀摸着牛身上粗粗的牛毛，想这头牛马上就成了人家的了，这头替自己家六亩地立下汗马功劳的牛就要走进别人家的牛栏了，秀秀有些伤感。丹桂房人都看到一个漂亮的女人骑着牛，像一个骑兵去参加战斗似的。

  秀秀在牛市上看到了许多牛，秀秀和牛站在牛市里，有许多人看秀秀，但是没人看她的牛。秀秀想还是把自己卖了吧，牛是卖不出去了，还是卖自己算了。总算有一个中年人走过来，中年人问秀秀，你这牛卖多少钱？秀秀想了想，秀秀想多报个数，但是秀秀又怕唯一的顾客会逃走。秀秀后来说了一个故事，秀秀的故事是自己在路上捡到了一个孩子，现在这个孩子生重病快不行了，她已经变卖了所有的东西，现在把最后的一头牛牵了出来。秀秀这样说着的时候好像自己真的捡到了一个病孩似的，她的鼻子忽然酸了。秀秀说我把这头牛卖了，给他看病，如果再不行，那也是老天爷菩萨不保佑他，我算是尽了心了。

秀秀 | 033

秀秀楚楚可怜的样子让那个中年人感到很难过，中年人差点就要掉眼泪了。中年人问你想把这头牛卖多少钱？秀秀说两千块，不能再便宜了，再便宜就救不了那孩子了。人群里有人爆发出刺耳的大笑，有人说，两千块是不是连人一起卖？这里到处都是皮毛光亮的好牛，你这头牛居然值两千块。秀秀不去理会别人，只是楚楚动人地看着中年人。中年人掏出了钱，数了好多次，身上也只带着一千八百块，中年人就叹着气要离开。秀秀说，你给我站住，秀秀想这句话多么像地下党员处决叛徒前说的话。秀秀说，一千八就一千八吧，我不能再等了，我得赶紧去救人。

秀秀把牛卖了，秀秀看到牛被中年人牵着离开的时候是一步三回头的。牛回头的原因是它在秀秀家住了好几年，吃秀秀家的草，睡秀秀家的牛棚，已经有感情了。中年人回头的原因是，秀秀真是个好人，秀秀舍得花钱救人，他当然也舍得花钱买牛。其实他自己的一头好牛才卖了一千八百块钱，现在他又牵了一头并不怎么好的牛回去了，他今天做的事居然是去牛市换了一头牛。

秀秀果然向医院走去，她不是去医院救那个病孩的，她是去卖血的。她对医生说我卖两百块钱的血，我就缺两百块钱，所以我只卖两百块钱的血。后来秀秀果然卖血了，看到自己暗红色的血流到了一只塑料袋里，那只袋子很像是一只酱油袋的样子。然后秀秀领到了两百块钱，揣着三千块钱来到了派出所。所长还在修理指甲，秀秀说所长，你们派出所的任务是不是每天都要修理指甲？所长看到了昨天来过的女人，站在他的身边妩媚地笑着。所长说，天哪，你的笑容为什么惨兮兮的？你怎么了,是不是没吃早饭?所长后来掏出了一个面包让秀秀吃,秀秀说,谢谢你,你真是人民的好警察。所长说,全心全意为人民服务。

秀秀交罚款的时候,所长拉住了秀秀的手,秀秀又冲所长妩媚地笑了一下,秀秀看到所长脸上仅有的一点肌肉开始激烈地颤抖起来。所长突然变得结巴了,讲了很久的话,听了很长时间,秀秀才听懂所长说的是其实不交罚款也可以放国生出去的。所长的手开始在秀秀身上奔跑,所长整个人越来越颤抖了。秀秀推开了所长,她理了理自己的头发对所长说,还是交罚款吧。

秀秀领着国生出了派出所的门,秀秀和国生一句话也没有讲,一起向丹桂房走去。走到村口的时候,国生说,秀秀,我不回家了,我回张小芬家,张小芬已经怀了小孩,我得去给她做鸡蛋汤。秀秀什么也没有说,一阵风吹来,吹得路边的几棵杨树的叶子哗啦啦地响着,秀秀的眼泪就在这样的响声中滑落下来。秀秀看着国生的背影轻轻地叫,国生,国生,国生你回来。国生停了一下脚步,转头很灿烂地朝秀秀笑了一下,但是他的脚步最终却没有停下来,他的脚正一步步地向张小芬家迈去。秀秀绝望了,秀秀愤怒地低号了一声,秀秀本来想大声号叫的,但是秀秀实在是没有力气了。秀秀向自己的家里走去。秀秀卖了很多的血,所以秀秀很累,她感到脚下轻飘飘的,像是踩在一堆棉花上一样。秀秀来到家门口的时候,看到了迎接她的大妞、二妞和大妞怀里抱着的三妞,她们轻轻笑了一下,她们的笑容异常温和。秀秀也想笑,但是她没有笑出来,就昏倒在家门口了。昏倒之前秀秀想,我的三个女儿,哪一点比谁家的儿子差?

9

秋天到了，秀秀的日子一直都很平静。秀秀守着三个女儿，三妞已经在地上满地跑了，三妞能叫妈妈了。那天秀秀看到一个人向院子里走来，是大豆。大豆的脸是铁青的。大豆说，妞妞妈，妞妞妈，我妈妈不行了。秀秀说，你妈为什么不行了？大豆说我妈痛得在床上打滚，我妈的裤子上都是血。秀秀向张小芬家跑去，看到了脸色苍白的张小芬。秀秀抱起张小芬放倒在一辆手拉车上，然后秀秀拉起手拉车向镇医院奔跑。丹桂房人都看到秀秀拉车的时候奔跑如风，看不清她的一双脚，只看到她的下半身被路上扬起的灰尘包裹着。丹桂房人都在说，秀秀这个人居然看上去像一个长跑运动员。

那天秀秀一直守在医院的走廊上，秀秀看到了大妞、二妞和三妞，又看到了大豆，接着秀秀看到了失魂落魄赶来的国生。国生焦急的样子让秀秀很厌恶，秀秀想上次去派出所交罚款一定是自己的脑筋搭错了。秀秀看到国生的样子都感到恶心，秀秀想吐，后来找到厕所狠命地吐起来，差点把五脏六腑都吐干净了。接着丹桂房又来了一些人，他们一半是关心张小芬，一半是看这件事情究竟会变得怎么样。医生进进出出，医生越来越多了，后来有一个医生冲着人群喊，谁是张小芬家属？丹桂房人相互看着，这里只有大豆是张小芬的家属。医生说，病人大出血，我们正在抢救，谁是病人家属，请赶快在这张纸上签个字。国生一把夺过了那张纸，那张纸上密密麻麻如蚂蚁一样爬满了许多字。国生说，我签我签。国生在那上面画了一个圈。

医生冷笑了一声说，要签字，你又不是阿Q，你画个圈干什么？国生后来歪歪扭扭地签了字，签完字他看到丹桂房人都在意味深长地看着他。国生什么也不管了，国生的心在手术室里，不在手术室外。

许多医生忙忙碌碌地奔进奔出，他们的脚步就像踩在国生的心上一样，每走一步国生的心就会痛一下。后来渐渐平静下来了，后来一个医生找到国生。医生平静地对国生说，是个男孩。医生又平静地说，可惜死了，大人和小孩都死了。医生把两只手放在白大褂的口袋里，他说话的时候连口罩都不摘掉，这让他看上去更像医生。他走开很久以后，国生的腿一软，倒在了走廊上。丹桂房人把他抬回了家，还把张小芬和小孩的尸体抬回了家。大豆哭喊着和村里人一起回去了。医院走廊上只剩下大妞、二妞、三妞和秀秀。秀秀一言不发，黑夜一寸寸降临了，秀秀脑子里都是张小芬的影子：这个张小芬的笑容曾经多么灿烂；这个张小芬曾经和秀秀一起睡过觉；这个张小芬身上都是血，脸色多么苍白；这个张小芬在秀秀策划的一件事情中做了牺牲品，秀秀自己也遍体鳞伤；这个张小芬其实一点不坏，其实应该和秀秀成为好姐妹的。秀秀后来站起身来，她一点力气也没有了，她需要大妞搀着她才可以走路。她们走出医院的时候，大妞说，娘，张小芬为什么一定要再生一个儿子？

国生回到了家。国生一直躺在床上，好像一只被人敲了一棍的狗一样一言不发。秀秀说国生，你走吧，你再不走就走不了了。国生说我为什么会走不了了？我又没犯法，我又没去砸人家的东西。国生又说，秀秀，我为什么不能有儿子？我儿子都已经快生下来了，为什么还会死掉？是不是我这个人命不好？

我爹就我这么一个儿子,我现在又没了儿子,一定是我的命不好。秀秀说,你的命够好的了,张小芬的命才不好呢。张小芬死了老公,现在不仅自己死了,连刚生下来的儿子也死了,你说她的命是不是最不好?只要你还活着,只要你比别人多活几年,你就不可以说自己的命不好。

那天早上下着雨,那是秋后的第一场雨。雨不大,但是一直没有停,所以院子里奔来奔去的都是水。那天秀秀看到了桂花瞎眼一只闪闪发亮的独眼,那只白内障的眼睛居然闪闪发亮,秀秀想,今天一定有什么事要发生了。果然她听到桂花瞎眼站在秀秀家的院子里,吃地笑了一下,又哧地笑了一下,桂花瞎眼一直哧哧哧地笑着。她的衣服被淋湿了,但是这个满头白发的瘦老太婆什么也不顾。秀秀说大妞、二妞、三妞,你们给我出来。大妞、二妞、三妞三个人站在了秀秀的身边。秀秀说,等一下不管发生什么事,你们都不许哭,不许出声,只许站在屋檐下。

然后,院子里忽然多了许多人,秀秀认识他们,他们都是巨根的堂兄弟。他们不仅抬来了张小芬母子俩,他们的手中还都操着铁棍。桂花瞎眼尖尖的声音响了起来,国生你这个畜生,你给我出来。国生没有出来。国生曾经把国强的家砸了个稀巴烂,但是现在他不敢出来了。于是有几个人冲进屋去,然后屋子里传来了巨大的声响,就像是地震一样,过了很久,几个人拖出了国生。国生的脸上都是血,身上的衣服也已经破了。大妞、二妞和三妞开始大哭起来。秀秀说不许哭,你们不许哭,他们打的是国生,国生已经不是你们的爹了,所以你们不许哭。但是秀秀的心开始疼痛起来,国生已经不是自己的男人了,他实际上早就成了张小芬的男人，但是秀秀的心还是像蚂蚁在咬一样痛起来。秀秀想忍住眼泪的，但是因为那群蚂蚁太厉害了，秀秀的眼泪终于突破眼眶，掉下一粒，又掉下一粒，然后是一串串又一串串地往下掉。

国生被人拖到院子里，打得滚来滚去，桂花瞎眼的笑声无比凄厉，在院子里钻来钻去，钻进每一个人的鼓膜。桂花瞎眼说，国生，不要以为我只是一个孤老太婆，不要以为我瞎了一只眼睛，不要以为我死了儿子你就可以欺侮我，我今天一定要让你好看。巨根的堂兄弟们仍然在打着国生，国生后来不会动了。院子外面挤满了许多人，还有一些人爬上了围墙，他们兴高采烈地看着一场免费的演出。桂花瞎眼突然掏出一包塑料纸包着的黄灿灿的东西，她俯下身把那东西涂在国生的嘴巴上。桂花瞎眼说白睡别人家的女人还不够，还让人家搭上了命。今天我让你吃老娘的屎，你吃屎吧国生，你吃屎吧，老娘让你免费吃屎。

人群里爆发出笑声，国生躺在雨水中一言不发。他的脸上都是血水和雨水，只有他自己最清楚，这时候脸上最多的还是泪水。他什么也不去想，脑子里一片空白，儿子都死了，张小芬也死了，他还要想什么呢？他看着站在屋檐下表情木然，只不停流泪的秀秀，以及一直在哭着的大妞、二妞和三妞，看着桂花瞎眼带着一群人离开了他家的院子，看着看热闹的人渐渐离开，看着桂花瞎眼没有带走的张小芬和张小芬身边没有过上一天好日子的婴儿。国生笑了一下，又笑了一下。国生听到大妞止住了哭问秀秀，娘，我们的爹是不是疯了？要是不疯，他怎么会有这样的笑声？秀秀擦了一把泪想了想说，你爹很早以前就疯了，你娘也疯了，你爹和你娘不疯的话，就不会有那么多事发生了。

10

这天晚上秀秀和大妞、二妞、三妞睡在床上，雨一直没有停。这天晚上国生没有进屋来。秀秀没有去叫他进屋。秀秀不想去叫这个人进屋。其实秀秀一个晚上都没有睡着，秀秀在听雨，在想这一年来发生的许多事情。第二天早上，秀秀推开房门的时候，发现国生睡在张小芬的旁边，他手腕上的皮肉向外翻转着，像花一样艳丽。他的血在雨水中淌来淌去，他已经死了。

秀秀没有哭。秀秀想这个时候应该哭的，但是秀秀怎么也想不到自己的眼泪流不下来。秀秀回到屋里，她听到了院门口嘈杂的人声，她知道丹桂房人一定看到了院子里国生死了，丹桂房人一定又可以看热闹了。

镇上派出所的所长带着三个民警一起来了，他们还开来了一辆破旧的吉普车。所长身后不仅跟着国强，还跟着镇长的小舅子。国强指着秀秀说，所长，这个人就是受害者。秀秀朝国强笑了笑，秀秀的笑容里有感激的意思。所长说这个女人我认识，这个女人就是来交三千块罚款的女人。所长带人拍了死者的照片，又到屋里拍了一片狼藉的画面。闪光灯不停闪着的样子，让许多人都想到了刑侦片开头的情景。只是刑侦片里民警们显得比镇派出所的民警要精神一些，开来的那辆警车也不如刑侦片里面的车子好。

国生当然是自杀。国生自杀是因为吃了屎，挨了打，死了儿子。国生是被巨根的堂兄弟们打的，堂兄弟们又是桂花瞎眼指使的。所长叫来了村主任和治保主任，很威严地对这两个人说，你们的小官是不是不想当了？你们村里的事情为什么特别多？是不是钱多了想交几个罚款？所长说，你们赶紧把尸体抬到山上埋了，尸体又不是鱼，可以长时间泡在雨水里。你让尸体泡雨水里，你们自己为什么不泡雨水里？村主任说，我们泡雨水又不是没泡过，我们在地里干活的时候经常要淋雨，我们不想泡雨水里主要是怕感冒。所长说你不要跟我狡辩了，你再狡辩我枪毙你。村主任说你有什么权力枪毙人？我又没犯法，你为什么要枪毙人？所长听了村主任的话很恼火，拔出了枪。所长说，我不枪毙你，但是我走火总行吧！我一不小心走火了，你信不信？村主任这时候好像有些慌了，说我们已经在处理了，你不要走火，你一走火，我就和国生一模一样了。

院子里后来渐渐安静下来，村主任让人把国生、张小芬和婴儿拖到祠堂里去了，明天天晴的话就会同时发丧。院子里只剩下秀秀、大姐、二姐和三姐，还有国强。国强叹了一口气，说，姐，姐你挺着。秀秀的眼泪突然下来了，刹也刹不住。秀秀听到国强叫她姐，有了那种从未有过的温暖。秀秀有一个弟弟，那个老是生不出儿子的弟弟从来都没有叫过她姐，只会骑在她身上打她。从弟弟一出生开始，秀秀爹就规定弟弟可以骑在任何一个姐姐身上，弟弟可以骂姐姐、打姐姐，弟弟甚至可以骂爹、骂娘。现在国强叫她姐了，秀秀做了姐，眼泪忍不住。秀秀说兄弟，姐欠你的一千块钱看来暂时还不上了，你得多给我欠些日子。国强笑了笑，说，姐，你就别还了。国生走了，你一个人养三个孩子恐怕不容易。

国强走了。国强走出院门的时候,雨停了。秀秀望着院子里的血污,感到很恶心,在院子里猛地呕吐起来,吐得有些翻江倒海的味道。三个女儿一言不发,她们用一种忧心忡忡的目光望着她。秀秀突然觉得三个女儿长大了。秀秀说,你们的爹死了,你们的爹明天一早就要被埋到山上去,你们必须到爹坟前去哭几声,因为你们是国生的女儿。就算国生是个畜生,你们也还是他的女儿。

第二天秀秀带着大妞、二妞和三妞去为国生、张小芬和婴儿送行。秀秀还准备了年糕,准备了粽子,准备了酒,准备了几个橘子和茶叶米。棺是临时做起来的白坯棺,村子里除了村主任带着抬棺的八个丧甲外,再也没有其他人了。坑挖好了,棺下去了,泥土盖上去,坟尖出来了,然后村主任带着丧甲们离开了彩仙山。秀秀说,大妞、二妞、三妞,你们为国生哭几声,你们说,国生你吃粽子吧,你吃年糕吧,你喝酒吧,你吃下去那么多东西就有力气在那边做木匠了,做木匠赚了钱就和张小芬、小弟弟一起用。大妞、二妞、三妞就哭了起来。秀秀又说,你们再为张小芬哭几声,没有人替她哭,你们就做做好事哭几声,你们说张小芬,橘子是留给你吃的,你在那边就替国生做饭,替国生洗衣服,替国生照看好他的那个宝贝儿子吧。大妞二妞三妞又接着哭。秀秀说,你们再为弟弟哭几声,弟弟还没看到这个世界就死了,弟弟虽然跟我没有关系,但是跟你们有关系,他是你们的亲弟弟。这时候从山脚下上来一个人,这个人是背着书包的大豆,大豆是来哭张小芬的。大豆哭得成了一个泪人儿。大豆说张小芬,我不叫你娘了,我叫你张小芬,你有了我这样一个儿子，为什么还要为别人再生一个儿子？所以我不叫你娘，我就叫你张小芬。你把我生下来，怎么又不管我了？我下个学期的学费谁给我付？大豆哭够了，又对秀秀说，秀秀，我也不叫你姨了，我叫你秀秀。要是你不跟我娘好，国生就不会跟我娘好。国生不跟我娘好，就不会有小弟弟，张小芬就不会死，秀秀，是你害死了我娘，你不用赖，一定是你害死了我娘。我以后吃也在你家，睡也在你家，我要你为我交下半学期的学费。秀秀什么话也没有说，只是搂过了大豆的头。秀秀后来说，大豆，你住到我家来吧，秀秀不会不管你的。秀秀错了，所以秀秀不会不管你的。大豆把头靠在秀秀的胸前，大豆的眼泪大把大把地流着，大豆昂起头说，妈。

秀秀下山的时候，路过了邓村山下的丹桂房敬老院。秀秀看到几个老人在晒太阳。桂花瞎眼也睁着一只独眼在晒太阳，她的神情有些落寞，她带人砸了国生的家，所以敬老院里的老人们都不愿和她说话。这时候，她看到进来三个人，后来她看清是三个小孩，三个小孩是两女一男，一个是大妞，一个是二妞，一个是大豆。三个人走到他的身边，大妞递给桂花瞎眼一碗年糕，大妞说奶奶你吃年糕。娘说我们不可以叫你桂花瞎眼，娘让我们叫你奶奶。娘说你没有了儿子，又没有了儿媳，你是这个世界上最可怜的人。二妞递给桂花瞎眼几只粽子，大豆递给桂花瞎眼一壶酒。桂花瞎眼的大腿上放满了东西，但是桂花瞎眼一句话也没有说，突然流泪了。大豆伸出了手，轻轻替桂花瞎眼擦眼泪。大豆说奶奶，你不要哭。桂花瞎眼哭得越来越厉害了，她说我什么也没有了，我只有我的宝贝心肝大豆了。她一把拉过了大豆，在大豆脸上胡乱地亲了起来。大豆很害怕，用尽力气才挣脱出来。然后大豆听到桂花瞎眼轻声叫着，巨根，巨根，你娘的命好苦。巨根是她死去多年的儿子，是大豆的亲爹。桂花瞎眼这样叫着，嗓门越来越大，后来桂花瞎眼站直了身子，大叫起来，巨根，你为什么不回来？你出去那么久，怎么还不回来？年糕、粽子和米酒全掉在了地上，但是桂花瞎眼一点感觉都没有。她看到敬老院门口突然站了一个人，那个人就是秀秀。那个人轻轻地向三个小孩招了招手，三个小孩就像蝴蝶一样飞到了秀秀的身边。

秀秀在敬老院的围墙外边向桂花瞎眼微笑着，她牵着三妞的手，带着大妞、二妞和大豆一起走上了回家之路。离开敬老院之前秀秀用手捋了捋头发，那么安详平静的一个动作，阳光就洒在她的额头，让她多了许多孕妇才会有的美丽。桂花瞎眼就待在原地，她的眼泪没有干，可是突然她的裤子湿了。她不明白为什么自己的裤子会湿，敬老院的许多老人都走到她身边，他们轻声告诉她，桂花，桂花你把尿尿在自己裤子上了。桂花笑了一下，说我老了，我真的老了，看来我还是去找我的巨根吧，只有巨根对我最好。

一切都已经过去了，现在秀秀有了大豆这个儿子，有了三个听话的女儿。秀秀想要平静地生活了，她带着几个孩子向自己的家里走去，在路上她看到了两辆警车，警车和他们擦身而过。秀秀还没到自己家门口，警车又转回头从她身边呼啸而过。后来秀秀从国强那儿听说，警车里面坐着派出所所长和镇长的小舅子，当然还坐着司机。除此之外还坐着桂花瞎眼和巨根的几个堂兄弟，他们坐车不用付钱。

秀秀在冬天来临之前带着大豆、大妞、二妞、三妞回了一趟娘家旺妙。弟媳妇已经生了，又生了一个女儿。秀秀看到弟弟把自己灌成了一个酒人，弟媳妇抱着刚出生的孩子锁着眉头不停地叹气，弟媳妇看上去已经像一个小老太婆了。和弟媳妇一起叹气的是秀秀的爹和娘。秀秀站在娘家的围墙脚跟，她看到围墙上的天葱长势很好，泛着嫩绿的颜色。秀秀就笑了一下，突然感到初冬的气息暖融融、油腻腻的，这样的气味让她的胃很不舒服。她看了一眼一点都没有表情的爹和娘，然后笑了一下。她笑的时候，肚子里酸水直往外冒，她用手按住自己已经显山露水的肚子，一下子吐出了许多水。

11

又是一个春天来临了。清明快到的时候，秀秀腆着大肚子带着大豆、大妞、二妞、三妞一起到彩仙山上去。那时候天空飘着小雨，他们给国生、张小芬和小弟弟上香。秀秀心里的怨气早就没有了，秀秀说国生，你在那边做木匠要勤快一点，张小芬和小弟弟在那边都要靠你生活呢。张小芬，我们都是从旺妙嫁到丹桂房的，你在那边照顾好国生吧，不要让他喝多了酒又砸了别人的家。小弟弟你要听话，你要听国生和张小芬的话，因为你是他们的孩子，他们是你的爹娘。

秀秀又说国生和张小芬，你们给我听好，我也怀上孩子了，我就要生了。我不管生的是儿子还是女儿，你们都要保佑我们母子平安。秀秀又说，大妞、二妞、三妞、大豆，你们按个子高矮给我排好队。队伍排起来了，秀秀说，一鞠躬；秀秀说，二鞠躬；秀秀说，三鞠躬。这时候秀秀感到肚子有些痛，肚子越来越痛，越来越痛，秀秀的眼泪都涌出来了。秀秀一屁股坐在山坡上，这时候她看到了一支迎亲的队伍走在村里的大道上，又一个新娘嫁进了丹桂房。

秀秀说大妞、二妞、三妞、大豆听好，秀秀要生了。秀秀已经来不及去医院了，你们帮秀秀一起生。

迎亲的队伍像一条蛇一样，鼓乐的声音传到了山上。

秀秀说大妞、二妞、三妞、大豆，秀秀现在很痛，你们帮秀秀解了裤带，你们去找几捆草垫在秀秀的身下。

迎亲的队伍被丹桂房人拦住了，他们在向新人索要糖果作为买路钱。

秀秀说大妞、二妞、三妞、大豆，秀秀痛得不得了，你们一起喊一、二、三，你们和秀秀一起用力好不好。

迎亲的队伍继续前行，他们在一座院子前停住了，然后从院子里出来一个顺利嬷嬷，领着他们向院子里走去。

秀秀说大妞、二妞、三妞、大豆，很好很好，你们继续大声喊一、二、三，大妞你把你的手帕塞进秀秀嘴里。

迎亲的队伍全部走进了院子，新娘在两个女人的搀扶下走进了屋，院子里面的人们在把嫁妆抬进屋去。

秀秀说大妞、二妞、三妞、大豆，小孩子要生出来了。秀秀大叫一声，然后他们都看到一个血淋淋的小人。秀秀的脸上都是汗水，她动作麻利地咬断脐带，就像当年她娘生她的时候一样。她又脱下外套包住这个血人，她看到这个孩子下面的小鸡鸡，疲惫地笑了。国生一直想要的，现在总算来了。但是这个孩子的眉眼，却长得和国强一模一样。

秀秀不去管这个小弟弟像谁，她要把自己的儿子养活，养好。秀秀休息了一会儿说，大妞、二妞、三妞、大豆，你们扶秀秀下山。他们走下彩仙山的时候，秀秀听到娶亲的那家院子里响起了清脆的鞭炮声，秀秀看了那座院子很久。秀秀对那座院子很熟悉，因为那是国强家的院子。国强今天娶了一位大竹院的姑娘做老婆，国强今天是新郎。

　　秀秀抱着怀中熟睡的小弟弟艰难地下山，突然想到很多年前的春天，她也是在国生的搀扶下成为新娘，并且一脸幸福地迈进国生家的院子。秀秀想到这里，眼泪突然就滴落下来，刹也刹不住，滴在丹桂房的春天的山坡上。

烟囱

我见到的第一个死人是柳叶。她喝了农药。

这是一个绵长的春天，雨水从很远的地方奔来，连绵的黄梅雨让村子里的人们都变得表情木讷。很多人都会选择午后睡觉，醒来后再对着雨水打一个哈欠。一个叫阿发的癞子突然出现在我家的院子里，像是从地底钻出来的一样。他就站在雨中，衣服湿淋淋的，看上去就显得有些饱满。但是我知道他是一个瘦弱的人，我见过他去溪滩洗澡的时候，回家的路上光着身子，腰间围一块白布，像是一具骨架在行走。现在，他稀疏的金黄的头发也贴在地图一样的癞头皮上。阿发的声音穿透了雨阵，翻了几个跟斗跌落在屋檐下。他说，村主任，柳叶喝了农药。

村主任就是我爹。我是村主任家的一只猫，我一直把村主任当成我的爹。我最喜欢他抽烟的样子，我爹把一口烟喷向了院中的雨水，他什么话也没有说，跟着阿发走了。

我看到我爹的背影在雨里晃了一晃，就不见了，像是被雨吞吃一样。我知道，这个春天，丹桂房村少了一个叫柳叶的姑娘。她让整个春天更加潮湿。我听到了村子的某一个方向，柳叶的母亲受潮的哭声，很喑哑地传了过来。

雨停的那天,柳叶被一群锣鼓声和仍然受了潮的二踢脚的声音抬到了山上。那口薄薄的柳木棺,在这些嘈杂而混乱的声音以上,像一叶水面上的晃荡不停的小船一样,一路颠簸着。太阳就是一团陈旧的棉花,发出并不强烈的暗淡的光。这时候地气开始上升,我家屋前就是村里祠堂的后墙,后墙张开了一张黑洞洞的嘴巴。这是一个巨大的豁口,青砖流着青色的血液,伤痕累累地外露着。那个巨大的墙洞,吸引着我一步步走向了它。我轻易地从祠堂后墙的墙洞进入,祠堂正厅里所剩无几的灵位,在案几上泛着暗红的漆光。墙角放着几具空棺,它们在没有被主人使用前,显得很落寞,不停地打着哈欠。它们同样泛着暗红的颜色,我讨厌这样的颜色。我认为这样的颜色,就是死亡的颜色。

祠堂已经破败了,正厅上的瓦片像阿发癞子的头发一样,差不多掉光了。有一间厢房,已经倒塌,那些凌乱的青砖以下,有许多植物在叽叽尖叫着,兴奋地生长。江南充足的雨水,让它们得到了很好的发育。一些青菜已经老了,开出了茂盛的黄花。不知道是从哪儿来的菜籽,让这块废墟像一个小型的菜园一样。还有狗尾巴草和芨芨草,以及那些叫不出名字的植物,甚至还有一棵幼小的泡桐。我酷爱这些植物向上生长的声音,这些声音令我兴奋。黄蜂就在头顶上快速飞行着,尽管它们不是蜜蜂,但是它们仍然像蜜蜂一样,一次次地扑向了黄色的花朵。

祠堂的大门沉重而缓慢地打开,我看到光线随着门的开启而慢慢扩张。春官走了进来,他的嘴角和脸上布满了血污,整个人都臃肿起来,像一个发酵的馒头。他走到了废墟前,蹲下身子哭起来。尽管他漠视着在春天深处巡行的一只猫的存在，但是我仍然用目光将他深深地笼罩。我看到他脚上的鞋子破了，一只大脚趾从破皮鞋钻了出来，探头探脑地张望着这座破旧的祠堂。

柳叶的后事是油菜帮忙料理的。油菜是一个寡妇，她手脚麻利，指挥着众人忙这忙那。她亲自和柳叶的爹一起，把柳叶从门板上抬起来，放到棺木里。那时候，柳叶被一块白布覆盖。那是一块无比纯净的白布，它盖住了柳叶的瓜子脸和大眼睛，盖住了一对酒窝，盖住了柳叶青葱一样的年岁。春官就跪在柳叶的棺材前。柳叶的两个兄弟，一次次扑向春官，把春官打倒在地。春官像一摊泥一样，他不会反抗，他只会抱着头，屈着身子，像一只倒地的大虾。没有人去阻拦，因为谁都知道，如果柳叶的兄弟不解气，他们又怎么会停止殴打春官？

这个时候，三宝一直没有出现。三宝是柳叶的未婚夫，也是春官的好朋友。曾经的曾经，三宝说，春官，我们进城去，我们去挣城里人的钱。三宝就带着春官去了城里。三宝想要挣城里人的钱，然后把柳叶娶回家。柳叶一次次进城，去看三宝，但是看着看着，却看出了问题，柳叶喜欢上了春官。

三宝和春官在一家铝合金门窗店给老板做事。三宝专门负责给老板切割铝合金，因为三宝喜欢切割机发出的声音，那个圆形的像脸盆那么大的割刀，飞快地旋转着。三宝割断了一根又一根的铝合金，然后在有一天，是天气晴好的一天，他一不小心让切割机打了滑，割在了他的大脚趾上。三宝怪叫了一声，其实他并不疼痛，他一下子拿起了那只躺在地上的脚趾，看了好久以后才发现这只脚趾和自己的脚趾长得很像。这时候三宝又怪叫了一声,晕死了过去。

三宝在医院里的时候,柳叶就服侍着三宝。春官一次次来看三宝,春官说,三宝你别怕,脚趾接上了,你没有少什么东西。但是他不知道的是,脚趾虽然接上了,走路的时候却有些两样。三宝出院的时候,春官去接他出院。然后春官带着三宝去找老板。那是一个长得像冬瓜一样的老板。春官说,老板,你要赔三宝医药费和误工费。

老板说,我已经赔了九千多的医药费,你还要我怎么样?

春官说,必须赔误工费,不然的话,我们的兄弟在城里是很多的……

老板说,我请三宝才做了没多久的工,在他身上我不知道要亏掉多少钱。

春官说,这我不管,你赔不赔?

老板不说话,春官上前一步,一把扭住了老板的衣领。马上有老板的几个帮工来帮助老板,春官手里却突然亮出了一把钢扳手。春官说,你们谁敢动一动,这把扳手就砸烂这颗烂冬瓜头。

春官后来带着三宝和柳叶,带着老板赔出的误工费,又去了另一个工地上打工。但是柳叶却慢慢喜欢上了春官。他们好得很猛烈,在三宝不在场的空隙里,好得有些如火如荼。

柳叶和春官在城市的空气里说话,那座城市叫作诸暨。柳叶说,春官,我们一起走,我给你生儿子。

春官吓了一跳说,三宝怎么办?

柳叶瞪了春官一眼说,那我怎么办?我不能和你分开。

柳叶一把抱住了春官,柳叶说,我们私奔,我们私奔吧。

春官很长地叹了一口气。春官说,柳叶,我们还是算了吧。

柳叶不再说话了,她用细白的牙齿咬住自己的嘴唇。

一会儿,柳叶笑了,她挥起手给了春官一个耳光。

柳叶说,你这点胆量都没有,那你为什么要碰我?你碰了我,就不是在欺侮三宝吗?

春官什么话也没有说,他捂着自己肿起来的脸。春官后来和柳叶一起消失在城市的空气里,他们和一点也不知情的三宝一起回到了老家丹桂房。我看到他们是从一条最长的田埂回到家中的,他们穿越了湖头坂大片的田野。然后他们进入村庄的深处,经过了一截黄泥搭起来的泥墙——那是一截围墙,围墙上放着几盆长势良好的天葱。围墙上还顽强地爬着一些野生的紫藤。柳叶的身影拐了一个弯,就不见了,她回了家。只有三宝和春官,在围墙下点起了烟来说话。

三宝说,春官,我们赚了不少的钱,城里的人钱真多。

春官说,是,但是我们很辛苦,我们差不多变成机器人了。

三宝说,春官,你真不是个东西。

春官说,三宝,你怎么可以说我不是个东西?

三宝说,你以为我不知道?你把我的柳叶怎么了?你怎么可以给我戴上绿帽子?你还算不算是我的朋友?

春官愣愣地看着三宝说,你都知道了?

三宝说,不知道才怪,柳叶在梦里头叫你。

春官不再说话,三宝突然扬起了手,在春官脸上狠狠地抽了一下,把春官嘴里叼着的烟给抽了下来。三宝后来走了,他笑了一下说,我不想怎么样,柳叶给你吧。

那天晚上，春官在自己生了很多锈的铁锅里，为自己炒了一碗蛋炒饭。春官有些饿了，他很勇敢地把蛋炒饭吃完。吃完饭的时候，他才开始打量自己那间破败的房子。这是一间生了锈的房子，一些腐败的气息，在这个久雨刚晴的日子里，一阵阵地扑向了春官。在这样的气息里，春官点亮了一盏灯。那是一盏温暖的十五瓦的白炽灯，在晃动着的灯光下，柳叶来了。柳叶稳稳地走进一片光晕里。她脸上的汗毛很清晰地呈现在春官裸露的目光中。

柳叶说，三宝把我们的事告诉了我爹。我爹差点发疯。我爹说，他这一辈子就别想再抬起头来了。

春官没说话，他的嘴巴微张着，静静地看着柳叶。他看到柳叶的嘴唇薄而小巧，从嘴唇里跌落出来一些新鲜的词语。

柳叶说，我爹说，如果我敢跟你好，他要打断我的一条腿，也要打断你的一条腿。

柳叶说，要不我们离开丹桂房吧，我们去城里。我给你做饭，给你洗衣，我还陪你睡觉，给你生儿子。我们再也不回来了。

春官望着自己那随时都可能被一阵风吹倒的房子说，那我这房子怎么办？

柳叶说，这也叫房子吗？四面都透风的，这最多就是一个亭子而已。

春官说，那我要是走了，还能回村里吗？还能在村里人面前抬头吗？三宝能不恨我吗？

柳叶的眼神里流出失望的神色。柳叶说，那你到底走不走？

春官有些手足无措起来。他不停地在像亭子一样的房子里打着转。他打到第三个转的时候,柳叶默默地离开了。春官望着柳叶那像树叶一样瘦长的背影,他想叫住那个背影,但是他最后没有叫。

这个春天的夜晚,柳叶喝了药。在丹桂房,她是我见到的第一个死去的人。她盖着白布的样子,很深地烙进我的脑海里。然后我看到了寡妇油菜飞快的脚步,她像一个快速旋转的风车,脸上也泛起了红晕。油菜在春官的门前稍作停留。那是一个普通的清晨,天气微凉,有风很轻地吹过。春官蹲在地上,他刚刚吃完一碗油炒饭,他喜欢上了吃油炒饭。他蹲在地上放了一个响屁的时候,油菜已经出现在门口了。油菜轻蔑地盯着他看,油菜说,春官,你等着瞧吧。

柳叶爹、柳叶的两个哥哥、三宝和他的哥哥天宝、地宝,六个男人像六根长短不一样的葱一样,突然出现在春官生了锈的房子面前。春官知道他们来干什么,他索性一屁股坐在了地上。他做好的最坏打算就是被这六根葱给捏死,像捏一只蚂蚁一样捏死。所以他才坐在地上,并且露出了一个迷人的笑容。

春官说,你们是不是想杀死我?你们杀吧。你们想要剥皮也行,就是别把皮给剥破了。春官说完,闭上眼睛,仰天躺了下来,不再说话。柳叶爹挥了一下手,柳叶的两个哥哥,以及天宝、地宝,就把春官扛了起来。他们找到一片空地中的水洼,狠狠地把春官甩了下去,像是要把他给摔碎的样子。我站在不远的地方,看到了一片这个春天最迷人的夹杂着泥水的水花。春官落地了,在一声沉闷的声音以后,混浊的水就开始飞翔。春官躺在地上,没有起来,他无力的目光投在自己那间生了锈的房子上。房子已经被六根葱在瞬间拆掉了。那房子本就像散开的骨架,只要被目光或头发丝轻轻一碰,就会倒下。

房子果然就倒下了。在一声巨响之中,躺在水洼里的春官狠狠地闭了一下眼睛。这时候他突然意识到,他的身下就是春天。

这一个黄昏,我纵身跃上了屋顶。看到村庄里许多密集的烟囱喷出的烟雾,它们在纠缠与升腾。夕阳洒出的红色光线,参与了这一场纠缠,让我觉得这是一个多么红的傍晚呀。然后我就在一间又一间的屋顶上飞翔,黑色的瓦片像黑色的海一样,波涛汹涌。很远的夜色,轻轻淹过来,在我叫了喵的一声以后,彻底地将我小得可怜的身影淹没。

这时候我看到了废弃的祠堂里一间侧厢房亮起了微弱的灯光,春官表情木然地举着这灯光。这个无家可归的年轻人,在他将油灯熄灭以前,我看到他把一张竹席铺在地上,然后他缓慢地倒了下来。黑夜正式来临。

现在,我要讲讲我们家的烟囱了。我们家的烟囱老是堵着,那些不能上升到天空中的烟雾,就在灶披间里弥漫开来。我爹对这些烟雾非常愤恨,他看着他老婆被烟熏肿了的眼睛,大叫一声,让春官来。春官这个杀坯,怎么没有一次把烟囱捅干净的?

春官的身影就出现在我家的屋顶。只有我,可以轻捷地跳上屋顶,陪伴在春官身边,看着他专心地用一根竹竿顶上缚着竹梢的工具捅烟囱。这其实是一把奇怪的扫把。春官捅干净烟囱以后,从屋顶顺着梯子往下爬。他从我爹手里接过了两块钱。他现在的职业是捅烟囱的。夏天已经来临了,许多人家都请他去捅烟囱,所以这个夏天被春官捅得支离破碎。而他自己,也整天黑着一张脸,像非洲人一样。

我喜欢蹲在屋顶,看那些飘摇的水袖一样的烟,从烟囱里冒出来。这真是一种奇怪的东西,看得见却摸不着。瓦片被夏天的阳光烤热,即便是到了晚上,也升腾着一股热气。我愿意被这样的热气包裹,这种热气让我兴奋,让我能感觉到我还活着。然后,我看到了春官拉着一辆板车出现在祠堂道地。那是一片空旷的道地,春官和他的板车显得有些孤独。这是春官的又一个职业。

镇上在一个叫十里牌的地方建起了殡仪馆。镇长说,以后所有村子里的人若死了,不能土葬,统统烧掉。镇长是挥舞着一份文件说的,说的时候他的金牙就在阳光底下闪闪发光。丹桂房的老芋头死去的时候,不愿火化,他告诉自己的三个儿子,如果把他火化了,三个儿子就是不孝。

我能记得起那天天气阴沉,老芋头的棺材已经被鼓乐声和二踢脚的声音哄抬到了山岗上。镇长带着派出所的警察和应急小分队的民兵一起来了,镇长拍了拍自己肥硕的肚皮笑了。镇长说,烧不烧?你们三个小子给我听着,老芋头是文件下来后第一个不愿被烧的人。我们等了很久了,我们就是要抓一只出头鸟给大家看看。你们,烧不烧?

三个儿子什么话也没有说,他们都举起了铁锹,他们不愿意自己的父亲认为他们不孝。镇长又笑了,走到大儿子的身边,轻轻地拍了拍大儿子的脸说,暴力抗法,判刑十年。说完镇长转身离去了,留下了警察和民兵。镇长回到了镇上,正好有人要请他吃饭。镇长在民生饭店的小包厢里举起了酒杯。镇长举起酒杯的时候，在丹桂房的某座山上，三个儿子已经被民兵和警察制服，他们没有被铐上手铐，而是被人用麻绳绑了起来。

丹桂房通往镇上的道路，是一条小得可怜的鸡肠一样粗细的道路。因为不通车，所以老芊头和他的棺材一起被放在了板车上。拉着这辆板车的人，就是春官。他兴高采烈地拉着板车，是因为他可以拿到十块钱报酬。在通往镇上的道路上，我分明听到了老芊头的一声叹息。这声叹息从棺材的板壁里掉出来，跌落在地上，刚好砸在了我小巧的身上。

没有人在意一只猫，它睁着一双阴阳眼，注视着丹桂房的一切。它把更多的目光落在了春官身上。春官的板车，很快成了少年们的玩具。在死人不多的日子里，这辆板车被少年们在祠堂道地拉来拉去。许多少年坐在板车里，疯狂地喊叫。许多稚嫩的声音，从小小的胸腔里弹出来。我也混在了少年们的中间，兴奋得有些忘乎所以。我挤上板车，看到一个稍大一些的叫作拖拖的少年，正拉着车疯狂地奔跑。他的脸上挂满了汗珠，他在叫喊，噢，噢噢。他是油菜的儿子。

其实这是一个红色的黄昏，我眼里的景象开始显得不太真实，像一张飘摇着的图画。我看到的是一大群的少年，他们竟然坐在死人坐的板车里，疯狂喊叫。不远处的祠堂门口，站着春官，他在吃一碗阳春面，他吃面条的声音稀里呼噜地响着。他笑了，他的板车车轮滚滚，这让他有了成就感。

这个暗淡的黄昏，我突然爱上了油菜的儿子拖拖。这是一个长得并不太好看的少年，细小的眼睛，有些塌的鼻梁。但是他脸上的汗珠勃发的样子，让我觉得这就是最大的生命了。他仍然在奔跑着，气喘吁吁的声音越来越响，最后我听不到板车上少年们的喊叫，只看到他们嘴巴一张一张的样子。我的耳朵里灌满了拖拖的喘息声，我就混在这批少年的中间，阴险地望着板车以外这个光怪陆离的世界。

这是一个无比漫长的夏天，让我觉得这个夏天充斥了四季。许多狗都把舌头伸出嘴外，不停地摆动。看上去它们就像是不想再要舌头的样子。田野里谷子的气息，夹杂着稻草的气息，在这个空气热得将要燃烧的日子里，四处游荡。人们都在忙碌，他们的头上冒着热气，脸上和胸膛挂满汗水，无论是男人和女人，都散发着汗臭。然后他们把一些饱满的已经死去的稻谷，堆进祠堂那仅有的几间未曾倒塌的空房间。

空房间其实是一个美好的地方，尽管也结满了蛛网。空房间让稻谷把它的内容填充了，这样就使得空房间显得无比舒畅。这是一个没有一丝风的下午，知了已经挂在树上死去。我弓着身子走路的样子，像一个七八十岁的老人，悄无声息却又形同鬼魅。我看到油菜的时候，油菜正勇敢地骑在春官的身上。春官就躺在谷堆上，他的两只手像向上分叉的树枝一样，托举着油菜不停乱甩的乳房。油菜的样子，很像是在草原上骑马。她的屁股有节律地运动，看上去她的表情很愤怒，咬牙切齿的样子。

油菜喘着气说，你有没有把柳叶给干了。

春官说，这很重要吗？你自己又不是没被人干过。

油菜说，如果你没把柳叶干了，那就是便宜了老娘了。

春官想了想说，我没有干过。

我笑了。我知道春官撒了一个女人都喜欢听的谎。油菜疯狂地动作着，夹紧双腿，像一个草原上的骑兵女英雄一样。前方是草地，是河流，是天空和云的海洋，油菜就那么一直向前冲着，一头冲进一个闷热的夏天。

后来油菜从春官的身上下来了。春官就压在油菜的身上，春官的屁股在屋顶破了的瓦洞中漏下的一缕光线中，无比白净。他怎么可以有一个比油菜更白净的屁股呢？我看到一条青蛇，从断砖堆中游了出来，它的眼睛闪着冷冷的光。在我的记忆里，这是一道这个夏天中最冷的青光。我不知道青光是从什么时候消失的，仿佛是从来都没有来过一样。这时候油菜的叫声却响了起来，她的两腮通红了，眼睛里有一道可怕的光，嘴巴大张着，两只手紧紧地捧住春官的头。他们的脸都扭曲了，样子很吓人。油菜在一阵像哭一样的叫声过后，不停地喊着，春官，春官，官官官官官……

我悄悄地离开了那个谷仓。我相信此后的一个绵长的午后，两个大汗淋漓的人，一定会在谷仓里发很长时间的呆，相互替对方捉粘在皮肤上的谷粒。那些谷粒一定会像不会动的虫子，素雅而温润。这是一个令人伤感而寂寞的夏天，在阵阵的热浪之中，我突然有想要哭的冲动。

当我抬起头的时候，看到祠堂内废墟之中的那棵泡桐，仿佛又长了一截。有一天，它一定会长成大树的。我想。

黄昏再次降临的时候，我蜷缩在我爹的脚边。他仍然在抽着利群牌香烟，一言不发，像一件随意摆在那儿的东西一样。一会儿，院门被推开了，春官的头和身子一前一后闪了地来。他手里提着两个糖水荔枝罐头，走到堂屋，把罐头往八仙桌上一放说，村主任，我要讨老婆了。

烟囱 | 059

我爹说，你要讨谁做老婆了？

春官说，当然是油菜了，除了油菜这个寡妇，还有谁愿意嫁给我？

我爹说，可是他有一个儿子拖拖，而且她比你大五岁。

春官说，有儿子就是给我省力气了，我省得再重新生一个。比我大五岁又怎么了，难道大五岁就不是女人？就是大五十岁，我也把她娶回家。

我爹说，你送两个糖水荔枝罐头就想让我给你开介绍信？

春官大吃一惊，他的头往后仰了一仰，我看到他梳得很油滑的头发有一缕耷拉下来。春官说，村主任你狮子大开口，难道你想要一个罐头厂？

我爹笑了，笑着笑着就沉下了脸。我爹说，你要是再惹出柳叶那样的麻烦事来，你要是对不住油菜，你要是对油菜的儿子拖拖不好，我他妈的一定敲断你的第三条腿。

油菜要嫁人了。但是油菜的大伯却没有同意。油菜的大伯就是阿发癫子，他是油菜死去的老公的哥哥。他在勇敢地喝下了一斤同山烧后，很快就把自己给弄醉了。醉后的阿发癫子，头皮闪着粉红的亮光，他摇晃着自己瘦弱得像一根草一样的身子，走到了油菜面前，指着油菜的鼻子说，你件东西，你件东西，是要嫁人了？

油菜正在铡草，她一边铡草一边头也不抬地说，嫁人怎么了，我不能嫁人吗？

阿发癫子打了一个酒嗝，他闻到了自己嘴里喷出的酒气。他仍然摇晃着身子说，你要是嫁人，我兄弟留下的房子，你不能带走。

油菜仍然在铡着草,她的手飞快地动作着,那些野草纷纷惨叫着在铡刀下面断了气。油菜什么话也没有说,她只是不停地铡着草。草腥的气味,很快在这间小房子里弥漫开来。好久以后,油菜抬起了头,她盯着阿发看,阿发的眼睛一翻一翻的,一会儿阿发像一条咸鱼一样,咕咚一声倒在了地上。

这是一条长相不错的咸鱼,身材修长。油菜后来跨过了咸鱼的身体,她走到院子里,打了几个响亮的喷嚏。然后她去了祠堂,找到了正在修补板车轮胎的春官。春官头也不抬地说,什么事?

油菜说,阿发癞子不让我带走房子,说是他兄弟的。

春官仍然头也不抬地说,那要不我去收拾他?

油菜说,你收拾不了他。他虽然长得像一根草一样,但是他的两个弟弟和三个小舅子,都长得像牛。你能打得过牛吗?

春官抬起头来,他对着太阳翻白眼。油菜知道他这是在开动脑筋。过了一会儿春官说,打不过的,肯定打不过。打得过的话,我就是霍元甲了。

这天晚上,油菜关掉了灯,手里拎着一只皮箱,慢慢地退了出去。丹桂房的习俗是,寡妇改嫁的时候,必须晚上走,必须倒退着走。油菜走出了院子,她看到了院门口站着的阿发癞子和他的两个弟弟,也就是她曾经的两个小叔子。他们看着油菜合上了院门,看到油菜慢吞吞地倒退着走路。

油菜家到祠堂的路上,有一条长长的弄堂。弄堂上方亮着一盏昏暗的路灯,许多小虫子都乐此不疲地在路灯下跳舞。弄堂的两边站着许多人,他们都一言不发地看着油菜,拎着皮箱

烟囱 | 061

倒退着走路。她的脸上,盛开着微笑。我站在屋顶上,远远地看到一个叫油菜的女人,这天晚上她脸上的皮肤出奇地光洁。这是一个漫长的镜头,油菜走这条弄堂走了很久。油菜后来被黑夜正式吞没了,吞没之前,她来不及发出一声惊叫。

拖拖是在天色将明的时候潜进祠堂的。他曾经反对油菜嫁给春官,他说他不能去。但是他想了很久以后,还是在天色将明时,敲开了祠堂的门。拖拖看到油菜来开门,她连上衣也没有穿,两只乳房就那么晃荡着。拖拖狠狠地闭上了眼睛,他知道,这个女人不仅仅是他的妈妈,还是春官的女人。拖拖走进那个破败的房间时,看到春官把手放在肚皮上,四仰八叉地躺着,正在打着呼噜。拖拖又狠狠地闭上了眼睛。

第二天的时候,油菜站在一堆黄泥上,她白嫩的脚不停地踩着黄泥。有人问她,油菜,你干什么?你难道想要把这些黄泥踩死吗?

油菜笑了。油菜说,我们家春官说了,要砌一口灶头。我们要自己过人家了。

我们家的春官果然就在砌一口灶头,他在墙上开出一个洞,就算是烟囱了。黄昏的时候,青砖墙的那个洞口开始冒烟。我站在很远的地方看,看到了那淡蓝的新鲜的烟雾,从墙洞里钻出来,很像是墙洞流出来一股蓝色的血液一般。祠堂道地上,少年拖拖正拉着春官的那辆板车飞奔,车上坐着四五个同样年纪的少年。他们在欢叫,噢啊噢啊的声音此起彼伏。在他们的叫声中,丹桂房最长寿的朱老头死了。

我爹来叫春官。我爹抽着利群牌香烟,站在了这个简易的烟囱前。他看了那个烟囱很久,笑了。然后他大着嗓门叫了起来，春官，你给我滚出来。

春官听到了我爹的声音，从里面走了出来。他说，村主任，是不是有什么任务了？

我爹说，朱老头死了，你去帮忙吧，你和油菜都去。你去给朱老头穿寿衣，油菜去给朱老头哭几声。后天，借你的板车，把朱老头拉到十里牌去烧了。

春官和油菜一起走了。我没有跟着一起走，而是上了祠堂的屋顶。在屋顶之上，我可以看到夜幕的徐徐降临。风一阵一阵地吹着，像一只手在温顺地抚摸着我的皮毛。一会儿，我听到了油菜暗哑的哭声，那是一种很累的哭声，可以挣到一些钱的哭声。油菜的哭声，差一点让我也落泪了。

朱老头死了，据说缩成了一个孩子的样子。鼓乐齐鸣起来，这个长得像孩子似的老人，是村里的长者。在三年之前，他还挺着腰杆，白须飘飘地在村子里走来走去；三年以后，他就成了一个安静离去的孩子。

第三天，春官用板车拉着朱老头下山。我爹也下山了，他是村主任，当然要为了五保户朱老头去殡仪馆办理一切事务。我上了山，像一只野猫一样攀上一棵松树。我的目光向山下延伸，可以看到村子里的许多烟囱，正在冒烟。这些烟，像向上伸长的树根一样，一直把根须伸到天空中。

如果你在四月的好天气里一抬头，一定会看到不远的山坡上开满了白白的梨花。那是一片柔软的风景，天宝就在这片风景里锄草。这是村里最有钱的龙少爷承包的果园，龙少爷像从前的地主一样，会偶尔出现在田头地角，看一看长势喜人的庄稼。天宝被龙少爷叫来，伺候他的果园。等到果子成熟的时候，就住在草棚子里看管梨头。

这已经是第二年的春天了。第二年的春天油菜的肚子已经高高地挺了起来。油菜很喜欢跟着春官，春官爬到别人家的屋顶上去捅烟囱，她就在下面给他递捅条。看到春官浑身墨黑，沾上了烟灰的时候，油菜会大笑起来。她看着一个站在屋顶上的人，那个脸黑黑的，眼睛在乌溜溜打转的人，是她的男人。春官去地里的时候，油菜也跟着，油菜像一个监督员一样监督着春官的劳动。

在长长的雨季来临以前，天宝碰到了一条叫狗屎扑的蛇。这是一种蛇头长得像一块烙铁的蛇。天宝锄草的锄头惊动了这条正在睡午觉的狗屎扑，狗屎扑打了一个哈欠，然后它冷冷地笑了。它把头昂了起来，对着天宝。天宝一下子就愣住了，他肯定是知道了自己的危险，当他本能地举起锄头的时候，狗屎扑像一粒子弹一样，迎向了天宝的胸口。天宝的胸口像被针扎了一下，然后那条狗屎扑不见了。这简直是一条会飞的蛇。

天宝在这个普通的下午，看到了一树又一树的梨花。那些星星点点的浪花一样的梨花，成群结队地涌进了天宝疲惫了的视野。天宝还看到了梨花的远处，春官也在自留地里锄着草。油菜在嗑瓜子，瓜子皮从她薄薄的嘴唇中翻飞着出来，像一只只蝴蝶一样。天宝大叫起来。天宝说，完蛋了，我完蛋了，我一定是完蛋了。

天宝以为他是大叫的，其实他没能叫出声来。那些声音显得虚无缥缈，像是在一场很远的梦境之中，出现的一块飘着的纱巾一样。但是天宝还是看到了油菜惊愕的脸，油菜和春官在说着什么，然后春官向果园飞奔过来。春官看到了天宝发黑的胸口，春官一把背起了天宝。

这是一场四月的飞奔。春官背着天宝奔向了下山的路，他要把他背到镇卫生院去，听说那儿有血清可以注射，那是一种治疗蛇伤的药。春官背着天宝跑过祠堂道地的时候，拖拖正拉着那辆板车在空旷的道地飞奔着。板车里这一次竟然空无一人，他不知道累，他的脸上泛着汗水与红光。当拖拖看到春官背着天宝一闪而过的时候，拖拖拉着板车紧紧地跟了上去。

一条漫长的下山的道路，就在春官的脚下慢慢短去。春官不知道自己的鞋子什么时候跑脱的，也不知道他的脚底板什么时候已经血肉模糊。春官的身后跟着拖拖。春官终于累得不能动了，他和天宝两个人都要倒下的时候，拖拖把他们搬上了板车。现在，拖拖在飞奔，板车后面跟着的，也是一些飞奔着的村里人，其中就有地宝和三宝。三宝跑不快，他的大脚趾被切割机裁掉以后，走路就有些异样了。

拖拖终于把板车停在了镇卫生院的门口。他抬起手，用袖子擦了一下自己额头上的汗，回转身来对着春官笑了。春官已经缓过神来，他又背起了天宝，跌跌撞撞地扑向医院里他见到的第一个医生。

春官说，医生，你快救他，他被狗屎扑咬了一口。

医生一把掀开了天宝的胸口，看到了那个被蛇咬伤的伤口时，皱了一下眉头。医生说，你快去挂号。

春官说，可是我没有钱。

医生说，没钱你就等等。

春官想了想说，可是我有的是力气，你们要不要力气，我

烟囱 | 065

可以拿力气还给你们,我可以天天给你们医院挑水。

医生说,我们医院用的是自来水。

春官想了想又说,那我可以帮你们医院抬尸体,你们医院一定会有许多尸体需要抬。我力气很大,不信你让我抬一下试试。

医生恼怒了,他不想再说什么。当他抬脚就要走开的时候,狂怒的春官放下了天宝,一把揪住医生的领子,把医生的双脚举离了地面。春官大吼一声,你件狗东西,你敢不救天宝的话,我就把你切成十八块。

这是一声洪亮的声音。大厅里那些排着队挂号或者取药的病人们,以及许多刚好经过的医生们,都把目光投在了春官的身上。春官慢慢地把医生放了下来,医生的脸已经青了。医生拼命地点着头说,救的,救的,肯定救的。

天宝没能救过来。天宝死在了医院里,连家也不用回,就直接让春官用板车把天宝拉到了十里牌的殡仪馆。春官的脚已经血肉模糊了,他的趾甲也不知道遗落在什么地方。油菜赶来的时候,刚好看到春官在发呆。油菜心痛得眼泪一下子就下来了。油菜说,春官,春官我们回家。

春官的脚被医生消毒后,用纱布包了起来。医生说,你得挂盐水,不然的话伤口会发炎的。春官没有挂盐水。春官知道自己并没有钱,他让拖拖用板车把他拉了回去。春官突然觉得累了,把天宝背下山是一场盛大的运动,几乎用完了春官一生的力气。

第二天清晨的时候,三宝的父亲萝卜,带着三宝和地宝,以及两个女婿,站在了祠堂道地。他们站成一排,每个人手里都拿着一根棍子。天还没有完全亮，薄雾锁住了整个村庄。五个男人坚强地站在薄雾中，他们还在不停地抽着烟。

三宝说，爹，咱不怪他，这事儿咱不能怪他。

萝卜哼了一声说，怎么不怪他？是他存心跑得慢的。如果他跑得快，天宝就不会死；如果他跑得快，他干吗让拖拖那么个小屁孩用板车拉着他们跑？拖拖能跑多快？

三宝说，爹，可是如果春官不想救天宝的话，他完全可以不去管。他可以装作没看见。

萝卜又哼一声，在三宝的头上猛拍了一记说，你真是件不长记性的东西，你忘了春官曾经让你戴了绿帽子吗？你还好意思说？

三宝不说了。一会儿，门被油菜打开了，她是来倒一盆洗脸水的。刚刚泼出洗脸水的时候，她看到了站在门口的握着棍子的五个男人。男人们一起涌向了小屋，他们把油菜拎了起来，然后像扔一件旧东西一样，扔在了墙角。

五根棍子之中有四根在飞舞着。春官抱着头，他没有反抗。但是他的眼泪却流了下来。他听到耳边响着棍子舞动时呼呼的声音。其中一棍击在了他耳朵上，他的半只耳朵随即就耷拉了下来。他分明听到血流出来的声音，像是一股泉水一般，在他的耳畔响着。

油菜号啕的声音响了起来。薄雾正式散去了，许多丹桂房的村民们听到了号啕声，他们端着饭碗出现在祠堂的门口，一边吃，一边看热闹。三宝的手里仍然握着那根棍子，他站得远远的，像是这事和他没有关系一样。他想起了自己的脚趾被切割机裁下来的时候，春官和铝合金门窗店老板想要拼命的样子。

烟囱 | 067

他就知道，这根棍子他敲不下去。

现在春官像一条奄奄一息的泥鳅，被四个男人拖了出来。萝卜的手里，突然多了一个玻璃相框，相框里是露出满嘴黄牙，傻笑着的天宝。萝卜用一只手指指着春官愤怒地喊，让他磕头，让他磕头。他的唾沫四溅开来，像一场从天而降的碎屑。萝卜的两个女婿和地宝就一起奋力地按春官的头。春官的头被按倒在地上，他没能挺直身子跪住，身子一软就歪倒在地上了。地宝的一只脚踏在春官的侧脸上，恶狠狠地说，他妈的，我让你永世不得翻身。

油菜挺着肚子挤进了人群，她的头发散乱着，她说你们别这样行不行？你们不要这样。萝卜冲到了油菜的面前，他的一只手里仍然捧着相框，另一只手一下子戳到油菜的脑门上，大喊道，不行，你这个女人给我滚开，不然我萝卜不客气了。然后萝卜的一只手又指向了春官说，这个人不仅让我的小儿子戴了绿帽子，而且让我的大儿子死了。今天我要是放过他，我就不是萝卜。

春官软软地倒在地上，他什么话也没有说。一场雨在这个时候来临了，许多村里人都躲到了不远处的屋檐下。春官微笑了一下，一场雨让他飘浮着的心凉爽起来。地宝扛起了他，像扛起一棵被砍倒的树。萝卜的大女婿扛来了一把梯子。地宝顺着梯子往上爬，他把春官的身子架在了梯子的横档上，春官的头刚好对准了那个当作烟囱用的墙洞。这时候一股烟从洞里喷了出来，像一条虚无缥缈的巨大的蛇。这条蛇吞咬着奄奄一息的春官。萝卜的小女婿在灶间添柴烧火，他奋勇地烧着火，他用吹火筒拼命地吹着火。雨开始变大了，雨可以把烟雾淋湿，但是雨并没有能让烟雾小下去。春官像是从昏睡中醒来一般,他挣扎了一下,梯子倒了下来,春官就倒在了地上。

这个时候我只能听到雨声。我就站在一间平房的屋顶上,看着脚下的这一切。我看到我爹出现了,他好像是从很远的地方来的,走进一幅画里面的一个村子。他手里举着一把油纸伞,走到萝卜的面前,很轻地说,放了他。

萝卜还要分辩。我爹又说,放了他。萝卜的儿子和女婿都站成了一排,仍然手握木棍。我爹笑了,说你要不劈了我,要不把他扛回家去。我爹的话刚说话,几个民兵就奔了过来,他们的手里拿着粗大的麻绳。我爹说,萝卜,把春官扛回家,赔他医药费,这事就算完了。要不然我让民兵把你捆起来送到派出所。你知道派出所的老杨,他下手比你还要狠。

萝卜不再说什么了。他看了一眼地宝,地宝忙把春官扛了起来,扛进祠堂那间旧屋里放下。地宝出来的时候,看到油菜呆呆地坐在地上,坐在一汪雨水里。她很像是一株在雨中突然成长的包心菜,泛着新鲜的淡绿的颜色。地宝走出祠堂的时候,没有想到一块木板砸向了他。那是一块钉着许多钉子的木板。木板砸向了他的屁股,他的屁股上立即就多了几个细小的血眼。地宝惨叫一声,他慢慢转过头去,看到了拖拖。拖拖手里仍然举着那块板,那是一块从旧祠堂拆下来的木板。拖拖的牙齿紧紧地咬着嘴唇,咬出了几个血泡,看样子是要把嘴唇给咬穿了。地宝想要扑向拖拖的时候,我爹大叫一声,地宝你给我滚回去,你不滚回去我马上叫人把你捆起来。

后来……后来就渐渐平静了,人群开始散去。我威风凛凛的爹扶起了发呆的油菜,然后带着他的民兵离去。拖拖扶着油菜进了祠堂，祠堂道地就变得空无一人。这时候，雨更加大了，雨愤怒地抽打着瓦片，也抽打着我。雨在瓦片上溅起了一阵阵的水雾，让我的视线变得模糊。但是，在这个被雨淋湿的黄昏，我仍然看到了许多雨中的烟囱，喷出了潮湿而忧伤的烟雾。

大部分的日子里，丹桂房还是天气晴好的。无风的时候，那些烟囱喷出的烟可以笔直地上升，直达天空的心脏。春官仍然出现在别人的屋顶，替人家捅烟囱掸烟灰。他变得默不作声，有好些时候，他就在人家的屋顶上发呆，或者用笔直的目光望着远方的彩仙山。许多人都说，春官好像有些疯了。

春官的嗓子，因为被烟熏了一回，变得无比喑哑。他发出的声音，像是从喉咙里滚出来似的。春官的嗓子坏了，坏了嗓子的春官不太愿意再说什么话。很多时候，他更像一个勤劳的聋哑人。

秋天按照预定的目标到达了丹桂房，那时候田野已经金黄一片，那些稻谷们得意扬扬地等待着秋收。黄鼠狼在田间兴奋地活动，夜以继日地偷盗粮食和放臭屁。秋虫开始在每一个夜晚，声嘶力竭地鸣叫。油菜一次次地抚摸着自己的肚皮，她和春官的孩子，就要在这个深秋降生。

拖拖也变得不太说话了。他仍然喜欢一言不发地拉着那辆板车，在祠堂道地这一片空旷之地狂奔。板车上仍然会坐着呜哇乱叫的一群少年。在每一个黄昏，拖拖把自己搞得大汗淋漓。这个时候我看到了蜻蜓，它们选择在低空飞翔，姿势优美。

下了一场秋雨以后，丹桂房竟然发生了一次微弱的地震。那时候是清晨，我正蹲在我们家的屋顶上，望着四周，突然就觉得屋子开始摇动。我不知道那是地震,在这之前,我还看到一条青蛇,从祠堂的一根梁上爬下来,游向了远方。我终于看清那是一条身材很不错的青蛇,它泛着的青光,让我突然觉得好像有什么事情要发生。然后,老鼠们开始奔逃,麻雀开始成群起飞;再然后,屋子开始动摇。

这一场微震,村里只倒塌了一间房,那就是祠堂里那间春官居住的房。在这个天亮时分,油菜已经没有了哭声,她很安静地捧着肚子坐在祠堂道地的一块空地上,拖拖就站在她的身边。而许多人都在奋勇地挖着一堆砖砾,挖了很久以后,终于挖出了春官。

看到春官的一只胳膊从砖头下露出来的时候,油菜笑了,油菜说春官,你这是何苦?

看到春官的另一只胳膊露出来的时候,油菜说,春官,你真不是个男人。

看到春官的一条腿的时候,油菜说,春官,你丢下我,也丢下了你的孩子。你真没良心。

看到春官的另一条腿的时候,油菜说,春官,我恨死你了。你如果没被压死的话,我一定咬死你。

拖拖就站在油菜的身边。拖拖好像突然长大了好多,尽管他一言不发,但是他已经像一个男人了。

后来大家都知道,房子开始摇晃的时候,春官带着拖拖和油菜出来了,他们站在祠堂道地,像三只孤独的鸟一样。但是春官突然又冲向了摇晃中的房子,油菜没能拦住,当她听到一声巨响的时候,她就一屁股坐在了地上。

这时候,油菜的肚子开始痛了起来。拖拖忙拉起了板车,他在板车上铺上稻草,然后让油菜躺在了板车上。拖拖开始奔跑,他跑向了镇上的卫生院。我们能知道的,是三天以后,拖拖拉着油菜,以及他刚出生的弟弟回来了。他们又住到了原先住的地方,那是油菜以前和拖拖的爹住的院子。那个黄昏,仍然有许多蜻蜓在飞翔。我看到三宝拎着一只塑料袋,袋里装着红糖和挂面,他推开了油菜家的院门,然后他走到油菜的面前跪了下来。

油菜抱着一个孩子,她不停地把自己的脸贴在孩子的脸上。她轻轻地说,你知道吗?以后没有人给我掏耳朵了。三宝举起手来,打了自己一个耳光。

油菜说,你知道吗?以后没有人给我梳头了。

三宝又打了自己一个耳光。

油菜又说,你知道吗?以后没有人给我洗脚了。

三宝还是打了自己一个耳光。

油菜接着说,你知道吗?以后没有人给我剪指甲了,没有人给我暖被窝了,没有人给我讲黄色的笑话听了。

三宝就一个接一个地打着自己耳光。三宝一边打着耳光,一边眼泪鼻涕都流了下来。三宝说,春官兄弟,春官兄弟我该死,我该死。

这个秋天,我们丹桂房村死去了一个叫春官的人,多了一个春官的孩子。

春官是在七天以后被烧掉的,因为春官要等一个叫油菜的女人给他送行。那时候油菜正在医院里生孩子,所以春官就在殡仪馆被放了七天。

春官是第一个坐灵车的人。镇上通往丹桂房的车路刚好修通了,那辆旧面包车改装成的灵车一直开到了山上,开到了丹桂房。开灵车的司机是一个白净的小伙子,他在拿了三宝递上的两盒烟后,帮忙把春官扛上了车。

　　然后,司机开着车走了。三宝想了想,想了想,还是拉着一辆板车追了上去。三宝不是拉板车的好手,但是他仍然追上了灵车。果然灵车在山路上就抛了锚。三宝追上灵车的时候,正看到那个小白脸用脚狠狠地踢着灵车。三宝忙喊,你轻点,你轻点,你踢那么重干什么。

　　三宝的意思是,车里面睡着一个人。

　　三宝后来把春官从车里面搬了出来,放在了自己的板车上。他慢吞吞地拉着春官下山,他不知道这个时候,在镇卫生院的产房里,春官的孩子刚刚降生。当然,他也没有听见躺在板车上的春官,嘿地轻笑了一声。一路上,三宝都在说话。三宝的脑海里浮起了他们的少年光景,他们打架,偷瓜,砸窗户,偷看大嫂们洗澡。然后他们长大了,一起去城里,去赚城里人的钞票,很想把城里人的钞票赚光。然后三宝在用切割机割铝合金的时候,把自己的大脚趾割了下来。然后春官就去医院里看他,就找老板要求赔钱,就和老板扭打在一起,就和柳叶好上了。

　　三宝想着想着,眼前一片雾茫茫的。三宝的喉咙翻滚着,反复吐出的只有两个相同的音节,春官,春官,春官。

　　三宝把春官送到了十里牌的殡仪馆,然后他折了回来。他折回来的时候,已经是第二天中午了。他看到了满面怒容的萝卜。萝卜说,你是不是想要把我的脸丢光?三宝笑了。三宝是含着眼泪笑的。三宝说,萝卜,你以后别再在我面前指手画脚。

七天以后,我爹带着一些村里人坐上了一辆租来的面包车。油菜抱着孩子,带着拖拖一起上了车,三宝也上了车。我在车门合拢前,也跳上车去。这是我第一次出远门旅游,我想象着有很多好的风景在等着我。我们到了十里牌的殡仪馆,殡仪馆不大,但是烟囱却很高。我上了一个小土包,风一阵一阵地吹着,我的脑子里空荡荡的,什么也没有去想。我只看到那根高高的烟囱,冒起了烟。那一定是春官的烟。

这个秋天因为一场小小的地震,以及几场缠绵的春雨,外加春官的突然离去,而变得无比的漫长。我爹带着村里人坐着面包车回去了,我没能回去。我发现车子开走的时候,飞奔着向车子扑去,但是车子比我跑得更快,它也是飞奔着扑向了远方。

我回到了小土包,开始在小土包的一棵树下,想念祠堂倒塌后形成的美丽废墟。那里的野草肯定长得更加疯狂了,那儿的泡桐一定又长高了很多。我发现小土包附近有许多猫,它们形成了一个包围圈向我靠拢,猫视眈眈地望着我。我想,它们一定和我一样,也是从四面八方到达十里牌的。

我成了一只流浪的猫,我生活在城里。城里人用的都是煤气灶,所以这儿看不到烟囱,我只好待在一个桥洞里一次次地回忆着丹桂房和十里牌的烟囱。冬天悄悄降临,天气越来越寒冷了,我的目光所及之处,到处都布满了冬天。有一天我从桥洞溜了出来,走到了大街上。这时候下着一场冬雨,南方的冬天,总是被冬雨淋透。我看到红绿灯附近,那么多的车子在前进,它们多么像是一只只铁做的老虎呀。突然之间,我看到了柳叶，她拎着一塑料袋的苹果，塑料袋破了，苹果掉出来，在地上滚了一地。柳叶弯下腰，认真地捡着苹果。不远的地方，春官撑着一把雨伞，向这边挥着手。柳叶捡好了苹果，一扭一扭地向春官奔去。

我也向春官奔去。他应该认识我就是村主任家的猫。这时候我听到了一声急刹车的声音，许多人围了过来。我仿佛看见了老家丹桂房村民们的烟囱，在黄昏时分，喷出一道一道的烟雾，把大地和天空连在了一起。雨越下越大，春官和柳叶的背影渐渐远去，隐没在人群中。我慢慢合上了眼睛，开始一场最最漫长的冬季睡眠。真累呀。

萤火虫

1

阿斗站在自己家的屋檐底下。他看到太阳白花花地落下来，落在地上，然后这阳光像一群奔跑中跌倒的小孩一样，瞬间就爬了起来，继续向阿斗奔来。它们叽叽喳喳地缠住了阿斗，阿斗心里说别吵别吵，然后他笑出了声音。阿斗已经十岁，但是阿斗不会说话。阿斗三岁的时候生病，去镇医院里打了一针后就不会说话了。阿斗叉开双腿，他看到有些阳光从他的腿下钻过，有些阳光跃上了他的手臂。接着知了的声音响了起来，其实这之前是一大片的寂静，连一丝风也没有。现在知了突然叫了起来，知了的声音单调得令人生厌。阿斗睁大了眼睛，看着院子里那棵树的无数叶片。他想要找出知了藏在哪片叶子的背面，或者哪个树干的哪一个部位。一会儿，他的眼睛就被白花花的光线刺得痛了。白花花的光线像一条蛇一样，会咬人。阿斗是这样想的，然后他看到了桂凤白花花的两只奶子。

桂凤在屋檐底下奶着阿斗的弟弟。弟弟一岁了，弟弟吸奶时的力量很大，看上去他的小脸始终憋成一种暗红的颜色。桂凤的目光显得一点力量也没有，她总是不能将目光投得很远。她大概是想睡了，但是她不能睡，她还得奶孩子。阿斗走了过去，他看着桂凤奶孩子。桂凤的奶子里灌满了奶水，永远也吸不完，这是令阿斗感到奇怪的一件事情。阿斗想奶子是不是像井一样，抽掉了水又会汩汩地冒出来。那么桂凤的奶子就是一口白色的柔软的小井。桂凤的奶子已经被弟弟捧在了手中，像捧着一件他十分喜欢的玩具一样。桂凤的眼睛闭了起来，她看也没看阿斗一眼就闭起了眼睛。阿斗看到桂凤蓬头垢面的样子，想桂凤为什么一点也不像春花那样爱干净。阿斗喜欢春花，春花一嫁到丹桂房，阿斗就喜欢上了她。阿斗在前年冬天看到春花从一辆拖拉机上下来，她穿着大红的衣服，站在雪地里，一下子就把雪给映红了。阿斗站在人群的背后，他挤不到前面去，他费尽了吃奶的力气仍然挤不到前面去。后来他爬上了大军家的围墙，围墙上还有积雪，但是阿斗没管那么多，一屁股坐在了围墙上。他看到大军笑得连眼睛也没有了。大军在部队里当兵，请假回来娶隔壁村庄的春花过门。大军是志愿兵，听说要好几年后才能回来，听说志愿兵在部队是能领到工资的。春花一尘不染，她的脸上也绽着笑容，连笑容也是干干净净的。她把头发梳得整整齐齐，闪着乌亮的光泽。她的眸子也是乌亮的。鞭炮的声音响了起来，一些红色的纸屑飞起来，落在围墙的积雪上。鞭炮声刚响完，黄昏就急匆匆地赶来了。阿斗看到院子里亮起了灯光，这时候，围墙下突然响起了桂凤的吼声。桂凤说，人家讨老婆又不是你讨老婆，你给我滚下来。桂凤叉着腰，气势汹汹的样子。阿斗从围墙上滚了下来，这时候他发现他的裤子已经湿了,屁股凉凉的,那是融化的雪水钻进了裤子。

那是前年冬天的事了。前年冬天对于一个十岁的孩子来说,是一件十分遥远的事情。知了的声音突然又响了起来,这种让人心烦的声音一下子把桂凤合拢的眼皮又拉开了。桂凤的眼皮只合拢几分钟时间,醒过来的时候她才发现自己的嘴角竟然挂着一串晶莹的涎水。她用力吸了一下,涎水就顺势而上回到了她的嘴中。这时候她看到了站在一边发呆的阿斗。她厌烦地看了阿斗一眼。阿斗的目光像一只累了的鸟落在松枝上一样,落在她的奶子上。桂凤咧了咧嘴说,你是不是想和你弟弟争奶吃?看来你是永远也长不大了。阿斗笑了一下,他看到桂凤的奶子一点也不漂亮。他看到过秋月的奶子。秋月的奶子很结实,两只奶头就像新鲜的草莓一样,直直地耸立着。秋月的奶子是微微上翘的,像两支可以吹响的号角一样。用华华的说法来表述,那就叫作羊角奶。华华说羊角奶是上品,他没有在丹桂房看到过那么漂亮的奶子,华华说幸亏秋月是一个寡妇,让他省去了不少心思。华华老是在晒谷场上重复那样的话,连阿斗也听到过许多次了。华华是村主任,是个好吃懒做的人,大家都想不通华华怎么就当上了村主任。华华像一头发情的公狗一样,在村庄里窜来窜去,寻找着一切可以下手的机会。只要没有到过手的,华华总想到手。阿斗想,华华大概是想要睡遍丹桂房的所有女人。阿斗脑海里老是有秋月的奶子在跳动。阿斗想,桂凤的奶子怎么可以和秋月的奶子比呢?但是阿斗仍然伸出了手去,抚摸了一下桂凤的奶子。这个时候桂凤刚想第二次合上眼睛,她被突如其来奔向她胸口的一只手吓了一跳。她打了阿斗的那只手一下,阿斗咿呀地怪叫了一声,但是他仍然伸出了手。

他想弟弟可以捧着奶子吃奶，我怎么连摸一下都不可以。他摸到了桂凤的奶子，那是一只柔软的奶子，像一只挂在那儿的水袋一样，那显然是不漂亮的奶子。阿斗摸着奶子的时候，想象着这里面的许多奶水，他拎起奶子抖动了几下，想要听到奶子里的水声，但是他什么也没有听到。倒是奶头被他从弟弟的嘴里拔了出来，奶水喷了弟弟一脸，把弟弟的眼睛都糊住了。弟弟开始发出哭声，是那种细细的哭声，嘴巴张着一个红色的小洞。桂凤显然是愤怒了，她迅速站起身来，把弟弟跑回屋里的床上放好。然后她奔了出来，连衣服也没有扣好就拎住了阿斗的耳朵。阿斗踮起了脚，他感到了从耳朵根部传来的痛感，于是他咿咿呜呜地叫起来。桂凤说，你想干什么？你是不是越活越小了，想要吃奶是不是？桂凤的声音因为愤怒而显得有些颤抖，她的脸都有些变形了。她的两只水袋似的奶子仍然裸露在衣服之外，不停地晃荡着。阿斗感到这两个奶子有些像白晃晃的太阳，它们因为桂凤的动作幅度过大，而相互挤压碰撞着。桂凤加大了手劲，阿斗的眼泪就在那一刻下来了，他感到了来自耳朵根部的疼痛。耳朵就像一棵还没有长大的树一样，现在桂凤摇晃着这棵树，并且想要把这棵树连根拔除。阿斗的泪眼中，看到了华华。

华华从阿斗家的院门口走过，听到阿斗的哭声，所以他停下了脚步。他看到桂凤两只白得耀眼的奶子，就把自己的眼睛眯成了一条缝。他的目光从狭小的缝中挤出来，像两条细长的线一样，抛过来搭在桂凤的奶子上。华华说，是不是阿斗想吃奶了？是不是你们家阿斗想吃奶了？桂凤终于松开了手，她最终没有把那棵树连根拔掉。她把衣服往下一拉，两只奶子就突然不见了,像一只整理羽毛的鸟突然之间隐匿了自己的翅膀一样。华华也伸过手来,隔着衣服摸了一把桂凤的奶子。华华说,他想吃你就让他吃,谁让他是你儿子呢?华华反背着双手离开了,走到院门口的时候,他突然回过头来说,桂凤,你以后要经常梳梳头。你看看人家春花和秋月,她们的头发梳得多清爽、多干净。桂凤的脸红了一下,说,你嫌我不梳头,你以后就别来占我便宜。我才不稀罕那两个女人呢。华华像没听到一样,跨出了院门。

桂凤开始在院门口梳头了。她很认真地梳着头,她的嘴里还衔着一根橡皮筋。她侧着头梳理头发的样子,让她变得生动而且光彩照人起来。阿斗坐在门槛上,像骑一匹马的姿势一样,把双腿叉开来。他在想民生怎么还没回来。陈民生怎么还没回来?陈民生离开家已经很久了,他总是把自己弄成工人的样子,和丹桂房人说话也老是提到上班上班的。民生是他爹,在镇自来水厂做临时工。民生说,自来水管道马上就要铺到丹桂房了,以后丹桂房人只要在自己家的院子里拧一下龙头,哗哗的水就会流出来,用不着去井里挑水喝了。民生说,自来水管道就像一根血管一样,四处都连着。民生不在家的日子里,阿斗就老是想着民生说的话,老是想着丹桂房什么时候也能在地底下铺上血管,老是想着阿斗在镇上为别人家铺血管的情景。

知了的声音再次响起来的时候,弟弟的哭声也响了起来。阿斗想,弟弟一定醒了,醒了的弟弟一定拉了一堆屎。桂凤仍然在梳理着头发,因为华华说她不梳头,比不过春花和秋月了,所以桂凤在认真地梳头。她也听到了弟弟的哭声,但是她仍然在梳着头。阿斗坐在门槛上垂着头,他也想睡了,这时候他听到了桂凤的声音。桂凤说，你去抱抱弟弟，弟弟哭了，你没听到吗？你不会说话，总能听见声音吧。你个呆子。你个呆子是不是不想在家里吃这口饭了？阿斗站起了身，他向弟弟走去。他看到桂凤在头发上洒了一些水，头发就变得黑亮和柔顺起来。然后他走到了弟弟身边，弟弟在床上的竹席上爬着，他果然看到了弟弟拉下的屎，弟弟的屎就握在弟弟的手中，已经糊了。

2

阿斗喜欢在黄昏的时候去桑园里捉萤火虫。丹桂房飞舞着无数的萤火虫，丹桂房的萤火虫全部都是阿斗的。阿斗没有朋友，一个朋友也没有。他没有去上学，陈民生没有让他去上学。陈民生说，话也不会说，还是省点钱别读什么书了吧。以后长大了，跟老子去镇上铺自来水管去。阿斗也不想读书，他不喜欢别人取笑他不会说话。他喜欢指挥着萤火虫，他说萤火虫，你飞到那片树叶上去，一会儿，萤火虫就真的飞了过去。

萤火虫的身子很长，翅膀也是长长的，只是萤火虫没有飞翔的时候，它的翅膀紧紧地贴在身上。它在桑叶和其他植物的叶片上爬行的时候，老是低着头，两根细长的触须在轻轻摆动。它的翅膀是暗黄色的，它有时候会在阿斗的手掌里爬行。它一点也不知道那是阿斗的手掌，一定以为这是一片柔软的叶片。从阿斗的手掌里爬过，手掌上就会留下一道淡淡的黄色的印痕，那是萤火虫留下的痕迹，像是人的脚印一样。阿斗有时候会在夜里偷偷溜出去，在野地里或是草丛里，他看着萤火虫发光。他把自己的身体伏下来，俯卧在草地上，抬头看着萤火虫的屁股下面发出光线,并且照耀了一小片的地方,像一个手电发出的光晕一样。虫子能发出光芒,是令阿斗感到兴奋的一件事情。

阿斗把抓来的萤火虫集中在一只纱布袋子里,他在袋口扎了一根牛皮筋,那是桂凤用过的已经断裂了的牛皮筋,阿斗把它连接了起来。睡觉的时候,他把纱袋挂在蚊帐的顶上,睁眼就可以看到明明灭灭的光线,像看到了天上的星星一样。桂凤和弟弟睡在不远的另一张床上,有一天她晚上醒来被吓了一跳。她从床上起来,走到阿斗的床边,阿斗居然在睡梦中露出了微笑。那些萤火虫就在蚊帐顶上发着光。桂凤一把揪住了阿斗的耳朵,说,你醒来。阿斗就醒了过来,他再一次看到桂凤的蓬头垢面的脸,闻到桂凤嘴巴里发出的腐臭的味道。桂凤说,你把这东西放在帐顶干什么?像鬼火一样的东西,你是不是想吓死我?阿斗咿咿呀呀地解释着什么,他看到那只小纱袋落在了桂凤的手里。桂凤的手一抄,就把纱袋抄在手里了,就像她一伸手握住了一只正在飞行的鸟一样。桂凤走出了屋子,她只穿着月色的小衫和一条短裤,所以阿斗看到两条白白的长腿在向外移动着。阿斗从床上一跃而起,他鞋子也没有穿就向两条白白的长腿奔去。

阿斗看到院子里的月光很白、很亮,像是落过一场虚拟的雪一样。院子里很安静,连风走过的时候也是轻手轻脚的。阿斗看到桂凤伸出了白色的胳膊,那胳膊伸向一口露天的水缸。白色的胳膊伸进了水缸里,阿斗知道他的萤火虫也一定全部到了水缸里。阿斗开始流泪,但是他没有哭出声来。过了很久以后,他看到那只白色的胳膊从水缸里重新伸了出来,像是一个洗澡的女人从澡盆里站立起来一样。一只湿淋淋的纱袋落在了地上，这只纱袋本来是会发出星星一样的光的，现在不了，现在它像一条狗刚刚拉下的，还潮湿而且新鲜的狗屎一样，毫无生机。阿斗看着两条白腿离开了月光和院子，一条白胳膊伸出去拉开了门，两条白腿跨了进去，门又合上了。现在只剩下阿斗一个人站在院子里。他只穿着一条短裤，上身赤着膊。他感到后半夜的风吹过来有些冷，所以他抱紧了自己的膀子。

阿斗一直没有回屋去睡。他在院子里站了很久以后，走向了那潮湿的纱袋。纱袋像一口小棺材一样，收集了无数细小敏感的灵魂，收集了许多生灵的尸体。阿斗后来蹲下身子，在院子里的那棵树下挖一个小坑。他的手指头感到了些微的疼痛，因为很久没有下雨，泥土显得有些坚硬。后来他找来了一根树枝，终于挖出了一个不大的坑。他把那只纱袋埋进去，又填好土，然后他向屋子里走去。他在月光底下看到了手中黏稠的液体，他知道那一定是从手指头上流出来的血。他拍了拍手掌，拍下了一些尘土。他拍手的样子，就是和萤火虫在告别。

阿斗重新躺倒在床上的时候，眼泪又开始无声地掉下。他想，一定要咬桂凤一口，她让那么多萤火虫死了，他一定要咬桂凤一口。他开始流着泪设想该咬桂凤的哪一个部位，想咬手臂，手臂是最容易咬到的地方。或者咬大腿，狗就喜欢咬大腿，因为大腿是柔软的地方，充满了肉感。后来阿斗想到，不如咬奶子吧，叼住桂凤的奶子，咬一口。阿斗想着这些的时候，门吱呀一声开了，闪进来一个人影。阿斗就重重地闭上了眼睛。

然后阿斗听到了桂凤轻微的骂声，桂凤说你去死，你个死鬼，你去死，你不是嫌我蓬头垢面吗？你去找春花呀，你去找秋月呀。阿斗还听到了一个咿咿呜呜含混不清的声音，像是含

萤火虫 | 083

住了某一样东西时发出的声音一样。阿斗知道这个声音是华华发出来的,他太熟悉华华的声音了。华华又不是第一次来,华华几乎睡遍了全村的女人。陈民生装作日理万机的样子在镇上给人家安装自来水管,他能看得住自己的女人吗?桂凤用拳头捶打着什么,说,你轻点,死鬼你轻点。后来桂凤的声音就渐渐小了下去,倒是呼吸声越来越粗重了。

　　阿斗仰躺在床上,这时候他想到了弟弟。他其实是喜欢自己的弟弟的,弟弟和自己长得很像。阿斗老是想,自己小时候一定和弟弟是一个模样。现在他开始担心弟弟,他担心弟弟会一不小心被华华和桂凤压死在床上。他听到床板的声音,先是很轻的,后来越来越响。阿斗想,一定是华华这个不要脸的,想拆了我们家的床板,想把桂凤也像床板一样拆开来。果然桂凤发出了痛苦的声音,那种声音绵长地缭绕在整间屋子。她的声音越来越响,后来简直是愤怒了。像是黑暗之中伸出的一只手一样,愤怒地把黑色的黑夜像撕一张纸一样撕开。而华华的呼吸声,简直就像在拉动着一只风箱一样。阿斗害怕万一华华的气接不上来,会突然死在桂凤的床上,那么他们家就惨了。

　　屋子里终于安静下来。很长时间的安静,显然是因为桂凤和华华都没有动静。然后,阿斗听到桂凤在说华华的不是,说华华是一条公狗,见到母狗就往上冲。华华说,再不冲,我就成一条老狗了,那时候想冲也冲不动,我只能睁着狗眼看着别人冲了。桂凤大约是扭了华华的什么部位一把,阿斗听到了华华发出了"哑"的声音。华华说你件女人真是毒,下手怎么这样狠呢?你是不是想废了我,让我变成太监?阿斗将两个手指头塞进耳朵里,想,我一点也睡不着,我大概到天亮的时候还一定没睡着。

阿斗果然到天亮的时候都没有睡着。他听到华华在谈论村子里的女人了,华华说谁家的女人奶子长得什么样,说谁家的女人最风骚,说谁家的女人一碰就来水。华华说得最多的是秋月。华华说秋月长的是一对翘耸耸的羊角奶,那叫上品你知道吗?华华还说了谁谁谁长着馒头奶;谁谁谁是牛屎奶,大而不结实;谁谁谁又是桃子奶,小而结实;谁谁谁什么也没长,就像男人一样在胸前长着两粒米。说到这里桂凤就笑了起来,轻声说,那还像女人吗?长两粒米还像女人吗?阿斗想,说这话的时候,桂凤一定像藤蔓一样缠绕在华华的身上。阿斗开始想象着秋月的羊角奶,阿斗想,我要看看羊角奶,我一定要看看羊角奶。阿斗还想到了春花,想到了春花穿着新娘的衣裳把雪地映红的样子。春花的胸前也是鼓鼓的,但是除了大军,恐怕没人看到过春花的胸长什么样。

阿斗的眼前就老是漂浮着许多的奶子,这些奶子像漂在河面上一样,浮浮沉沉的。阿斗听到了桂凤的声音。桂凤说,你睡来睡去睡女人,你就不怕村里的男人联合起来,把你给剪掉了吗?华华冷笑了一下,说,谁敢?谁敢动我一根毫毛,我送他去坐牢。这是谁的地盘?这是我华华的地盘。后来桂凤和华华都不说话了,阿斗看到门缝和瓦砾的缝隙都漏下了细碎的光线。阿斗想,天亮了。然后他看到一个男人穿衣,穿好之后很从容地把手伸进蚊帐里拍了拍桂凤的屁股,一个男人打开门,光线涌进来。那个男人合上门,影子就消失了,好像是在梦中进过这户人家似的。然后,女人起床,女人坐在床边梳理着头发。

阿斗也起床了。他走过桂凤的身边时,看到桂凤的眼圈黑了,下眼睑肿胀着。只是眼睛里还含着许多水,像是一下子从井底里冒出水来一样。阿斗想,桂凤怎么一下子显得那么老了,看来是真的老了。阿斗走到了院子里的那棵树下,树下的一个土坑里睡着许多萤火虫。阿斗在树下站了很久,看到了自己手上的血迹。阿斗一抬头,看到丹桂房整个村庄的上空都飘满了歪歪扭扭的炊烟,像仙女们跳舞的时候,从天上垂下来的袖子一样。

3

这个夏天阿斗感到无比寂寞,他仍然去河边的桑园地或草地里捉萤火虫。他喜欢黑暗中微弱的光亮,那样的光亮让他的心里非常安静。阿斗还想看看华华说的那些奶,那些形态各异的漂浮在河面上的奶。阿斗首先想到的是秋月的奶,因为华华老是提秋月的奶,说秋月的奶是羊角奶。阿斗想,我得去看看羊角奶是什么样子的。

秋月住的是老宅,是那种有着防火马头墙的砖木结构房子。秋月是寡妇,她的楼下就老是有人影出没。现在出现了一个小男人,他沿着墙角转了很多次,像是一个沿着城墙巡逻的卫兵一样。阿斗看到了一扇高高的窗,他在窗下伫立良久,太阳就在他伫立的过程中缓缓地向西移去。后来太阳挂在了屋角,挂在了一座山的一棵树下,同时一个淡淡的月亮挂在了东边。阿斗爬上了一棵树,那是一棵泡桐。阿斗不喜欢泡桐,他觉得泡桐不结实。现在他却爬上了泡桐,然后他瘦小的身子蹲在了窗台上。窗是木板窗,木板已经在日晒雨淋中有些开裂和变形。阿斗听到了水的声音,是那种水被一双手撩起来,然后又掉下去的声音。阿斗的心就快速地跳起来,他想秋月大概在洗澡,秋月一定是在洗澡了。他轻轻地把木窗推开了一条缝,屋子里稍稍有些暗,很久以后他的眼睛才适应了光线。他像一只鸟一样栖息在窗台上,他把屁股翘起来,眼睛对着那条木窗户的缝。

秋月在洗澡。她有着一双很长的腿,这双腿站在一只木澡桶的中间。阿斗果然看到了秋月的羊角奶,微微上翘的样子,像是一个赌气的孩子噘起了嘴巴。淡淡的光线就抹在她的身上,使秋月胸部的线条变得柔和。这样的柔和像是一种绵软的力量,它把阿斗的心提到喉咙口,把阿斗的视线拉直拉长,把阿斗的全部注意力都集中了起来。秋月撩起水,水在她的胸口冲撞了一下,然后四散着奔逃,大部分落到了木桶里去。然后秋月再次撩起木桶里的水,她一次次地撩起水来,一次次地抚摸着奶子和大腿。阿斗喜欢上了水的声音,阿斗想,要是做水该有多好。他的嘴唇动了动,喉咙咕咕地轻叫了一下,像一只鸽子发出的声音。他的胸部也像鸽子的胸部一样起伏着。他舔了舔嘴唇,突然觉得自己非常渴,突然觉得自己的血液里有无数的小鹿在奔跑。他想吃奶,他想要是秋月能让他含一下奶,该有多好。他想要是像弟弟一样大该多好,或者永远长不大。为什么要长大呢?长大有什么意思。他显然有些激动了,甚至激动得想要哭一场的样子。如果抚着奶子,来一场痛哭,该有多好。

黑暗越来越浓重了,阿斗只听到水声,看不到秋月的人影了。水声在黑暗中更具诱惑,这能让阿斗想象秋月洗澡的样子。远处传来桂凤的喊声,桂凤说,阿斗你死到哪里去了?你这个

萤火虫 | 087

杀坏死到哪里去了？你连晚饭也不要吃了吗？难道你一转眼就成了仙可以用不着吃饭了？阿斗装作没听见一样，他仍然把眼睛贴在窗户的缝上。一道光线亮起来，是一盏昏暗的白炽灯被点亮了。阿斗看到了另一双手，那双手中居然捏着一根拉线，是那双手开亮了灯。阿斗吓了一跳，原来一直在暗处还有一个人，他就站在秋月的身边看着秋月洗澡。这个人是华华，阿斗看到了华华的酒糟鼻在灯光下发着另一种光泽。华华走过去用两只手掌托起了秋月的两只奶子，然后他开始抚摸，由下而上地抚摸，像抓着两只小兔一样。后来华华松了手，两只奶子就在那儿颤抖不停。秋月闭上了眼睛，她把胸挺了起来，把小腹也挺了起来，然后用自己的双手握住了奶子。华华俯下身，他开始吮吸奶子，像一个小孩一样。阿斗再一次舔了舔嘴唇，他一直都想尝尝奶子是什么滋味，奶又是什么滋味。现在他无比羡慕着华华，华华都那么大年纪的人了，还可以吃到奶，但是他却吃不到了。桂凤说，你那么大了，不要老盯着奶子看。男人断不了奶，就成不了大男人。那么华华算不算大男人？华华这么大年纪了都没断奶。

这个小小的阁楼在黑夜来临的时候显得无比安静。水声仍然在缓慢地响着，现在是华华在撩起水来淋向秋月。秋月的双手捧住了华华的头，秋月说，华华你一定要对我好，你不可以对我不好的。华华支吾着不停地点头，他的嘴里塞满了东西。后来华华抱起了秋月，阿斗在看到华华抱起秋月的时候，突然看到了华华从裤子里拿出来的东西，这是一件令阿斗感到无比恶心的东西。这东西和秋月柔和的身体构成了强烈的反差。阿斗想要吐了，他有些昏昏欲睡的感觉。他的喉咙里像是伸进了一只手,这只手在翻滚着,或者掏着什么东西。终于他的喉咙里发出了一个很响的声音,木窗上飞起来的陈年的灰尘,又让阿斗打了一个响亮的喷嚏。这时候他看到了华华的眼睛,华华的眼珠子快要瞪得掉下来了。华华说是谁在窗台上,给我死出来,有种你给我死出来。阿斗还看到了秋月的眼神,秋月的眼神里有着惊慌与无助,她把一块绣着牡丹花的被单围在了身上,柔和的曲线一下子就被盖在了被单的下面。华华把他掏出的东西重新藏好了,然后他拉开房门冲下楼去。

  阿斗跳到了泡桐树下。他要选择的是一种头也不回的逃跑,他知道被华华抓住的下场。他滑下了泡桐树,但是腿上被划出了血,然后他开始仓皇地奔逃。他从没想到过自己能跑出风的速度,他只听到风的声音。许多人都看着他,看到他奔向自己的家中。后来阿斗撞进了一个人的怀里,这个人就是鼓着眼睛的华华。华华一把揪住了阿斗的头发,他把阿斗拉到了路灯下。然后,华华开始拖着阿斗的头往墙上撞,每撞一下,阿斗就能看到眼前冒出来的无数星星,像萤火虫发出的明明灭灭的光一样。华华说,这是一个流氓,这是一个十足的流氓,他想偷秋月家的东西,他还偷看秋月洗澡。这么小的人就那么不要脸,长大了怎么办?是不是要让我现在把你的小鸡巴剪掉?阿斗一句话也没有说,阿斗只知道每隔一小会儿,他的头将快速地被撞向墙壁。许多人都围拢来了,阿斗能听到从四面八方涌过来的脚步声。他真的大吐了一场,把胃里的清水都吐出来了。他觉得自己的头正在一点点大起来,大起来,然后,再过一会儿,这个头就会像被装上炸药一样爆掉。他看到过纪阳去光棍潭里炸鱼,一声闷响过后,有许多鱼侧着身子白花花地浮在了水面

萤火虫 | 089

上，好像它们天生喜欢侧卧似的。现在，阿斗的脑子里就全部浮上了一片白色的鱼，这些鱼慢慢变了，变成了各式各样的奶子。阿斗想，那么好的奶子。他希望能在奶子的中间睡过去。

一个蓬头垢面的女人堆开了人群。她的眼神里流露着一种焦急，她的眼泪都下来了。她就是桂凤，桂凤把声音放得很大，桂凤说你放了我的孩子，你不能碰他，华华求求你，你不要碰他。华华还没停手，仍然把阿斗的头撞向墙壁。华华说，我不能放过这个小流氓，他是在给丹桂房人的脸上抹黑。这么小的年纪就偷看女人洗澡，长大了不知道会变得怎么样。桂凤开始磕头，桂凤说你是村主任，你就放过他一马吧。你放过他。桂凤的声音有些凄惨，阿斗从没有听到过桂凤如此凄惨的声音，这样的声音让阿斗觉得自己一下子变得重要起来，阿斗的眼泪开始往下掉。如果不是他的头被牢牢掌握在华华的手中，他一定会扑倒在桂凤的怀里的。他想咬桂凤的奶子，那是他的娘，他想把头靠在桂凤绵软的胸前。

你放开他。人群里传来一个很轻的声音，你放开他。华华开始在人群里寻找着发出这个声音的人，这个声音像是从地底里冒出来一样，越来越大，越来越响。这个人拨开了人群，走到华华的面前。这个人叫春花，是那个承包了村里加工厂的春花，是那个用红色的嫁衣把雪地映红了的春花。春花轻声说，华华，你放开他，你是在犯法。华华说，我凭什么放开他？我凭什么放开这个小流氓？但是华华说话的语气改变了，语音也明显地变得更轻了些。春花又笑了，她拢了一下自己的头发，说，华华，你放了他吧，你不放他的话你一定会后悔的。

华华放了阿斗，说我给你春花一个面子。华华说完拍拍手掌，挤开人群走了。阿斗一下子瘫软下来，他的额头上挂满了面条似的鲜血。他听到了桂凤的一声呼天抢地的长号，她把阿斗抱在了怀里，阿斗的头靠着桂凤绵软的胸部，阿斗就笑了一下。他觉得四周是平静的、温暖的，他喜欢这样的平静与温暖。他在心底里轻声说，桂凤，你抱我回家，我要回家。

4

阿斗在家里睡了很多天。他一步也没有下床，他的头慢慢地恢复了原状。这是一个漫长的过程，在无数个暗夜里他想念着他的萤火虫。有很久没有见到萤火虫了，他害怕这个夏天一过去，萤火虫就会销声匿迹。华华一直没有在半夜里出入他的家中，大概是提不起这个兴致了。桂凤常在床前给他换药，他的头发已经被村里的阿背剃头佬剃光了。桂凤并不和他说什么，阿斗也不说什么。阿斗有一天突然伸出手去，握住了桂凤的奶子。桂凤正坐在床前给他换药，挣扎了一下，就不再动了。那天桂凤解开扣子，掏出了奶子，她把奶头塞到了阿斗的嘴里。阿斗开始津津有味地吮吸起来，他的眼睛紧闭着，睫毛开始慢慢转为湿润，最后从眼角的地方滚出了一滴泪珠。桂凤伸出手去，把那滴泪珠擦掉。桂凤轻声地嘟哝说，长不大，可怎么办？

终于有一天阿斗能下床了。阿斗开始在村庄里走动，但是他的脑子里始终响着一种奇怪的声音，嗡嗡嗡，像是生活着一群蜜蜂。他喜欢晒太阳，那么热的天，他脱得像一条泥鳅一样，在阳光底下晒着。许多人会走过来，走到他的面前，托起他的下巴，然后盯着他的眼睛问，阿斗，你看到的秋月是不是羊角奶,是不是很翘的?阿斗想了很久以后,才会认真地点一下头。然后那人会再问,你有没有看到华华在做什么?华华怎么会发现你就在窗台上的?阿斗又想了很久,他终于记起华华用手掌托起了秋月的奶子,想起华华用嘴吮吸秋月的奶子。阿斗装了一个手掌托起奶子的姿势。人群里爆发出一种大笑,然后人群会散开去。其实阿斗还是喜欢被众人围着的,他宁愿被别人唤醒记忆,也不愿长时间地守着寂寞。

他开始憎恨那个动了他脑袋的人,很久没有见到华华反背着双手在他面前走过了。没有事的时候,他会坐在穿路廊的大石板上,看一队队的蚂蚁搬运货物的情景。他突然发现了蚂蚁的一个好处,就是永远也晒不黑,因为这些蚂蚁本身就是黑颜色的。他发现了一只硕大的蚂蚁,这只蚂蚁不干活,它大概在指挥别的蚂蚁干活。这只蚂蚁多么像好吃懒做的华华,阿斗越看越觉得这只蚂蚁就是华华。于是他伸出手去,他伸出了中指的指头对着那只大蚂蚁。很久以后,他在心里宣判了一下这匹蚂蚁的死刑,然后手指头按下去,那只蚂蚁顿时身体糊成了一团。阿斗心里涌起了一阵阵的甜蜜。阿斗又开始寻找着大蚂蚁,他乐此不疲地做着这样一件事情,消灭了无数的蚂蚁。

有一天他仍然去了河边的草地。他抓了很多只萤火虫,把它们放在一只纱袋里。他还在草地上美美地睡了一觉,睡觉的时候,想念着那个在镇上安装自来水管道,连家也不回了的陈民生。陈民生口口声声说丹桂房就要装上自来水了,但是到现在仍然一点动静也没有。这让阿斗对陈民生说的话产生了怀疑,这个冒充自来水厂正式职工的丹桂房人,喜欢说大话。

从河边回来,阿斗去了加工厂。他不想去加工厂的,加工厂的机器会发出很大的响声,那种响声是很烦人的。他不知道后来怎么就到了加工厂,在加工厂他看到了一个人在忙碌的春花。春花头上戴着一顶披风帽,还有一个硕大的披肩挂在帽子后头,可以防止灰尘侵入脖子。春花把她的长头发绾了起来,也藏在了帽子里。春花看到阿斗的时候,笑了一下,说你来干什么。但是春花的声音被机器的轰鸣声淹没了。阿斗看到有许多白色的米,从一个小洞洞里出来了。那些米像进入一扇闸门的鱼一样,争先恐后地往一个方向游着。阿斗把那只装着萤火虫的纱袋放在口袋里,然后他伸出了手,把手迎向那些滚滚而下落入筐中的米。许多米跌入阿斗的手掌中,手掌有了些微的麻痒感。很快,他的手掌就染上了米的白色粉尘。春花又笑了一下,又说,你来干什么。她的声音显得异常渺小,再次被机器的声音淹没了。但是阿斗知道春花一定是问他这样一个问题了,所以阿斗也抬起头来笑了一下。加工厂里弥漫着粉尘,弥漫着粮食的气息。阿斗打起了喷嚏,阿斗看到自己嘴巴、鼻孔里飞溅出来的液体在粉尘中间跳着舞。

　　春花在加工厂里走来走去,不时地开着这台或者那台机器。几乎所有的机器上都装着皮带,皮带在阿斗的视线里快速旋转,后来变得飘忽不定。阿斗在机器的声音里突然寻找到了另一种安静,他安静地坐在一台磅秤上,安静地掏出那只装着萤火虫的纱袋开始把玩。这时候一个人影飘了进来,这个人影反背着双手,所以阿斗不用猜也知道是华华。阿斗好像已经忘记了自己所受的痛楚,他一点也不惧怕华华,他只是盯着华华看。华华皱了一下眉头,他说,这里的粉尘怎么这样大。他还说春花,你一个人忙得过来吗?要不要我来帮你一下?春花说用不着的,你能帮我什么？要你帮忙还不是越帮越忙。春花放大了嗓门说话，华华也放大了嗓门说话，所以看上去他们都伸长着脖子在争论着什么似的。后来他们不说话了，华华一直站在春花的身边，他什么也不说，什么也不做，只是拿眼睛看着春花。

机器的声音突然停下来的时候，阿斗抬起了头。他看到春花解下了头上的披风帽，正在拍打着身上的粉尘。她的身体由于运动，胸部在一起一伏着。阿斗喜欢这样的波浪，所以他咧开嘴笑了一下。春花拍打粉尘的声音在大房子里显得很响亮，好像要拍掉什么东西似的。春花说，我的活都干完了，我要关门了。这时候她的手心里忽然多了一把金灿灿的钥匙。华华脸上的肌肉抖动了一下，他说春花其实……春花说你千万别说什么好听的话给我听，我这人经不起表扬；还有你千万要搞清楚，我不是秋月，所以你在秋月那儿的一套，别在我面前使出来。华华说怎么啦，我怎么啦，我没有怎么啊。你说这一大堆废话干什么？春花说，我也没说什么，我在我承包的加工厂里有权说这些。华华说你承包的？你承包的是今年，明年是不是你还不一定呢。春花说，明年是明年的事，我管不着。我要锁门了，请你出去。华华说我不出去怎么着，我就不出去你能把我怎么着。华华说完来拉春花的手，说我就不信丹桂房有我拿不下的女人。我拿不下你，我睡觉都不踏实，总觉得有件什么事情还没做好。

阿斗仍然坐在磅秤上，阿斗的眼前有两个人影在不住地晃动。很久以后，他看到两个身影都倒了下去，倒在一堆米上。阿斗想，那么好的米上，怎么可以打架呢？又过了好久，阿斗站起身来，他走到那堆米边，看到两个还在纠缠着的人影。阿斗听到了一声布撕裂的声音，然后阿斗看到春花的胸前突然跳出一只奶子，白得耀眼的奶子。然后，一只手按了上去，像要抓住它，害怕它会一蹿一蹿跳起来逃跑似的。接着，阿斗听到了一个清脆的声音，像有人在山谷里开了一枪一样。阿斗看到华华站了起来，他站立的速度异常缓慢，他的一只手捂着一边脸。显然，他吃了一记巴掌，这记巴掌留下了指印并且让他疼痛。春花也站起身来，她开始整理衣服。华华走到加工厂门边的时候，突然回头说，春花，你等着，你等着看我怎么样收拾你。春花咬着牙，她的嘴唇已经被自己咬出了血。春花说好的，我等着你，我要看看村主任长着什么样的三头六臂。春花的胸脯在急剧地起伏着，只有阿斗是平静的。阿斗看着华华远去，他向华华的背影吐了一口唾沫，又吐了一口唾沫。他就一直吐着唾沫，直吐到口干舌燥为止。

一下子又安静下来。春花说，阿斗，我们走吧，我要回家去。阿斗看着春花笑了，他伸出手迅速地摸了一下春花的奶子。春花愣了一下，还没回过神来，阿斗又摸了一下她的奶子。春花的脸立即红了起来。春花说，居然有这么坏的小子，看来你还没长大，你还得在桂凤那边吃几天奶。这时候，她看到阿斗伸出了一只手，这只手迎向了她，手心里躺着一只小巧的纱袋，纱袋里萤火虫在轻轻蠕动。春花用手指指了指自己，说，给我的？阿斗点了点头。

5

春花看上了村里一块空地，她想批了宅基地造一幢新房子。

但是审批报告被捏在华华的手里,华华没有要到春花,那么春花也会要不到地皮。阿斗在某个清晨,揉了揉自己的眼睛从床上起来。桂凤已经起床了,她抱着弟弟坐在屋檐下。这是一个凉爽的清晨,天有些阴,桂凤在给弟弟喂奶。阿斗只看到不远处有一小片白光,他没有去看那片白光,他不想看那只水袋了。华华一直没有来。华华没有来让桂凤有了一些失落感。

阿斗在院里的那棵树下站了很久。他看着脚下的土地,地底下有许多他埋下的萤火虫。这真是一个凉爽的清晨,阿斗没有碰到过这么凉爽的夏天的清晨。他跨出了门槛,开始漫无目的地在村庄里游走。他碰到了许多人,碰到了反背着双手的华华,碰到了站在一棵树下的秋月。秋月站在一块空地上,她的身边是一棵孤零零的树。这是一棵不怎么大的权树,阿斗也喜欢权树,因为权树的枝干笔直而且挺拔,就像一个高挑的女人一样。秋月和一棵树站在一起,就等于是两个女人站在一起。秋月在抚摸着权树的皮,像是抚摸另一个女人的皮肤。秋月抬起头,她看到了树的上方,有几只鸟飞过。她还看到了阿斗,那是陈民生和桂凤的儿子,是个不会说话的儿子。阿斗呆呆地看着她,让她的脸红了一下。秋月知道阿斗喜欢看女人的奶子,阿斗像永远不愿意长大一样,还偷偷爬上窗台看过她的奶子。阿斗确实是不愿意长大的。阿斗愿意变成弟弟一样的年纪,可以将头靠在奶子上睡觉,可以把奶头含在嘴里睡觉,可以双手捧着奶子睡觉,可以闻着奶的清香睡觉。阿斗的喉咙咕咕地响了一下,他看到秋月穿了一件绲边的粉色短袖,穿了一条米黄色的长裤。秋月是适合穿长裤的,谁让她的脚那样修长呢?阿斗看到了秋月粉色短袖双肩处透出的窄窄的带子,他知道那是干什么用的。在自己家里，桂凤也常把它晾晒在竹竿上。阿斗曾经对着这东西凝望了很久，最后他确认这东西鼓鼓的，就像是牛的眼睛。阿斗就在心里叫这东西牛眼睛。他现在看到了秋月若隐若现的牛眼睛，就想起了爬上窗台时看到了秋月的奶子。他的口水汩汩地从腮边冒了出来，他奋力地把口水往嘴巴里咽了一下，所以他的脖子就不由自主地往前伸了伸。

这时候走来了春花。春花迈着风一样的步子过来了，她是去她的加工厂开门的，她要去为村里人加工米。她的脚步慢了下来，因为她看到了秋月。秋月就站在那棵树下，深情地抚摸着一棵树的皮。秋月看到春花时也笑了一下，说，春花，这是我刚批下来的宅基地，我想在这儿造一幢房子。春花的脸色一下子变了，说，我批了那么久都没能从华华那儿批下来，你却一下子就到手了，你本事真是太大了。秋月说，女人嘛，没有什么本事。女人活着就够难的，活起来比男人累多了。春花说，只是可惜了，那么好的身子白白送人，就算是卖，卖的钱也比宅基地值钱多了，你说是不是不合算？秋月抚着树干，她轻微地颤动了一下，显然她对春花的这句话感到很不高兴，但是她仍然只是轻声说，我是个寡妇，谁都想欺侮寡妇，我能怎么做？现在我有了宅基地，我要造房子，我要让丹桂房人看着我一个寡妇也住进了新房子。她的脸上洋溢着一种动人的光泽，眼睛里的波光也开始流转了。阿斗看着两个女人平静地说话，平静地针锋相对地争吵，但是她们的样子却像在拉家常。这是一个凉爽的清晨，阿斗就看着在凉爽的天气里两个女人的柔软的较量。

春花说，秋月，你知道我一直看中这块地皮，你为什么还要抢走这块地皮？秋月说这地皮是国家的，又不是你家的，在没有批下来之前，丹桂房人都有份的。春花说，但是你故意和我作对，让村里人都看我的笑话。丹桂房人都会说，你们看，春花就是没用，连地皮都批不下来。秋月说，那你让我怎么办？我也看好了这块地皮，就因为你已经看上了，我就得另选地方对不对？春花说，你值不值？为了这块地皮把自己都搭上了，我们都输了，只有华华是赢的，他没花一分钱就把你睡了那么多回。秋月说，你要为你自己说的话负责，你哪一只眼睛看到华华把我睡了。春花说，就算是没睡吧，那天你洗澡如果华华不在你身边，华华怎么会追出来打阿斗？阿斗有什么错，他是个长不大的孩子，他比那个大流氓强不知道多少倍。秋月的脸红了一下，说，你不要再乱话三千了，你再这样说我就不客气了。还有就是，就算华华睡了我，跟不批给你宅基地是无关的。春花冷笑了一声说，秋月，你能造新房子，我也能造的，你信不信我造一个更漂亮的房子给你看。春花说完就走了，她们一直没有大吵起来，她们只是在心平气和地拉家常。阿斗看到春花走向了她的加工厂，她手里仍然晃荡着加工厂的钥匙。阿斗的脑子里一下子涌起了加工厂里粉尘弥漫的镜头，许多机器的声音也一下子钻进了他的脑子。秋月仍然站在原地，仍然站在一棵权树的旁边。秋月叹了一口气，看了阿斗一眼说，阿斗，丹桂房就数你和我两个人最可怜。阿斗笑了一下，一缕阳光钻出了云层，投在阿斗的脸上。阿斗的笑容在阳光中显得有些腼腆，他舔了一下自己的嘴角，又伸伸脖子咽下了一口唾沫。

阿斗仍然常去河边的草地。阿斗仍然乐此不疲地捉着萤火虫。阿斗想，我都成萤火虫的皇帝了，它们几乎全都听我的指挥。许多个闷热得让阿斗睡不着的夜晚，他会偷偷起床跑到河边，看着飞来飞去的亮光。萤火虫停下来歇在叶片上的时候，也会一闪一闪地发光，一小片亮亮的光晕就照在绿色的叶片上，能看得到叶片的脉络。一天晚上阿斗还睡在了河边，他不想睡着的，他只是想看着飞来飞去的那么多萤火虫。但是他后来还是睡着了，等他醒过来的时候，天已经亮了，河里的水哗哗地响着，有人来洗衣服，有人赶着牛蹚过河，他们都没有理会阿斗。阿斗在河边捧起水来洗脸，等他抬起湿漉漉的一张脸时，看到了大军出现在大路上。

大军回来探亲了。大军走路走得飞快，他穿着白衬衣和绿军裤，很精神的样子。春花就站在村口，她把眼睛眯成一条缝。这是她的男人，她当然要来村口等他。她接过了大军背着的包，她和大军一起向家里走去。她要告诉村里人，我可不是寡妇，我是有男人的，只不过我男人在当兵而已。

阿斗在一个黄昏看到大军跨进了华华家的院子。华华就坐在院子里的一个凳子上，看着三个女儿在地上吵闹着，她们流着鼻涕，她们的身上都很脏，她们的吵闹声让华华很烦。华华的老婆在喂猪，猪的叫声也让华华很烦。华华想，今天怎么啦，今天怎么这样烦？然后他看到了一个穿绿军裤理平头的男人出现在院门口，那是大军。大军的身后跟着一些村里人，他们都伸长着脖子，想要看看在村主任家的院子里，会发生一些什么事。大军叫了一声叔，按辈分他得叫华华叔。大军又叫了一声主任，大军是村民当然要叫华华主任。然后大军说，你是叔，又是主任，你怎么可以做畜生才做得出来的事情？你怎么可以像一条狗一样胡乱地咬人？丹桂房人的牌子都给你砸了。你以为你是什么东西,可以掏出东西就随便往别人身上塞?人家是人,不像你一样是畜生。

华华的脸色变了,但是他仍然坐在凳子上,他说,大军你想怎么样?不要以为你当了个志愿兵就有什么了不起。大军说,我没什么了不起的,但是我可以做到现在就让你趴下,我还可以阉了你,你信不信,要不要试试?华华说,你想动手,你有没有王法?大军说你又说错了,亏你还是村主任,那不叫王法,那叫法律。你胡乱睡女人,就是犯了强奸罪,你比我先犯的罪,你怎么就不说你的王法了?你知道我是什么吗?我是军人,你对春花动手动脚,就是破坏军婚。你信不信部队可以出面帮我打官司,信不信我会送你去坐牢?华华说,你究竟想怎么样?你在我家里这么嚣张,大概是不想让我做人了。大军说错了,是为了让你更好地做人。如果我不给你面子,我三拳就把你打趴下。你可以欺侮村里任何老实人,但是要欺侮我大军,你办不到。大军后来转身走了,走的时候微笑着和围观着的村里人打着招呼。然后,大军消失了。秋月也挤在人群里,她看着大军的离去,突然觉得春花其实比她不知道要幸福多少倍。这时候华华跳了起来,对着院子外面大骂,说大军你欺人太甚了,看我怎么收拾你。村里人大笑起来,这样的笑声让华华很没有面子。他突然冲向自己的老婆,狠命地打了两个耳光。老婆一下子愣了,然后,老婆一屁股坐在地上开始一场绵长的哭泣。在华华老婆的哭声中,村子里的人开始散去。只有阿斗没有离开,阿斗坐在华华家院门的门槛上,他抬头看着天上白白的云。村主任老婆的哭声时断时续,这时候阿斗也想哭,阿斗想要忍住眼泪的,但是他最后还是没有忍住。他看了低着头发呆的华华一眼，离开了华华的家。

春花和大军几天以后去了一趟镇上。他们在镇上买了一块地皮，他们想要做镇上的人了。后来大军回到了部队，又只留下春花一个人。阿斗常去看那块空地上的杈树，他经常把尿尿在树的根部，他看到许多白色的泡沫在树根部堆积起来，然后慢慢洇入泥土中。泥土的颜色也很快有了转变，变成了黑色的那种。阿斗看到秋月又来了。秋月走到阿斗的身边说，你想干什么？你是不是想搞破坏？阿斗摇了摇头，笑了，他的目光就投在秋月的胸部。他的手心里突然多了一只小小的纱袋，他把纱袋递给秋月。秋月说，给我的？阿斗笑着点了点头。

阿斗就和秋月长时间地坐在这片空地上。阿斗听秋月唠叨。秋月说这儿盖一个二层楼，楼上是睡觉的，楼下是做饭吃饭和迎候客人的。然后围一个院子，院子里打一口井，种几棵树。秋月在设想着美好的未来，春花也在这时候手中晃荡着加工厂的钥匙过来了。春花摆了一个姿势，那是一个说话不会累、站着不会累的姿势，只是身体扭转的幅度有些偏大。春花说，秋月，我买了镇上的一块地皮，丹桂房的地皮我批不下来，我就买镇上的地皮，我不信有了钱还买不动地。秋月没说话。春花又说，你信不信，我一定要比你的房子造得更漂亮。秋月也没说话。春花显得很没趣，她终于离开了这块空地。她的人影渐渐远了，在很远的一个篱笆墙边转了一个弯不见了。然后，阿斗听到了秋月的叹息。秋月说，阿斗，我怎么斗得过春花？春花有钱，有好男人，我什么都没有，我只是个寡妇，寡妇做人是很难的。阿斗，你长大娶了老婆，你千万要活得寿命长些。女人离开了男人，命就格外苦。阿斗笑了一下，他看到秋月说话的时候,低头玩弄着那只纱袋。她的睫毛是湿的,像草叶上挂着的露珠。阿斗伸出手去,迅速地摸了一下秋月的奶子。秋月的奶子柔软而富有弹性,它有一种自然而然产生的吸力。秋月什么话也不说,只是又叹了一口气。阿斗也没说什么,他傻傻地坐着,直到秋月站起身来拍拍屁股上的泥土离开。离开的时候,秋月说,阿斗,要是我也像你那样永远都长不大,该有多好。

6

许多个晚上秋月都睡不着觉。秋月住的是老式木楼,推开木窗可以看到一轮明月,所以她老是盯着那月亮看。阿斗给她的那只纱袋,她把它挂在了窗口,所以晚上有了明明灭灭的亮光在闪动着。春花也睡不着,春花也在窗前挂了阿斗送的那只纱袋,也有着明明灭灭的光线传来。华华没敢再去纠缠春花,这几天里也没心思去纠缠秋月,因为他的威风被一个当兵的杀得荡然无存。有时候他想,原来他这鸟大的官,实在威风不起来的,一个大军就让他够受了。但是为什么,他又可以在村庄里横冲直撞睡那么多女人呢?

阿斗常去穿路廊的石凳上躺着睡大觉。他躺着的时候,看到天边有一块乌云向这边飘移,然后,阿斗看到一场大雨由远而近向这边奔来。阿斗闻到了风的气息,风的气息略略带着腥味。风中夹杂着几粒雨点,然后风过去了,雨来了。雨砸在地上,地上就起了许多小坑。雨和干燥的尘土抱成团,亲热和滚动着,像谁也离不开谁似的。铺天盖地的声音就响了起来,它们钻进了阿斗的耳朵。这是一种单调的声音，它长时间地在阿斗的耳边徘徊着。阿斗坐直身子，把背靠在穿路廊的墙壁上。他看到从东边和西边的大路上，各奔来一个人，然后她们在穿路廊相遇了。

  从东边来的是春花，从西边来的是秋月，她们都差不多淋湿了。在一小段时间里，她们站在穿路廊抹掉脸上和头发上的雨水，拧干衣服下摆的雨水，并且因为长时间的奔跑而喘息连连。阿斗喜欢她们喘息的声音，她们喷出的热气充满着青草的气味，在穿路廊狭小的空间里游荡。然后阿斗看到了她们衣服湿透了，露出了里面牛眼睛的形状。阿斗一直在心里把那东西形容成牛眼睛。春花看了看秋月，秋月也看了看春花，她们突然发现对方的身体吸引了自己，这是差不多年岁的女人的身体，所以她们的目光停了下来，观察着对方和谐或者不那么和谐的地方。

  很长时间两个人都没有对话，就像穿路廊里站在三个聋哑人一样。春花和秋月慢慢走近了，她们装作是在看雨，其实是并排站到了穿路廊的屋檐下。阿斗抬眼看着她们，他看到檐水就在她们的身边落了下来，落到泥地里然后开始流淌。小小的水流像一条条游动的蛇一样。他还看到春花把胸脯挺了挺，秋月也把胸脯挺了挺。春花再把胸脯挺了挺，秋月也再把胸脯挺了挺。两个人的胸脯差点就碰上了。阿斗无声地笑了起来，他想：她们在干什么？她们为什么要站到那儿去？然后阿斗听到了春花绵软的声音说，不小呀，没人伺候也这么大。秋月也低声说，你也不小，可是大军伺候你的时间也不长呀，比我好不到哪儿去。春花说，我想也是，肯定是有人暗地里伺候了，所

萤火虫 | 103

以才会这么厉害。秋月说，就是，有人伺候也是好事，总比一年伺候一次要好得多。春花的脸色有些变了，但是她仍然脸上挂着笑容。一年伺候一次，是在说大军一年只能请一次探亲假。春花后来说，我不信你能比我强多少。秋月也说，我也不信丹桂房的女人里，有人能比我的长得更好看些。她们的胸脯都再一次往前挺了一挺，终于碰在了一起。

　　雨渐渐小了下来，她们都没有和阿斗说话，她们在雨小些了的时候离开了穿路廊，仍然一个向东，一个向西。阿斗看看东，一个女人迈着长脚，在路上快速行走着；阿斗看看西，也有一个女人迈着长脚，在路上快速行走着。阿斗索性哪儿也不看，坐在石凳上发呆。后来一个抱着孩子、蓬头垢面的女人出现在他的视野里，那个女人一声不响地走到了他的身边。阿斗看到了她卷着裤管的肥硕小腿和一双半新半旧的拖鞋，然后，他感到耳朵根部一紧，整个人被拎了起来。桂凤的声音响了起来。桂凤说，一天到晚不知道跑哪儿去了，以为你被河水冲走了呢。桂凤说，下这么大雨也不知道回家，养着你这件东西干什么！阿斗什么也没说，他离开了穿路廊，被桂凤牵引着向家里走去。弟弟在桂凤的怀里咿咿呀呀地说着什么，还有了叽叽歪歪的笑声。雨没有完全停止，时不时有几粒小雨点打在人的脸上和身上。阿斗想，陈民生你怎么还不回来？你的自来水管怎么还没有安装完？

　　春花和秋月在村里的阿庆裁缝那儿碰上了。她们都想做一件衣服，像约好似的突然出现在阿庆那儿。阿庆替这个量了一下，又替那个量了一下，量的结果是一样的，这让两个人都有些失望。她们又几乎同时出现在镇上一家药店里，最后两个人都没买，她们谁也不想开口先买那种电视里说了能丰乳的仪器。其实她们不需要这东西，这东西对她们来说只有害处。她们还经常在秋月的宅基地里对话，只有一棵杈树听到了她们的对话。她们不争吵，只是像拉家常一样心平气和地说话，但是她们的心里在争吵着。有时候她们还会相互关心几句，比如你家的猪什么时候可以出栏了，你家的田今年收成怎么样，那些都是假惺惺的问候。她们挑着担子在一座独木桥上相遇的时候，是一个安静的午后，四周都见不到一个人，她们的脸上都挂着笑容。阿斗就坐在小小的桥墩上，看着河水里的鱼。他在想一个问题：鱼会说话吗？鱼如果说话了，那么水不就流进嘴里去了吗？那么不就要被呛死了吗？所以，鱼是不会说话的，像他一样，不会说话的。阿斗的这个发现让自己兴奋起来，然后他看到在一座又低又矮的独木桥上，两个女人碰在了一起。

春花说，秋月，让我先过去吧，我挑着一担草呢。秋月笑了，说，不如我先过吧，我挑着一担马铃薯呢。春花说，秋月一直是通情达理的，不知道今天怎么了，大概是华华很久没有来伺候了。秋月说，华华就算一年伺候我两次，也比大军一年伺候你一次强，你说是不是？春花说，伺候华华是有好处的，可以批下来一块宅基地；伺候大军什么好处都没有，而是尽做老婆的义务。秋月说，那是不是你也想伺候华华了？你要真那么想的话，我给你牵个线。春花说，想伺候华华？他这种见了母狗都要上的公狗会落入我的眼里吗？他还差得远呢。秋月说，那你的意思是我就是谁都可以上的母狗了？如果我是狗，那你就连狗都不如了。春花说，秋月，你真不想让我吗？春花说完跨前了一步。秋月也跨前一步说，春花，是你不想让我呀。两个人的胸脯就挺在了一起,好像胸脯和胸脯是有仇的,要进行一场决斗一样。阿斗听到了河里哗哗的水声,想,两个这么大的人怎么可以在这么小的一座木桥上这样子呢。她们大概要跌进河里了,一定要跌进河里了。阿斗刚想到这儿,就听见了哗啦啦的水声,两个人都跌入水中,然后都站了起来,像两条湿淋淋的鱼一样。她们箩筐里的草被冲走了,马铃薯被冲走了,扁担也被冲走了,箩筐也被冲走了。她们都不愿意去捞一下,谁去捞谁就输了。她们就面对面地站着,阿斗也跳入河里,他站在她们的旁边,看两个女人想要在这条浅浅的河里干什么。她们身上的衣服都湿了,水正往下面掉,又跌进了河里。

现在,春花和秋月不相互说话了,她们都喜欢和阿斗说话了。春花说,阿斗,你不是喜欢女人的奶子吗?你不是想要吃奶吗?你看看春花的奶。春花说着解开扣子,露出了耀眼的白。秋月也说,阿斗,你不是喜欢秋月的羊角奶吗?丹桂房的女人里,你还见到过那么好的奶吗?秋月也掀起了衣裳。白晃晃的太阳落到了白晃晃的水里,荡起白晃晃的光芒,而两个女人又呈现出白晃晃的胸脯。在这样的白晃晃里,阿斗显得有些茫然不知所措。他只听到河流的声音,但是他看不到什么了,他只看到四处都是白晃晃的,这样的白晃晃让他有轻微的颤抖。他忍不住想尿尿。于是他解开了裤子,在河里对着两个女人来了一下子。尿尿的过程中,他还打了几个响亮的喷嚏。他看到一道小小的水柱,呈弧形落入水中,随着河水奔向了下游。两个女人愣了一下,随即大笑起来,她们都说,你这么小的东西拿出来干什么?阿斗的脸红了一下,迅速地把东西藏到原来的地方。这一次,他看清了春花和秋月白晃晃的地方,颤颤地挂着迷人的东西。他习惯性地舔了舔嘴角，走过去，摸了一下春花的，又摸了一下秋月的。那是两种完全不同形状的器皿，但是阿斗都喜欢，这个下午令他无比兴奋。他摸了摸春花的，柔软而白净；又摸了摸秋月的。他摸了秋月的很久，这让春花有些不太高兴。秋月的脸色也突然变了，她推开了阿斗的手，把春花的手拉了过来。她说，春花，你摸摸。春花说我自己有的，干吗摸你？但是摸了一阵后，她的脸色也变了，轻声说，秋月，你去查查，你得赶紧去查查。

两个女人都走了，她们连招呼也没和阿斗打一声就离开了小河。只有阿斗还站在水的中央，四面八方都是水。阿斗就想，做一条用不着说话的鱼该多好。不如做一条鱼。

7

秋月是十天以后出院的。除了春花和阿斗，谁也没有去镇上的医院看她。阿斗听人说，秋月的奶子里有了硬块，一查就查出了一种什么病，割掉了一只奶子。丹桂房人把这件事当新闻来传播，一个长着漂亮奶子的漂亮寡妇，被割掉了其中一只奶子，当然是一件令人津津乐道并且能引起人们轻度兴奋的事。春花向镇上走去的时候，阿斗就跟在他的身边。春花不知道阿斗是什么时候开始出现在他身边的。春花问阿斗，你去哪儿？阿斗笑了一下。春花看到阿斗在阳光下单纯的笑容，心里动了动，俯下身把阿斗抱了一抱。然后他们一起向镇医院走去。看到春花，秋月就流下了眼泪。秋月说，谁让你来看我了？我不是什么都比不过你吗？你有老公，我没老公；你有镇上的宅基地，我却只有村里的宅基地；你有两只奶子，我只剩下一只了。你是不是故意来气我的？春花说，我就是故意来气你的，我就是比你更有市场，我还准备去勾引华华这只公狗呢。两个人忽然都笑了起来。阿斗没有笑，他看着秋月，忽然哭了起来。他的哭是轻声的，他看着秋月哭，他的眼泪剎也剎不住，落在地板上。他看着秋月的胸脯哭。春花和秋月对视了一眼，她们什么也没有说。她们就这么不说话了，不再去看阿斗一眼。

秋月回到了丹桂房。丹桂房人都在向她详细地询问着病情，甚至问割下来的一共有几斤，问割的时候痛不痛。秋月的脸一下子沉了下来，她不去理会任何人。华华也不再来看她了，华华经常去找小莲。小莲的老公出门打工去了，华华就老是去"关心"她。秋月去找过华华。秋月说华华，你是不是不要我了？华华什么也没说，只是笑了笑，说，都过去了。这时候秋月才知道，自己已经什么都没有了。她并不在乎华华，但是她在乎她日后的生活。日后的生活里，也将是什么都不会再有了，只有一具没有在世界上消失的生命。秋月睡在自己的老式楼房的老式木床上，眼睛看着窗外的月色。那么短的时间里，医生改变了她身体的同时，也改变了她的命运。她一直在想的一个问题是，这样子活着，还有意思吗？

阿斗仍然在一个天色未明的清晨醒来，他又去院子里的树下站着发呆。那个埋着萤火虫的地方，经过几场雨以后，已经很平了，看不出一丝的痕迹。但是他老是觉得萤火虫一定还活着，只不过是活在地底下而已。阿斗穿了一条短裤，上身赤膊，脚上没有穿鞋子。清晨的微寒让他抱紧了自己的膀子。他开始走向那片空地。他不知道为什么要去那片空地，他觉得空地伸出了一只手,把他拉了过去。他的光脚板踩在凉凉的地上,有一种麻酥酥的快感。几分钟后他就到了那儿,村庄很安静,连鸡都没有叫。鸡早就叫过了,在天完全大亮之前,鸡不想再叫了。阿斗觉得这个村庄,只有在天亮之前的这段时间里,才全部都是属于他的。村庄那么安静,像一个不会说话的孩子。然后阿斗看到了一棵孤零零的杈树,他好像听到了杈树在唱一首歌,这是一首奇怪的歌。一个女人站在杈树的身边,很仔细地抚摸着杈树的树皮,并且不时地抬头望着杈树的树顶,那里面有一些树伸展出来的枝丫。女人没有理会阿斗,女人只是忽然之间开始唱歌,唱一首不知道什么名的歌。这歌声让阿斗感到害怕,令阿斗害怕的是女人穿着厚实的新衣裳,手里还握着一块白色的长布。阿斗赤膊的上身突然竖起了汗毛,他转身开始奔逃的时候,看到女人冲他妩媚地笑了笑。这样的妩媚也让他害怕。

　　阿斗跑过了穿路廊和祠堂道地,跑过了陈东明开的小店,跑过了骆小红开的理发店,还跑过了一辆沉睡着的、天亮以后就要突突作响的拖拉机。阿斗不知道自己要跑向哪儿去,他奔向一扇门,他敲着门,咿咿呜呜地叫喊起来。门开了,出来一个还在不停穿衣服的女人。这个女人就是春花,春花胸前的衣服还没有扣好,但她迅速地扣好了。阿斗闻到了春花身体的气味,这是一种陈年棉花翻晒后才会有的味道。阿斗很想扑进春花的怀里,大大地吸几口气。春花问阿斗什么事。她看到了阿斗脸上慌乱的神色。阿斗拉着她的手走出家门,阿斗的喉咙在咕咕地叫着,阿斗开始牵着春花的手奔跑。春花有些跌跌撞撞地跟着,她跑不过阿斗。她突然看见阿斗是赤着脚的,阿斗的

萤火虫 | 109

脚上出血了,一定是被碎玻璃片划破了。春花说阿斗,阿斗,你出血了,你脚上出血了。阿斗仍然牵着她的手向前奔跑着,然后,春花看到了不远的地方,一个女人,在摇头晃脑地唱歌,一棵权树就站在她的身边。春花站在那儿喘着粗气,用手抚了抚胸部,她有些缓不过气来。接着她一步步走向那个女人,她的脸上看不出表情,她沉着一张脸。

阿斗听到了一种尖厉的声音。他看到春花在摇着那个女人的肩膀,就像摇着一棵树一样。那个女人就是秋月,秋月手里一块长长的白布掉在了地上,她的眼泪也同时掉在了地上。春花吼,你傻不傻,你傻×,你是一个傻×傻×傻×。阿斗想,如果秋月身上也长着树叶的话,那么,树叶就会在这样强烈的摇动中纷纷掉落下来了。天就快大亮了,阿斗等着天一点点亮起来。这时候他突然看到了脚板上流出来的血,已经结成黏糊糊的麦饼状了。见到了鲜血,他才有了痛感,他感到一把锥子在扎着自己的脚板,有一种热辣辣的痛。阿斗坐了下来,坐在冰凉的泥地上。他看到一块碎玻璃,还生长在他的脚板上。他轻轻地拔去了,血又涌了出来,痛得他皱起了眉头。他抓起一把泥,涂在了伤口上。伤口盖上了泥土以后,有一丝丝微热的感觉。

在这个清晨,阿斗又听到了两个女人在宅基地里心平气和的对话。春花说了许多话,而秋月不怎么说话。春花说,你已经受了那么多苦,你再想不开的话,你干吗活到现在,春花说,你要好好的,我要看到你好好的,因为我把你当成了姐妹。春花说,就算你什么都没有了,不是还有我这个姐妹吗?春花说,你还有宅基地呢,你看看多好的宅基地,多向阳的地方,我想要还没能要到呢。春花说，我来帮你一起盖房子吧，我会帮你的。钱不够，我借你；人不够，我帮你去叫。春花说，华华算条狗，睡了那么多丹桂房的女人，把自己当成皇帝一样。其实他算条狗，他连大军的半个手指头都赶及不上。春花说，你看看阿斗，他的脚都被划破了，出了那么多血，我看丹桂房人里面，就没人能好得过他。春花说，我不再多说了，天就要亮了，马上村里人就会起床出来了。如果你还一意孤行的话，那么我就更看不起你了，你就更不是我的对手了。所以，我希望你还是我的对手，我希望你能让我看得起你。春花说，你不要多想了，回家好好睡一觉。

春花说了许多话。阿斗走了过来，他盘腿坐在地上，拿过那块白色的长布玩着。他也听到了春花的许多话，但是他只能听不能说，他是一条不会说话的鱼。秋月后来和春花抱在了一起，秋月流了许多眼泪，春花也流了许多眼泪。她们默不作声地相互抱着，相互拍着背。后来秋月推开了春花，在离开宅基地回到家中以前，她抱了抱阿斗，也拍了拍阿斗的背。这个时候，阿斗才开始流泪，他想，原来一被女人抱住，是要流泪的。他不知道自己为什么有那么多流不完的眼泪，眼泪掉在了那块白色的长布上。

春花和秋月都走了，只留下阿斗一个人坐着。天就在刹那之间亮堂起来，村子里的许多人都出来了，他们看到了阿斗，没有理会阿斗。阿斗想，春花和秋月怎么突然都消失了呢，像一场梦一样。他只看到脚上有许多血。阿斗想，陈民生，陈民生怎么还不回来呢，难道他要给人家装一辈子的自来水管？

8

这天上午阿斗被桂凤打了一顿。桂凤醒来的时候，没有找到阿斗的人。桂凤已经不是第一次找不到阿斗了，她决定要教训一下阿斗。她把弟弟放到了屋檐下的小摇车里，弟弟笑了，把整只手往嘴巴里塞。然后弟弟看到阿斗推开院门一瘸一拐地走了进来，他的脚上都是血。桂凤冲了上去，她的手里挥舞着竹梢，那是一种像鞭子一样厉害的东西，能抽得人起一条一条的血痕。桂凤说，你这么早死哪儿去了？你是不是丢了魂了？在桂凤的骂声中，阿斗的胸背立即有了几条血痕。弟弟开始哭了起来，他看到阿斗被打的样子就哭了起来，他的哭声已经很响亮了。阿斗看到桂凤的脸歪了，她连牛眼睛也没罩上，她水袋一样的奶子就在薄薄的衣服里晃荡着。阿斗开始躲避桂凤的竹梢，他跳着在院子里奔逃的样子有些像一只猴子。后来阿斗不避了，阿斗已经避不开竹梢的攻击了，他索性站到桂凤的眼前，让桂凤抽打着他的身体。一会儿时间，他的身上就落满了血痕。桂凤还在骂，说你跟陈民生一个样，都是不要家的货色。在桂凤的骂声中，春花和秋月突然出现了，她们冲上去夺下了桂凤手中的竹梢。桂凤愣了好半天，她怎么也想不通春花和秋月怎么会出现在她的院子里。桂凤说，干什么？我打儿子也不行吗？你们管得着吗？春花冷笑了一声，秋月也冷笑了一声，她们说你不许打，你打的话，我们一定联手揍你。阿斗站在院子里，看着蓝蓝的天空中飘过白云。他看到春花和秋月后来离去了，看到桂凤败下阵来颓丧地坐到屋檐底下，重新抱起弟弟喂奶。他突然听到了天空中传来了琴声,很好听的琴声。一朵白云形成一个漂亮的奶子的图案,在慢慢向这边飘来。阿斗感到很累了,他有些头晕,他想回到屋子里去睡一会儿,这时,他突然跌倒在地上。

阿斗是第二天黄昏才醒过来的,桂凤给他灌了糖水。阿斗醒来的时候,看到黄昏正一步一步地向这座村庄逼近。他下床伸了伸懒腰,身上的血痕让他感到疼痛,脚上的伤口也让他疼痛,所以他咧开了嘴,皱了皱眉头。桂凤在灶台前炒菜,她在炒一碗茄子。茄子的气味飘过来,飘到阿斗的鼻孔里。阿斗不喜欢吃茄子,但是他们家里有吃不完的茄子,所以他们就只能一直吃茄子。阿斗在茄子的气味里走向丹桂房的黄昏。阿斗走到院子里,阿斗走出了院门,阿斗走向了穿路廊,阿斗像一个影子一样飘来飘去的。然后,阿斗看到了许多人围着水塘,他们的样子好像要把水塘包围起来吃掉一样。阿斗想,一定又是水塘被抽干了水,在抓鱼了。阿斗以前看到过丹桂房人在水塘里抓鱼的样子。阿斗推开了人群,他果然看见了一条硕大的鱼,湿淋淋地卧在水塘边。阿斗还听到了一个女人的哭声,这个女人是华华的老婆。华华的老婆平时是不太说话的,但是她现在却哭得呼天抢地。那条湿淋淋的鱼就是华华,华华掉进了水塘里。

有许多人说,华华这天中午喝酒一直喝到三点,然后他开始满村转悠着寻找儿子。华华只有三个女儿,但是他却一定说自己是有个儿子的,他一定要找到儿子。他身上散发出来的酒味,飘荡在整个村庄。有人说他在掉入水塘前有时哭,有时笑,把整个村庄搞得鸡飞狗跳的,还老是说他学会了降龙十八掌,

萤火虫

可以和任何人较量。现在他是一条安静的鱼,这条鱼被人捞了起来。他的身边是一片水渍,像一个人形一样,黑黑的。村里的赤脚医生开始救治,他说牵一头牛来,就有一头牛被牵来了。牛是一头正在吃草的年轻的牛,它不知道自己被牵去是干什么用的。它看到有许多人抬着一个人向它走来,它看到人们把那个肚子鼓鼓的人放到了它的背上。那个人的头和脚就向下挂着。有人在它的身上拍了一下,它就开始行走。它行走的过程中,那个被架在它身上的人不停地吐着水。水弄脏了它的皮毛,而且水里居然荡漾着酒的气息,这让它非常厌恶。

最后人们把那个人从牛背上抬了下来。那个人突然哇地哭出了声,说儿子啊。牛就想,谁是你儿子啊,我才不愿做你儿子呢。牛还看到了一个叫阿斗的人,阿斗一直看着那个坐在地上哭的人。阿斗是个不会说话的孩子,就跟牛一样。牛后来走了,走的时候,牛回头看了阿斗一眼。

阿斗看到华华又开始哭着寻找他的儿子,丹桂房人开始笑起来。丹桂房人对华华的老婆说,你带他回家吧,现在没事了,让他休息休息就会好的。阿斗看到华华老婆抹了一把眼泪,然后牵着华华的手向家里走去,像牵着一头牛一样。然后,黑夜就一寸一寸地降临了,像给丹桂房穿上了一件黑色的衣裳似的。

阿斗仍然去河边的草地上或者桑园里捕捉萤火虫,他的口袋里装满了小小的萤火虫,它们在他的身上爬,留下淡黄的渍,留下一种不太好闻的气味。阿斗常看到春花帮秋月去种地,秋月去春花的加工厂里帮忙干活。这是一件多奇怪的事:两个冤家突然之间就变得那么形影不离了。阿斗还听到村子里有人在说,华华那天喝醉了酒掉入水塘后,有人用竹竿去捣他了,而且不止一个人。有人说，谁让他睡了那么多的丹桂房女人呢！他自己老婆为什么不让出来给全村人睡？

华华变得不声不响，他见到任何人都会主动打招呼，他不去找村子里的任何女人了。他的笑容中有些谦恭，他像一下子变了似的，让丹桂房人不能适应这样的变化。他不像以前那样反背着双手了，而是把手放在前面，不住地搓着，好像在夏天也感到寒冷似的。华华见到阿斗的时候，叫，阿斗，阿斗你干什么去了？阿斗吓了一跳，他看了华华很久，看了这个拎着他的头往墙上撞的人很久。然后他转身开始奔跑。

听人说，华华已经不是男人了，他的东西从这个夏天跌入水塘后，就坏了。不知道是被谁捣的，还是怎么弄的。没人清楚，也没人关心，只知道他把喜欢睡女人这件事情，一下子都提前做完了。然后他的一生，就会很空闲。

9

阿斗觉得自己好像变了一个人似的，他老是和华华坐在一起发呆。华华喜欢说话，老是说他以前发生的一些事情，比如小的时候经常生病，还发过癫痫。比如他十多岁的时候受过许多苦，比如他谈的第一个对象嫌他穷而最终没有嫁给他，比如他睡了村庄里哪个哪个的女人。村里除阿斗外，没人愿意听华华说这些，只有阿斗坐在他的对面，一言不发地听他说着许多废话。

那天阿斗和华华坐在华华家的院子里，阿斗听华华说话。华华的话变得异常柔软，他的身上已看不出一点点锋芒了。在这之前阿斗去了春花那儿,春花给了他一个苹果。他又去了秋月那儿,秋月给了他一个胡萝卜。在华华家的院子里,阿斗就边吃胡萝卜和苹果,边听华华讲一堆又一堆的废话。阿斗将华华讲的废话分成好几堆,一堆讲他的辛酸,一堆讲他的甜蜜,一堆讲他睡的那些女人,还有一堆讲他现在受的苦楚。阿斗很认真地听,很认真地吃着东西。他吃掉了苹果,又吃掉了胡萝卜,吃完这些华华仍然在讲。这一天,华华一直讲到黄昏,要留阿斗吃晚饭,阿斗没留下。华华就一把抱住了阿斗,他用手拨弄着阿斗的头发,是想看看阿斗头上有没有留下伤痕。他突然想起了自己用手拎着阿斗的头,把阿斗的头拼命往墙上撞的情景。他的脑海里浮现出一颗血肉模糊的头,他开始哭了,他的哭声有些像是小孩子的声音,他说阿斗,我怎么可以这样呢?我怎么可以把你的头往墙上撞呢?把自己的头撞墙还可以,关键是我把你的头撞墙了。阿斗没有哭,他想华华怎么一下子变了,变成一个小孩子。后来他走出了华华的院子,华华还埋着头痛哭失声。华华说,华华,华华你真是太没用了,你真是错了一次又一次啊。华华说的话落在了一堆黄昏里,黄昏把这些话染成金黄色的,在院子里扔得到处都是。

稻子可以开镰了,丹桂房四周的田野里就响起了脱粒机的声音。村庄里不住人了,他们差不多都跑到了田坂中间。桂凤开始寻找着去年用过的镰刀,她找了很久才找到镰刀。她让阿斗抱着弟弟,像一个女武工队员一样腰间插着镰刀走向了田间。在走向田间的时候,她一直在骂陈民生,她说陈民生你要死了,这么忙的时候你不回家来帮一帮。陈民生你真不是件东西,你以为替人家装了自来水管,人家就会觉得你是工人吗?陈民生你错了，你啥也不是，你连狗也不是，狗还会发情，还会撵着母狗跑呢。桂凤就这样一路骂着，一路骂着，走到了田间，然后蹲下身子开始割稻。在她割稻的时候，还在骂骂咧咧。阿斗抱着弟弟，弟弟在向着他笑，他就俯下身子亲了弟弟一口。弟弟仍然在笑，他的一只手塞在嘴巴里，口水就顺着嘴角流下来，流得他满脸都是。弟弟再笑，阿斗就再亲了他一口。

阿斗抬起头的时候，看到了割稻的桂凤翘得很高的屁股。那是一个丰硕的屁股，阿斗在心里把这个屁股想象成一张麦饼。稻秆纷纷扬扬地倒了下来，很快桂凤就割下了一大片。她会偶尔直起身子来，捶捶背，然后目光望着远方，骂一声陈民生你这个天杀的。后来弟弟开始哭闹，他一点也不喜欢木讷的阿斗了，他开始想念桂凤的水袋乳房，他想要吃奶了。桂凤从泥泞的田里深一脚浅一脚地走过来，抱起了弟弟，然后，她开始喂奶。阿斗看到桂凤的奶子从脏兮兮的衣服里跳出来，准确地跳入弟弟的口中。弟弟不哭了，嘴巴一吮一吮的。阿斗望着不远的土埂和一条河，他想溜掉了，去捉萤火虫，他已经很久没有去捉萤火虫了。

阿斗向河边走去，走到了那片草地上。他先是在草地上睡了一会儿。后来他开始捉萤火虫，那些有着黄色小翅膀的，有着小小触须的小虫，被他装入了口袋里。他开始想念被他埋在院子里树下的那些虫子，他想，那些虫子为什么来不及发光就死了呢？他想起曾经送给春花和秋月的两只小纱袋，那里面的虫子应该早就死了。所以他想要捉一些回去送给她们。这时候，她看到了一个男人，向这边走来。这个男人居然背着一只包，长得很像是城里人。阿斗就在太阳底下眯起眼睛看着他，终于

萤火虫

看清了,那就是成天被桂凤挂在嘴上骂的陈民生,那是阿斗的爹陈民生。陈民生曾经答应过阿斗,等给镇上的人装完了自来水管,他就回来,就给阿斗带一个糖糕回来。阿斗的心里咕咕地欢叫了一下,又欢叫了一下。阿斗的心里就一直咕咕欢叫着。他从草丛里走出来,向陈民生跑去,他想要扑进陈民生的怀里。他有些想念这个离开家那么久的男人了。

风吹起了阿斗的头发,让他的头发像一根冲天的辫子一样直冲天上。阿斗能听到耳边风的声音,能听到自己心脏跳动得很响的声音。他的眼睛布满了红色的血丝,他在心里说,陈民生,陈民生你终于回来了。一辆拖拉机在奔跑着,它比阿斗跑得更快。他们是相对着奔跑的,阿斗看到拖拉机向他冲了过来,他想不好了不好了,就果然不好了。

炎热的夏天,太阳高高挂着。太阳也有脚的,在一步步地向西走去。陈民生开始向一辆拖拉机奔跑,华华也开始向一辆拖拉机奔跑,春花和秋月也开始向拖拉机奔跑。还有许多村里其他的人,包括割稻的桂凤,都跑向了这条土埂。拖拉机手吓蒙了,他不知道突然之间怎么有一个孩子会出现在他的拖拉机下的,当他看到愤怒的桂凤挥舞着镰刀向他冲来的时候,他开始奔跑。他一点也没有想到,平时跑步并不好的自己,怎么跑起来像一阵风一样。

阿斗看到黄昏正在来临。他听不到声音了,一点也听不到。他只看到西边的云彩火红火红的,许多人脸上都有着不同的表情,他们像潮水一样向他涌来,然后在他身边停住了。他的嘴角是血,眼睛、耳朵、鼻孔都是血,他躺着的地上,也到处是血,他被血完完全全地包围了。他睡在一堆黏黏的血中,这让他感到很不舒服。胸口很热,像是谁钻到他的胸口放了一把火,又跑掉了。他很想睡觉,觉得眼皮就要支持不住了,已经在打架。眼皮本来是朋友,但是却在这个黄昏打架了。黄昏是个妖怪,它穿着一件黄色的袍子,露出怪异的笑容一步步走向阿斗。阿斗才明白,原来他一直害怕黄昏,黄昏比华华更可恶。

华华的声音很轻很柔地漫过来,他抹去了阿斗脸上的血,说阿斗你还要听我讲许多事呢,你去和拖拉机比谁硬干什么,你还要听我说话呢。他轻轻地摇着阿斗,阿斗就完完全全忘了华华曾经拿他的头去撞墙。华华已经不是男人了。华华不是男人后,就突然变得如此可以亲近。阿斗想要呈现给华华一个笑容,这时候华华被推开了,春花和秋月几乎是跌进来的。秋月抱住了阿斗的身子,所以她穿着的衣服上马上就沾上了许多血。春花抱着阿斗的头,春花说阿斗,你怎么了,阿斗?阿斗的目光越来越无力,眼睛里的光芒正在一点点散去。春花抬头望了望围观的人群,突然唰地解开了自己的衣服,一只奶子跳了出来,在阿斗的面前晃荡着。

村里人谁也没有说话,他们静静地看着两个女人疼爱一个残疾孩子的样子。阿斗张了张嘴,嘴里全是血。他的嘴一动,嘴角就有许多血流了出来。春花把奶头塞进了阿斗的嘴里,她的奶头马上被黏糊糊的鲜血包围。阿斗终于艰难地露出了笑容,他想说很多话的,他想让陈民生不要老是去给人家装水管,他想让桂凤以后不要像打骂他一样打骂弟弟,但是他被拖拉机撞到了。就算他没被撞到,他也说不出话来。春花感觉到阿斗的牙齿咬住了她的奶头,这让她的奶头有些生疼,但是牙齿的力量渐渐小了下去,这让春花感到害怕。春花想,如果阿斗能活过来，就算咬掉她的奶子她都愿意。但是阿斗不动了，阿斗的眼睛还睁着，但他的嘴一点也不动了。这时候，春花和秋月的眼泪一下子下来了，陈民生跪在地上，也像一个孩子一样呜呜地哭。桂凤举着镰刀，还在赤着脚疯狂地追赶拖拉机手。

　　有一些细小的灰黄颜色的虫子从阿斗的衣袋里爬出来，越来越多，密密麻麻的。它们有些已经爬上了春花的手，有的爬到了阿斗的脸上。萤火虫爬过的地方，留下了一条浅黄色的路线，那是萤火虫的渍子。阿斗觉得自己很轻。后来阿斗睡着了，听到遥远的天空中又传来了琴声，那儿有许多萤火虫在飞舞。接着，他就听到了春花和秋月的哭声，他想起了宅基地和宅基地上的一棵杈树，想起了爬上窗台偷看秋月洗澡，想起了春花和华华在加工厂里打架，想起了华华来找桂凤并和桂凤闹了整整一个晚上。后来，他就想不动了。他只看到了萤火虫漫天飞舞着，而且越飞越多……黑夜，真正来临。

大雨滂沱

1

牛三斤的目光从报纸上挣扎着爬起来，攀上屋檐，他看到了由远而近的雨阵在顷刻之间包围了牛村，像潮水一样淹没了村庄。牛三斤说，现在，我们开会。

这是一场雨水笼罩着的会议，天井里的两棵美人蕉绿得很安静，不时地在雨水里摆一下身子。它们在祠堂里生活已经很多年了。现在，这儿被改成了村委会，香火没有了，祖宗牌位也没有了，凭空多出来的是牛三斤的身影。牛三斤是村委会主任，他喜欢在祠堂里散步，他把这儿当成了属于他的地盘。当他看到妇女主任矮胖的身影出现在办公室门口的时候，他说，现在，我们开会。

妇女主任的手里，不停地甩着那柄黑色的折伞。她的短头发被打湿了，半边身子也被打湿了。透过薄衬衣可以看到厚实的皮肉。牛三斤皱了一下眉头，他告诉大家，镇上的电器工业基地，又要征用村里的地。上一次是一万五一亩，现在涨到三万一亩了。村里有了钱,要浇一条通往镇上的水泥路,还要把村里小路进行硬化,另外,还要造一个灯光球场。灯光球场是什么?灯光球场就是有灯光的球场。因为土地征用,镇上给了村里10个进家用电器厂的名额,到时候要分配到各个家用电器厂里上班。

会议的气氛有些热烈,因为村里就要有钱了。村干部们讨论得很欢畅,都在想着家里的孩子能不能进厂,道路硬化能不能顺带着把家门口的一小块地给同时铺上水泥。村干部们的嗓音就高了起来,喝茶的在喝茶,抽烟的在抽烟,村委会办公室的热闹气氛被雨水淋透了。在江南,这样的雨连绵几十里乃至上百里,像一条扭动着的青龙。

然后,人群散去,黄昏来临。只剩下牛三斤对着一地的瓜子壳和烟蒂头。妇女主任坐过的凳子上,留下了一个明显的水渍,那是一个硕大的屁股印。牛三斤对着水渍说,猪,猪,真是猪。他点了一根烟,走到了办公室的门口,看到四方天井里,雨仍然铺天盖地地浇下来。牛三斤仰头对着天空说,天,咱们村,要有钱了。

如果你是一只躲在檐洞里的麻雀,从上往下看,隔着密密的雨阵,你会看到一个秃了头发的男人,反背着双手,嘴里衔着烟。屋子里透出昏黄的灯光。这是村委会办公室的傍晚。

2

茶茶坐在院子里的一块大石头上,手里捏着一块布,不停地擦着眼角流出来的黏糊糊的水。她的视力越来越差了,只能看到晃动着的人影。雨后初晴,她的身边升腾着白色的地气,所以看上去,她像是一个被放在蒸锅里的人一样。她的儿子牛勇强坐在屋檐下的一张椅子上,颤颤的,像一片树叶。他三年前和村联防队去抓牛百岁和牛百顺兄弟俩组织的赌场,结果从二楼的平台上摔了下来。那时候他很勇敢,他冲锋在前,踢开门,大吼一声,不许动,举起手来!他看到牛百顺跑了,从平台上跳下去,于是他也跟着跳了下去。他以为能扑倒牛百顺的,结果他的脑袋着了地。当时他只是觉得有些痛,第二天他吃饭的时候突然倒下,大喊一声,马超英,我不行了!

牛勇强果然就不行了。他被人从医院接回来的时候,不会说话,两只眼珠子不会转动,不会吃东西。他就像一根弱不禁风的稻草,轻轻一扯就能把他给扯断。马超英一下子变得忙碌起来,她还是牛勇强新婚的老婆,却从此要开始照顾一截木头一样的老公。很多时候,马超英一边在镇上菜场里的肉摊上卖肉,一边回忆往事。那时候从部队服役回来的牛勇强身材高大,英气勃发,马超英第一眼就喜欢上了他。媒婆问她满不满意,换成别的姑娘都会很害羞,马超英却不害羞,说,就是他了。于是马超英嫁到了牛村,当上了牛勇强的老婆。好日子没过几天,马超英就摊上了这事。马超英就想,这是命。

婆婆茶茶会照顾牛勇强,经常给他喂汤汁稀饭。但是婆婆年纪大了,给牛勇强擦身的任务只好落在马超英的头上。马超英因为经常要把牛勇强抱进抱出,所以她的力气越来越大。马超英想,再这样下去,自己肯定可以去当一名举重运动员了。

马超英骑着她半旧的嘉陵牌摩托车回到院子里的时候,看到茶茶正坐在一堆地气里沉思,像是在想一个百思不解的问题一样。马超英把摩托车停好,说,婆婆,你真像一个半仙,你坐在一堆烟雾里的样子,最起码也像何仙姑。

茶茶翻了翻白眼说,牛百叶想进家用电器厂。

马超英说,她那个性格能进家用电器厂的?你以为家用电器厂是天堂?很辛苦的。做那种胶木的开关,一股难闻的味。

茶茶说,那也比务农强,比上山摘茶、摘桑叶强。

马超英说,那你让她去家用电器厂好了。

茶茶说,她去不了,她的名额被牛小凤的妹妹牛柳挤掉了。

马超英说,你怎么知道是被她挤掉的?

茶茶说,我们家的地,被村里收回去一亩半;他家的地,才收回去半亩。这些地都被征给镇里当工业基地了。你说,是不是要先轮到我们家牛百叶进厂的?

马超英说,那你想怎么样?

茶茶说,我要你去把这个名额争回来。我们家就数你最有用了,你不仅会当好老婆,还会杀猪。你一定要把我们家的名额争回来。

马超英说,你怎么知道我一定能把名额争回来?

茶茶说,我不管,我就要名额。如果你争回来了,咱们家就有一个工人了,就不会被人看不起了。

这时候,牛百叶进了院门,她打扮得很时髦。其实她是一个很漂亮的人,腰那么细,屁股那么圆润,奶子那么坚挺,脸蛋那么白净,五官那么标致。她看了看在一堆地气里坐着的茶茶,又看看摩托车边站着的散发着猪肉气息的马超英,一句话也不说就进了门。

茶茶说,你给我站住。

牛百叶站住了。

茶茶说,你有没有大小的,连妈也不叫一声了,连嫂嫂也不叫一声了,你还是不是我们牛家的人?

牛百叶什么话也没有说,她对着马超英笑了一下,马超英觉得,牛百叶笑起来真是美。牛百叶走到哥哥牛勇强的身边,轻轻拍了拍哥哥的脸,低声说,哥,你累不累?

牛勇强没有说话,只是被牛百叶拍下了一串涎水。然后,牛百叶转身进了屋。她突然在马超英的视野里消失了,像是被空气融化掉一样。马超英长长地叹了一口气,她将自己的身体靠在油腻腻的专门用来运送猪肉的半旧嘉陵牌摩托车上。院子里的那块大石头上,坐着寂寞的茶茶。那块大石头是以前牛勇强家起房子做地基时,多出来的一块石头。因为搬出去扔掉太麻烦,而成了茶茶的座椅。茶茶不再说话,她把两只手放在膝盖上,像是要被人照相的样子。她的目光平视,跳跃着跃出了院门,然后抛向远方。远方是通往镇上的一条大路。马超英想,茶茶很像是什么东西。马超英想了很久,后来她终于想了起来,茶茶很像一只木然的乌鸦。

3

马超英是三天以后去村小的。村小里只有一个老师,那就是牛村大名鼎鼎的牛小凤。牛小凤是个男的,但取了一个女人的名字。牛小凤说,凤为雄,凰为雌,谁敢说牛小凤是女人的名字?牛小凤是个大胡子,而且他的指甲很长,一双手白净而纤细。他最拿手的是织毛衣,曾经为村里很多人织过毛衣。牛小凤不仅会教语文、数学，还能教思想品德、音乐、美术、体育。他简直不是个人，他是个孙悟空，什么都会。马超英一步步地向村小走去，村小很破败，曾经是大队的饲养场。以前这儿生活过很多幸福的猪妈妈和幸福的小猪。现在猪妈妈不见了，只有一个牛小凤；小猪们也不见了，只有很多年龄不等、身高不等的牛村的孩子们。在牛小凤的眼里，这是一群笋，长短不一的笋，见风就长，见雨就长。

破败的村小距离马超英越来越近了。它很像一个老掉的老人，在阳光下打盹儿。它看到马超英穿着一件格子的两用衫、一条半旧的牛仔裤、一双白色的运动鞋过来了。马超英还系着一块皮围裙，围裙上溅着一些猪毛和肉末。显然，在这之前，马超英刚刚杀翻一头猪。她连皮围裙也没有脱去，就来到了村小。她走进村小的时候，看到村小走廊上，有两只晒箕，晒箕里铺着桑叶，一些白色的蚕宝宝正在缓慢地蠕动。马超英想，这些蚕真像牛勇强呀，牛勇强因为晒不到日光，也是白白嫩嫩的。

马超英走到教室的门口，她看到牛小凤正在写粉笔字。牛小凤站在一小堆光影里，阳光在他的大胡子丛中跳跃着。他把粉笔字写得很飘逸，他说，床前明月光，疑是地上霜。一些粉笔的灰尘扬了起来，在阳光里翻滚着。那些坐得端端正正的学生，把两只手并拢了放在胸前的课桌上。他们有的流着鼻涕，有的结着眼屎。但是马超英突然觉得，这是一幅多么幸福的画面。马超英认的字不多，她敬重有学问的人。除了大胡子牛小凤喜欢养蚕、织毛衣、手太白净，以及有时候有些娘娘腔以外，她基本上认为牛小凤是牛村最牛的人。

下课了。学生们从课堂中涌出来,如一群正在成长的幼小的鱼,在激流中奔向一个闸门。牛小凤夹着教科书也走了出来,他走向他的办公室——一间小巧而简陋的屋子。马超英跟着他走,一边走,一边和牛小凤说着话。

马超英说,牛小凤,你的蚕养得好,你的毛衣织得好,没想到你的粉笔字也写得那么好。

牛小凤很谦虚地,但是却又头也不回地说,哪里哪里,过奖过奖。那是我应该做的。

马超英说,牛小凤,但是有一件事你做得不地道,你怎么让你的妹妹牛柳,把我小姑子牛百叶的名额给挤走了?

牛小凤仍然头也不回地说,哪里哪里,过奖过奖,你太客气了。

他像是突然回过神来似的说,马超英,你刚才说什么?牛柳挤了牛百叶的名额?

马超英说,是呀,牛柳可以进家用电器厂了,牛百叶却进不了。牛柳家被征用的田是半亩,牛百叶家被征用的田可是一亩半。你告诉我,她为什么要挤掉我的小姑。她就不怕我的尖刀白刀子进,红刀子出吗?

牛小凤一下子显得手足无措起来。他打开了办公室的门,让马超英进来坐。马超英看到办公室里养着一盆嫩得出油的吊兰,马超英不由得感叹起来,说牛小凤呀牛小凤,你怎么什么都能养呀,动植物都养得那么滋润,你真有闲心啊。

牛小凤笑了,说,你也有闲的,你只是没心而已。

牛小凤给马超英泡了一杯茶,他白净的手指头捡起了掉在桌上的些许茶叶,然后他端着茶杯放在马超英面前说,这是新茶，你尝尝。

马超英喝了一口茶，她被茶水烫了一下，哇地怪叫起来。

牛小凤笑了，慢条斯理地说，茶要慢慢喝，那叫品；小口喝，那叫饮；大口喝，那叫喝；猛喝，那叫牛饮。你刚才那一口，属于牛饮的范畴。

马超英有些哭笑不得，说，你真是废话特别多。

牛小凤说，我真的不知道挤掉你家名额的事，这是村主任牛三斤定的，他通知我们说，要我们做好上班的准备。不过，他想要我妹妹嫁给他的那个花痴儿子。这一点，我是坚决不能答应的。你知道什么是花痴吗？花痴可能属于一种间歇性精神病，在春天的时候，特别容易发作。对了，刚才你说到我废话多。那我现在问你，何为废话？……

马超英的头开始大了起来，她用双手紧紧地捧住头。这时候牛柳来了，她是给牛小凤送饭来的。看上去，她和哥哥之间很亲热。她说，哥，蛋，吃。

牛柳把饭盒打开了，饭上盖着两个荷包蛋。她说话很简洁，其实她想要告诉哥哥的意思是，哥哥，今天中午给你做了两个荷包蛋，你吃吧。

牛小凤吃起了中饭。牛小凤一边吃中饭，一边对系着皮围裙的马超英说，其实，早饭的时候是要饱满的，因为一天之中有大量的工作要做，需要很多的精力。而中饭要吃少，中饭如果吃多，下午就懒洋洋的，不想工作了。晚饭是要吃精的，因为晚上需要大量的营养，才能供应每个人必需的各种维生素。今天，我吃两个荷包蛋，营养好过头了。一般来说，一天不能超过一个蛋……

马超英有些昏昏欲睡,她刚想要离开的时候,听到牛柳叫住了她。牛柳说,你,有事?

马超英说,我,没事。

马超英说完,走出了破败的村小。她快步地走在阳光底下,身上的皮围裙因为她的走动,而发出有节律的响声。马超英撞开了自家的院门,看到茶茶仍然像一只乌鸦一样,坐在院子里那块大石头上。茶茶看到了一个快速进院的黑影,能以那么快的速度进院的黑影,肯定就是马超英。于是她翻着白眼大吼一声,马超英,怎么样?

马超英说,你别急,我再想想办法。

茶茶说,我能不急吗?家用电器厂录用的人员,马上就要到镇上去培训了。

马超英说,你的消息真灵,你像千里眼一样。

茶茶马上笑了,笑得脸上的皮,像风干了的橘子皮一样。茶茶说,我不是千里眼,但大家都说我是顺风耳。

4

牛三斤再一次抬头的时候,看到了翻滚的乌云。乌云集合在牛村的上空,要进行一场战斗似的。牛三斤在办公室里看报纸,他已经坐了整整一个下午了。无所事事的时候,他就喜欢坐在村委会里翻报纸。他差不多会背那几张陈旧的报纸的内容了。他想,牛村又要落雨了。

在又一场雨将要降临在牛村的时候,牛三斤很渴望打一次牌。如果雨水把整个祠堂包围,那么,他们无疑就是水帘洞里的人了。牛三斤开了灯，他给几个村干部打电话，其中包括那个屁股很大的妇女主任。牛三斤说，他妈的，我们打牌吧。

马超英背对院门面朝家门站在院子里。那只石头上的乌鸦依然一动不动地停在那儿，乌云冲了过来，很快就盘旋在了马超英家院子的上空。

马超英说，妈，进屋了。

茶茶说，我不进屋，让雨把我淋死算了。如果不把属于我们的名额抢回来，我茶茶的一世英名就泡汤了，还不如让雨把我淋死算了。

马超英狠狠地闭了一下眼睛，她看到了坐在屋檐下的牛勇强。牛勇强似乎是没有目光的，他的目光比空气还要稀薄。但是牛勇强有的是涎水，他的涎水亮晶晶地落下来，在胸前那么挂着。马超英走过去，替他擦干了涎水。然后马超英走向了猪圈。猪圈里养着她收购来的准备宰杀的猪。杀猪的时候，她会叫来村民帮她抓住猪脚，然后她白刀子进，红刀子出。

马超英把猪放了出去。猪兴奋地蹿到了院子里，它抬起头看了一眼石头上的乌鸦，它和人一样，几乎漠视了牛勇强的存在。它兴奋地大叫了一声。它看到了乌云密布，所以它叫，下雨啦，下雨啦。当然它的叫声没有人能听得懂。然后，它开始奔出院门，在村路上横冲直撞。它依然在叫，下雨啦，下雨啦。

第一滴雨水，是马超英一手拿着铁钩，一手拿着杀猪刀走到院门的时候开始砸落的。在这之前，茶茶看到一头猪跑出了院门，就急了。茶茶说，猪跑了，喂，猪跑了。马超英说，是我放走的，不要你管。然后马超英走到了院门口，然后，她的额头上收到了天上掉落的第一滴雨。接着，大雨就铺天盖地地落了下来。

　　雨水敲打在祠堂的瓦片上。听着这样的声音，牛三斤感到无比惬意，并且，他拿到了一副好牌。他的几个手指头不停地敲着桌面，甚至哼起了戏文。和他一样兴奋的是一头行进在村子里的猪，它的目光所及之处，全是铺天盖地的雨水。村路上没有一个人，这令它像一个英雄一样，叽叽嘎嘎地叫着，横冲直撞。它看到了一扇巨大的木门，木门洞开着，它一下子冲了进去。这时候，它看到的是在雨水中鲜艳得有些失真的美人蕉和一扇小门里一盏昏黄的灯，以及在昏黄的灯下，四个长得有点儿难看的脑袋。

　　这时候，在村路上行进着一个女人，她走路的步速不急不慢，左手握钩，右手持刀。她已经被淋得湿透了，身上的衣服牢牢地粘着她的皮肉。她很像是从梁山上下来的一位女英雄。她就是牛村著名的，也是唯一的女屠夫——马超英。马超英走到祠堂里的时候，把巨大的木门给合上了。那头在天井里淋着雨的猪愣了一下，它突然觉得，好像有些危险。它开始显得有些不安起来，那双小眼睛惊恐地望着马超英。这时候，小屋里的四个脑袋，全部凑到了小屋的门口，他们看看猪，又看看马超英。他们都不知道马超英在玩什么把戏。

　　大概有十分钟的静止时间。马超英一直和猪对视着。然后马超英猛喝一声，奔向了天井里的猪。牛三斤看到了，马超英奔出的简直是光的速度。这让他想起了电视里一位姓刘的跨栏运动员，牛三斤想，要是马超英从小被当成体育苗子培养的话，一定不会输给那个冠军。

　　马超英冲到猪的身边。

马超英左手的铁钩一下子钩住猪的下巴,迅速上提。猪挣扎着,但是无法动弹,无法张嘴。

马超英右手的杀猪刀刺进猪脖子,一股血喷涌而出。

猪倒了下去,马超英的右膝跪在猪肚子上,猪脖子上的刀口又拉开了一点点。

这是一个很短暂的过程。在牛村,从来就没有一个屠夫可以一个人杀猪。牛三斤和其他的村干部都惊呆了。他们看到雨水冲刷着倒地的猪,那些血水被冲淡了,在天井里流来淌去,形成一股股小小的红色的水流。马超英站了起来,她仍然一手握钩,一手握着杀猪刀。她的身上溅满了猪血。她一步步走向了牛三斤。

马超英说,牛三斤,听说我家小姑子牛百叶的名额被人占去了?

牛三斤说,没有的事,你要相信村干部,我们一向很公正。

马超英说,我们家一共被征用的是一亩半地,如果被录用的工人,他们家征用的地全超过了一亩半,我马超英就无话可说了。如果比我们家征用的地还少,那我可不答应。

牛三斤想了想说,你想怎么样?

马超英说,我不想怎么样。我要公平。

牛三斤望着马超英手里的杀猪刀,杀猪刀的刀尖上还在淌着血,马超英的手里,也沾上了许多黏糊糊的血。

马超英走了,她走到了祠堂的大门边,拉开了门。门外,是一个大型的晒谷场,那是一片更宽广的雨水。马超英头也不回地走了,边走边丢下一句话,牛三斤,你给我听好了,你不给我一个满意的答案,就别怪我不客气。

没有人知道她的"不客气"是什么意思，但是，他们都觉得，这个女人肯定是疯了。

三位村干部都在望着牛三斤。牛三斤坚强地挤出了一个笑容，说，我不怕的，你们看我会怕吗？我像是怕她马超英的人吗。

大家都没说话，牛三斤也不说了。他的笑容慢慢地收了回去，因为他觉得，要长时间地装出一个笑容来，是很累的。不一会儿，有四个男人来抬猪，他们是马超英请来抬猪的，他们都收了工钱。他们搞不懂的有两点：第一，马超英一个人是怎么样杀猪的？第二，马超英为什么在村委会的门口杀猪？

5

牛柳站在破旧学校的屋檐下，已经是黄昏了，在黄昏的空气里，她看到牛小凤正在专心地给蚕喂桑叶。牛小凤的动作细腻温柔，像一个女人在对待自己的孩子。学生们都已经放学了，只留下敬爱的牛小凤老师，还待在这个养殖场改造的破败村小里。

牛柳看到牛小凤喂好了蚕。他把晒箕搬进了用石灰消过毒的一间屋里，然后他出来了。牛柳说，牛百叶，家用电器厂，培训。

牛小凤带着牛柳离开了学校。牛小凤走在前面，牛柳走在后面，但是牛小凤一直回过头来说话。牛小凤说，你知道吗？那些蚕很快就会老去的。有句老古话说，人老一世，蚕老一时。蚕会在一个小时内老去，你说它的生命多么短暂。我们的光阴，都在像流水一样地流去。牛柳,你说,我们是不是应该多花一些时间读书啊。对了,牛百叶去培训了,这事我不知道呀。

牛柳说,你,找,马超英。

牛小凤去找马超英了。马超英正在院子里杀猪,她先把放了血的猪丢在木桶里,木桶里全是滚水。马超英又让人把猪给扛了出来,丢在一张大案几上。马超英在猪脚上割开一个小洞,对着小洞拼命吹气。猪肚子很快就胀了起来,圆滚滚,用手敲上去咻咻响。马超英给猪去毛,手脚很利落。她的身边放着一长排的小刀,每把刀子各有用处,有的剔骨,有的褪毛,有的切肉……

马超英忙得热火朝天,她的动作飞快,把牛小凤看得眼花缭乱。牛小凤说,马超英,你这绝对是艺术。牛小凤笑了,说,杀猪也能算艺术呀,那杀人是不是更艺术?

牛小凤手里一直捧着一件红色的毛衣。牛小凤说,马超英,这件毛衣送给你。

马超英说,你为什么要送给我毛衣?

牛小凤说,不为什么,因为这毛衣是我亲自织的。我已经替村里人织了几十件毛衣了,牛三斤一家四口的身上,全都穿着我织的毛衣。毛衣是可以用来抵御寒冷的,你知道,总有一天,大雪会再一次把咱们牛村掩埋。

马超英说,那我送你一个猪头吧。

马超英刚说完,手中的刀子顺着猪脖子利索地转了一圈,一个猪头就下来了。马超英把猪头往案板上一扔说,牛小凤,你把这拎回去焖一锅五香猪头肉,可以下酒吃。

牛小凤为难地说,我知道适量喝点酒是好的,喝多了是不好的。但是不管喝多好，还是喝少好，我都是不喝酒的。不喝酒的话，就用不着吃这个猪头肉了。

马超英一声叱喝，你就别婆婆妈妈了。你一个大男人，就不能学着喝酒吗？

牛小凤不再说喝酒的事，直接问马超英说，听说你小姑子牛百叶，顶了我们家牛柳的名额，去培训去了。有没有这回事？

马超英把一把剔骨刀钉在了案板上笑了，说，我们没有顶谁的名额，是我们自己轮到了名额。你想一想我们家被征用了一亩半的地，怎么轮都轮得上我们的一个名额了。你家牛柳被谁顶替了，应该问牛三斤才对。你替他家织了四件毛衣，他肯定会告诉你究竟是怎么回事。

牛小凤后来走出了院门。在走出院门以前，他和坐在屋檐下流涎水的牛勇强说了一会儿话。牛勇强没有理他。他又和坐在院子里大石头上的茶茶说了一会儿话。茶茶一直都在笑着点头，说到最后，茶茶翻着白眼说，你是谁？你真会说话。你翻来覆去地说了半天，才说明白一句话，那就是天气就要开始变热了。

牛小凤最后离开了院子。走出院子的时候，他拎着那只马超英送给他的猪头。他是一个温和的人，从来都不曾发过脾气。他想回到家去，让妹妹牛柳把猪头焖在锅里。然后，他想要读书了，他最喜欢的就是读书。

6

牛百叶在镇上的肉摊上找到了马超英。那时候马超英刚好

大雨滂沱 | 135

在听一个超级黄色的笑话,笑得前仰后合。牛百叶踩着到处流淌的污水,皱着眉头终于到了马超英的肉摊前。

牛百叶说,马超英,你真会管闲事,你把我弄到厂里去培训干什么呀?

马超英把笑容收了起来,她也看到了牛百叶,她说百叶,是你妈妈一定要让我去争取名额的。为了这个名额,我被雨淋了,还在雨地里一个人杀翻一头猪,可把我给累坏了。

牛百叶说,我不喜欢上班,你把这个名额还给别人去。我和你说,我的事,你不要管。

牛百叶后来走了。马超英怔怔地望着打扮得很时髦的牛百叶一扭一扭地远去。当那个男人要给马超英讲那个黄色笑话的续集时,马超英说,你给我滚,你怎么老讲这些黄段子来骚扰我?你不滚的话,小心老娘阉了你。

牛百叶离开了家用电器厂的培训基地,她说她不是做工人的命。这是牛柳告诉牛小凤,牛小凤再告诉马超英的。牛小凤说,马超英,我们家牛柳又有名额了,是牛百叶让出来了。所以说,我一定要感谢你。没想到,你的品德那么高尚,你毫不利己,专门利人。马超英,我们家牛柳开心坏了,开心得话都说不出来。一直到第三天,她才说,哥,我,工人。

马超英望着牛小凤兴奋的样子,她伸出手替这个满腹诗书的大胡子整理了一下衣领。马超英突然觉得,牛小凤才是最善良的,与世无争,而且斯文。可惜这样的人太少了。

马超英傍晚回到家的时候,在院子里看到茶茶在哭,她不停地用那块破布擦着眼泪。茶茶说,牛百叶辞职了,她竟然辞职了,她不当工人,难道想当老板娘?我听人说,她在镇上新开的北斗星夜总会陪男人喝酒;我还听人说,她竟然坐男人的大腿上。你说,我该怎么办?

马超英说,你想让我怎么办?

茶茶止住了哭说,你能不能让她回来?她先回来再说。至少不能让她坐在男人的大腿上去。要那样的话,她以后怎么嫁人?

马超英狠狠地闭了一下眼睛,她看到牛勇强仍然傻愣愣地坐在屋檐下,就走了过去,轻轻拍着牛勇强的脸说,勇强,你们家的事真多。你们家的事那么多,你却一件也管不了。

这天夜里,马超英骑着她的嘉陵牌摩托车去了镇上的北斗星夜总会。牛村到镇上有十里路,一路上,马超英的摩托车开着雪亮的车灯,在歪歪扭扭的山道上疾驰着。然后,马超英看到了小镇的夜色。这是一座新兴的小镇,虽然不是很热闹,但是灯光比村庄要密集很多。马超英找到了北斗星夜总会,一个保安过来说,你别把车停在这儿,我们这儿是给来消费的客人停车的。

马超英拍了一下座凳说,我就是来消费的。

马超英还是进入了夜总会,她看到男男女女一大帮人,小包厢一个接一个,她的脸就绿了。她在人群里搜寻着牛百叶,一直都没有找到。就在要离开的时候,她突然看到了一个女人,穿着很性感,正在和一个男客打招呼。她叫男客文哥,男客叫她珍妮。马超英盯着这个珍妮看,在确认这个珍妮就是牛百叶的时候,她一把拉住了牛百叶的手说,牛百叶,你怎么变成这样了?

牛百叶说,你把我的手放开。你来这儿凑什么热闹呀,好好杀你的猪不就行了。

马超英说，可是你妈让我把你带回去。

牛百叶冷笑了一声说，怎么可能说带就带回去？我是大人了，我有权决定自己的方向。

那个叫文哥的男人一把拉过了牛百叶，在牛百叶的脸上亲了一口说，这是你姐吧。

牛百叶也在文哥脸上亲了一口说，不，这是我们村里的女屠夫。

文哥又在牛百叶的脸上亲了一下说，我不信，如果不认识，她敢来拉你的手？要真这样的话，我让人剁掉她的手。

牛百叶又在文哥的脸上亲了一口说，爱信不信，她这个人爱管闲事，脑子有点儿问题。

马超英笑了，在心里叽叽喳喳地笑个不停。马超英想，我成了脑子有问题的女屠夫了，我不给你点儿颜色瞧，是不行的。

马超英走到了牛百叶的身边，抡起了巴掌，两声脆响以后，牛百叶捂着嘴巴愣了。好久以后，她才哭着大叫起来，女魔头，不要你管。

那个叫文哥的人愤怒了，指着保安们说，你们这群吃干饭的家伙，你们站在这儿是当柱子用的，还是干什么用的？

保安们围了上来。马超英慢慢地走向了门口，走向了她的嘉陵摩托车。保安仍然把她围住了，但是他们不敢上前。文哥推开了身前的两名保安，冲上去对着马超英就是一耳光，然后用手指指着马超英的鼻子大骂。马超英想，这耳光怎么那么痛呀？马超英的手摸索着，摸到了摩托车上侧面挂着的一只藤条筐，她的手紧紧握住了一把剔骨刀。

马超英左手猛地一甩，一个耳光狠狠地抽在了文哥的脸上。文哥刚要发作时，一把剔骨刀已经举了起来，就举在文哥的鼻子面前。马超英说，你就是冒充上海滩里那个文哥的家伙吧。我限你一秒钟内消失，要不然，我就白刀子进，红刀子出。

　　文哥果然就在一秒钟内消失了，他迅速地推开了围着他的那群保安，像一个运动员百米冲刺一样冲进了夜总会。牛百叶正在等着文哥替她报了仇以后胜利归来，看到文哥冲回来了，忙上前接应，把他按倒在沙发上问，怎么样了？

　　文哥说，你怎么会有这样的嫂子的？我看错人了，我不能和你在一起，我要是和你在一起，我总有一天会被她斩了放到案板上去卖的。

　　马超英开着摩托车走了，雪亮的车灯，照亮了十里的山路。当她回到家里的时候，感到有些疲惫。所以她没有进门，她久久地站在自己家的家门前。她知道猪圈里有一头猪，等待着凌晨四点钟的时候，她将它斩杀。她还知道屋子里睡着茶茶，另一间屋子里睡着牛勇强。她的日常生活就是不停地杀猪卖肉挣钱，然后养活木头一样的牛勇强，和什么都看不清的茶茶。马超英很想换一种生活，可以让她喘一口气的生活。她在家门口站了很久，在夜色里，她被染成一条黑色的鱼。

　　第二天下午她收摊的时候，王小奔和陈小跑出现在她的面前。他们是镇派出所的两名协警，以跑步快而著名。王小奔说，你是马超英吧。你昨天晚上有没有去北斗星夜总会闹事？

　　马超英说，没有。

　　陈小跑说，你有没有打人，你打了一个叫文哥的男人一耳光，他报案了。

大雨滂沱 | 139

马超英说，他先打我一耳光，现在，我也报案。你们去抓他。

王小奔说，看来你很狡猾，就算你们俩之间的耳光扯平了，那你打珍妮的耳光怎么算？

马超英说，那不叫珍妮，那叫牛百叶。

陈小跑说，叫什么不重要，重要的是你打了她。

马超英说，当然重要的，如果她是牛百叶，那么我是代她的母亲茶茶打她的。母亲打女儿，你们抓不抓？

王小奔很生气。王小奔说，你真是个刁民。不管怎么样，今天你得跟我们走。

马超英跟着王小奔和陈小跑走了，她骑摩托车跟在一辆破旧的吉普后面。到了派出所的时候，王小奔和陈小跑给马超英做笔录，做了半天的笔录，觉得马超英好像没干什么坏事。在他们为关不关她而拿不定主意的时候，胖乎乎的海所长摸着肚皮过来了。

王小奔说，所长，你看看这个笔录，这个女人，要怎么处理？

海所长装作很认真地看了看笔录，又看了看马超英说，放了。我们这儿人关得越少，就说明我们的治安越好。

海所长说完就哼着小曲要离开。这时候他突然听到马超英的笑声，马超英的笑声有些刺耳。马超英说，我要送你们一人一副猪大肠，你们自己洗一洗去炖五香猪肠去。

陈小跑和王小奔异口同声地说，我们才不要呢。

海所长猛地转身说，我要的，我要下酒吃。

马超英走到摩托车边上，在车侧的藤条筐里拿出一副猪大肠,交到海所长的手里。海所长的眼睛很细,他一笑,眼睛就更细了。海所长说,我一闻,就知道这是本地猪的大肠,绝对是好货。

7

村里又要征地了。这次征大量的地,配合镇上的工业园区建设。镇里要求牛村以每亩三万元钱的价格出让,而镇里给进场企业的地价是十五万一亩。镇政府一下子就能赚很多钱。牛三斤在村委会办公室里接待了新来的镇长方世玉。方世玉是个二十来岁的年轻人。方世玉说,老牛,有没有困难?

牛三斤说,困难是大大的,我怕村民们造我的反。我们给你三万,你给工业园区是十五万,这差价太大了。

方世玉说,我们这钱也不是去胡乱分的,还是用在城镇建设上的。我们要搞一个苹果节,要把赵家的苹果推出去;我们还要搞引水工程,把陈蔡水库的水给引过来。我们等着用钱哪。

牛三斤说,你们等着用钱我不管。我只怕村民们把我的皮剥下来用油炸了当肉皮吃。

方世玉把脸沉了下来,说,老牛,你是老党员,要全盘考虑。这么说吧,你不能完成任务,就不是一个合格的村主任。

牛三斤听出了方世玉的弦外之音。方世玉转身就离开了村委会办公室,跨出祠堂门槛的时候,因为不小心,在门槛上绊了一下,差一点儿摔了一跤。牛七手在窗口看到了,偷偷地笑起来。他看到方世玉钻进了一辆黑色的车子里,车子发动了,很快,就离开了晒场,消失在牛三斤的视野中。

然后，牛三斤和他的村两委班子出现在田头，他们手里拿着皮尺，逐一开始收回曾经分田到户的土地。

马超英在牛小凤的老宅里找到了他。那是一个日光充裕的中午，许多斑驳的阳光落在了马超英的小院里。小院种了许多的盆景，居然还养了几只鸟。牛小凤和他的妹妹就生活在鸟语花香中。他们住的房子已经很老旧了，是祖上给他们留下来的。高高的屋檐、木质的楼板和楼梯，以及那些高大而笨拙的旧家具，让牛小凤的家里多了一些陈迁的气味。

牛小凤正在喝茶，他的面前摆着一个棋局，而他正边喝茶，边翻着一本棋谱。他看到马超英出现在院里的时候，放下书本抱抱拳说，马超英，你是无事不登三宝殿吧。

马超英说，酸，你真酸，你真是太酸了。你的样子，怎么像个半仙一样？

牛小凤说，何谓酸？何谓不酸？

马超英没有再理会他，直接说，牛小凤，我们村要征地了，这次我们不能那么便宜地把地给镇上。你是肚里有墨水的人，你去找村主任吧，你找牛三斤说说去。

牛小凤想了好久，低下了头说，我不敢。要找你去找吧。你敢在他面前杀猪，你就敢在他面前提意见。

马超英没办法，让牛小凤帮忙写一封举报信，举报这个镇政府的征地行为有猫腻。牛小凤仍然不敢写，马超英变戏法似的掏出了一个猪腰，动作麻利地在水池子前洗刷得干干净净，又跑到厨房用黄酒泡了泡，再用大蒜一起炒了。她把腰花端到牛小凤的面前，给他倒上酒说，来，牛小凤，你是个男人，你壮壮胆，喝下去以后，你就敢写了。

牛小凤不敢喝，马超英没办法了，端起酒杯，硬是往他嘴里灌。一杯酒下去，牛小凤觉得味道还是不错的，又吃了几块腰花，接着又喝了一杯。第二杯下去，牛小凤觉得味道其实真不错，于是又喝下去一杯。再后来，牛小凤就扑通一声倒在地上，他喝醉了。

在马超英望着一支笔和那张仍然雪白的纸，无可奈何地将要回去的时候，从培训班下班回来的牛柳推开了院门，她看到了倒在地上烂醉如泥的牛小凤，又看看茫然不知所措的马超英，慢慢地竖起了一根手指头，指着马超英说，你，别折腾，我哥。

马超英回到家的时候，茶茶仍然坐在院子里的大石头上。她看到了一个黑影，步速很慢地走了过来。她就想，这可能是牛百叶，马超英的步子没这么慢。但是马超英却走到了她的身边，轻声说，牛小凤不肯写。

茶茶有些急了，说，那我们四口人，得少分多少钱哪？

马超英说，又不是我们一家有钱分，全村人每个人都有钱分，我们为什么一定要去出这个头？

茶茶说，如果谁都不想出头，就等于没人出头。如果没人出头，我们就板上钉钉，只能三万一亩。马超英，你就是不杀猪不卖肉了，也得把这事整个水落石出。

马超英不再说什么。第二天的时候，她去找了村主任。村主任牛三斤正在村委会办公室的沙发上睡大觉，他脸上盖着报纸。他本来是不想睡的，他只是想盖着报纸休息一会儿。刚好报纸上登着一张美女在时装模特大赛上穿比基尼走台步的照片，牛三斤知道，那比基尼是城里人洗澡的时候穿的衣服——牛三斤总是把城里人游泳当成是洗澡。牛三斤看着这照片，就咧开

大雨滂沱 | 143

嘴笑了，仿佛闻到了大海的气息。在这样的气息里，他不知不觉地就睡着了。

尽管他已经睡着了，但是他开着的收音机却没有关。收音机里很热闹，有一个男播音叫老马的，和一个女播音叫小马的，不停地在收音机里讲笑话。牛三斤在打呼，老马和小马每讲一个小段子，牛三斤都会打呼三次以上。马超英踩着牛三斤的呼噜声走进了办公室，她看到了盖着报纸睡觉的牛三斤，就伸出手去，一把捏住了牛三斤的耳朵。

牛三斤腾地坐了起来，揉了揉眼睛，把许多黄亮而干燥的眼屎给揉了下来。牛三斤看清了坐在面前的是马超英，就不阴不阳地说，你是不是又想在我面前表演杀猪？不要以为我怕你，我那是给你面子，才把名额给了你家小姑。是她自己不要，跑去夜总会当什么珍妮。

马超英说，我不是来说珍妮的，我是来说我们村的地的。我们村的地三万一亩，不行。

牛三斤说，我是村主任，还是你是村主任？

马超英说，我不是主任，我是土地的主人。

牛三斤说，你有本事找方世玉去，你让他把地价加高。说实话，我也巴不得地价加上去，我们家四个人，可以多分些钱。

马超英说，方世玉是谁？

牛三斤说，镇长。

于是，马超英又去了镇上。镇政府比较气派，比牛村村委会办公室不知道要强多少倍。马超英找到了镇长方世玉，方世玉刚要去开会，说有什么事等会儿谈。马超英说不行。方世玉说，你哪个村的？叫什么？怎么那么牛？

马超英说，我叫马超英，我是牛村的，当然牛。

方世玉说，那你什么事，快点说。

马超英说，我们村那些地，三万不行，最起码十万。

方世玉笑了，说，你没有发高烧？

马超英说，今天没有，上个月发了一次。

方世玉说，你高烧没好，回家治治去。

马超英说，你别后悔。我准备了二百封信，一百封寄给全国的报社，一百封信寄给各级领导。我实事求是地告诉他们，农民本来要留给子孙的田，以三万一亩的价格，被镇政府强行征走。

马超英说完，就不再说什么，转身走了。走到大门口的时候，突然转过头来说，方镇长，我回家治高烧去。

这时候方世玉从呆愣中回过神来，大喊一声，马超英！

马超英转过头去，板着脸说，想杀，想关，想绑？

方世玉挤出了一个年轻的苦笑，轻声说，有话好好说嘛。

8

又一场大雨来临的时候，牛村的村民大会在祠堂里召开了。

除了天井，屋子里和走廊上都坐满了人。很多人在嗑瓜子，很多人在喝茶，很多人在抽烟，也有很多人在大声地放屁——他们把会场搞得有些凌乱。牛勇强不能来，茶茶看不见，牛百叶去了夜总会当珍妮，所以马超英只好代表他们一家来了。马超英来的时候，撑着一柄上面做着方便面广告的自动雨伞。她走到门口的时候，甩了甩雨伞，一串水珠就飞扬起来。这时候她看到，天井里有着茂密而垂直的雨水，直直地降落。那两棵美人蕉，显得无比绿，在这样的凌乱当中，美人蕉好像很安静。安静得像是在午睡一样。

一些人围了上来，把马超英围在中间，他们认为，是马超英去找了方镇长，才使得地价更显得合理。他们在不停地说着好话，其实他们的心里，是真心地感激着的。但是马超英听不进，偷偷地溜到了墙角。这时候牛三斤洪亮的声音响了起来，他的声音跳跃着穿透了天井的雨阵，落在每个人的耳朵里。

牛三斤说，同志们，我们的土地，从三万一亩涨到了八万一亩。我们的下一步，是建造一个灯光球场，再修一条通往镇上的水泥路。

大家都没有说话，大家只是不停地嗑瓜子，喝茶，抽烟。牛百岁和牛百顺从人群中站了起来，像突然冒出来的两根雨后春笋。牛百岁和牛百顺走到主席台前，说，等一下，三斤你等一下。

牛三斤只好停止说话，他环视了一下众人，目光在众人的长得差不多的头颅上跳跃着。牛百顺说，三斤，我们不要造灯光球场，我们也不要修路，我们只要分钱。

许多人都呼应了起来，呼应的声音越来越大。这样的呼应，令牛百岁和牛百顺很兴奋。其实在之前，他们在村民中做了一些联络与动员，但是没有想到，效果会那么好。每个人，都在指望着现钱。现钱可以造房，买电器，打家具，干所有可以干的事。但是，灯光球场不能吃，水泥马路也不能吃。

牛三斤的双手挥舞着，他在竭力地劝大家平静下来。牛三斤说，钱我们会分一部分，但是不能分完。

一个鸡蛋呼啸着飞了上去,马超英亲眼看到,那个鸡蛋在牛三斤的脸上开了花。愤怒的声音响了起来,分钱,分钱,分钱!分钱!分钱!分钱!马超英望着兴奋得涨红了脸的牛百岁和牛百顺,当初她的老公牛勇强,就是因为和村联防队一起去他们家抓赌,而从二楼摔下来跌成木头人的。镇、村每年都有补助,但是这些比刀片还薄的补助对于马超英来说,失去了任何意义。

马超英的目光,一直盘踞在牛百岁和牛百顺身上。她缓慢地站了起来,走到了牛百岁和牛百顺面前,说,别吵了。

牛百岁和牛百顺都没有理她,继续在那儿兴奋地叫喊着,分钱,分钱!

马超英又轻声地说,别吵了,别吵了,你们别吵了。

但是,牛百岁和牛百顺都像是没有听到,相反,他们的声音越来越响。

马超英大吼一声,你们两个臭东西给我闭嘴。马超英尖厉的声音,在祠堂的上空穿梭。这样的声音,让人群顷刻间静了下来,大家只能听到雨水落在瓦片上的声音。这是一种多么安静的声音呀。在这样的安静声中,牛百岁和牛百顺渐渐镇定了下来。牛百岁说,你想说什么,说吧。

马超英说,牛主任说得对,分一部分钱,另一部分,要浇路,要造灯光球场。牛村不能永远是雨天一身泥,晴天一身灰。

牛百顺说,你是市长?我们都得听你的?

马超英刚想要说什么时,镇长方世玉突然出现了。方镇长说,她说得没错,就听她的。

方镇长是穿过了天井走上主席台的。穿过天井的时候,方

大雨滂沱 | 147

镇长只好淋在了雨中,他仰起头望了一会儿雨,伸出舌头舔舔落在脸上的雨水说,好雨。然后,他把目光停留在牛三斤的身上。牛三斤愣了一分钟才反应过来,忙把主席台给让出来。

方镇长说,刚才马超英说得对,牛村,不能永远雨天一身泥,晴天一身灰。牛村的一部分人,会进家用电器厂工作。不然的话,我们怎么牛得起来?如果有人想要把这钱全部分了,我方世玉不答应。谁想要,让他到镇长办公室来找我。除了修路和建造灯光球场以外,我们要把村小学重新修一修。

很多起哄的村民不再说话,只有牛百岁和牛百顺仍然在鼓动着大家。这时候镇派出所海所长突然出现了,他仍然不停地抚摸着他肥胖的肚皮。他带来了陈小跑和王小奔。他是来维护治安的。

海所长说,有事情好好说,谁敢闹事,我海瓜子第一个不答应。

这个时候,马超英才知道,原来海所长的大名叫海瓜子。

牛百岁和牛百顺跳了起来,他们说,海瓜子怎么了?海瓜子敢随便抓人吗?

有几个人响应了,一起喊了起来。牛百岁和牛百顺趁乱,竟然把海所长的警帽给打了下来,而且扯掉了海所长警服的几粒纽扣。海所长回头望了一眼陈小跑和王小奔,这是两个从特种部队转业回来后当协警的新警察。他们冲上去,三下五除二就把牛百岁和牛百顺铐了起来。

海所长整理着警服。他很轻地说了一声,谁要敢袭警,这就是下场。我不信了,还有人敢无法无天。

牛百岁和牛百顺被两名协警带走了。人群渐渐平静下来。

他们已经认同了牛三斤的观点,修路,修学校,造灯光球场。方镇长离去的时候,雨仍然没能停下来。在他合上车门以前,车门口站着马超英,她的手里捧着一颗猪心。她说,小小猪心,不成敬意,镇长你可以炒大蒜吃。

方镇长接过了猪心,笑了。他笑的时候仍然有些腼腆。这时候马超英才想到,方镇长太年轻了,只是一个研究生毕业没几年的男孩子罢了。但是他历练了那么久,已经能够拿捏得住大场面。方镇长的车子开走了,这时候海所长凑过脸来对马超英说,喂,你能不能再送我一副猪肠子?

9

一个天蒙蒙亮的清晨,马超英起来杀猪。她叫来帮忙抓猪脚的几个人都已经来了,像四棵树一样站在院子里。马超英还看到了茶茶,她竟然坐在院里的大石头上,身上染上了一层露水。马超英说,你怎么起得那么早?

茶茶说,马超英,你给我看看,院子里怎么多了四棵树?

马超英说,那不是树,那是四个人,他们是来帮忙杀猪的。

茶茶说,马超英,我坐了一夜了,我怎么都想不通牛百叶怎么会离开我们去了北斗星的。我要去睡觉了,马超英,她很久都不见了,她好像失踪了似的。我要你给我把她叫回来。

茶茶站起身来,站在凌晨的秋天的风中。她就像一棵虚弱的草,在风中不停地摇晃着。茶茶还没打开房门,猪的号叫就响了起来。她想,马超英,这是一个多么利索的女人。在这个秋天,她手起刀落。

马超英没有再去理会茶茶的话，整个清晨她都在不停地忙碌。她把这头猪的尸体横跨在摩托车上，将要发动车子离开院门的时候，一辆二手的桑塔纳轿车停在了院门口，喇叭按了一下，一个熟悉的声音响了起来，茶茶，我回来了。

这是突然消失的牛百叶，又突然回来了。她竟然是开着自己的车回来的，尽管那是一辆二手车，但总的来说还是可以算成是车的。牛百叶没有理会马超英。马超英停下摩托车，从车上下来，迎来的只是牛百叶冷漠的目光。

牛百叶打开了后备厢，不停地往院子里搬东西。她在马超英的身边进进出出，但是连一声招呼也不打。她只是不停地说，茶茶，我给你买了很多东西，我给你买了康师傅方便面，够你吃三个月的。我还给你买了加饭酒和可乐，给你买了西洋参和脑白金。

茶茶房间的门窗紧闭着。在静默了很长一段时间后，突然门窗全部打开，茶茶像一阵风一样地钻了出来。这个眼睛几乎已经看不到东西的老女人，顷刻间竟已经打扮得花枝招展。她穿着一件红色的衣裳和一条绿色的裤子，看上去像一只硕大的鹦鹉，一下子把牛百叶和马超英都吓了一跳。茶茶看到地上有一团黑影，她伸出手去一一摸索着。她说，这是方便面，这是可乐，这是加饭酒，这是脑白金。她的脸上散发出五月才会有的阳光，然后她站到了两个人影前。她在马超英面前抽了抽鼻子，闻到了猪下水的味道；又在牛百叶身边闻了闻，闻到了一股香味。她伸出手去一把抓住了牛百叶的手说，我儿，我闻见你了。你有出息了。

这是一个令茶茶感到无比愉悦的清晨。牛柳骑着自行车经过了马超英的家门口,她是去家用电器厂的培训班上课的。不久,她将是一名电器厂胶木车间的压机工了。牛柳看到一辆半旧的桑塔纳,又看到打扮得很像城里人的牛百叶,还看到了地上的一堆东西。牛柳的眼里露出羡慕的目光。牛柳竖了竖大拇指说,你,行。

但是没过几天,马超英就知道了她美丽的小姑,做了城里一个珍珠养殖场老板的二奶。那是一个五大三粗的老板,养了很多亩的珠蚌。这事是茶茶告诉她的。茶茶那天就坐在屋檐下,坐在牛勇强的身边。茶茶手里捧着一碗方便面,她一边吃方便面,一边流着眼泪。她把方便面的汤料全喝完了,然后把方便面的纸盒子扔向了院子。马超英在院子里静静地站着,她听到茶茶说,马超英,你小姑子不学好,你是有责任的。

马超英说,她怎么不学好了,她不是很发达了吗?

茶茶说,发达个屁,我听人说,她在外面给人家当小老婆。

马超英说,那你想怎么办?

茶茶说,我要你给我把她找回来。我们不当人家的小老婆。你一定要告诉她,让她当大老婆,让那个男人和他大老婆先离婚,然后再讨我们家牛百叶当大老婆。

马超英说,可是我找不到她。

茶茶说,我不管。你一定要找到她。你挖地三尺,把她给我找回来。

马超英就开始寻找牛百叶了,但是她怎么也找不到,她找了整整一个秋天。眼看着冬天来了,一些大雁从牛村的上空飞过,却仍然没有牛百叶的消息。马超英去找牛小凤,牛小凤说,你印一些寻人启事吧,贴到县城去。我估计,你小姑子会在县城当二奶。

这是一个充满油墨气息的冬天。在牛小凤的办公室里，马超英和牛小凤不停地油印着寻人启事。牛小凤熟练地用一把刷子往蜡纸上刷着油墨，马超英一张张地将油印好的纸张一裁为二。他们都觉得，这很像是当年地下党员在印传单，于是他们的心中就有了一种使命感。然后，马超英将寻人启事贴遍了县城的大街小巷。在这期间，马超英被城管抓到过一次，罚款三百元，并罚撕"牛皮癣"三天。

牛百叶一直没有消息，这让茶茶的生活变得索然无味。她不爱说话了，仍然像一只乌鸦一样，停在那块院中的大石头上一言不发。马超英感到胸口很闷。马超英想，我的胸口一定是要爆炸了，怎么会那么闷？

这一天马超英给牛勇强洗澡。每隔一段时间，马超英都要给牛勇强洗澡。洗着洗着，马超英突然看到，牛勇强的眼睛有光泽了，而且牛勇强的下面竟然有了反应。他满面红光，除了仍然不会说话、不会动以外，和正常人没有两样。他甚至发出了粗重的呼吸。

马超英的眼泪一下子就滴落在木桶里。马超英说，勇强，勇强你是不是想要了？

牛勇强被搬到了床上。马超英把自己脱得精光。她让牛勇强平躺着，然后她爬到牛勇强身上，费了好大的劲，才让牛勇强进入了自己。她把牛勇强紧紧地包容着，她认为，牛勇强就快好起来了，她有男人的日子就为期不远了。她认为，那是牛勇强的生命之根，生命之根重新又开花了。她抱着牛勇强，一直在哭着。她甚至能感觉到牛勇强在她身体里的一阵颤动，终于,马超英发现牛勇强在迅速地软去。

茶茶仍然坐在院子里的那块大石头上发呆。她的手里拎着一瓶可乐,她不时地举起手喝一口可乐。冬天的风经过她花白的头发,院里一棵瘦小的枣树,已经把本来就不多的叶片给褪尽了。一切都很安静。这时候门突然打开了,马超英披头散发地冲了出来,一边冲一边在扣着衣服的扣子。马超英说,茶茶,你儿子不行了。

茶茶一下子就丢掉了可乐瓶。她的眼睛不好,但她还是飞快地冲进了儿子牛勇强的房间。她很快摸到了牛勇强的床,拼命地摇晃着牛勇强的身体,大声叫喊着,勇强,你一定要挺住。

马超英在村路上狂奔。马超英跑向了村卫生所。村卫生所里的赤脚医生牛大鹏正在看一本医书。马超英说,大鹏,我们家勇强不行了,你去看看。

牛大鹏迅速地背起了药箱,他们一起向马超英家中飞奔。他们多么像两只低空飞行的大鸟。村里许多人都看到,牛大鹏和马超英,跑得像一团光线一样,一晃眼就不见了。

牛大鹏一把推开了茶茶,把茶茶推翻在地。他翻了一下牛勇强的眼皮,又在牛勇强的手腕上搭了脉。然后,他学着城里医生的口气,沉重地摇了摇头说,通知家属,准备后事。

马超英在牛大鹏的屁股上狠狠地踢了一脚说,我就是家属,你还想通知什么家属?你怎么不把我家勇强救活?你快点救他。

茶茶在地上摸索着,她摸到了牛大鹏的脚,一下子抱住了牛大鹏的脚,嘴里吐着泡沫,叫着,大鹏,大鹏救命。

这是一个多事的秋冬,牛百叶不见了,牛勇强死了。一个偌大的院子,只留下两个女人,一个会杀猪,一个喜欢吃方便面。

10

　　在很长的时间里，马超英一直都关着门，她紧紧地抱着牛勇强的身体，和牛勇强说着话。她抬起头，看到屋顶的灰瓦，就开始数，一块，两块，三块……她说勇强，你记不记得我们家盖瓦房，家里钱不多，请不起帮工。我们就自己盖。我们用手拉车去窑厂拉来瓦片，然后，你爬到屋顶上，我爬到梯子上，你妈在院子里把瓦片递给我，我再递给你。造好房子的时候，你说，我们要在这儿住一辈子。一辈子，怎么就那么短呢？

　　马超英的眼泪不停地流着，马超英想，再这样流下去，眼泪会不会流干？

　　灵堂设了起来。很多村民都来帮忙，因为马超英也帮过他们的忙。马超英让村里的地价从三万涨到八万，村民们都感激她，都来帮她向村里人借桌子凳子，都来帮她买菜洗碗，都来帮她张罗着请来锣鼓队……那块躺在院子里的石头，突然开心地大笑起来。它孤独了很多年了，它最不孤独的时候，也就是茶茶那瘦瘦的老屁股，经常在它的身上坐坐而已。现在，院子里一下子热闹了起来，它觉得这是它自从成了石头以后最开心的一件事。它看到马超英穿着一身白衣走了出来，左手拿钩，右手拿刀。她是来杀猪的，家里办丧事，肯定要杀一头猪。

　　猪被从猪圈里放了出来，它在院子迈着方步闲逛。猪也感到了热闹，它开心地哼哼唧唧地叫唤着，一点也不知道危险正在降临。这是马超英第二次一个人杀猪，她之所以要一个人杀猪，是因为她很悲痛，她的心痛得不知道如何安放，她想要一个人花掉很多的力气,最好让自己就此虚脱掉。牛小凤和牛柳也来了,他们送来了一个被面和两封炮仗。他们把这份礼放在屋檐下,记账的黄胖尖细的声音高叫起来,牛小凤牛柳兄妹,被面一个,炮仗两封。这时候,牛小凤和牛柳都看到,马超英走到猪的身边,提钩,出刀,一气呵成。她的右腿重重地跪了下去,那猪倒在地上,喉咙口汩汩地冒着血。马超英的眼泪,却再也止不住了,噼里啪啦地往下落着。

这个阳光暖和的冬天,院子里升腾着热气,几只排成一排的煤饼炉,正冒着火光,想要把整个冬天烘暖。茶茶已经不会哭了,她的眼里是一团又一团的人影,在她的面前转来转去,搞得她晕头转向。她在人影的晃动中,拼命地吸着鼻子。她闻到了一股温暖的气味,就一把拖住了那人说,小发,小发你来了。

小发是村里的弹花匠,他的身上有棉花的气息。小发说,茶茶,不是说你看不到吗,你怎么像神仙一样,能猜出我是谁。茶茶没有心情和他开玩笑,只是轻声说,我不是神仙,我是半仙,我女儿牛百叶说我是半仙。想到牛百叶,茶茶不由得生气。哥哥没了,当妹妹的却没有来。

茶茶就在四处抽动着鼻子。终于,她闻到了一股香味,一把抓住抱在怀里,大哭起来。她说牛百叶,你终于回来了。你要是不回来,你就太没良心了。你哥没了。

很多人都把目光投了过来,他们果然看到牛百叶回来了,他们的目光就跃出了院门,向院外张望着。奇怪的是,他们没有看到那辆二手的桑塔纳。

茶茶说,你还知道回来呀!你看看你哥。你哥才三十岁,就没有了。

牛百叶说，妈，那个没良心的不要我了。

茶茶说，你快去看看你哥吧，你哥真是罪过的。

牛百叶说，妈，那个没良心的玩了我，他骗我要把我送到国外去。

茶茶说，你小的时候，一直是你哥背着你，到地头来找我。那时候没东西吃，我就给你吃地瓜。

牛百叶说，妈，我再也不相信男人了，他居然骗我要在城里给我买一套房。

茶茶说，你小的时候，有一次被小朋友打破了脑袋，是你哥冲上去跟人家拼命似的打了一架。百叶，你一定要去看看你哥。

牛百叶说，妈，那个男人的房子，原来是租来的，可他骗我是买来的。

茶茶突然不说话了。茶茶静静地站在院子里，许多人奇怪地看着她。茶茶听到了冬天的风声。冬天的风声是从村东头开始响起来的，然后一步一步迈向了她的院子。当风声进入院门的时候，院门吱呀响了一下。这时候，茶茶的手扬起来，很多人都看到，一些阳光被茶茶的手掌给劈碎了。手起掌落，牛百叶的脸上多了五条红色的杠杠。

茶茶说，没良心的东西。

茶茶说完，就往屋里走去。

牛百叶捂着自己的脸，她觉得脸上一定掉了一块烧红的煤球，不然的话脸上怎么会有这么烫。过了好久以后，她才回过神来。她一边哭，一边跺着脚离开了院子。她不停地说着话。

她说，我怎么会没良心？我给你买了方便面，给你买了加饭酒，给你买了可乐，还给你买了脑白金。我怎么就没良心了？

在灵堂里，马超英一言不发，她一直安静地坐在牛勇强的身边，一只手牵着牛勇强的手。牛小凤和牛柳走了进来，向牛勇强拜了一拜。牛小凤望着哭肿了眼睛的马超英，心里突然有些疼惜。

牛小凤说，马超英，知道什么叫生死吗？生死是由天定的，我们的来去，是一场生命的涅槃。在通往天边的道路上，牛勇强一定会寻找到光明与幸福。我们都是受难的人，在这个苦难的世界里，我们要做一些红尘里的俗事。比如你杀猪，和我教书，养蚕，织毛衣。马超英，你微笑吧，你要微笑地送牛勇强上路，他的苦难，结束了。

牛柳说，姐，不哭。

牛小凤说了很多的话，马超英没有听进去，在她的耳朵里，那是一堆废话。而牛柳的一声姐，却让马超英突然觉得温暖。牛柳一直对她有成见，现在，她叫出了一声姐。马超英慢慢地站起身来，一把抱住牛柳，她的哭声从低到响，终于越来越响。

牛柳却像一个大人似的，抚摸着马超英的头发，说，停。

这个冬天的天空，被炮仗的声音给撕破。长长的送葬队伍，一条蛇一样蜿蜒着向猪肚山进发。经过牛百岁和牛百顺的自留地时，牛百岁和牛百顺各拿着一把锄头守在那儿。他们装出是在锄地的样子，他们是马超英永远的对头。他们要分村里的征地钱，但却被马超英给搅黄了。而且，他们还被海所长带走，在派出所里被关了五天。现在，送葬的队伍要经过他们的自留地，他们不能让队伍里的人踏上自留地半步。

长长的队伍被挡住了。牛百岁和牛百顺各自拿着锄头，他们把身体靠在锄头上，像两尊门神一样。领头的牛三斤说，你们兄弟俩这是要干什么？

牛百岁说，我们这地，是国家分给我们的，不能让你们踏过了。

牛百顺说，这是合情合理的，你是村主任，村主任也不能踏我们的地。你要是不信的话，你试试看，我们的锄头一定是不长眼睛的。

牛小凤突然开始慌乱起来，他涨红了脸，嘴唇都开始抖动起来。许多人笑了，他们都知道牛小凤是娘娘腔，都知道牛小凤是个胆小鬼。他在人群里乱转，像是在寻找着什么。终于，他从一个人身上猛地解下了一只酒壶。他仰着脖灌起了酒，酒在阳光下，泛着淡黄而晶亮的色泽，笔直地冲进了他的喉咙。

牛小凤从来不喝酒，所以，他几乎是在顷刻间喝醉的。他把酒壶一扔，一把从领头开路那人的勾刀筐里，抽出了勾刀。现在，他成了一阵风，他挥舞着勾刀，冲向了牛百岁和牛百顺。牛百岁和牛百顺举起了锄头，他们想要吓倒牛小凤，但是牛小凤像一个疯子一样冲了过来。牛百岁和牛百顺知道，如果不闪避，那么就是一场血光之灾；如果还击，那么或死或伤而坐牢。最后，牛百岁和牛百顺拖起锄头勇敢地向山下跑去。

长长的队伍再次进发了。马超英一直盯着牛小凤看，她看到牛小凤醉得一塌糊涂，还在路边大吐了一次。牛柳不停地拍着牛小凤的后背，开心地说，哥，真牛。牛小凤却什么话也不说，两腿一蹬，醉倒在地上。

马超英说，抬回去。

马超英的话音刚落，就有四个男人抬起牛小凤往山下急奔而去。

站在山上，马超英望见了山下的牛村。她的目光穿过了树丛，穿过河流，落在了她家的院子里。院子里的石头上，坐着孤独的茶茶。她正在啃一根很长的甘蔗，像是在吹一支很长的箫。

这时候，炮仗震天动地齐齐轰鸣，牛勇强入土了。

11

又一个春天来临。春天是和一场又一场的春雨一起来临的。在隶属于江南地带的牛村，多雨是它最明显的气候特征。人们习惯了被雨水封锁。新一轮的村主任海选，就在雨水的封锁里进行。

在牛村的祠堂，一只大红的箱子上有一条口子，像是一张嘴巴一样。村民们在投票。马超英没有去。马超英觉得这是一件太没意思的事，所以她委托牛柳给自己投票。马超英在镇上的菜市场肉摊上忙着卖肉，她看到了镇派出所海所长反背着双手走了过来。海所长仍然摸着肥胖的肚皮，眼睛眯成一条线。海所长说，小马，生意怎么样？

马超英马上把一副猪大肠递给了海所长，说，海所长，这个给你下酒。

海所长仍然眯眯笑着。海所长说，小马，我已经退休了，不当所长了。所以，我要把以前你送我猪大肠的钱一次性付掉。

马超英说，那是我送你的。

海所长想了想说,那这次你要算钱。

马超英也想了想说,好的。

这时候,马超英听到了急速的雨声,雨点就砸在菜市场的塑料棚顶上。马超英看到海所长拎着一副猪大肠回去,她突然觉得,海所长其实不像一位所长,像一位亲人。

漫长时光里,雨声一直不曾停下来。牛村祠堂的天井里,也落着铺天的雨。那两棵美人蕉,仿佛长高了不少。它们鲜艳的绿光,刺伤了很多人的眼睛。这时候,镇长方世玉来了,他撑着一把黑色的长柄大雨伞,迈进了祠堂。他的车就停在祠堂门口的晒场上,下来才几步路,他的裤子就被斜雨打个精湿。这位年轻而敬业的镇长,是来监督全镇的第一场村主任海选的。

唱票正在进行。黑板上,牛三斤和马超英的票数遥遥领先。方世玉坐在角落里,一直盯着那块黑板看。他扫了一眼牛三斤,发现牛三斤的脸上挤出了一个笑容,笑容很僵硬。他本来不抽烟的,但是现在他在抽烟了。他点烟的时候,手不停地抖动着。他怎么也没有想到,根本就无心来参选的马超英,竟然会有那么多的村民拥护。

傍晚来临了。唱票结束,牛三斤和马超英各有四百八十二票。人们的目光都投在方世玉的脸上,他们想看看这个年轻人会做出怎样的决定。方世玉慢吞吞地站了起来,一步步地穿过了落雨的天井,走到了唱票台。就那么一瞬间,他的身子全被打湿了。

方世玉的目光落在牛三斤的脸上。牛三斤紧张地望着他。平心而论,牛三斤对他的工作是支持的,而且他有多年的工作经验。方世玉想要牛三斤连任。这时候,牛柳匆匆地从祠堂门口进来,她的话依然简洁,她指着方世玉说,你,慢。

和牛柳一起出现的是牛百叶。牛百叶打扮得依然时髦,她在牛柳的搀扶下,一步一步地穿过了天井。大雨泼下来,让她们的身子很快湿了。牛百叶手里突然多了一张选票,她写上了一个名字。拥有这个名字的人,是她从来都没有和睦过一次的嫂子。

牛百叶把选票丢进了选票箱里,然后她转过身,轻轻地捏了捏牛柳的手。她们是同龄人,曾经很要好,但是因为进厂名额的事,她们的心里有了隔阂。现在,隔阂没了,但是牛百叶却要走了。她要去上海。她是在火车站被牛柳找到的。现在,她仍然要赶回去,赶下一趟火车。她对自己说的话是,牛百叶,你不能永远待在牛村。你的家,在城市。

众人目送着牛百叶的离去,她再一次穿过了天井,打开了沉重的祠堂大门。然后,门又合上了,她一闪身不见了。众人再把目光投向了方世玉,方世玉望望牛三斤。牛三斤脸上的肌肉抖动了一下,他把烟蒂扔进天井,烟蒂被雨水在瞬间浇灭。牛三斤也穿过了天井,走到了唱票台。他环视了一下众人,说,我宣布,下届村主任,马超英。

这是一个绵长而厚实的春天。与往年相比,好像日子特别长,雨水特别多。马超英不知道怎么就当上了村主任。从此以后,她不能老是杀猪了,她还要处理一些村里的事。她在祠堂里,将拥有一间办公室。她可以在那儿看报,喝茶,接电话。上届村委决定好的事,比如浇水泥路,比如建灯光球场,比如修学校,等等,都将要由她来完成。

马超英撑着雨伞,去了一趟猪肚山。她抱着牛勇强的墓碑,说了一个下午的话。她说牛勇强，我当村主任了，你一定要保佑我。我要为牛村的村民们做事了。她说牛勇强，咱们牛村的雨仍然有那么多，怎么落也落不完的。她说牛勇强，你这个又勇又强的人去了，只留下我一个超级英雄。她说牛勇强……

马超英下山的时候，去了牛小凤的老屋。牛小凤居然在喝酒，他本来是喝茶的，现在改成喝酒了。他一边喝酒，一边翻着棋谱。他说，马超英，你怎么来了？

马超英看到了老屋的小院里，一片绿，那些盆景一边喝着雨水，一边在叽叽嘎嘎地欢叫着。马超英看到牛小凤的大胡子居然已经刮得干干净净的，整个看上去眉清目秀。马超英笑了，丢过去一对猪耳朵说，总算不再当耳边风了。你个大老爷们儿，要学会喝酒，吃肉，打架。这个猪耳朵，给你下酒喝。

马超英的头抬了起来，她看到了屋檐上有几处破损的瓦片，有许多雨水漏下来，滴滴答答地落在地上接水的脸盆里。这些水产生了很动听叮咚声，陪伴着牛小凤这个美好的下午。马超英说，牛小凤，等天晴了，我们把瓦片理一理。到时候，我给你递瓦片。你是大老爷们儿，你上屋顶。

12

雨像倒下来的水一样，越下越大，很有气势。那巨大的雨声从天而降。

牛小凤和马超英并排坐在屋檐下的长条凳上看雨。

马超英说，你看，现在大雨滂沱，我们一起等天晴吧。

他们就这样一动不动地坐在屋檐下，等着天晴起来。

风起云涌

1

　　满春睡在夏天的一把躺椅上，手中握着一根细竹竿，竹竿上套着一只塑料袋。她不停地挥动着竹竿，那塑料袋就哗哗地响起来。一些苍蝇跑走了。苍蝇本来是不跑的，它们非常喜欢和带鱼在一起。但是满春不喜欢苍蝇们和带鱼在一起。在这个漫长的下午里，知了在很远的地方叫着，满春想要睡着了。满春手中的那根竹竿终于无力地垂了下来。

　　满春在镇上的小菜场上摆水产摊。那些带鱼、小黄鱼、梭子蟹什么的，和巨大的冰块们混合在一起，它们在夏天里散发着特有的气味。满春不喜欢摆水产摊，但是高大猛让她摆。高大猛说，你不要怕腥味，你可以想象你就在海边，你在看海景，波涛从很远的地方一次次涌来，有海鸟在飞翔，你在沙滩上漫步，那是一件多么惬意的事。但是满春盯着那些烂了肚肠的水产，一点都不能联想到大海。

　　满春睡着了。满春睡着的时候，苍蝇们大笑起来。它们说，这个娘们儿睡着了，冲啊。苍蝇们又开始扑向带鱼、小黄鱼、梭子蟹。它们在发起一次次的冲锋，像一场登陆战一样。它们仿佛看到了碧蓝的大海，它们说，冲啊。

　　这时候，满春醒了过来。满春是被打架的声音吵醒的。下午的菜场没多少人，满春醒来后的第一个动作是挥动了竹竿，那些苍蝇又被赶跑了。这时候她擦了一把流出口角的涎水，转过头去，看到了一场活动着的电影。农机厂的翻砂工小发，正在和电影院里画电影宣传画的美工师徐春宝扭打着。他们从东头打到西头，一会儿小发在上面，一会儿徐春宝在上面。小发在狂怒。小发说，你件东西，你睡我老婆，我要让你知道睡我老婆没那么容易。他们的身上一片污水，但是他们好像打得很幸福。徐春宝一言不发，他只是拼命地咬着嘴唇。很多人在围着他们看，这个情景满春好像在哪儿见到过。想了好久，满春终于想了起来，是高大猛带她去丹桂房姐姐家串门的时候，看到过许多人围着两只鸡。那叫斗鸡。满春笑了。满春开心地笑着的时候，两个男人滚到了她的脚边。满春仍然躺在躺椅上一动不动，她看到徐春宝已经压住了小发，徐春宝挥起拳头一拳砸了下去，小发嘴里就吐着泡泡，像一只死蟹一样躺在地上一动不动了。徐春宝又举起了拳头，目光里喷着如同对阶级敌人仇视的怒火。他在满春的眼里，幻化成一头狼。

　　满春说，狼，狼，多像一匹巡山的狼呀。

　　徐春宝的嘴唇被他自己咬出了血，他站了起来，很高大的样子。阳光把他的影子拉长，投在了满春的身上。徐春宝自言自语地说，不自量力的家伙，小心我把你扔到海里去喂鲨鱼。满春笑了起来，怎么谁都喜欢提海？小镇枫桥，离海太遥远了。

满春说，你应该说，小心我把你扔到枫桥江里喂蚂蟥。

徐春宝还没缓过气来，他瞪了满春一眼说，不要你管。然后徐春宝盯牢了被苍蝇占领着的带鱼说，我要买带鱼，你给我挑最大的带鱼。我的儿子徐小狗，最喜欢吃带鱼。

徐春宝后来拎着一条最大的带鱼走了。他走的时候，敞着怀，很英雄的样子。满春一直望着他的背影。满春想，他的背影是高大猛背影的两倍。徐春宝终于消失了。满春看到小发突然站了起来。小发说话的中气很足，他大吼一声说，便宜了这个小子，下次再让我碰上，见一次打一次，打得他屁滚尿流。

满春没说话，只是望着小发。小发说，大猛老婆，你看什么看？没看过我吃人，还没看过我揍人呀。告诉你大猛老婆，这就是他睡别人老婆的下场。

小发说完也走了。满春一句话也没有说，她看到苍蝇们又落在带鱼上，密密麻麻，看上去那完全是一条黑色的带鱼了。满春无奈地摇了摇头，她揉揉眼睛，这时候，知了的声音，又从不远处的一棵树上传了过来。知了说，知了，知了。

吃晚饭的时候，满春和高大猛面对面地坐着。满春烧了三碗菜：一碗茭白肉丝、一碗咸菜毛豆、一碗糖醋小排。他们坐在一盏桌灯的光影里，一言不发地吃饭。满春想说什么，但是她想不起来说什么好。高大猛一直低着头，好像他的眼里只有菜。满春终于说，大猛，吃带鱼还是不如吃猪肉好。你想，带鱼身上爬过那么多苍蝇，我看看都恶心得想吐，居然会有那么多人喜欢吃带鱼。

高大猛说，一样的。你以为猪肉身上没爬过苍蝇吗？那些屠夫们肯定会说，吃猪肉不如吃带鱼。你想想，带鱼那么长，

风起云涌 | 165

长得像一根皮带一样，多威风。

后来，两个人就不说话了。满春望着高大猛很斯文地扒饭。高大猛是个驼背，个子小得像个孩子，和人说话时，他不敢仰起脸，只会对着脚下的土地说话。但是高大猛却很会做生意，他开了一家药店，挣了很多的钱，还雇了一个叫陈小菊的外地女子当店员。有一次高大猛生病住院，和满春的父亲住到同一个病房里。满春父亲叫满江。满江得了一种奇怪的病，浑身长满了疮，要三万块钱才能治得好。所以高大猛和满江聊天的时候，满江就一言不发。他连三千都拿不出，怎么可能拿出三万？后来满春来给满江送饭。她来送饭的时候，是和春风一起来的。门一打开，一股春风就灌了进来，吹得高大猛的双眼炯炯发亮。这个时候高大猛对自己无声地说，看来，满江真是命不该绝呀。

满江的医药费解决了。高大猛替他垫的钱，一共垫下去三万多块钱。高大猛比满江先出院，出了院后还经常来看他，像是领导慰问群众一样。满江说，兄弟，我还不起你那钱。

高大猛说，我们是兄弟，没关系的。那钱，慢慢还。

满江说，我要不要付你利息？

高大猛想了想说，利息按银行的付吧。告诉你也不要紧，有人三分利息问我借，我都不肯的。

满江苦笑了一下说，我永远也还不起这钱了。要不这样吧，我把我的女儿送给你当老婆。她在大唐的袜厂里做袜子。她不仅会做袜子，还会做菜。她做的菜很好吃，不信可以试试？

高大猛笑了起来。高大猛想，满江真是一个聪明人，会按他的思路往下说话。高大猛推托了一下，说，我怎么可以乘人之危？但是满江一再坚持，甚至有些生气了，说，你要是不要的话，那我把她送给别人了。

高大猛最后只好应承了下来，他把满春迎娶进门。满春低下头对着高大猛说，我这是被卖给你的。高大猛笑了，他不敢抬头，弓着身子对脚下一大片鞭炮的碎屑说，说话不要太难听。

高大猛很快就让满春辞去了大唐袜厂的工作，批了一个执照让满春做水产生意。高大猛说，花力气去挣的钱，肯定不好挣，因为力气大家都有的，所以，要用脑。

现在，这个会用脑的高大猛，就坐在满春的面前吃饭。他仍然一言不发，好像在思虑着什么重要的问题。满春想，我该和他说些什么吧。她终于想起了下午两个男人在她的摊位前打架。满春说，大猛，告诉你也不要紧，今天我看到徐春宝和小发打架了，他们打得很凶。徐春宝像一头狼一样，把小发按住就揍。那时候我想，这个揍法，会不会揍死的。但是没想到小发很顽强，等到徐春宝走后，他从地上爬起来说，下次碰到徐春宝，一定要打得他屁滚尿流。

高大猛正在夹菜，他的动作停顿了一下。他什么也没有说，但是他的脑子里浮起了一个男人的身影。那个男人穿着青灰色的风衣，那是他的工作服。他经常拿着一支画笔，在乒乓球桌那么大的一块板上画电影宣传画。他会把电影牌挂在十字街口最醒目的地方，电影牌下，就是高大猛开的大猛药店。许多时候，风一吹，那电影牌会随着风晃动。无所事事的日子里，高大猛会数电影牌晃荡的次数，一下，两下……

2

徐春宝问儿子徐小狗,你要吃什么样烧法的带鱼?

徐小狗在玩一辆玩具汽车,他坐在地上,没有穿短裤,那只小鸡鸡就耷拉在地上。徐小狗头也不抬地说,红烧。徐小狗已经六岁,他很喜欢吃带鱼。徐小狗是个没娘的孩子,他娘失踪了。他娘不知道怎么回事,有一天接到一个电话以后,就拎着一只皮箱出了门。徐春宝喝醉了酒回来的时候,只发现一个坐在地板上玩玩具汽车的儿子。后来有很多人告诉徐春宝,说他老婆上了一辆货车。

徐小狗没有娘,所以徐春宝就对他更好一些。他总是变着法儿让徐小狗吃带鱼。徐春宝在一个午后又找到了满春,满春仍然守着摊位,仍然在一把躺椅上睡觉。徐春宝说,喂,起来。我要买带鱼。

但是摊位上已经没有带鱼了,只有冷库里有。满春说,卖完了,要去冷库提货才行。

徐春宝说,我儿子要吃带鱼,现在就去提吧。我跟你一起去提。

于是,徐春宝就跟满春一起去提货了。夏天的阳光很强烈,一会儿徐春宝和满春的身上就全是汗水。知了这时候又在一棵不知名的树上叫了起来,知了,知了。它隐藏得很深,像一个特务一样。徐春宝看到了满春的屁股,那是一个结实的屁股,于是徐春宝把他的白净修长的手放在了满春的屁股上。

满春一挥手,把徐春宝的手给打掉了。满春说,流氓。

徐春宝说，流氓就流氓。

知了又叫了起来，知了，知了。

徐春宝叉着腰，仰起头，对着那棵树破口大骂，你知道个屁，还知了知了。你知什么，知我是个流氓吗？有本事你换一种方法叫叫？

满春大笑起来。徐春宝望着笑得很灿烂的满春，突然轻轻地说，满春，我想睡你。

满春不笑了，瞪了徐春宝一眼，愤然地向前走去。徐春宝忙紧紧跟上。

路上有人问，春宝，你干什么去？

徐春宝说，我去冷库。我陪着满春去冷库。她的摊位上带鱼没有了，要进一些带鱼。

有人说，她没有带鱼关你什么事？你大概是想耍流氓吧，小心高大猛找你算账。

徐春宝说，主要是我儿子徐小狗想吃带鱼，没有办法的。我得替我儿子买点带鱼回去。

后来徐春宝就经常选择在下午的时候去买带鱼。他接连买了四次带鱼，都是满春在午睡的时间。天气越来越热，满春不再在摊位上守着。她回家睡午觉，但是徐春宝每天都来拍门。第一次来的时候，徐春宝说，我要买带鱼，我儿子徐小狗想要吃红烧的带鱼。

满春穿着睡裙，从楼上走下来给他开门。满春说，你就不能傍晚再来买吗？

徐春宝的眼睛紧紧地盯着满春裸露的两条白腿说，因为傍晚的时候看不到白腿。

风起云涌 | 169

徐春宝掏出了一瓶香水,送给了满春。满春说,我不要,这大概是你从义乌小商品市场买来的货色吧。

徐春宝说,不,香港的,绝对香港货,上面有英文的。

徐春宝说着,把手落在了满春的屁股上。

第二次来的时候,徐春宝又说,我要买带鱼,我儿子徐小狗想要吃清蒸的带鱼。

徐春宝给满春带来了一斤香榧。徐春宝说,满春,这是很值钱的东西,你平常的时候吃不到的。

满春说,我不稀罕,我又不是没吃过。

徐春宝不管满春有没有吃过,他的手伸出去,落在了满春的奶子上。

满春的眼睛白了过来,盯着徐春宝说,拿开。

徐春宝没有动。

满春的语气加重了,拿不拿开?

徐春宝只好把手拿开了。

徐春宝第三次来的时候,说儿子徐小狗想吃油炸的带鱼。这次他没有带东西来,直接抱住了满春。他的嘴要亲满春的嘴时,被满春推开了。满春说,最多只能亲一下脸。徐春宝说,好的好的,那就亲脸。结果,徐春宝还是一把叼住了满春的嘴。满春不叫了,让徐春宝亲了很久。徐春宝的手往下伸的时候,满春说,停住。你不要乱来。

徐春宝说,这不算乱来吧。

满春说,你不怕高大猛找你算账?

徐春宝笑了,十个高大猛我也不怕。

满春说,你够流氓的。

徐春宝说，流氓就流氓，总比流放强。

徐春宝第四次来的时候，找不出理由给徐小狗做什么样的带鱼，他只好说，满春，今天是我自己想吃带鱼。

这是一个闷热的夏天。由于电压太低，电风扇扇得有些有气无力。满春坐在椅子上，什么话也不说，两条腿绞在一起。徐春宝一把抱住了满春，他抱着满春上楼，把满春放在了床上。徐春宝抱着满春说，带鱼，带鱼，我要吃带鱼。

满春觉得，那一天是世上最热的一天，她差不多流了一床的汗。她的发梢上都挂满了汗水。她想，会不会在这么热的天死去？她一次次地对自己说，要死了，要死了。但是最后她还是没死。徐春宝走了。徐春宝说要去画电影牌，然后就走了，只留下满春一个人。满春沉沉地睡了一觉，醒来的时候竟然已经是黄昏了。她大吃一惊，忙起身穿上衣服奔向了她的水产摊位。

满春一路上都在奔跑着。她想，要死了，怎么睡得那么死？她发现自己的身体已经被拆开了，浑身都酸痛着。当她跑到水产摊时，却发现高大猛正在给人称小黄鱼。高大猛什么都没有说，慢条斯理地忙活，收钱找钱，不慌不忙。满春跑到他面前直喘着粗气。

满春说，你怎么来了？

高大猛说，你不来，我当然只好来了。

满春说，我睡过头了，当真要死，我竟然睡到现在。

高大猛盯着满春看，看了好久都不说话。最后，他笑了，仍然什么话也没有说。

3

礼品歪头走到大猛药店门口的时候，秋风正好从很远的地方赶过来，在他光洁的额头上跑过。电影牌晃动了一下，那上面画着一个男人和一个女人，还有一行小字：开往春天的地铁。礼品歪头对着电影牌就骂了一声，他说，他妈的，还春天的地铁，都秋天了还春天的地铁。骂完了，礼品歪头走进了高大猛的药店。

那个秋意很深的下午，礼品歪头一直都在和高大猛说话。店员陈小菊站在柜台的拐角处，她听不到两个男人的声音，他们说话简直像是蚊子的叫声。礼品歪头说，大猛，我直说了吧，我家老婆，被徐春宝睡了。我来问你，你知不知道你老婆和徐春宝的事？

高大猛说，我不知道。

礼品歪头说，就算你不知道，但是全镇人民都知道。你想怎么办？

高大猛说，我不想怎么办。

礼品歪头说，难道，我们就忍气吞声地戴绿帽子吗？

高大猛说，我没有戴绿帽子。

礼品歪头生气了，说你别再自己骗自己了。我问你，我们联合起来扳倒他，你说好不好？我再联合小发，再联合德伟，再联合友良，再联合庭封。我们都是被他戴了绿帽子的人，我们联合起来，扳倒他。好不好？

高大猛说，不好。

礼品歪头的声音猛地提高，他骂了起来，他妈的，你个驼背佬，你的胆子简直比老鼠还要小。你还像个男人吗？你就高高兴兴戴你的绿帽子吧。

礼品歪头一边骂一边走。陈小菊呆呆地望着礼品歪头的远去。她不是本地人，她是安徽人，但是她还是听得懂大部分的本地方言。她看到高大猛弓着背，对着地板轻轻骂了一句，你个神经病。

礼品歪头走了。高大猛掏出了一把手术刀，那是一个薄而锋利的刀片。在很长的时间里，高大猛都在玩这把手术刀。夕阳已经慢慢地西沉了，他知道徐春宝说不定就在满春的床上。他知道徐春宝只要一挥拳，他就会像一个排球一样，被徐春宝打到天上去。

陈小菊看到高大猛的脸上冒出了许多汗水，在夕阳下，那是一种金黄的汗水。陈小菊忙走过去，看到高大猛竟然在用手术刀剥一个手指甲，他咬着嘴唇，把一片手指甲给硬生生地剥了下来。陈小菊的痛感神经一下子被激了起来，她比高大猛更加感觉到了疼痛。她连忙四处寻找卫生纱布，要替高大猛包扎起来。高大猛像虚脱一般，一下子痛得栽倒在地上。陈小菊把他扶了起来，并且抱着他，把他小小的身体放在了一把太师椅上。高大猛笑了，说，小菊，没事的，一点也不痛。

陈小菊说，你为什么要把手指甲剥下来？手指甲又没惹你，你为什么要剥它？

高大猛说，手指甲虽然没惹我，但是有人惹我了。我把手指甲当成了人。

陈小菊说，你要小心，十指连心痛，你小心伤口发炎。

高大猛冷笑了一声说，我是开药店的，我会让伤口发炎？真是笑话。

高大猛后来不再理睬陈小菊。他披着柔软的夕阳回家去了。他住在庙后弄，走到家门口的时候，他突然停住了，因为他听到了一些声音。那是一些细碎的声音，这些声音像一些虫子，几乎在顷刻之间就把他咬得遍体鳞伤。接着，他家的楼上传来了一声巨响。高大猛很清楚地知道，那是床板塌了。一定是徐春宝这个天杀的，把床板给弄塌了。高大猛轻笑了一声，折回身。他去菜场买了很多熟食，然后又回到了庙后弄。他打开门的时候，看到徐春宝和满春正在聊天，他们聊得很热烈，像是在讨论着一件最近发生的事。高大猛举了一下手中的菜说，春宝，今天你在这儿吃饭吧，我们好好喝一杯。

在这个充满忧伤的黄昏，高大猛一直在忙碌着。他做菜烧饭擦桌子，他像招待一名贵客一样招待徐春宝。他小小的身子，甚至爬到了床下掏出了一瓶积满灰尘的茅台酒。他用湿布把酒瓶擦干净，然后把酒瓶重重地蹾在桌子上说，今儿个我们把这个喝了。

徐春宝淡淡地说，你用那么大劲干吗？

高大猛愣了一下，忙说，我下次不用那么大劲了。来，春宝，坐到桌边来。我们就要开饭了。

徐春宝像是突然想起什么似的，仍然淡淡地说，大猛，要不你去把我家小狗接来吧，他喜欢吃带鱼。我看你刚好烧了带鱼。

高大猛去接徐小狗了。高大猛牵着徐小狗进门的时候，徐春宝和满春大笑起来。他们看到，高大猛和徐小狗居然差不多高。高大猛的脸红了一下，说，我是驼背，你们不用笑我的。

气氛很热烈。高大猛和徐春宝碰了很多次杯。满春和徐小狗也玩得很开心，不知道徐小狗碰到了她哪儿，满春一边大笑，一边骂徐小狗是个小流氓。徐小狗说，小流氓就小流氓。

那天晚上，高大猛的手指头一直都在痛着，钻心的痛，一阵一阵。但是高大猛的脸上盛开着向日葵一样的笑容。高大猛说，春宝，以后你不想做饭了，就到这儿来吃，就把这儿当成家里一样。

徐春宝说，我本来就把这儿当家里一样的。

高大猛说，有你在，以后就没人欺侮我了，你这个兄弟，我交定了。

徐春宝说，大猛，我喝了酒以后，老是头痛，你说怎么回事儿？

高大猛说，没关系，那是神经痛，我给你开点儿药就行。

高大猛又说，知道礼品歪头这个杀坯吗？居然要联合我来整你。春宝你小心点，礼品歪头这个人不能不防，他鬼主意挺多。

徐春宝显然有些感动了，把一杯酒吱溜一声倒进肚里说，他要敢乱来，我斩了他。

夜越来越深了，庙后弄里许多的灯，都渐次熄灭，只有高大猛家的灯还亮着。后来，徐春宝终于带着徐小狗走了。高大猛和满春一起上楼，他看到了那块塌掉的床板，已经被重新抬回到床架上了。他很轻地笑了一下。然后，灯光就熄了。

高大猛和满春并排躺在床上，满春说，大猛，我瞧不起你。

高大猛说，我知道。

风起云涌 | 175

满春说,你为什么不会生气?

高大猛说,生气要有本钱的,我没有本钱。这和做生意是一个道理。

满春说,你就知道做生意。你不会把我给做没了吧?

高大猛说,也有可能的。做生意有时候赚,有时候赔。

满春不再说话了,她转过身去,留给高大猛一个后背。高大猛眼睁睁地望着漆黑的夜,他一直睡不着觉,因为他的手指头又痛了起来。

4

高大猛开始养一只绿毛乌龟,并且还养了一盆文竹。每天清晨,他都要用尺子量一下文竹的长度,再为绿毛乌龟喂下一点儿饲料。礼品歪头又来了,他是带着小发来的,他还带来了德伟、友良和庭封。礼品歪头说,大猛,我们一起去派出所,我们商量过了,我们到派出所去告他。如果不把这个流氓给抓起来,半个镇的女人都会被他睡去的。

高大猛说,我不去,我要做生意。

小发火了,说你少做一天生意会死的?

高大猛说,你们告不赢的。

友良说,你怎么知道我们告不赢?

高大猛说,因为你们连证据都没有,怎么告得赢?再说,你们告他什么?

德伟也火了,说,大猛,你要是不跟我们去,我们每天半夜都来砸一次你的店门。

这一招是很灵的。高大猛大喝一声，我去。他仍然没有抬起头来，所以他仍然是对着地板说的。他说，走，谁不去谁就是孙子。

礼品歪头、德伟、友良和庭封排成了一排，并肩向派出所走去。高大猛紧紧地跟在他们的身后。他们像一个特别行动小组一样，让镇上的很多人都关注起来。但是他们没有说去干什么，因为他们说不出口。谁也不愿大声告诉别人说，我是戴绿帽子的。

派出所里只有一个人，他是从部队退伍回来的陈小跑。其他的人都去参加一个午宴去了。镇上的一个歌舞厅就要开张，刘老板请派出所的兄弟们去聚一聚。陈小跑是个协警，轮不到他去，所以他的心里很窝火。他心里有火，所以就需要发泄。他一直都在打沙包。他一边打沙包一边吼，打死你这个刘老板。他大概打了一百多下的沙包，所以这时候他的脸上全是汗水。他抹了一把汗水，一转头看到了四个男人站在派出所的院子里。陈小跑说，你们四个人像黑恶势力一样站成一排干什么？你们站成一排，我就怕你们了？

这时候，一个声音响了起来，像是从地底里钻出来似的。那个声音说，不是四个人，是五个人。

高大猛说完，拨开了德伟，站在四个人的中间。

陈小跑大笑起来，说，你们大概是想联合起来逗我玩吧。本协警今天心情不好，也没有空。你们别来烦我。

这时候礼品歪头上前一步说，我们是来报案的。

德伟也上前一步说，我们要告的人叫徐春宝，他是电影院里画电影牌的。

风起云涌 | 177

小发上前一步说，他是一个流氓，专门睡女人的流氓。他睡了我们四个人，不，再加上高大猛，一共五个人的老婆。

庭封上前一步说，如果你们不把他抓起来，那我们就自己动手把他抓起来。

陈小跑冷笑一声说，你真是无法无天，我倒要看看你们是怎样把他抓起来的。你们想要私设公堂，那我就把你们全抓起来。你们一个也跑不了，你们知不知道，我跑步是很快的。

四个男人不再说话，他们只听陈小跑说。陈小跑的手上还套着拳击手套。陈小跑挥动着拳击手套说，我告诉你们吧，徐春宝在街上抓过好几个小偷，谁都不敢抓，就他敢抓。他赤手空拳和小偷斗，结果被小偷在肚子上扎了一刀。他在冬天的时候下水救过人，谁都不愿救，就他一个人冒着刺骨的冷下水了。你们和他比比，谁更像男人？既然你们都不像男人，那你们的老婆跟他搞一下有什么关系？你们的老婆，都是自愿的，既然是自愿的，总不能告人家是强奸吧。你们想想清楚，你们究竟怎么告他？

四个男人不再说话了，他们转过身，一言不发地向外走去。走到派出所门口的时候，他们才突然想起，高大猛不见了，高大猛大概是偷偷地溜走了。礼品歪头说，这个驼背佬，我们不能放过他。我们一定要把他找来。

四个男人去了高大猛的大猛药店。高大猛正在大猛药店里发呆，他坐在一把高大的椅子上，弓着背，两条腿在不停地晃动着，像钟摆的样子。礼品歪头说，大猛，你怎么溜了？你真是一个胆小鬼。

高大猛皱了一下眉说，你们别再来烦我行不行。我早就说过了,没用的,你们去告一个见义勇为的英雄,怎么可能告得赢?

四个男人无话可说了。他们一直都站在大猛药店的门口,抬头看着那块《开往春天的地铁》的电影牌。黑夜就要来临了,大猛药店里开亮了日光灯,高大猛仍然像一个孩子一样,呆呆地坐在椅子上。四个男人后来都长叹了一声,他们开始散去。散去以前,礼品歪头坚持说,我们再商量,我们一定要把徐春宝扳倒。然后,黑夜就正式来临。黑夜一言不发地一把抱住了小镇。

5

秋苏珍又来抓药了。秋苏珍是一个美丽的女人,但是她已经不会笑了。她不会笑是因为他的老公得了肺癌。西医治不了,医生说,试试中医吧。于是镇上最老的老中医,那个叫老海的中医,在大庙的侧殿为秋苏珍开了药方。老海的指甲很长,他本来就是草药郎中,后来被县中医院招了进去当正式的医生,再后来退休了,回到老家枫桥镇开方子。没想到,远道来找他的人越来越多。他的胡子和头发,本来就是花白的。他的衣服本来就是对襟布衫。但是那些病人们一看到他这副模样,都觉得老海就像一个半仙一样。老海一定是玉皇大帝派来的。老海的病人们,排起了长队,一直排到大庙以外。

秋苏珍拿着老海开的方子,递给了陈小菊。陈小菊要抓药的时候,一个声音说,我来。秋苏珍没有看到人,四处寻找着说话的人,她终于在柜台的转角处,看到了驼背佬高大猛。高大猛依然是对着地面说话的,但是他早就看清了秋苏珍的容颜。他想,秋苏珍当真漂亮。

高大猛没有收秋苏珍的钱。秋苏珍说,这怎么好意思?高大猛说,欠着吧,先欠着。把你的钱先派其他用场。

秋苏珍再来抓药的时候,高大猛仍然说,欠着吧。

秋苏珍第三次还没来抓药的时候,高大猛却送药上门了。秋苏珍住在西畴村,枫桥江的边上。那天她刚好服侍老公喝下一碗药。老公咳嗽起来,他连话也说不动了。秋苏珍出门去倒药渣的时候,看到了一个蛇皮袋在动。秋苏珍感到奇怪,后来终于看清,蛇皮袋下还有一个人。那是高大猛,他背着一蛇皮袋草药来了。他走到秋苏珍的面前,把药袋一放说,这够吃一个月的。你给你老公慢慢煎着。

这时候秋苏珍差点要哭起来。她说,大猛兄弟你想要什么,我就给什么。不管救不救得活四海,我都得死马当活马医,对不对?

高大猛看着地面,地面上有两双脚,一双是高大猛的,一双是秋苏珍的。秋苏珍的脚比高大猛的脚还要大一些,高大猛的脸就红了一下。高大猛对着四只脚说,对的。我不要什么,我只要四海兄弟活过来。这时候高大猛看到秋苏珍家门口的一只拖拉机轮胎,问,拖拉机呢?你们家四海的拖拉机呢?秋苏珍淡淡地笑了,说,卖了。四海又没力气了,他开不动拖拉机。人家把拖拉机开走了,只剩下一只备用轮胎。我们务农人,生不起病,一生病就是倾家荡产。

高大猛说,你准备怎么办?

秋苏珍说,我准备再卖房。房子不值钱。然后我再卖我自己，我也不值钱。但是总比没钱好。卖完了房和我，四海的病再不好，那我也没有办法了。

高大猛被感动了。他突然想到了满春，满春会不会对自己这样好？满春不可能这样好。满春只会和徐春宝一起，把他家的床板给弄塌。这样想着，高大猛手指头上的伤口，就隐隐地痛了起来。新的手指甲正在长出来，逐渐变硬，看上去透着一种嫩嫩的红色。高大猛说，秋苏珍你不要怕，我高大猛不会见死不救。我们一起来救四海兄弟吧，我们一定要看到他重新开上拖拉机。他以前开拖拉机经过十字街口的时候，很威风的。

秋苏珍哭了。在这个深秋，秋苏珍把自己哭成了一摊站着的眼泪。秋苏珍说，大猛，你要不要我，你要我一次好不好？你不要我的话，我心里不安的。

高大猛的脸沉了下来。高大猛对着地上的四只脚说，你怎么可以这样说？你把我当成什么人了？你多来药店看看吧，就当那地儿是你家的药店，就当我是你的哥。

后来高大猛走了。秋苏珍一直在秋风中目送着高大猛远去。高大猛很小，但是走路却很快，像是滚动着远去的，也像是被一阵秋风吹走的。秋苏珍后来看不到高大猛了，只看到一条并不宽的江面，横在自己的面前。这条江，相当于枫桥镇的一根裤腰带。

秋苏珍来到大猛药店的时候，抬头看了一眼十字街口挂着的电影牌。电影牌在深处的风中颤动着，很像是一片怕冷的巨大树叶。电影牌上画着一个女人和一列火车，上面写着《周渔的火车》。秋苏珍就想，怎么一会儿地铁一会儿火车的，全是交通工具。下一次，会不会是一架飞机？秋苏珍这样想着，走进了店里。这时候她看到,高大猛正和一个男人在下象棋。高大猛说,输了输了,我又输了。春宝兄弟,我什么都玩不过你,在你面前,我看来是要输一辈子了。

后来高大猛给秋苏珍介绍,说妹妹,这是徐春宝,是个画家。你看到周渔和她的那列火车了吗?那是春宝兄弟亲自画的。

秋苏珍和徐春宝认识了。他们一起在药店里吃了中饭,吃中饭的时候很开心,只有陈小菊一声不响地端着碗到柜台边上去吃了。徐春宝和秋苏珍聊了很多的话题,徐春宝说,秋苏珍是他看到过的最好的模特,他需要这样的一个模特。他要画一幅农村妇女在田里收割稻子的油画。秋苏珍答应了徐春宝的请求,他们约定第二天,就去离镇子不远的湖头坂,先拍一组照片,然后再按照片来画油画。

高大猛没有去湖头坂。其实第二天的午后,他一直在睡午觉。起先他没有睡着,他就想象了一下。他想象稻子成熟了,稻穗沉甸甸地压迫着稻秆。徐春宝在教秋苏珍摆姿势,然后徐春宝的手先落在秋苏珍的屁股上,接着落在秋苏珍的胸上,接着秋苏珍被徐春宝压倒在地上,接着他们就在田里打滚了。高大猛无声地笑了,事实上,他想象得没有错,所有的情节,都是如此真实地在湖头坂发生了。秋苏珍并不喜欢徐春宝,但是在徐春宝的身子底下,她仍然装出欢喜万分的样子叫唤着。她一边叫唤一边在想,我要救活你,四海,我一定要救活你。

徐春宝其实是喜欢上了秋苏珍。在此后的数天里,他没有为徐小狗煎带鱼吃,而是把徐小狗放在了高大猛的药店里。他自己开始变得忙碌了,他骑着那辆野狼牌摩托车,带着秋苏珍在大街上横冲直撞。他把摩托车开出了风的速度,许多尘土在车后面飞扬着。那时候秋苏珍容光焕发,她竟然在摩托车后座上,拿着一面小圆镜和一把小梳子,她在对着镜子梳头。这是一个多么夸张的镜头,她不怕从车上掉下来,竟然可以如此从容地梳头。礼品歪头看到这一幕,马上就告诉了德伟、庭封和小发。礼品歪头说,完了完了,徐春宝完了,他居然连四海这种炮仗脾气的人的老婆都敢搞了。

德伟说,什么完了?四海生病了,动都动不了。你总要秋苏珍找点安慰的。

小发说,徐春宝越来越嚣张,他会不会出车祸被大卡车撞死?

庭封说,我看他一定是被人杀死的。他的仇人太多了。

礼品歪头说,我看不会,估计一定是被雷公劈死的。

他们在猛烈地诅咒着徐春宝的时候,徐春宝正春风得意,他忘掉了满春和满春的带鱼,他觉得秋苏珍真是太好了,秋苏珍简直就是他的性命。他把秋苏珍带到家里、带到山上、带到河边、带到田野,勇敢地和秋苏珍展开肉搏战。他连徐小狗这个狗儿子都不要了,狗儿子每天待在药店里。高大猛对徐小狗很好。高大猛说,狗儿子,你想吃什么,就跟大猛叔叔讲。大猛叔叔除了天上的星星不能红烧了给你吃以外,其余的都可以。

徐春宝和秋苏珍也来吃饭。他们一到开饭的时间,就来吃饭了,这令陈小菊很不满意,因为陈小菊需要在药店的后半间不停地忙活,才可以做一顿像样的饭给他们吃。高大猛说,小菊,你不要生气,我一定会给你加工资的。徐春宝的头痛得厉害,他猛地拍着头说,我这样的头痛法,让我怎么有心情搞创作?

风起云涌 | 183

高大猛仍然坚持说,那是神经痛。一般高智商的人都会有神经病。高大猛给徐春宝开出了中药,让他煎服。徐春宝不愿意,说,我现在这么忙,哪还有时间煎药吃。这个任务,于是就落在了陈小菊的头上。看上去,高大猛、陈小菊、徐春宝、秋苏珍和徐小狗,成了一家子。只有满春,成了孤独的人。

满春听到了什么风声。满春终于从礼品歪头那儿知道了徐春宝在和秋苏珍好。满春想要找秋苏珍算账,于是满春在某个将冬未冬的中午,去敲徐春宝的门。徐春宝住在一个叫海角寺的地方,那儿有一幢电影院职工的集体宿舍。徐春宝来开门,说,谁呀?敲得那么急。满春一下子就挤进了门里,她闻到了一股特殊的气味,就大声叫着呸呸呸。这时候,她看到了被窝里正躺着的秋苏珍。

满春冷笑了一声说,果然藏了一只狐狸精。

秋苏珍只给了她一个背影,她什么也没穿,就躺在被窝里。她懒得理她,像一条侧身而眠的鱼。这时候满春一把掀开了被子,露出了秋苏珍的身体。满春说,呸,呸呸,呸呸呸,真不要脸。秋苏珍把身子转了过来,她盯着满春看,盯了好久以后,才很轻地说,你要脸吗?

满春的脸一下子红了,她想要发作,把棉被拎了起来,扔在地上,用脚踩踏着。这时候,秋苏珍的眼睛定定地盯着徐春宝看,意思是,徐春宝,该怎么着,你看着办。

徐春宝说,满春,满春,满春你好歇了。你有完没完,你给我一个面子行不行?

满春转过头来说,呸,呸呸,呸呸呸,你给我面子了吗?

徐春宝终于恼了,一甩手就是一个耳光,一甩手又是一个耳光。两声脆响以后，满春就觉得自己的头一下子大了起来。徐春宝说，你个臭娘们儿，你给我一秒钟之内消失，不然的话，我从窗口把你扔出去。满春呆呆地愣在原地，她怎么也想不到徐春宝会那样对她。她很想哭的，但是这时候她连哭也哭不出来了。满春最后怏怏地走了。满春走到街上的时候，已经是黑夜了。她肿着一张脸，去了药店。她看到大猛药店灯火通明，高大猛、陈小菊和徐小狗正在吃饭。高大猛在往徐小狗的碗里夹带鱼，高大猛说，狗儿子，你吃带鱼。

满春站在他们的面前，好像他们是一家子，而满春是个局外人似的。满春说，大猛，你真不是个男人，是你害我的。

高大猛笑了一下，什么也没有说。他看到满春走出了药店，然后她抬起头，看着《周渔的火车》的宣传牌。高大猛不知道满春是什么时候消失的，她像一个被风吹走的影子一样，消失了。

冬天正式来临了。很久没有出门的四海，这天换上了中山装。每天吃的中药，并没有让他的病情好转。看上去他有些瘦弱了，但在以前，他是多么威猛的一个人。他在墙角翻找了很久，翻找到一把拖拉机的摇手柄。他拿着摇手柄出门了。走到院子里的时候，看到了那只扔在地上的旧轮胎。四海就想，我就是那只陈旧的轮胎，怎么样也不太可能翻新了。四海这样想着，就有些伤感，一些树叶在这个时候飘落下来。四海打开院门，走了出去。四海要去的地方，是十字街口附近的民生饭店。

四海知道徐春宝经常去民生饭店，从前他和民生饭店里一个服务员曾经轰轰烈烈过一阵。四海还知道很多，知道自己的老婆秋苏珍在干些什么。他很爱老婆，老婆就等于是他的性命。

其实他和老婆是一个人。如果他死了，那么老婆也就只剩下半条命。那时候他和老婆两个人，一起出车，一起卸货，他们的日子波澜不惊。现在，他们没有车了，只扔下摇手柄和旧轮胎。四海走进了民生饭店，饭店里的灯光有些昏暗。在昏暗的灯光下，四海点了一盘糖醋排骨、一盘炒白菜、一盘花生米、一盘番茄炒蛋、一盘清蒸鲫鱼。四海没有钱了，但是四海想要吃得丰盛一些，所以四海还点了一瓶三年陈的加饭酒。四海一个人吃了整整一个下午，然后在黄昏的时候，他看到了秋苏珍和徐春宝迈进了民生饭店。他们并没有看到四海，他们点了两碗三鲜面。然后他们坐在角落里吃面，就在他们吃完了面的时候，四海说，秋苏珍，秋苏珍。

秋苏珍听到了熟悉的声音。她惊惶的目光小鸟一样在食客们的头上掠过。她的目光终于落在了四海的身上，她看到四海穿着中山装，那是他们结婚时做的新衣。秋苏珍愣愣地望着四海，四海的眼泪一下子就下来了。四海说，苏珍你出去。苏珍你出去一下。

徐春宝知道了眼前这个人是谁。但是徐春宝从来都没有怕过谁。徐春宝并不想打架，所以他陪着秋苏珍一起往外走。

四海说，徐春宝你留下来。

徐春宝回过身来笑了一下，他温情地把一件衣服披在秋苏珍的肩上，柔声说，外面冷，你好好在外面待着。

徐春宝从不怕人，所以如果他不敢留下来，会很没面子的。

徐春宝走向了四海。他清楚地看到了一个把脸喝得通红的男人，这个男人在桌子上猛拍了一记，也站了起来。他掏出了摇手柄，那是一根坚硬的弯铁。

徐春宝笑了，拎过一只啤酒瓶。他们对峙着。所有的人都在撤离，这很像是一场电影里的情节。所有的人都撤空了，但是这些人并没有远去，而是站在门口观望着。这时候，徐春宝勇敢地迎向了四海，四海的摇手柄一甩，砸在徐春宝的嘴上，几颗牙齿和血混合在一起，被徐春宝吐了出来。徐春宝的嘴唇，也裂开了，血糊糊的，像一朵开放的桃花。徐春宝的酒瓶也砸了下去，他突然想到，四海是一个行将死亡的人，四海那么弱，像一片树叶一样，却还要装出敌后武工队的英勇模样。他笑了，砸向四海头上的酒瓶偏了一下，落在了四海的肩头。酒瓶碎了，碎玻璃飞向了四海的脸，四海的脸也血糊一片。

警察来的时候，四海在地上躺着，徐春宝站着。警察踢了一脚四海说，别装死了。走。

徐春宝对警察吼，你不能踢他，你踢他的话老子斩了你。

警察一下子愣了。警察就是协警陈小跑和王小奔。他们本来在喝酒的，但是有人报案了，这让他们很扫兴。但是他们不得不赶来。他们看到徐春宝弯下了腰，把四海背在身上。徐春宝就一直背着四海，他们一起在人们铺天盖地的目光中，一步步走向了派出所。走过大猛药店门口的时候，徐春宝停了一下，大喝一声说，大猛，我的狗儿子，你帮我照顾好。

高大猛看到了两个脸上嘴上都是血的人，大吃了一惊，他仍然对着店里面在灯光映照下显得白花花的地板说，怎么了？你们俩是怎么了？

徐春宝没有理他，继续向前走去。走着走着，他看到了冬天的派出所，在黑夜里，那么冷清。铁门上焊着一行用铁皮剪出来的字，为人民服务。铁门打开了，徐春宝走进了所里。这

风起云涌 | 187

时候他突然想到，电影牌要换了。他很久没有换电影牌了。

五天以后，徐春宝和四海都被放了出来。秋苏珍站在派出所门口接他们。两个男人向着两个方向走了，秋苏珍大概想了三分钟，三分钟以后，她往徐春宝的方向追去。秋苏珍说，春宝，你等我。徐春宝回过身来笑了。徐春宝一把搂住了秋苏珍，他低下头去吻着秋苏珍，他轻声说，苏珍，你要对四海好。你一定要对四海好。

四海的身影显得很孤单。他回到家打开院门的时候，看到了高大猛。高大猛又送来了一蛇皮袋草药。四海苦笑着说，大猛，我这病能好吗？

高大猛坚定地点了点头说，能的。

四海说，大猛，如果我死了，如果徐春宝不再那么花心了，我希望秋苏珍能嫁给他。

高大猛愣了一下，说，好，我会去说合他们的。

四海说，大猛兄弟，你别太累了。你做人做得太累。你走吧。我也累了，我想要休息一下。

高大猛就走了。高大猛走到枫桥江边的时候，冬天的风一阵阵吹着。他害怕风会把他刮到江里去，他突然觉得，冬天的小镇，是多么萧瑟。他自己，就是萧瑟的组成部分。

这天晚上，高大猛替满春剪指甲，掏耳朵。他替满春剪了手指甲，又剪了趾甲。他替满春掏了左耳，又掏了右耳。他还替满春敲背，听满春说话。满春说，徐春宝怎么可以这样？徐春宝怎么就翻脸不认人了呢？满春一直在说徐春宝的薄情，一直在骂秋苏珍是个狐狸精。高大猛耐心地听着，但是他什么话也不说。后来高大猛说，睡吧。

满春说，你为什么半句话也不说？你不觉得徐春宝这个人太坏了吗？

高大猛说，我都没有说他，你倒说起他来了。

这时候，高大猛熄了灯。一只黑色的猫，在他们屋顶的瓦片上踩着一地的冬天走过。

6

礼品歪头、德伟、庭封和小发又出现在高大猛的药店里。他们看到高大猛竟然在给徐小狗喂饭。他们看到徐小狗边吃饭，边坐在一只搪瓷痰盂上屙屎。礼品歪头冷笑一声说，完了，大猛你完了。你竟然在给徐春宝当孙子了，你像个男人好不好？

这天礼品歪头是来劝高大猛一起实施一个计划的。他们一致认为，徐春宝被四海这样一闹腾，已经元气大伤了。他们选择了一条叫作百丈弄的弄堂，要在百丈弄内袭击徐春宝。具体的分工是这样的：礼品歪头和德伟用麻袋套住徐春宝的头，庭封和小发用木棍猛击徐春宝的身体，高大猛的任务是放风。

这是一个最简单的任务，但是高大猛再一次回绝了。高大猛说，我那么矮小，又是一个驼背，我能看得远吗？

高大猛的话让礼品歪头很生气。礼品歪头说，那让你打也打不过他，用袋子套他的头你又够不着，你究竟能干什么？

高大猛大笑起来，说我只会开药店。你们要是受伤了，我这儿有白药。我说过了，这种事情别做了，是犯法的。你们不要再来烦我。

礼品歪头在高大猛的头顶上吐了一口唾沫，说，你这个又臭又硬的茅坑石板。

德伟在高大猛的脸上吐了一口唾沫,说,你这个对戴绿帽喜欢得不得了的万年乌龟。

庭封在高大猛的身上吐了一口唾沫,说,你这个全世界最没用的家伙,你不如去跳楼吧。

小发在高大猛的驼背上吐了一口唾沫,说,你这个太监,没有鸟的家伙,你就去当你的孝子吧。

他们吐一口,高大猛就笑一下,就点头哈腰一下,就用手擦擦唾沫。陈小菊皱起了眉头,她站在很远的一小片光影下,一直向这边张望着。徐小狗坐在痰盂上,他看到四个人在欺侮对他很好的高大猛,他一下子站了起来,说,你们别打我叔叔。

礼品歪头一脚踢飞了痰盂。痰盂飞起来,落在了柜台里,里面的屎尿洒了出来,浓烈的臭味开始弥漫。这时候,四个人匆忙地捏着鼻子离去了,他们大笑着,说,我们再也不来找你这件没出息的家伙了,你简直不是件东西。

晚上,徐春宝和秋苏珍来吃饭。徐春宝说,我的头还在痛着,我的头怎么会这样痛?高大猛说,那我给你开的方子加大药量吧,你这是神经痛,没关系的。那是一个和谐的晚上,看上去,秋苏珍和四海已经没有关系了,她很像徐春宝的老婆。高大猛说,春宝,你要小心一些,有人可能要在百丈弄内伏击你。他们要把你弄个半死。

徐春宝笑了。徐春宝笑着对秋苏珍说,我会怕死吗?他们想让我死,我就让他们跪在我面前。

徐春宝骑着摩托车将要离去的时候,高大猛偷偷地把徐春宝拉到一边,轻声说,满春有意见,满春意见很大,你能不能隔三岔五地去看看满春。一碗水总是要端平的。

徐春宝笑了，他的笑声抖落在夜风里。徐春宝什么也没有说，发动了摩托车。野狼牌摩托车跌跌撞撞地冲进夜色里。高大猛什么也看不到了，他只看到一片夜色。回过头的时候，他看到徐小狗正在喝一杯可乐，他坐在小椅子上晃着双腿。他和高大猛之间的感情，已经很深了。这时候，高大猛变戏法似的从手里掏出了一把手术刀，那是一把剥去了他指甲的手术刀。手术刀在高大猛的手里转动着，转得徐小狗眼花缭乱。

百丈弄在冬天的最深处，显得更深、更长。一些树已经落尽了叶片，像一个孤寡老人一样木然地站着。在百丈弄的尽头，一个男人出现了，他一步步地向弄堂深处走去。弄堂的一个拐角处，躲着四个人，他们是礼品歪头、德伟、庭封和小发。他们带着一只麻袋和两根木棍。他们想要用麻袋套住徐春宝的头，然后把他打瘫在地上。徐春宝渐渐走近了，他走路的样子摇摇摆摆的，像黑恶势力。他的手中，竟然有一杆土枪。那是猎人用来打猎的铁砂枪，威力巨大。四个人想要跑了，他们不敢用一只麻袋和两根木棍去对付徐春宝。他们刚刚转过身去，就被徐春宝喝住了。

徐春宝说，站住。在冬天的空气里，这声断喝中气十足。四个人站住了，但是他们没有回头。徐春宝说，你们不是要对付我吗？你们看看，前面那棵树是什么树？

四个人异口同声地回答，那是一棵枣树。

那是一棵冬天的枣树，树叶已经落尽了，但是却有许多行将过冬的麻雀，在上面休息。徐春宝的枪杆抬了起来，他扣动了扳机。四个人听到了一声巨响，他们感受到铁砂从他们的头上嗖嗖地飞过去。然后，他们看到许多麻雀，像树叶一样离开了树枝，垂直跌落在地上。

徐春宝的声音从后面传了过来，给我去把麻雀捡过来。

四个人争先恐后地向前跑去。他们在地上争抢着麻雀，害怕谁捡得少，会挨徐春宝的一枪。

四个人把麻雀装在了麻袋里。那只麻袋，本来是用来套徐春宝的头的。四个人笔直地站在徐春宝的面前，徐春宝轻声说，跪下。你们跪下，你们跪下好不好？

这时候，有一些路人经过。本来，他们是可以跪下的，但是现在有好多路人经过了，他们丢不起这个面子。路人越来越多，把他们都围了起来。路人说，这个拿枪的人一定是公安局的，这四个人，可能是逃犯吧。

徐春宝用一只手举起了枪，枪口就顶在礼品歪头的膝盖上。徐春宝说，一、二……

徐春宝的三还没有喊出，礼品歪头就跪了下去。徐春宝又把枪口顶在德伟的膝盖上。德伟、庭封、小发的膝盖同时一软，全跪了下去。徐春宝笑了。徐春宝说，跟我斗，你们还嫩呢。你们给我跪着，一定要跪到你们的老婆把你们领回家去，不然的话，我一定一枪一个崩了你们。

徐春宝走了，扛着枪，拎着一只麻袋。他在百丈弄的弄堂口拐了一个弯，就不见了。人群也开始散开去，但是跪着的四个人没有散去。他们在等待老婆的到来，等待老婆把他们领回家去。

这天晚上，徐春宝和高大猛在大猛药店的日光灯下喝酒，下酒菜是红烧麻雀。高大猛已经把脸喝得很红了，看上去，他很像一只猴子。高大猛低着头对徐春宝的双腿说,春宝,你要去看看满春的,满春已经很不开心了。

徐春宝笑了,他猛灌了一口酒说,好,我今天去。我今天晚上一定去。

7

在高大猛的记忆里,那是一个漫长的冬夜。那天晚上,高大猛留在药店里,最初,他和徐小狗下跳棋。后来,徐小狗在他的臂弯里睡着了。陈小菊在惨白的日光灯下张嘴打着哈欠,她看到高大猛的每一个动作都充满着温情。他把徐小狗抱到了后间的床上,然后,他开始逗那只绿毛乌龟玩。绿毛乌龟很兴奋,昂着头盯着高大猛看。在陈小菊的眼里,这只乌龟一定是在唱歌。然后,高大猛又拿过了尺子,他在替那盆文竹量身高。文竹已经有些高了,高大猛自言自语地说,长得差不多了。

那个漫长的冬夜,高大猛一直都没有睡好,他不时地起床喝水,或者开亮灯,在亮堂堂的店里来回踱步。这个时候,满春正坐在床上一次次地帮助着徐春宝。徐春宝和满春,都已经满头大汗。徐春宝说,满春,我可能不行了,我已经有好几次不行了。

满春带着哭腔说,你很厉害的,你像狼一样,你怎么会不行?你一定要行。

一直到天色发白,徐春宝仍然不行,看上去,他显得很疲惫。满春不再努力了,她流着泪身子一歪,就躺倒在床上。在这个漫长的夜里,她用尽了所有的方法,但是徐春宝仍然不能站起来。清晨的第一缕光线照进屋子里时，照在了床上。徐春宝起床了，他垂着头悄无声息地下楼。他害怕吵醒满春，但是其实满春一点也没有睡着。

对于徐春宝来说，这个显得比往年更漫长的冬天，是他人生的一个拐点。因为不行了，所以他的眼睛失去了精光，他的身板没以前那么挺拔了。更重要的是，秋苏珍离开了他。

秋苏珍离开他是因为四海死了。四海死的时候，秋苏珍抱着他泪流满面。他们的客堂间里，还残留着一只瓦罐，瓦罐里是中药的药渣。秋苏珍没有钱给四海办丧事，所有的亲朋，都已经聚集。这时候一个花圈进了院门，花圈移动着，向灵堂走去。举着花圈的人，是高大猛。他那么小，整个人都被花圈遮挡了。

高大猛说，秋苏珍，谢谢你。

秋苏珍也说，高大猛，谢谢你。

高大猛说，你一定要好好地送四海兄弟上路。

秋苏珍说，我也这样想，但是我家里没钱了。

高大猛说，要不，你的房子卖给我？我可以当药材仓库。当然，房子的一间你可以永远住下去，你不想搬，没关系。

秋苏珍凄然地笑笑说，我不要了，我要住回娘家去。住在这儿，我会永远难过的。

高大猛说，我给你三万块，够不够？不够你说话。

秋苏珍说，够了。谢谢你。

后来，高大猛走了。高大猛是个精明的生意人，他买到了三间廉价的药材仓库。料理完后事，秋苏珍也走了。她走得很干净，徐春宝来看她，说，你还爱我吗？

秋苏珍正好站在门口，她的手里拎着一只人造革皮箱。秋苏珍把目光投在不远的枫桥江的江面上，江畔有人在洗衣服。秋苏珍说，我从来没有爱过你！

那你爱的是谁？

我爱的是四海。我只爱四海一个人。

徐春宝落寞地望着秋苏珍的远去。秋苏珍走出好几步路了，忽然回过头来说，春宝，你太弱了，女人和你在一起，会没有安全感。

秋苏珍终于消失了。她是踏着冬天的尾巴消失的。沿着这条路一直往前走，就是春天。秋苏珍很明白。

徐春宝站在秋苏珍的家门口，他一下子就傻掉了。他怎么也弄不懂，那个以前那么爱他的女人，怎么会突然说他弱，说他没有安全感。他是一个会挨刀子的人，他是一个会开枪的人，他凭什么就没有了安全感？

满春的水产摊不再摆了。她没有心思摆水产摊。她一直都在想，一匹狼是怎么消失的，一匹狼是怎么变成绵羊的。满春一天到晚都在想，如何治好徐春宝的病。她想要和徐春宝在一起，或者干脆私奔。高大猛很少回家了，他经常性地住在药店里。高大猛在春天将要到来但还未到来的日子里，回了一次家。高大猛手里捏着一张协议书。高大猛说，我们离婚吧。

满春愣了，愣了半响后说，大猛，我同意离婚，我们把财产分一分。我们一共有两间楼房，还有一家药店，还有一个水产摊。

高大猛说，满春，水产摊归你吧。两间楼房的产权证上，不是我的名字，是我父亲的名字。所以，两间楼房我们不能分。

风起云涌 | 195

还有，这是药店的账单，我们欠下了十五万的债，如果离婚了，你要承担七万五的债务。

满春一下子就傻掉了。高大猛说，我知道你会很艰苦，所以，你名下的七万五债务还是我来承担吧。

高大猛后来说了很多的话，他说得很缓慢。他说话的时候，嘴巴在不停地嚅动着。但是满春一句也没有听进去，满春想，我还指望着你把药店卖掉，给徐春宝去上海治病呢，没想到你却亏空了那么多。满春冷冷地笑了一下。

第二天清晨的时候，满春学着秋苏珍的样子，也拎着一只皮箱，走了。她没有回娘家，她的娘家只有爹没有娘。她去的地方，是电影院的宿舍。她要去找徐春宝。打开徐春宝家门的时候，看到徐春宝躺在地上，他正在爬行着。他喝了很多酒，酒瓶打翻了，他就在一片污水里爬着。徐春宝努力地昂起头，像极了一只绿毛乌龟。徐春宝笑着说，满春，你来了。我知道你就快来了。

8

然后春天就要正式来临了。镇上的人们，除去了厚重的棉衣，穿起了单衣。大猛药店的生意一直都很好。而且，高大猛一直和徐小狗生活在一起，他对徐小狗很不错。

满春学会了抽烟，她一天到晚抽着烟。她和徐春宝已经没有多少积蓄了。《满城尽带黄金甲》要到小镇放映的时候，影院经理催了徐春宝好几次，让他快些画出来，好挂到十字街口去。但是徐春宝只顾着喝酒，只顾着在家里爬来爬去。结果，影院经理招来了一个美院毕业的小伙子。那是一个头发很长、身子很瘦的小伙子，但是画起画来却很不错。他把周杰伦戴着盔甲的样子画得很酷，他把巩俐的胸脯画成葫芦的形状，他甚至把周润发眼角的皱纹也画了出来。影院经理很满意，就找到了徐春宝家里去。徐春宝仍然在家里喝酒爬地板。徐春宝扭过头去，看到了门口的经理。经理皱着眉说，春宝，你以后不用来上班了。

徐春宝大笑起来说，我不来上班，你的电影牌怎么办？哼，你的电影牌没有我，你怎么办？

影院经理没有再说什么，他走了。徐春宝也没有理他，继续喝酒，但是他的话没有停，他对正漠然地抽着烟的满春说，哼，没有我，他的电影牌怎么办？

徐春宝也有清醒的时候。有一天他突然想了起来，他是有一个儿子的，儿子叫徐小狗，去年六岁，今年七岁。徐小狗已经养在高大猛那儿很久了。这一天徐春宝和满春洗了一个澡，换上了干净的衣衫，然后走上了街头。走上街头的时候，他们才发现，春天已经来临了。春天从四面八方逼近了小镇，凌空地袭击了小镇和小镇的人们。甚至，在屋瓦上的瓦楞草，也泛出了鲜绿的颜色。在春风里，徐春宝感觉到心情好了很多。

徐春宝和满春手牵着手进了高大猛的药店。药店的店面扩大了，改成了平价药超市，而且进了几个年轻的店员，穿着统一的服装。满春盯着陈小菊看，陈小菊竟然已经怀孕了，她挺着一个肚子，坐在一张沙发上，沙发前面是一台电脑。她居然无所事事地在上网，喝水，吃水果。

满春的眼里再也没有别人，她径直走到了陈小菊的面前。

满春说,陈小菊,你要做妈妈了。

陈小菊笑了,说,呀,是满春呀。我要做妈妈了,还有五个月,我就做妈妈了。

满春说,这是谁的孩子呀?

陈小菊说,这是我们家大猛的孩子。大猛很喜欢他。

满春扳了扳手指头说,原来我们还没离婚,你就怀上了大猛的孩子了。

陈小菊羞涩地说,满春,恭喜你,答对了。

徐春宝没有去在意陈小菊和满春的对话,他的眼睛在搜寻着一个孩子,这个孩子终于爬进了他的眼眶。这个孩子爬着爬着,抬起了头,看到了徐春宝的时候,笑了。孩子说,春宝。

徐春宝把孩子提了起来。孩子站在那儿,颤巍巍的,像一根在风中摇晃的狗尾巴草。徐春宝吃惊地望着徐小狗说,我的狗儿子,你怎么了?

这时候,高大猛出来了。他竟然穿着一件改过的白大褂。白大褂包住了他小小的身体,包住了他的驼背,看上去显得很滑稽。高大猛说,春宝,你来了。这孩子缺钙,你得赶紧给他补钙。

徐春宝的脑子里嗡地响了一下。徐小狗在一年前就走得好好的,现在竟然不太会走路了。徐春宝看到徐小狗裸露的小鸡鸡上,用红笔画着一个小圈圈。这时候,徐春宝还看到了高大猛在玩一把手术刀,那刀子在高大猛的手里快速地转动着,闪起一道刺眼的白光。徐春宝突然明白,那红笔画的,是一个切割的标记。也许,高大猛只是吓吓他的,但他还是害怕了。他一下子跪倒在地上,长号了一声。徐春宝说,大猛,你饶了狗儿子吧。你千万饶了狗儿子。

满春一直望着徐春宝。满春的眼睛里装满了失望,在高大猛扶起徐春宝以前,她转身离开了。她走得很急,在十字路口的电影牌下,她抬起头看到了几个字:满城尽带黄金甲。然后,她很快隐没在街上的人群中。在她的记忆里,徐春宝曾经是一匹狼,这匹狼在她的摊位前,和农机厂的翻砂工小发打架。现在,这匹狼没有了狼性,他软得像一根稻草。甚至,作为一个男人,他居然不行了。这时候,她还想到了徐春宝的神经性头痛,一直都是高大猛给开的方子,一直是高大猛给煎的药。然后有一天,徐春宝突然就不行了。想到这儿,满春的汗毛就全竖了起来。她突然发现,徐春宝像一个孩子。

春天来临了。在春天的风中,徐春宝从地上站了起来,他抱起了徐小狗。他们很落寞地离开了平价药超市。在店门口,徐春宝下意识地抬起了头,他也看到了那块电影牌,电影牌上写着:满城尽带黄金甲。这时候一个瘦瘦的扎着长辫的小伙子,拎着一块牌子走了过来。他顺着梯子爬上去,换下了电影牌,又挂上了一块新的,上面画着一个很性感的女人,还画着一个很忧郁的男人。电影名是《色·戒》。

徐春宝走了,他是低着头走的,他一直都在低着头说话,他说,小狗,小狗,我的狗儿子,以后爸给你做带鱼吃,你要吃什么样的带鱼,一定要跟爸爸讲……

春天,我们的目光总会显得无比凌乱。让我们把目光仍旧投回平价药超市。在超市里,高大猛跪在地上,把耳朵贴在陈小菊的大肚子上,闭着眼睛无比幸福地听着。突然他大笑起来,他说,踢我了,他踢了我一脚。陈小菊的手温柔地落下来,轻轻抚弄着高大猛的头发。高大猛的头发乌黑发亮,那是他保养得好的缘故。高大猛在这个时候哭了,他说,我儿,我儿,我儿……

他说,我儿,你一定不是个驼背,你一定要比徐春宝长得更高大,比四海长得更高大,比谁都长得高大……

这时候,礼品歪头和德伟、庭封、小发一起来了。他们走到了高大猛的面前,他们看到高大猛正在认真地听着陈小菊的肚皮,并且喃喃地说着话。他们就耐心地等着,礼品歪头哈哈一笑说,春天那么长的,我们有大把的时间。于是他们在大把的时间里等着高大猛从地上起来。

高大猛终于从地上起来了。高大猛说,什么事?

礼品歪头说,我们想请你吃饭,我们想请你去桃园酒店吃饭。

德伟说,我们订了包厢了,叫聚义厅。

小发说,大猛,你一定要赏这个脸的;你要是不赏脸,我们在枫桥镇要没法混了。

庭封说,我们有大把的时间,大猛,你看你几时有空,你就通知我们。我们一起吃饭,我们一定要好好地敬你一杯。

高大猛抬起了头,他的目光从四个人的脸上一一扫过,然后说,为什么要好好地敬我一杯?

礼品歪头想了想说,没什么,我们只是想和你聊聊天,你一定会讲很多故事给我们听。我们都喜欢听故事。你知道,春天是一个无所事事的季节,我们准备好一个季节,听故事。

高大猛笑了,他轻轻地说,你们走吧,我没空,我要做爹了,我还要开药店,我有许多事要做。我没空,你们走吧。

四个人只好走了,走的时候,他们突然发现,高大猛说话的时候,没有低头,而是一直盯着他们看。四个人觉得很没趣,走到了电影牌下,看到了《色·戒》的电影牌。礼品歪头突然说,他妈的,春天已经来了。

9

故事就要结束了。满春去了广州,她拎着一只皮箱,头也不回地走了……

几个月后陈小菊生产了,生了一个十二斤重的儿子,当地媒体视为奇迹,做了采访。儿子取名高兴……

这年冬天,徐春宝喝醉酒时和人打架,被人在头上猛拍了一砖,从此痴呆。他每天都会在胸口挂一块小黑板,上书:

今日电影:
《风起云涌》
票价:10.00 元
时间:白天:9:00   14:00
晚上:19:20   21:20
枫桥镇电影院

青少年木瓜

少年木瓜的身影出现在三十六洞巨大的水泥操场上时，天空一片灰黑，他就像一枚遗落在棋盘上的黑色围棋子。四周空旷，木瓜在空旷中抬起了头，他拍了拍插在腰间的一把木头枪。那是一把仿64式的手枪，涂上了黑漆，闪着亮蓝的颜色。手枪让木瓜瘦骨嶙峋的小胸鼓了起来，看上去里面有一只小兔子随时会跳出来。木瓜无声地笑了，武器对于一个人来说，就是力量。现在，木瓜有了这种力量。这枚灰黑的棋子，跳跃着，慢慢跃出了棋盘。他向江东那片逼仄的居民区走去。那儿有着低矮的成片的民房，像一只只的火柴盒子。其中一只火柴盒子里，生活着少年木瓜和他经常唉声叹气的母亲阿呀，还有在江东地带大名鼎鼎的陈英才。

陈英才是个游手好闲的家伙。他长得很像一个少爷，如果他的头上戴一顶瓜皮帽，他一定就是陈家大少爷了。陈英才是木瓜的继父。木瓜有一天在喝一碗粥的时候，阿呀领着陈英才推开了门走进火柴盒内。木瓜愣愣地看着他，他看到陈英才穿了一件灰白的衬衣，衬衣的一半被一条破旧的皮带束住了，另一半露在外边。陈英才抽了抽扁平的鼻子，他冷冷地看了木瓜一眼,说,这房子真小呀。我怎么住得下?

阿呀在讪讪地笑着,她的脸上堆满讨好的笑容,这样的笑容令木瓜感到恶心。她是一个如干瘪红枣一般的女人,在老公死去的岁月里,她盼望着江东地带的男人们来骚扰她,结果却没有人对她有兴趣,这令她很失望。陈英才答应跟她回家当她的老公,于她而言,是世界上最幸福的一件事。那时候她正在纸盒厂里糊着纸盒,女人们高声而放肆的谈笑,把她瘦小的身躯给淹没了。她抬起头的时候,透过小小的窗子看到了不远的地方,那一片黑瓦上面升起的炊烟。然后,她看到门口站了那个叫陈英才的男人。陈英才在门口向她招了招手,她看看四周,确信陈英才是向她招手以后,她像小鸡一样跳了起来,轻捷地跳向门口说,你找我?

陈英才不耐烦地皱了一下眉头,他说,走吧,我答应去你家。说好了我不用干活的。阿呀突然之间显得有些不知所措。一些细碎的阳光从屋瓦上掉下来,直直地扑在她黑红的脸上。最后,她终于举起了瘦小的步子,一步步地带着这个将属于她的男人走向她和木瓜的火柴盒。现在,她黑红的脸上,洋溢着一种幸福。她说,木瓜,这是你爸。你叫爸。

木瓜把脸从碗中抬起来,他吃力地举起了自己年幼的目光。他后来笑了起来,说,这不是马堂弄的懒汉陈英才吗?怎么变成爸了?陈英才有些生气,他的鼻孔里发出了一个音节,这个音节滚落在地上的时候,阿呀也生气了。阿呀板起脸说,木瓜,你真是连礼貌都没有了,我看你完了。木瓜这时候喝完了碗里的粥,他木然地盯着陈英才看,他看到陈英才扁平的鼻子,又看到陈英才油黑发亮的头发。那头发是上了发蜡的,那头发看上去,令陈英才看起来很潮湿。木瓜推开了那只蓝边的大碗,他擦着陈英才和阿呀的身子走了出去。走出去的时候,他说,你要我叫爸?你自己叫吧。接着他又说,我完了?我看,是你完了。

那都是过去好长时间的事了。木瓜一直都没有叫陈英才爸,只是叫他英才叔。陈英才也不稀罕木瓜叫他爸,本来就不是他生的。现在,木瓜摇头晃脑地回到了江东地带自己的家中。他看到陈英才在喝酒,陈英才的胡子已经很长了,他的胡子上沾上了亮闪闪的酒液。他正在吃一块肉——木瓜很久没有吃肉了,但是陈英才却在吃一块肉。木瓜拍了一下腰间的木手枪,又拍了一下腰间的木手枪。他盯着陈英才筷子上的那块肉看,他想要用目光把那块肉给吞吃了。陈英才笑了起来,他笑的时候,亮闪闪的浸了酒液的胡子就不停地颤动着。他的脸上,被酒精染了一片幸福的酡红。那红色在闪着肉色的光芒。木瓜咽了一口唾沫,他看到不远处阿呀在洗衣服。阿呀像一个木头人一样,她的脸上没有表情。阿呀的脖子上,有一块已经红肿,她的额头鼓了起来。木瓜走到了阿呀的身边,木瓜说,你说吧,是不是陈英才又打你了?阿呀看了正在埋头吃肉的陈英才一眼,点了点头,接着又说,没用的。我又打不过他。洗衣盆里的肥皂泡漫过了她的手背,她扬了一下手,白色的泡沫就飞了起来。她看到木瓜掏出了手枪,对准了陈英才。她吓了一跳说,你要干什么。你举着枪,是想杀人吗?木瓜没有说话,他模仿着电影里的举枪姿势,把木枪对准了陈英才。陈英才大声地笑了起来,说,开枪吧,你开枪吧。他的嘴巴在不停地运动着,嘴的四周挤满了一层亮闪闪的油。啪,啪啪,木瓜用嘴巴开了枪。

陈英才的形象在他的视野里变得模糊。在木瓜的想象中，陈英才像一条癞皮狗一样，应声倒地。木瓜还虚拟了让人来剥狗皮的情形，那时候他就坐在桌子边，像大人一样跷着二郎腿，喝着茶，看着一条癞皮狗在转眼间被剥得像白花花的女人。

整个下午，木瓜都在用木手枪瞄准着一个叫陈英才的男人。陈英才后来趴在八仙桌上睡了，他的嘴角流出一条蚯蚓一样的涎水。阿呀洗完了衣服，她把衣服晾晒在阳光下，然后很匆忙地迈动着细碎的脚步，奔向她的纸盒厂糊纸盒。她连话也没有和木瓜说一句，这令木瓜感到有些难过。木瓜闻到了衣服上散发出来的肥皂和水的气息，他还看到了水蒸气在阳光下升腾的样子。他把枪对准了太阳，他的眼睛一下子花了。

木瓜在小城度过了他一个又一个无所事事的下午。木瓜没有去上学，是因为他不愿意上学，他看到黑板上的字就会头痛。木瓜的爹死了以后，阿呀再也没有办法让木瓜去上学。木瓜像一枚流浪的棋子，他经常跑到暨二大队和城郊大队的民兵训练现场去，他去摸那儿架在地上的56式自动步枪和轻机枪。他太喜欢那儿的枪了，握在手中沉沉的。这是一种能发出短促、清脆而有力的声音的武器，木瓜做梦都想拥有这样的武器。民兵们太寂寞了——民兵寂寞当然是因为没有女民兵。民兵们就用木瓜来代替女民兵，他们说，木瓜，想不想玩枪？木瓜说，想。木瓜又说，不想的话，那就是神经出问题了。民兵们就说，把裤子脱了，让我们看你的小鸡鸡。木瓜就把那条破旧的抹布一般的裤子褪到了脚后跟。他光着两条白晃晃的麻秆一样的小腿，站在了阳光底下。他没觉得把自己裤子脱了有什么好看的，他想，民兵们想看就让他们看吧。他迅速地抱起了那挺对他而

青少年木瓜 | 205

言沉重的轻机枪,他很像是阳光底下的一个不穿裤子的哨兵了。民兵们很快就感到乏味,他们不想再看一个小孩的小鸡鸡。他们就让木瓜走开,把轻机枪从木瓜的怀里艰难地剥离开来。

现在,木瓜的腰间插着的是一把木枪,那是民兵连长给他的。民兵连长把这把枪插进木瓜的腰间时,顺便摸了一下木瓜的小鸡鸡。连长说,木瓜同志,我们马上就要打靶了,为了你的安全,请你走开。当然,我们发给你一把枪,你回去吧。木瓜同志就回去了,回去的时候,他听到了清脆的枪声。他的呼吸就一下子急促起来。回头的时候,他看到趴在地上的民兵,和对面靶子背后的土坡被子弹击中后扬起的轻灰。

木瓜和夜壶走在江东地带的时候,像是两头小而疲惫的兽。阳光有些耀眼,让这两头小兽都眯起了眼睛。然后,喧闹的人声跳跃着盖过了他们的头顶,他们就开始四下张望,搜寻着什么目标一般。他们终于看到了一群人向这边过来了,他们押着一个头发油黑发亮的男人。这个男人的背上,背着一只火腿。这个男人就是陈英才。他在食品厂偷一只刚腌下去不久的火腿时,被工人们发现了。工人们很愤怒,他们把他在厂里狠狠地打了一顿。但是工人们仍然不解恨,其中一个年轻人说,游街去。立即就有几个人押着他去游街了。跟着游街看热闹的人越来越多。大家都看到一个游手好闲的在江东地带名气很大的男人,背上背着一只火腿。看上去,这是一个滑稽的人,就像是他的背上忽然长出了一条猪腿一样。为首的那个工人,不时地去按陈英才的头。

你们知道这个人是谁吗?他就是陈英才。你们知道他为什么被游街吗?因为他偷了我们厂里的火腿。他什么不好偷,要去偷猪腿。他想偷猪腿，我们就打断他的狗腿。那个为首的工人兴奋地滔滔不绝地说着，他的样子看上去像发了一笔横财一样高兴。他在陈英才的膝弯处踢了一脚，陈英才马上单腿跪了下去。工人大笑起来，说，你完了，英才，你知道你犯的是什么罪吗？工人响亮地跟上了一句，盗窃国家财物罪。

木瓜一直看着低眉顺眼的陈英才。他一直都在怀疑着这个人是不是动不动就咆哮的陈英才，是不是动不动就按住阿呀胡乱地打一顿的陈英才。夜壶幸灾乐祸地盯着木瓜看。夜壶说，你知道你爸被游了几次街吗？木瓜没有回答，这令夜壶很没趣。夜壶后来自己回答了自己，五次。

夜壶在滔滔不绝地说着陈英才。夜壶说，你知道你爹最惨的那次是什么样吗？那是他偷了一辆海狮牌自行车，他把偷来的车卖给了失主，结果被失主打了个半死。木瓜冷冷地看着夜壶，夜壶的脸色因为兴奋而变了形，他的嘴里，藏满了无数的白色小泡沫。游街的队伍越来越长，大家都很兴奋，都觉得像是挖出了一颗定时炸弹，从此大家都安全了。木瓜看到了阿呀，她红着脸，尴尬地看着自己的男人低着头在认罪。让自己的老公被人打，不如老公打自己，阿呀这样想。

木瓜没有去理会阿呀，他掉转身子离开了队伍，像一只离开鸡妈妈掉了队的小鸡。夜壶追了过去。夜壶说，木瓜，你爸够惨的，简直就像一条狗了。木瓜缓慢地转过头去，他觉得脖子扭动的时候很吃力。木瓜从腰间拔出了那把沉默的手枪，他把手枪对准了夜壶，一字一顿地说，你不许再说他是我爸。我爸早就死了，早就葬到多端山上去了。你再说一次，我就一枪崩了你。夜壶笑了起来。夜壶的笑声吸引了阿呀，阿呀看到夜壶笑得整个人都在剧烈地颤动起来，最后，他竟然笑得弯下了腰。木瓜一直拿枪指着夜壶。夜壶终于不笑了，不笑的时候夜壶轻蔑地说，木瓜，别拿木头枪吓人了。阿呀看到夜壶蹲下身去，在看到夜壶蹲下身去以前，阿呀看到的是木瓜抡起了木枪，木枪划过一个姿态优美的弧度，直直地砸在了夜壶的额头上。夜壶夸张地叫了一声，蹲倒在地上。阿呀忙奔了过去，她拉起夜壶的时候，发现夜壶的额头上，是一个馒头一样的大包。她把头转向了木瓜，她摇着头痛心地说，木瓜，你完了。你和陈英才一样，都是阴沟，你们是两条又黑又臭的阴沟。

　　木瓜成了阴沟。他阴郁的眼神在小城的每一条街道上飘忽不定。游街的声音，仍然无比热烈，但是木瓜却感到了漫无边际的安静。他落寞地离开了，离开的时候看到阿呀一边赔着不是，一边拼命地搓着夜壶额头上的包，看上去像是要把夜壶额头上的皮给剥下来。木瓜在踢着一粒小石子，那粒小石子的性子显得无比温顺与柔软，它陪伴着木瓜一路前行。木瓜到了三十六洞闸门前空旷的水泥操场上，那是一座分洪闸，洪水老是不来，所以分洪闸就一直没有用。木瓜希望来一场大一些的洪水，把这座城市给冲走。

　　木瓜在操场上又成了一枚灰黑的棋子。操场上只有一个男人在教一个女人骑脚踏车。那个女人的屁股很大，屁股下坠后把座凳给挡住了，看上去就像是女人的屁股下面突然生出一根钢管。木瓜一直到天黑下来的时候，才回到江东地带。老远他就听到了阿呀的哭喊。木瓜站在屋门口一小片昏黄的灯光里，他看到昏黄的另一头，一个昏黄的女人发出了昏黄的哭声。她的眼已经哭肿了，她挨打的原因是陈英才心情很不好，因为有人拿他去游街了。他一把抓过了阿呀的头发,把阿呀拖到墙边,向那堵墙上撞去。木瓜只听到那堵墙惨叫了一声。

木瓜说,英才叔,你放开我妈吧。我妈是个人。陈英才看了木瓜一眼,后来他果然放开了,但是他的嘴上仍然在骂骂咧咧。木瓜很听话地坐在了陈英才的身边,他看着陈英才喝酒和哼戏。陈英才酒喝得很开心,后来他像想起了什么似的,对身边的木瓜说,你干什么?你有点吓人倒怪的。

木瓜把诡异的笑容给了陈英才,说,英才叔,你能杀死我吗?陈英才吓了一跳,他说,你想干什么?木瓜说,如果你再对我妈不好,我就有可能杀死你。除非,你先杀了我。陈英才愣愣地看着木瓜,这个看上去只有十一二岁的小男人,原来是有些可怕的。陈英才什么也没有说,他想,这个孩子要是长大了,自己的苦日子也将来临了。他有些后悔在那个中午跟阿呀回了家——那是因为他刚刚输掉了一笔钱,他没有地方吃饭了,才和阿呀回了家。

陈英才酒又喝多了,他在江东地带某间简陋的民居里打着一个个幸福的酒嗝。他看到木瓜坐在那条破旧的木门槛上发呆,他像想起了什么似的,拍了一下脑袋。他走到了木瓜的身边,用充满酒味的语言说,木瓜,你能不能答应我一件事?如果你答应了,我就不再打你妈。木瓜说,什么事?陈英才好久没有说话,他只是笑着盯着木瓜的脸看。这个四目相对的过程令木瓜很不舒服,他一点也不喜欢陈英才脸上的那个扁平的鼻子。陈英才最后还是说话了。陈英才说,我发现我很笨。陈英才然后说,其实你挺聪明的。陈英才接着说,其实你的手也挺灵巧。陈英才最后才说,木瓜,你比我适合拿东西。你帮我去拿东西吧,那样的话,我们家就有奔头了。

木瓜坐在门槛上一言不发,其间佟壶滚着一个铁环从木瓜家门前走过,他是来用铁环这个新玩具向木瓜炫耀的,他和铁环一起滚动着离开了。木瓜的脑子里,就老是转动着铁环。铁环在木瓜脑子里一直转到了黄昏,黄昏的时候,木瓜站直了身子。他拍了拍屁股上的尘土,对陈英才说,那不叫拿,那叫偷。好吧,我帮你去偷。但是你要是再打我妈,我就不客气了。木瓜的声音,模仿着大人们的声音。他反背着双手的样子,已经练得很老气横秋了。

木瓜去偷的第一户人家是医生家。木瓜并不知道这是一户医生家庭,是陈英才告诉他的。陈英才说,今天我要带你去的,是斯医生家。斯医生是城关医院有名的骨科医生,他家里一定有钱。陈英才领着木瓜到了一幢两层小楼前,说,现在你进去吧,我在外边等着你。

木瓜顺着一棵泡桐树上了二楼的平台,然后顺利地走向了二楼的走廊。陈英才站在不远处的一棵香樟树下,抚摸着自己锣鼓一样的肚皮。他一次次地对自己说,真的该走走了,真的要多走才能让肚皮小下去。陈英才这样告诫着自己,他的心里得意扬扬,因为一个小徒弟在给他捞钱。在出发以前,他就和小徒弟说好了,如果被抓住,就说他是一个人来偷东西的。

木瓜站在阳台上,他的眼前是一扇长方形的窗户。他看到了窗户里的一个长方形的姑娘。姑娘正在吃西瓜,她小心地把嘴里的西瓜子吐到面前的一只脸盆里。然后她一抬头,就看到了阳台上站着的一个人。她一点也不怕突然出现的木瓜,安静地看着木瓜。她的眼睛很大,呼闪着。她说,你是谁?木瓜说,我是木瓜。她说，木瓜是谁？木瓜说，木瓜就是木瓜。木瓜沉思了一下，接着说，木瓜其实就是阿呀的儿子。阿呀，在纸盒厂里给人糊纸盒。姑娘笑了起来，摇着头说，不知道。她的白牙，一闪一闪的。木瓜一下子喜欢上了这双大眼睛和白的牙齿。木瓜终于说，那你知道陈英才吗？姑娘想了想，点了点头，说知道，那是个游手好闲的家伙，还是个赌博起来不要命的家伙。木瓜的脸一下子红了起来。木瓜咳嗽了一下说，我就是陈英才老婆的儿子木瓜。姑娘的笑容慢慢地收了起来，她说，你这个小屁孩，你跑到我家阳台上来干什么呀？木瓜有些生气地说，我不小了，我已经十多岁了，你怎么还叫我小屁孩？最后木瓜叹了一口气，他慢慢地离开了阳台，从泡桐树回到了地面。他回过头去的时候，看到了平台上站着的一个少女。少女穿着一套蓝色的运动服，少女的目光一直都落在木瓜的背影上。不久，木瓜就把自己的背影，走成了一枚灰黑色的围棋子。在十字街头的电影牌下，他叫住了一直走在他前面的陈英才。他说，英才叔。陈英才扭过脸来，笑了，说，拿来。木瓜说，什么也没有，我被那个女人发现了，她没有把我抓起来，已经是大情面了。

陈英才愣愣地望着木瓜，后来他走到木瓜身边，在木瓜的脸上拍下了很响的一个耳光。拍完耳光后陈英才说，浪费我的精力，简直是。木瓜被脸上传来的清脆的响声吓了一跳，他呆若木鸡地看着继父陈英才摇头晃脑地离开。他的手捂在发红发烫的脸上，好像是捂着一件不可以给人看到的宝贝。

两天以后的黄昏，木瓜腰间别着手枪从三十六洞回到了家中。他看到家门口堆满了蚂蚁一样的人时，就奔跑起来。他想一定是出了什么事了，他果然听到阿呀痛不欲生的哭声。两个警察给陈英才上了手铐。其中一个警察推了陈英才一把说，走。陈英才挣扎了一下，愤懑地盯了警察一眼说，走就走，警察了不起吗？阿呀坐在门槛上哭着，她的哭声很响亮。木瓜站在不远处，看着这个啼哭着的女人。他有些怀疑自己是不是这个瘦小如蚂蚱的女人生出来的，他同时怀疑的是这个女人怎么会哭出那么响亮的声音。夜壶背着一只黄色的书包，站在不远的地方吸着鼻涕看热闹。看上去，夜壶很开心，他是一个喜欢看热闹的人。木瓜走到了女人的身边，他拍了一下腰间的木手枪说，阿呀，你哭什么，抓走就抓走吧，抓走了就没有人打你了。阿呀停止了哭声，坐在门槛上抬起头看着英武的儿子木瓜。阿呀说，抓走没关系，但是他欠下的那么多债，我怎么还得了呀？

这时候木瓜才知道问题有些严重了。木瓜追上了两个警察，他把自己的脚步跑得像一阵风一样。他说，英才叔，你不能走。陈英才回头看了他一眼，说，你以为我想走吗？木瓜说，你欠下的债我们怎么还得掉？陈英才笑了起来，说，你们不想还，就说没钱还，要不让他们到牢里来找我。陈英才说完就不说话了，他被两个警察押着，渐渐地远去。小城的天终于黑了下来，木瓜漫无目的地在小城走着，他一直都在想，现在的阿呀，还坐在门槛上哭吗？他听到了广播的声音响了起来，广播里一个女人，正在说着本地的新闻。新闻说，在长弄堂里，一个男人拦住了一个女人。男人说，把钱拿出来。女人不肯拿出来。男人就拿出了一把刀子，恶狠狠地说，到底拿不拿？女人还是不肯拿出来，因为包里面装着给她老公治病的钱。男人就动手去抢那只包，女人就喊起了救命。后来，许多居民就围了过来，男人慌神了，丢下刀子跑了。但是有居民喊，我们认识你，你住在江东。你跑到我们城北来抢什么！你以为我们城北人好欺侮吗？当天傍晚，男人就被抓住了。这个男人是谁？这个男人就是好吃懒做的，被磁钢厂开除的陈英才。最后，广播里的女人说，人民公安为人民，破案神速立大功。木瓜一直听着这段新闻，他从中水门一直听到郦祠湖，新闻还没有播完。黑夜完全降临了，木瓜被包裹在一片黑色里。木瓜走回家的时候，看到阿呀坐在门槛上。屋子里开了一盏昏黄的灯，那一小团灯光，把可怜的阿呀罩在其中。阿呀已经不哭了，她只是在轻声地抽泣而已。

木瓜望着瘦小的灯光罩着瘦小的阿呀，就觉得自己一下子长大了。他伸过一只手去，手掌落在阿呀的头皮上。木瓜说，阿呀，你不要难过了，有我木瓜在呢。他把阿呀从地上拉了起来，然后他合上了门。所有的灯光就全被关在了屋子里。屋子里，一下子温暖了许多。

第二天清晨，阿呀打开门的时候，就把那些许的温暖给漏了出去。江东地带正飘着一场绵密的雨，这场雨把阿呀的视线隔成一缕一缕的。她看到了一缕一缕的人们，站在一缕一缕的雨中。木瓜还赖在床上，他说，阿呀，你怎么啦？你在发呆吗？阿呀说，不是，是来了好多人。木瓜就从床上起来了，他穿着一条长及膝盖的短裤，两条瘦腿从短裤里愤怒地伸出来，向下生长着。木瓜看到了一群撑着黑色雨伞的人，有五六个吧，他们都是陈英才的债主，其中有好些，是赌债债主。他们一言不发地站着，在等待着阿呀开口说话。阿呀没有说话，木瓜说话了。木瓜说，干什么？你们想干什么？一个叫东明的男人走向了木瓜，他是一个憨厚木讷的人，他给了阿呀一个木讷的笑容。然后木瓜就听到了他木讷的声音响了起来。东明说，阿呀姐，我在绍兴干了两年活，我给船老板卸货，那是一种很累的活。我辛辛苦苦挣了几百块钱，却让陈英才给骗走了。他说阿呀姐得了急病，需要钱。但是他却把钱拿去赌博了。阿呀姐，我的老婆为这件事和我吵架，结果和一个磨剪刀的山东人跑了。现在，我的家也没有了，你说说看吧，你说我该怎么办，你说什么时候还我的钱。

　　阿呀什么话也没有说，因为她没有话好说。木瓜也没有说什么，他看到讨债的人，在他家的空地上形成了一个半圆形的包围圈。雨越下越大了，那些讨债人的衣服都被斜雨打湿了，但是他们却仍然一动不动地站着。木瓜看到地上的雨水，汇成一条条的暗河，四散着流开去。他缓慢地把那把木手枪拔了出来，然后老练地对着枪管吹了一口气。他想，要是这是一把真枪，那该有多好。

　　讨债人在阿呀的屋前一直站到傍晚，才纷纷地散了开去。晚上，雨没有停，木瓜从来没有见到过那么漫长和那么大的雨。他做了一个梦，梦中他的手枪成了真枪，他把所有的讨债人给毙了。啪啪啪的声音响过以后，他看到讨债人的身上流出了暗红色的血，血水混合着雨水在四处流淌。木瓜醒来的时候，雨小了下去。他看到白亮的光线，挣扎着从窗口涌了起来。这时候他看到了一个人影，这是一个小巧的人影，但是现在这个人影却站得很高。其实也不是站得高，而是这个人影挂在梁上。一根绳子一头连接着梁，一头连接着阿呀的脖子。木瓜呆呆地盯着阿呀看，他总是觉得现在的阿呀像是一样什么东西。想了很久以后,他才想到其实阿呀现在像是一条被刚刚钓起的鱼。想到这儿,他的眼泪一下子喷涌了出来,他一点也不愿意阿呀变成一条鱼。

木瓜穿着单薄的衣衫坐在了破旧的门槛上。他想把门槛坐得更旧一些。其实他的上身穿的仅是一件有了许多小洞的背心而已,下身也只穿着那条皱巴巴的短裤。他手里握着木枪傻愣愣地坐在门槛上,看到夜壶踩着高跷向这边走来。那是一副精致的高跷,是夜壶的木匠舅舅花了半天时间亲自做出来的。夜壶是去上学的,他好像没有睡好,眼皮肿着。他踩着高跷在雨中行走的样子,像是袋鼠。他的声音,从一堆小雨里钻了过来,说,木瓜,你发什么呆呀!你看你,你真像是一块石头。这时候,木瓜看到昨天来讨过债的人,又约好了似的出现了。他们的手里,都多了一只旅行茶杯。他们一定是来和木瓜比耐心的。

木瓜站起了身子,他转过身,缓慢地把门打开了。东明站在人群的最前边,他的眼睛一下子睁得很大,他看到了那个在梁下晃动着的人影。东明就冲向了那个人影,其他人也都冲向了人影,像是冲向了胜利一样。阿呀被东明放了下来。木瓜说,我妈早就死了。我妈再也不能糊纸盒了。木瓜刚说完,眼泪又像断了线似的,拼命往下掉。大家都不再说话了。东明走的时候,拍拍木瓜的肩说,木瓜,你们家欠我的钱一笔勾销,但是如果让我看到陈英才,我一定要把他的皮剥下来做灯罩。木瓜怔怔地望着东明。东明以为木瓜不懂,就加了一句,他是一个害人精。

木瓜的生活,一下子变得自由和平静。火柴盒一样的房子,对木瓜一个人来说,再也不算小了。他面对着空荡荡的四面墙壁，觉得自己像蚂蚁一样小。阿呀已经不在了，她变成了一缕烟。是东明和债主们帮忙把阿呀变成一缕烟的。债主们突然觉得，阿呀是无罪的，有罪的是那个叫陈英才的人。木瓜一直站在东明的身旁。他没有哭，他看到烟囱升起了笔直的烟。那烟就一直在木瓜的眼前飘着。夜里，木瓜呆呆地坐在那张大床的床沿上，他又看到了那缕烟。他仿佛听到了阿呀的哭声，这时候他的眼泪才流了下来。他的眼泪一直在黑色的夜里流着，把夜晚搞得湿漉漉的。直到快天亮的时候，木瓜才身子一歪睡了过去。

木瓜睡醒的时候，太阳已经升得很高了。木瓜走到太阳底下的时候，觉得很温暖，太阳钻进了他的骨头。他的骨头咔咔地响了两下，他觉得眼睛好像肿了起来，看出去的景物变得飘浮不定，很不真实的样子。木瓜想不出来去哪儿，他先是在三十六洞闸门旁的水泥操场上做了很长时间的棋子，然后他的肚子饿了起来。这时候他才发现，阿呀不可能再给他做饭吃了，他必须自己给自己找饭吃。木瓜去了太平桥头的人民商场，那不过只是一家大一点的商店而已，却被叫成了人民商场。在人民商场那些商品的包围中，木瓜不顾一切地拿了一个面包。所有人都没有留意他，他蹿出了商场，然后开始在阳光下吃面包。他吃完面包的时候，拍了拍手上残留的碎屑。他想，从今以后，我一个人吃上饭了，就等于是全家都没有挨饿。

木瓜开始出没在录像厅、弹子房。他的头发已经留得很长了，裤腿一只高一只低的，脚上趿着一双塑料拖鞋。木瓜经常去火车站，他站在月台上，看着一辆又一辆的火车开过。那些墨绿色车皮的火车里，挤满了蚂蚁一样的人。他在月台上偷东西,他不仅偷了胖女人食品摊上的粽子,也偷旅客的钱包。他喜欢偷那些男人的钱包,那些男人头发油腻腻的,脖子粗大,脚上套着一双积满灰尘的皮鞋。他们是推销员,推销员的钱包里,一定是有一些钱的。铁路派出所的警察们也认识了木瓜,他们说,木瓜,你老是来月台干什么?你一定是来偷东西的。木瓜望着又一辆墨绿色的火车开走,他一直认真地看着火车行走的样子,直至火车完全消失的时候,才回过头来对警察说,不是的,我是来看风景的。你知道什么叫风景吗?火车就是。

　　木瓜成了火车站的常客。木瓜太孤独了,所以他喜欢火车站的热闹。他的腰间,仍然别着那把充满力量的手枪。有一天他把手枪递给了警察,说,叔叔,你帮我看看,这是什么型号的。警察大笑了起来,但是他分明认出了,这把木手枪是仿造64式的。警察问,你用它干什么?木瓜说,我要用它保护自己,谁敢碰我,我就让他好看。警察没再说什么,他突然觉得和这个孩子的对话有些寡淡无味。他用目光迎接着又一辆客车的进站,他蹬着一双警用靴,身子摇晃着走向了火车。木瓜望着警察突出来的腰部,那儿藏着手铐。木瓜很向往警察的生活。

　　有一天木瓜被几个和他一般大的小孩围住了。一个为首的孩子叼着一根烟,他抽烟的样子已经很地道了。他的手腕上,戴着一只亮闪闪的梅花牌手表。那手表的表带显然太过宽大,所以他时常不停地把手表往上撸。梅花牌说,你是干什么的?木瓜说,我不干什么,我是木瓜。梅花牌说,那你为什么老是出现在车站?木瓜说,因为车站热闹。梅花牌说,我看不是因为热闹,我看你一定是想领教一下我的腿功。梅花牌说完,一脚飞了起来,踢在了木瓜的肚皮上。大家都笑了起来,他们都看到木瓜的脸扭曲了，身子慢慢蹲了下去。梅花牌又飞起了一脚，木瓜被踢倒在地。木瓜的脸贴在积满尘土的地面上，他看到不远的地方，躺着一张安静的棒冰纸。他对着棒冰纸笑了一下。这时候梅花牌蹲下了身子，拍拍木瓜的脸说，以后，你听我的吧，你听我的就会有东西吃。木瓜的眼角流出了眼泪。木瓜觉得自己其实并不是想哭，而是眼睛有点痒，听人说那是沙眼的征兆，容易流泪。木瓜用手擦了擦眼睛，他的眼前又浮起了一缕烟，那缕烟渐渐淡下去的时候，他一跃而起，扑向了梅花牌。

那是一场漫长的战争。幸好下午都漫长，下午几乎等于是两个上午的时间。木瓜把梅花牌压在了身下的时候，有几个少年想要扑上来，但是却被一个个子稍显高大的人挡住了。他说，我们都别动吧。于是大家都没有动，他们形成了一个包围圈，看着两头小猪在某个下午搏斗。木瓜的脸肿了起来，鼻血也流了下来，但是他一点也没有觉得痛。他只是觉得自己的身子和脸都很热。他锋利的牙齿紧紧地咬住了梅花牌，他觉得梅花牌的肩膀实在是太瘦了。他的两只手箍住了梅花牌整个的身体，一条腿也缠压着梅花牌的下身。木瓜能感觉到梅花牌的力量正在消失，梅花牌的身子也正在软下去。梅花牌的头终于垂了下去，木瓜松开了手，他站起来拍拍身上的尘土。他看到那群围着他们的少年，正呆呆地望着他。他昂起了头，说，走开，老子让你们走开。少年们让出了一条路，他们看到木瓜趿着拖鞋缓慢地前行。那个年纪稍大的少年终于发出了声音，他说木瓜，你站住。木瓜就站住了。木瓜缓缓地转过身去，他看到梅花牌已经站了起来，他把手上的梅花牌手表撸了下来，疲惫地笑了一下说,木瓜,我要走了,他们开始讨厌我了。

木瓜没有让梅花牌走开。木瓜也没有要那只梅花牌的手表。木瓜只是被人簇拥着走向了一家叫作好吃来的小饭馆。木瓜感到很幸福,他吃了很多菜,他想这是他最幸福的一天。梅花牌很落寞地坐在墙角,他总是偷偷地抬起眼睛来看一下木瓜。木瓜很开心,他猛地掏出了腰间的手枪,啪地拍在了桌子上。大家一下子安静了,都在愣愣地看着那把手枪。木瓜把手枪又插回了腰间,没有让这些人摸一下,他头也不回地走出了小饭馆。这座小县城的雨,正在纷纷扬扬地落下来。看到木瓜从屋子里出来,雨就一下子扑上去,把木瓜紧紧地按住了。

木瓜是一个出色的小小偷。木瓜经常在这座小城的大小马路上摇头晃脑地走路。夜壶在木瓜家的旧门槛上等着木瓜,他看到木瓜红光满面地回来了,袖子卷着,露出一双丰满的手臂。木瓜也看到了一个孤零零的夜壶,他在夜色即将来临的时候,显得异常悲伤。他的声音从灰黑的天色中传了过来,他说木瓜,木瓜,木瓜你要帮我的。

第二天木瓜就去了学校门口。木瓜从来都没有进去过学校,他站在很远的一根电线杆下,嘴巴里叼着一支烟。其实他不会抽烟的,但是他想了想还是叼起了一支烟。几个高年级的学生走了过来,他们是夜壶的同班同学。昨天下午,他们在课间休息的时候,按住夜壶把他揍了一顿。这些同学看到了一个和他们年龄相仿,留着长发的人。这个人把烟蒂吐在了地上,然后他笑了一下,说,你们给我站住。

大家都站住了。大家都看到一个长得有些单薄的人,对他们指手画脚。他们相视一笑,觉得这实在是一个笑话。他们正想离开的时候,夜壶走了过来,说,木瓜,木瓜,就是他们。木瓜拍了拍手,那些人脸上的笑容就突然消失了,因为他们看到从四面八方涌过来好些人。木瓜走到其中一个人的面前,这个人刚刚开始有了喉结,那粒喉结在不停地滚动着,看上去正在吞咽着一些什么。木瓜仔细地抚摸着那粒喉结,他轻声说,以后你们不能欺侮夜壶了,他是我的好朋友。另外,你们都得听夜壶的,不然的话,你们就全部要躺在地上了。

木瓜带着他的那帮少年走了。一下子又安静下来。那些同学终于四散走开了,他们什么话也没有说。他们突然觉得很郁闷。他们记住了县城里头有一个同龄人,他的名字叫木瓜。后来,他们又听到了一个传说。传说中的木瓜,在龙山上碰到了一位白胡子老头,学会了降龙十八掌。而且,他的腰间插着一把手枪。

木瓜经过斯医生家的时候,总会停下来抬头看一眼斯医生家的楼顶。那天晚上他从火车站回他的火柴盒,他还没有吃饭,饿得有些饥肠辘辘。经过那棵泡桐树的时候,突然想要撒一泡尿。于是他对着泡桐撒了一泡尿,空气把他的尿味吹得四散开来。他打了一个响亮的喷嚏。然后他抬起头,看到了泡桐树上长着的宽大的泡桐叶,泡桐叶在隐约的夜色中,像大象的耳朵一样,在风中哗啦啦地招摇着。这时候,木瓜闻到了泡桐散发出新鲜的生命的气息,他一抬头看到了斯医生家二楼透出的朦胧灯光。木瓜顺着泡桐上了楼。他像这儿的常客一样,反背着双手,在平台上踱步。他想,他很像一只身轻如燕的猫。

他的目光透过了窗户,落在了斯医生的女儿的身上。斯医生的女儿,有一个很普通的名字,叫斯冬梅。她在诸暨中学上高三。当然现在她没有上学,她在洗澡。木瓜其实只是看到了一个朦胧的影子,屋子里升腾的热气把房间搞得像是仙境一样。但是木瓜的呼吸还是粗重起来,喘不过气来似的。他小小的身子,开始在微风中不停地颤动。他回头望了一眼远处,远处除了黑色,还是黑色,更远处的地方,才有隐隐的灯光传来。木瓜很深地吸了一口气,再次把眼睛贴向了窗玻璃,这时候他失望地看到,斯冬梅已经穿上了一件贴身的小背心。他转过头去,准备顺着泡桐树下来的时候,头碰到了阳台上晾着的衣服。他颤抖着手,伸了过去,握住了夜色和夜色中的一条花短裤。那是斯冬梅的短裤,木瓜紧紧地握着,好像松开手自己就会掉下悬崖一样。这时候另一双手伸了过来,拍了拍木瓜的肩。一个声音也跟着手一起缠了过来。声音很温和,说,小子,你跟我下楼。

木瓜被吓了一跳,但是他很快镇定了。他在县城的名气,和陈英才已经差不多了,所以实际上他什么也不怕。他摇头晃脑地跟着那个声音下了楼梯。灯亮了,楼下是客厅和厨房,灯光跳跃着爬上四壁,也爬上了木瓜的肩头。木瓜看到了一个中等个子的男人,他温和地微笑着。他让木瓜坐了下来,他坐在木瓜的身边。他说,你是木瓜吧?木瓜说,你怎么知道?他说我知道的,你是阿呀的儿子。你的爸爸,是在我这儿治的病,但是我没能治好他。他接着又说,你有没有吃饭?木瓜说,没有。他就站了起来,掀开了八仙桌上的尼龙罩子,罩子下有一些饭菜。他说,吃吧。木瓜就拿起了筷子,他的筷子勇敢地伸向了那盆红烧的虾。

木瓜一边吃饭一边和斯医生聊天,他的发音变得含糊不清。

木瓜说,你一定是斯医生吧。斯医生点了点头,拿起一张报纸翻看起来。那是一张叫作《暨阳周末》的报纸,上面登着市里发生的一些破事,当然主要登的是社会新闻。木瓜吃饭的时候,斯医生报纸也翻得差不多了。木瓜打了一个响亮的饱嗝,并且伸了一个姿态优美的懒腰。他说,我要走啦,斯医生,谢谢你。斯医生微笑着点了点头,他伸出手来温和地摸了一下木瓜的头,这一摸,差点就摸下了木瓜的眼泪。木瓜走出斯医生家,走进了屋外无边的黑暗里。他躲到了黑暗的深处,看到斯冬梅洗好澡走下楼来,坐在她爸爸的身边,他们好像在交谈着什么。很久以后,木瓜才怏怏地离开了斯医生家的门口,向自己的火柴盒走去。

木瓜在火车站晃荡了一个夏天。当他看到斯冬梅拎着一只皮箱出现在月台上的时候,才发现夏天就要过去了。斯冬梅也看到了木瓜,木瓜正坐在不远处的一条石凳上,他像一头犯困的猴子。猴子站了起来,向她走去。斯冬梅,他说,你是斯冬梅吧?斯冬梅点了点头。木瓜觉得自己长大了,所以他装出了大人的样子,站在斯冬梅的面前时,双手叉着腰。木瓜说,你去哪儿?斯冬梅说,我去温州,我考上了温州医学院,以后,以后我会像我爸爸一样,当一名医生。木瓜说,医生好,医生身上的味道好闻。后来木瓜就不知道该说些什么了,两个人就对着空荡荡的铁道发呆。后来木瓜说,你等着。他开始奔跑,他跑起来的时候,头发就竖起来愤怒地冲向了天空。木瓜是穿着拖鞋奔跑的,所以他一不小心跌倒在地,但是他很快爬了起来,冲向了那个肥胖的推着食品推车的女人。

斯冬梅看到木瓜跑了回来,他的手里举着一瓶绿球牌汽水,这种汽水是县城里一家叫作鲍同顺的食品厂生产的。斯冬梅还看到木瓜膝盖上破了一块很大的皮，血水和泥污混在了一起。斯冬梅就说，你痛不痛？木瓜低头看了看，说，不痛，这怎么会痛呢？木瓜一边说，一边把汽水递给了斯冬梅。斯冬梅笑了，她把那瓶绿球牌汽水给喝完了。然后，她抹了一下嘴巴。木瓜望着她，他喜欢她抹嘴巴的模样。

火车终于开来了，车子如奄奄一息的蛇一样停了下来。车门打开，车门把拎着皮箱的斯冬梅给一口吞吃了。木瓜望着那辆车，缓慢地离开。他突然觉得好像丢失了什么东西，觉得这个县城一下子变得不一样了。但是他在这一天，仍然感到无比幸福。此后的很多天，他还是和以前一样，在火车站偷东西，在三十六洞和人打架，或者和那帮小哥们聚在一起。他是一粒很轻的却又坚硬的浮萍，浮在小城铅灰色的天空下。

木瓜一次次经过斯医生家门口的时候，都会看到那棵泡桐树。然后他会想到，斯冬梅在一座叫作温州的城市里上学。木瓜没有上过多少学，他一点也想不通人怎么可以上那么多年的学。夜壶经常来找他，不仅找他借钱，还动不动让他买橘红糕给他吃。在夜壶的眼里，木瓜是一个暴发户，口袋里永远有用不完的零钱。

有一天木瓜正在火车站偷东西，他盯上了一个中年男人。中年男人是个酒糟鼻，而且前额秃得只剩下一片灰黄色的亮光。木瓜很不喜欢这个人，这个人的裤子软软地拖着，好像随时要掉下来似的。这个人太邋遢了。木瓜看到这个人混在人群里，这群人是从检票口进来的，然后他们汇集在月台上。木瓜挤进了人群，他紧紧地像树皮贴在树身上似的，贴在了中年男人的

青少年木瓜

身上。很快地，他的手里有了一只钱包。他把钱包里的钱转移到口袋里，然后把空钱包塞进了一个老头的怀里。他吹了一声响亮的口哨，退出了人群，这时候他听到中年男人的哭喊。哭喊声没有持续多久，因为他被拥挤的人群挟持着上了火车。火车开走了，只剩下一个警察、一个信号员和仍然吹着口哨的木瓜。木瓜的手伸在口袋里，他握了一下那把钱，那把钱够他生活很长一段时间，那把钱可以给夜壶买很多橘红糕吃。这时候，他看到了远处那辆食品车旁边，站着两个谈笑风生的人。木瓜慢慢地靠近了食品车。

谈笑风生的人，一个是食品车的主人——那个肥胖的女人。另一个是养得白白胖胖的陈英才。他正滔滔不绝地向胖女人介绍着温州，他抬起了脚，脚上是一双半新半旧的棕色牛皮鞋。陈英才说，你看看，你看看这双鞋，我都穿了十八年了，这鞋就像只穿了一年似的。这就是温州鞋的质量，温州皮鞋不会旧，不会破。你再看看，我的西裤也是温州产的，多挺括，裤缝像刀锋一样。告诉你吧，我就是在温州做西裤生意的。知道温州吗？那等于就是地球上的美国。温州人钱多得不得了，银行里都存不下……

木瓜听着陈英才滔滔不绝地吹牛，想，这个胖男人，竟然出来了，竟然悄无声息地出现在火车站了，竟然在这儿吹牛了。他听到陈英才在对胖女人说，可以带她去温州做西裤生意。胖女人的眼睛里闪着光芒，她装出一种害羞的样子说，一个女人家，多不方便嘛。木瓜听了以后，胃部开始翻腾。木瓜想，我一定是得了胃病了，我一定因为经常饱一餐饥一餐，落下胃病了。果然，他吐出了一大口的酸水。这时候他听到陈英才的声音,陈英才说,怕什么呢,有我呢。我什么世面都见过……

木瓜想,这个游手好闲的男人,竟然想要骗这个胖女人了。这个懒汉竟然把阿呀忘得一干二净了。木瓜走了过去。木瓜走到陈英才身边的时候,把陈英才吓了一跳。木瓜说,爸,你回来了。陈英才一下子没有反应过来,他记得以前木瓜一直叫他英才叔的。木瓜接着说,爸,妈已经死了,她被烧成灰了。

这时候木瓜听到了一声巨响,那是胖女人发出的。胖女人把摊位上的一杯茶水泼向了陈英才,陈英才的脸上就落满了虫子一样的茶叶。胖女人吼了起来,她下巴上的肉在不停地颤动着,因为激动,她的脸涨得通红。胖女人说,你这个骗子,居然敢骗我离婚十年,至今未婚,你说,这小杂种是哪儿来的?

木瓜嘎嘎地大笑起来,他一边笑,一边离开了食品车。陈英才的脸红一阵白一阵的,他像一只兔子一样蹿了起来,扑向了木瓜。他一下子就把木瓜罩在了身子底下。他笑了,他压着木瓜说,小兔崽子,你敢这样对我,我不教训你的话,我成什么了?木瓜闻到了陈英才的口臭,他的胃就又翻腾了一下。木瓜说,我不知道。陈英才冷笑了一声,不知道?告诉你吧,不教训你的话,我就不是人了。

木瓜被陈英才举了起来,抛了出去。木瓜像一只破旧的皮球一样,落在不远处的草丛里。木瓜觉得自己的身子骨都散了开来,他没有办法在很短的时间内把自己重新组装起来。这时候一群少年涌向了陈英才,在转瞬之间,陈英才就倒在了地上。陈英才被打,被扭,被捣,他不明白自己怎么会突然之间被这群少年放倒。后来他看到了木瓜被两个少年扶着,颤巍巍地站到了他的跟前。木瓜舒动了一下筋骨,终于推开了两个少年。

青少年木瓜 | 225

他举起了脚,一脚踢向陈英才的腰部。陈英才听到天空中落下来的惨叫,他被这么巨大的声响给吓了一跳,后来他才发现这声响是他自己发出的。然后他听到了木瓜的声音,木瓜说,从现在开始,你不再是我爸了,你也不是我的英才叔。我真想一枪崩了你。

木瓜掏出了那把木枪,对准陈英才,虚拟地开了一枪。他的嘴里喊出了一声"啪"字,意思是,他已经把陈英才就地正法了。然后,他挥了一下手,这群少年就一下子消失了,像是钻入了地下,或者,像是地上浮着的灰尘。

木瓜在月台上的水泥柱子旁坐了下来,他坐在地上,背靠着宽大的柱子。很长一段时间以后,陈英才才从地上爬了起来,裤缝像刀锋一样的那条温州西裤,现在已经皱巴巴像癞蛤蟆的皮肤一般了。陈英才看了木瓜一眼,他突然感到了无比悲凉,因为他居然已经不是木瓜的对手了。他的腿受了伤,一瘸一拐地拐向了不远处的一堵断墙。断墙边上,欢快地生长着半人高的野草,这些野草义无反顾地组成了铁路小站的苍凉。夕阳斜斜地落了下来,把陈英才的头发染得金黄。木瓜掏出了手枪,他瞄准了陈英才,啪,啪啪,他继续虚拟地开枪。木瓜看到陈英才不停地耸动着肩膀,就知道他一定是在撒尿,他一定对着那堵断墙撒下了壮观的尿。木瓜继续开枪,他突然觉得兴奋无比,啪,啪啪。他想起了阿呀,他就说,阿呀,我把陈英才给毙了。

一声枪响。

一声枪响,小站的宁静就被撕破了,夕阳也像一件破旧的碎片般的衣裳一样纷纷扬扬落下来。木瓜看到陈英才的双手按住了墙壁,看上去是要像壁虎一样往上爬。后来陈英才的身体慢慢地滑了下来,如同墙面剥落一样,软软地倒了下去。他很快就被半人高的草丛淹没了,留在墙上的纪念,是一摊模糊的血迹。木瓜一下子就呆了,他盯着自己的木枪看,他一点也没有想到,木枪也是可以杀人的。他的目光四顾,所有的景象,都显得有些飘忽不定,像一张被风吹来吹去的图画。木瓜看到了图画里的东明,他提着一杆土枪,慌慌张张地往龙山上跑去。木瓜猛然想起了东明在他家门口讨债时,曾经说过的话:如果再让我看到陈英才,我一定剥下他的皮来做灯罩。

木瓜后来终于慢慢镇定了下来,他看到陈英才不见了。陈英才不见,是因为他被草丛淹没,被人群包围。这些人像是从地底下冒出来似的,他们在看热闹,发出了啧啧啧的声音,他们认出了这个人,其实就是曾经在江东地带大名鼎鼎的陈英才。陈英才的眼睛紧闭着,没有人知道他死了还是活着。铁路派出所的警察赶来了,他们推开了人群,说,走开,走开。人群散了开来,警察出现在陈英才面前。这时候,陈英才才用尽全力睁开了眼睛,他的右手一直紧紧地按着胸口,他的目光没有落在警察的身上,而是努力地把一个肥胖的略显浮肿的笑容呈现给木瓜。他盯着木瓜笑,木瓜的手里,提着的就是那把木头小手枪。陈英才说,他娘的,没想到你这把木头枪也可以打死人。

陈英才头一歪,像电影里的镜头一样,死在了荒草丛中。警察在处理现场,人群仍然密密匝匝。他们拿不到工钱,却仍然全心全意地形成一个包围圈,探听着消息。木瓜挤出了人群,这时候一只手搭了过来,那是一双警察的手。那双手落在木瓜的肩上,一个声音也随即跳了过来。声音说,你不能走。

青少年木瓜 | 227

警察拿过了木瓜手中的木头枪，看了一会儿，又递还给他。警察说，你多大了，你叫什么名字？木瓜笑起来，说，你不是知道我是木瓜吗？我多大了？我想想。木瓜想了一会儿，最后还是失望地说，我想不起来了。警察笑了，回头望了一下草丛，又问，他是你爸。木瓜说，不是的，他怎么会是我爸？他只不过和我妈在一起住过一段时间而已。他是陈英才。警察笑了，警察说，谁和他有仇？

木瓜说，几乎江东地带的人，都和他有仇。木瓜后来有些不耐烦了，说，你们是想知道是谁开的枪吧，是东明，东明提着那杆枪跑到龙山上去了。他说过要把陈英才的皮剥下来做灯罩，因为陈英才赌光了他的钱，还让他丢了老婆。你们去找他吧。你们找到他的时候，先替陈英才把欠他的钱还了。

警察没有再说什么。他盯着木瓜看了很久，说，你走吧。然后，警察找到了另一个警察，他们交头接耳一番。

木瓜望着黄昏中的三等小站，他的脑子里突然就空了。有一群麻雀，从很遥远的地方飞过来，然后黑压压地降落。木瓜就想，它们真辛苦。这时候他看到了一群警察，像密密麻麻的麻雀一样涌向了龙山。他们像是在进行登山比赛，蜂拥着向上冲去。木瓜还看到了不远处走来的夜壶，夜壶走到他的跟前，焦急地说，木瓜怎么啦？木瓜你怎么啦？我听同学说，这儿出事啦。木瓜说，你消息够灵的。木瓜就说了那么一句，他看到夜壶竟然递给他一把橘红糕，木瓜被突如其来的温暖击中了。木瓜想哭，尽管一直都是木瓜买橘红糕给夜壶吃的，但是看到夜壶递给他橘红糕时，还是想哭。木瓜最后没有哭，木瓜说，夜壶你回去吧，这儿没事的。夜壶看了木瓜很久，他抓过木瓜的手,把橘红糕放在木瓜的手里说,那我走了。接着他又说,我担心你。

夜壶走了,他慢吞吞地背着书包走向出口处。然后,他开始奔跑起来,越跑越远,很快,他就不见了。木瓜望着夜壶远去,他一粒一粒地往嘴里扔着橘红糕,扔着扔着,眼睛就湿了。月台上的电灯,一下子亮了起来,宣告着小城的黑夜真正来临。木瓜吃完了橘红糕,摇头晃脑地向不远处的厕所走去。在厕所里,他拔出了那把手枪,"扑通"一声扔进了大便池。

木瓜丢掉了那把陪伴他很久的木头枪。尽管有着橘红糕垫底,但是他仍然感到饥肠辘辘。一辆火车进站了,火车喘着粗气,在木瓜面前停了下来。木瓜不认识字,他只是问着正在上车的旅客们。他说,这是去哪儿的车,去哪儿的?

去温州的。有人这样告诉他。他的脑海里,马上跃出温州生产的皮鞋和西裤,以及温州有座医学院,医学院里,有一个叫斯冬梅的女孩子正在上学。他笑了一下,和拥挤的人群一起,挤上了火车。

火车里亮着暗暗的灯光,这是一条流动着的夜,流动着的哈欠和无精打采,流动着的扑克牌、橘子汽水,以及混浊的空气。木瓜挤进了车厢,他看到有一个男人在专心地看报纸。他一直看着报纸,所以木瓜就一直不能看到他的脸。木瓜就站在他的身边,他闻到了好闻的干净的味道,那是一种似曾相识的味道。火车终于开了,男人也终于把报纸放了下来,他朝木瓜温和地笑了一下。那是一个柔软的笑容。木瓜终于认出来,这个男人就是斯医生。木瓜说,斯医生,你去温州吗?你干吗去?斯医生说,我去看斯冬梅,你又去干什么?木瓜想了想说,不知道。接着又说，可能是去看看温州的皮鞋和西裤吧。斯医生又笑了，他的手像上次一样，落了下来，抚摸着木瓜的头皮。木瓜的身子，一下子暖了起来。他看到暗淡的光线下，车窗以外不断闪过的黑乎乎的树。像妖怪一样。

　　斯医生说，这些是什么树，你知道吗？木瓜说，不知道。木瓜接着又说，反正不是泡桐树。斯医生说，这些，是水杉。你看看，多好的树呀，风吹几下以后，这树就会长大啦。你看，长得多直，像一排解放军一样。

　　木瓜果然就看到了长得像解放军一样直的水杉，笑了起来。斯医生说，等你看完了你的温州皮鞋，等我看完了我的斯冬梅，咱们就一起回来吧。斯医生的手掌夹带着温暖，再一次落在木瓜的头上时，木瓜笑了起来。笑着笑着，他就想哭。

温暖的南山

1

张满朵在院子里梳头的时候,看到围墙上的牵牛花开得很旺了。春天的阳光肆无忌惮地洒下来,张满龙流着口水,斜着眼看着张满朵。张满龙说,张满朵,我要讨女人。张满朵,你给我讨一个女人。张满朵说,张满龙还小,张满龙长大了才可以讨女人。张满龙流着口水一步步走向张满朵,一把抱住张满朵说,满朵,我要讨女人,我已经二十四岁了,我不小了,我要讨女人。你给我讨一个胖一点的女人。张满朵在梳头,她用娘留给她的那把牛角梳梳头。娘走之前经常给张满朵梳头,娘走的时候,拉着张满朵的手说,满朵,你答应我,给满龙讨一个女人,让张家的香火延下去。张满朵猛地点了点头,说,好的,我一定办到。张满朵刚说完,娘就闭上了双眼。张满龙说,茶花怎么不说话了?茶花是不是睡觉了?她睡着了还笑。张满朵号啕大哭起来,说,满龙,你娘死了,你娘已经不会说话了。张满龙说,不说就不说,有什么了不起?

现在张满龙说他二十四岁了,他想要讨一个女人了。张满朵二十六岁还没嫁出去,是因为她还没有给傻不啦叽的弟弟讨一个女人。春天如期而至,春天的阳光下院子里的小花小草就开得异常热烈。张满朵在阳光下打了两个脆生生的喷嚏,打完喷嚏张满朵对流着涎水的弟弟说,张满龙,姐说了,今年一定给你讨一个女人。张满龙歪着嘴笑起来,阳光下他的涎水亮晶晶地挂着。张满朵替他擦去涎水,张满龙就一把抱住张满朵,两手按在她的胸上,说,张满朵,说话要算数的,今年一定要给我讨一个女人。张满朵使劲扳开张满龙的手说,张满朵说了,张满朵就一定给你讨一个胖一点的女人。

2

张满朵带着张满龙上山砍柴,他们已经砍了不少的柴,用手拉车拉到张春的窑厂里去卖。张满龙说,我们要到什么时候才不砍柴?张满朵说,快了,等攒够了钱给你讨一个女人的时候,我们就不砍柴了。张满龙说,那么我们快点砍,我想要一个胖一点的女人,张春说,睡在胖一点的女人身上就像睡在村主任家的沙发上一样。我们买不起沙发,那么我们就自己养一个沙发。张满朵说,好的,姐给你养一个沙发。姐弟俩继续砍柴,砍到日头偏西,他们拉着一车柴来到了张春的窑厂。张春穿着中山装,站在窑厂门口的夕阳下抽烟。看到张满朵他就笑了一下说,山上的柴让你们两个砍完了。张满朵没说话,张春就又笑了一下说,张满朵,你还不把自己嫁出去,你已经二十六了,又不是人参,年龄越大就越值钱。张满朵说,值不值钱关你屁事？过磅吧。于是就过磅了。过磅的时候，张春的手迅速地在张满朵的屁股上摸了一把。啧啧啧，多结实。张春说。张春说着又摸了一把，说，我给你多开一百斤。张满朵说，我告诉你老婆去，就说你过磅的时候喜欢把手放在别的女人的屁股上。张春大笑起来说，你告诉她就等于剥了我一层皮。张满龙忽然也哑哑地笑了，笑完了张满龙说，满朵，张春跟我说，他老婆胖得像村主任家的沙发，我也想要沙发。

从窑厂出来，张满龙跟着张满朵拉着车回家了。张满龙回过头，看到张春站在窑门口，正向这边张望着。张满龙说，满朵，张春看上你了，我看他一定是看上你了。张满朵没吱声，过了半晌说，闭嘴。

3

夏天来临的时候，张满朵和张满龙不敢上山砍柴，山上有蛇出没，而且，天气太热了。张满朵带着张满龙去河里挖沙子，卖给搞建筑的人家。他们把湿淋淋的沙子从河底里捞起来，然后再挑到土埂上。土埂上奔跑着搞运输的拖拉机，像疯牛一样横冲直撞。张满龙的身子很结实，汗水就顺着他结实的肌肉往下淌。张满龙对村里人说，我姐姐说了，要给我讨一个胖一点的女人，我马上就会有老婆了。

晚上张满朵睡不着觉，她的眼前浮现了张春的影子。张春总是衔着烟一脸的坏笑。张春在弄堂里截住了张满朵，抱起张满朵就往墙上贴。张满朵说，要死了，要死了，你干什么！张春就又笑了说，不干什么，就想干你。张满朵说，你放开我，你再不放开我喊人了。张春说,喊吧,你喊吧。张满朵死命揪张春的头发,边揪头发边说,我告诉你们家沙发去,我让沙发收拾你。张春的脸忽然变青了,放开了张满朵说,你狠,你快把我的头发揪下来了,揪下头发你怎么赔得起?

张春走了,他点了一支烟,吸了两口,然后很深地看了张满朵一眼,说,我受够了我家的沙发。张春摇摇晃晃地向弄堂口走去,张满朵就望着张春穿着白衬衣的挺拔的背影越走越远,然后在弄堂口晃了晃,不见了。张满朵站在寂静的弄堂里,久久没有动一下,身子仍然贴在墙上,像一只蝴蝶标本。张满朵二十六岁的心,忽然就漾起了波纹,那是因为张春的挤压,唤醒了张满朵沉睡了许久的念头。

所以张满朵才会睡不着觉。张满朵望着月色挤进窗子,又挤起蚊帐,落在自己的身上。张满朵想,张春是一个很好的人,可惜他是有老婆的。张满朵迷糊着就要睡去,她甚至开始梦见死去的娘了:茶花的头发依然是半灰半白的,她给张满朵在院子里梳头。她说,满朵,让你受苦了。她又说,满朵,还是给满龙讨一个女人吧。张满朵记得茶花只说了两句话,然后她梦见张春。张春像白天在弄堂里一样,把张满朵压住了,张满朵觉得喘不过气来,所以她开始挣扎。张满朵醒过来了,她看到的是张满龙一张扭歪了的脸,嘴角流着涎水。张满龙说,满朵,我要女人,我要女人。他的嘴就往张满朵的胸口拱。张满朵想要推开他,却推不开。于是张满朵听到了一声脆响,然后,她看到月光下张满龙那张惊愕的脸。再然后,张满龙爬下床并且号啕大哭起来。张满朵想,一定是我打了他,一定是我打他了。张满朵轻声说,茶花对不起,我打你儿子了,我怎么可以打你儿子呢！张满朵从床上起来，抓住一根线拉了一下，十五瓦昏黄的灯光就在屋里涂上了一层淡淡的光。张满朵坐到小方桌旁，她开始在昏黄的光影下点钞票。她一遍遍地点着钞票。点钞票的时候她想，今年秋天，最多不超过冬天，一定要给满龙讨一个女人了。

4

秋天到了的时候，张满朵又带着张满龙上山打柴。他们打了许多柴，他们拉着柴车向张春的窑厂走去。窑厂又在烧窑了，笔直的烟囱举着一支笔直的烟。张满朵远远地望着这根烟囱，张满朵想，张春一定在烟囱下面抽那种叫作"金猴"的香烟。那是一种外香型的香烟，所以，张春的身上就有了一种好闻的味道。烟囱越来越近了，张满龙说，满朵，什么时候给我讨女人？其实张满龙只说了半句，他说"什么时候"，"给我讨女人"是张满朵猜想的。张满龙只讲了半句是因为他把车拉到了一个小土坑上，车子一拐，连人带车跌到了土埂下。张满朵望着突然消失的一辆手拉车和一个生龙活虎的弟弟，她想：怎么办？怎么办？她想着怎么办的时候，张春正朝这边来了，他骑着一辆嘉陵牌摩托车，这种摩托车发出的声响很大，差一点超过了拖拉机。他停下车，说，满朵你一个人站在埂上干什么？你的脸色越来越白了，不对，是越来越青了。你弟弟呢？你弟弟没跟你在一起吗？这时候，张春终于看到了一辆车轮朝上的手拉车和一个"大"字形的人。张春说，喂，张满龙，你在土埂下做成一个"大"字形干什么？张满龙没睬他。张春大叫一声不好，他叫来了窑厂里的许多人，众人就把张满龙送到了镇上的人民医院，然后众人对张满朵说，我们走了。张满朵和张春一起看着众人的身影渐渐远去，然后他们听到一个五十多岁、头发有些秃、戴着眼镜的医生对他们说，要输点血。张满朵说，贵不贵？医生的目光很散淡，也很慈祥，他想了想说，对富人来说不贵，对穷人来说贵。张满朵说，那么，对我们来说，一定也是贵。张满朵边说边捋起了袖子，她把洁白的小臂伸出来说，抽我的。

张满朵的血静静地流了出来，张春一直看着抽血的过程，他看到一只小塑料袋里渐渐有了红色的液体，而且，慢慢地饱满起来。张春的声音就变调了，说，满朵，别抽了，这钱我出。张满朵摇了摇头，她斜了张春一眼，说，你不怕沙发把你的头拧下来吗？张春的头就低了下去。张满朵笑了，说，没关系的，我受得了。

张春直到动完手术才回去，走的时候，他给了张满朵二百块钱。在一个角落里，张春又摸了张满朵的屁股。张满朵没有拒绝，这让张春的胆子更大了，他的手慢慢上移，像一条蛇一样爬上了两座高山。

一个月后，张满龙出院了，张满朵用手拉车把他接回来。张满朵瘦了不少，张满龙却胖了，肥头大耳的样子。他们进村的时候，就迎来了许多人的目光。村里人看着姐姐拉着一个嘿嘿笑着的流着涎水的弟弟。他们默默无语，看着两个人从他们面前经过，又渐渐远去。过了很久，其中一个人说，满朵是个好人，怎么没人娶呢？

张满龙的身体还没有完全恢复，他每天都要在院子里晒太阳。已经是初冬了,张满龙始终记得张满朵对他说过,今年一定给他讨一个女人。张满龙忽然变得聪明了,他不再向张满朵要女人,他说,姐,快过年了。他不厌其烦地对张满朵说着同样的话。张满朵也在阳光底下,她在院子里的一块大石头上点着钞票。她点了许多遍钞票。她对张满龙说,满龙,你看病看去了五百多块钱。给你讨女人的钞票不够了。张满龙叹了一口气说,姐,不够了,也就算了,等明年吧,你也太苦了。张满朵忽然瞪大了眼睛,她看了张满龙很久,猛然想到张满龙不再叫她满朵了,而且,他的涎水流得变少了,他的胡子忽然不见了,他懂得叹气,懂得安慰张满朵,懂得讲一些很在理的话了。张满朵抱住张满龙,初冬的阳光下,她的眼泪像开了闸的渠水一样不停地奔涌,她说,满龙,今年一定要给你讨女人,就是借钱也要给你讨女人。

5

冬天来临了。冬天来临的时候,从村里出去的刘拐忽然回来了。刘拐像一个城里人,因为他居然穿着皮衣,他洁白的衬衣领子上还系了一根东西。刘拐说那是领带。村里人问领带是干什么用的,刘拐想了想说,领带的作用就是说,我是城里人。就好像少先队员系红领巾一样,是一种身份的标志。刘拐说话文绉绉的,真的很像城里人了。刘拐不是一个人来的,而是带了五个女人回来。刘拐带着五个女人回来时,村子里的第一场雪刚好纷纷扬扬下了起来,刘拐不由自主地缩了缩脖子说,乡下的冬天,就是他妈的冷。

温暖的南山 | 237

张满朵不知道刘拐回来了。那时候张满朵正在做饭，她往灶膛里添柴，火光熊熊照耀着她的脸。她在想着张春，因为张春有好几次半路里截住了她，硬是把舌头伸到了她的嘴里。她开始感觉到这种事情的甜蜜了，开始想着张春了。但张春是有老婆的人。张春有个像沙发一样胖的女人。张满朵这样想着的时候，张满龙悄悄地来到她的身边。刘拐回来了，张满龙说。刘拐回来了，张满龙又说。刘拐回来了，他带回来很多女人。张满朵噢了一声。张满朵说，满龙，你在说什么？张满龙羞涩地笑了笑，说，刘拐回来了，他带回来许多女人，有一个还长得很白、很胖。接下去张满龙就微笑着不说话了。张满龙变聪明了，村里人都说这是因祸得福，摔了一跤把神志都摔清醒了。张满朵知道张满龙不会再说什么了，接下去该轮到自己说了。张满朵就说，好，姐说话算话，我给你讨一个胖一点的女人。果然，张满朵看到张满龙笑起来。

张满朵找到刘拐的时候，刘拐正穿着皮衣在屋檐下跺脚。雪还在飘着，刘拐看到一个女人踩着雪向这边走来，咯吱咯吱的声音在空旷的村落里显得很夸张。然后，他听到女人说，刘拐，听说你带来许多女人。刘拐照例跺着脚，他没有正面回答她，他说，乡下的冬天真他妈的冷。然后他盯着满朵说，满朵，你越长越漂亮了。再然后，他说，我知道你会来的，你一定会来的，你们家满龙不是要一个女人吗？我屋里还剩下最后一个，进去看看吧。

张满朵跟着刘拐进了屋。张满朵进屋的时候感到屋子里温暖许多，果然她看到了屋子中央生着一小堆火，她还看到了在火堆边烤火的一个女人。这个女人很白，也很胖，而且眉眼也周正。张满朵看到胖女人抬起头来,目光迎着张满朵的目光,她们的目光在火堆上方相遇,然后,做了片刻的交流。张满朵把目光移开,对刘拐说,多少钱?刘拐干咳了一声,像是在想一个问题,想了很久,他才小心翼翼地说,乡里乡亲的,你付个五百块介绍费,再付两千块给小玉的妈妈,算是对养育之恩的一点回报。张满朵冷笑了一声说,刘拐你说话越来越像城里人了。刘拐你把挑剩的都卖两千五,你的心太黑了吧?坐着的那个叫小玉的女人忽然站了起来说,谁说我是挑剩的?你凭什么说我是挑剩的?张满朵没有看她,她的目光盯着刘拐,但话却是对小玉说的,你给我闭嘴,再不闭嘴,我撕烂你的破嘴。小玉果然闭嘴了。刘拐笑笑说,那么,两千吧,两千块一分也不能少,而且要现钱,一手交钱,一手交人。张满朵笑了,她说好的。她坐下来,烤了一会儿火说,明天我送钱来。

张满朵离开刘拐家就去了张春的窑厂。张春的窑厂马上就要开窑了,一开窑,白花花的银子就又要流进张春的腰包。张春看到张满朵进窑的时候使劲拍打着身上的雪,就知道外面的雪一定很大。然后他听到张满朵对他说,张春你借我三百块钱,明年春天就还你。张春说,你干什么用?张满朵说,干什么用关你什么事?你只要说借还是不借就行了。张春笑了,说,当然借,不借谁也不能不借你呀。张春掏出三百块钱交给张满朵,接过钱的时候,张满朵的手被张春拉住了。窑厂内很温暖,张满朵有些喘不过气来,她被张春死死抱住了。张满朵说,轻点。张满朵刚说完,就被张春放倒在柴火上。柴火的气味很熟悉,这种气味让张满朵想到身下的这堆柴火说不定就是自己和弟弟一起从山上打来的。这种气味让张满朵狠狠打了两个响亮的喷嚏，打完喷嚏，张满朵狠命地在张春的肩上咬了一口。

6

第二天一早，张满朵从窑厂里出来。她走出窑厂的时候，看到阳光肆无忌惮地洒下来，看到雪停了，雪光将她的眼刺得很痛。从窑厂通向村里的路上还没有脚印，所以张满朵走得很艰难。她一拐一拐地走着，她感到张春让她虚脱了，但她还是想笑，因为张春给了她许多快乐。她笑着回村时，村口晒太阳的人都把目光投在她身上。他们没有说话，但是他们一定在想张满朵去窑厂干什么，而且，去窑厂的路上没有脚印，那就是说张满朵是昨天晚上去的，嘿嘿嘿，嘿嘿嘿。他们看着一个脸上漾着幸福光泽的女人踩着雪从他们身边走过，然后他们又看到这个女人又从家里出来了，她的身后跟着那个变好了但又不怎么说话的弟弟。他们两个人一起向刘拐家走去。看到的人都会心地笑一笑，都不约而同地噢了一声。

回来的时候，两个人变成了三个人，大家都说，那个叫小玉的胖女人是甘肃人。大家都说这么远跑这儿来干什么。大家都说这回刘拐这个冒充的城里人又狠狠地赚了一笔。

张满朵和张满龙、小玉进屋了。张满龙轻轻关上门，两只手拼命搓着。张满朵笑了，捋了捋张满龙的头发说，弟弟，你长大了，你得给张家留后。

张满朵后来踩着积雪去了南山，南山向阳的山坡上，躺着茶花。张满朵坐在茶花的身边，轻声说，茶花，我是你的女儿张满朵，我已经给张满龙讨了女人了，我已经对得起张家了。

茶花没有吱声，张满朵就又说，茶花，这个女人叫小玉，等他们生了儿子，我让他们上南山来见你。张满朵不再说话，吹来一阵风，吹落了树梢上的积雪。张满朵一抬眼，就看见了无边无际的蓝天和刺眼的阳光。张满朵的眼泪开始在这个时候静静地流，因为她突然想到，过了年，自己就二十七岁了；自己二十七岁了，却什么都没有。张满朵在茶花身边直坐到日头落山，她才又回到了村子里。

推开屋子的门，她看到张满龙和小玉在烤火，而且，他们还在说话，而且张满龙说的居然还是普通话。张满朵一直都搞不明白，张满龙从未上过学，是怎么学会半土半洋的普通话的。屋子里的气氛很热烈，这让张满朵感到很高兴。

7

刘拐常来张满朵家串门，说小玉的母亲关照他要照看小玉。这让张满朵很不舒服。那天张满朵和张满龙去地里锄麦苗，雪化了，麦苗就又长了一截。锄完麦苗回到家，张满朵看到刘拐和小玉隔着一张桌子说话。张满朵没看到什么，她只看到小玉的脸是潮红的，这一点就让张满朵不舒服。所以，张满朵就很响地咳嗽了几声，说，刘拐，我们的钱也付给你了，以后，小玉我们会照看的，让你照看也太费你心思，会让我们感到不好意思的。然后她看着小玉，咬牙切齿地说，小玉，你给我听好，我们都是女人，男人的把戏我懂，你做每一件事情都考虑三遍，不然的话你就会后悔。小玉把头低下来，讪讪地笑着说，姐，你说哪儿去了？张满朵也笑了，说，姐把你当成妹妹了，是为你好。张满朵这样说着的时候,刘拐站起身来,一声不响地走了。然后,刘拐从村子里消失,每年春天将临,刘拐这个冒充的城里人都会消失的,等快过年的时候,他又会突然出现。

张满龙走路的步子也不怎么稳了,脸黄黄的。张满朵在院子里对洗衣服的小玉说,小玉,每件事都得有个度的。小玉就红了红脸,没说话。但更多时候,张满龙和小玉还是喜欢把门关起来,而且,有时候压抑的响声让张满朵很不舒服。张满朵想,我不能住了,我不能在张家住一辈子的。我嫁人了,张春再找我怎么办?张满朵的心里就一直很矛盾。但是凤仙找上门来了。凤仙是村里有名的媒婆,她不抽烟,她只是喜欢穿一件皱巴巴的西装,据说那是西装套裙的上半套,是凤仙在城市里做保姆时,主人送给她的,送她上半套的原因是裙子一不小心撕破了。凤仙穿着西装,扭着肥硕的屁股出现在张满朵家院子里时,张满朵就知道,这一回,自己可能真的要嫁了。

凤仙和张满朵在院子里坐了很久,以前凤仙也给张满朵做过媒,但是张满朵因为弟弟没有讨女人所以不想嫁人。最近两年,凤仙就一直没有上张满朵家的门,张满朵怕这次再回绝了,凤仙就永远不进门了。凤仙说了许多暖心的话,比如她和茶花以前就是很要好的,茶花的孩子就是她的孩子,所以,她必须关心到底。凤仙最后说,你看张文武这个人怎么样。张满朵发了一会儿呆,过了半晌,一个走路低着头,从来都是不声不响只顾埋头干活的四十岁左右的人的形象在她脑海里清晰生动起来。张满朵说,怎么会是他?凤仙笑了,说,他有什么不好?人忠厚,常言道忠厚不吃亏。再说,年龄大一些,会照顾人,这不好吗?张满朵说,让我想想,你让我想想。张满龙和小玉从屋子里走出来,他们笑吟吟地站到了凤仙和张满朵的身边。张满朵终于说,也行,只是,让他们家送两千块钱彩礼,不然的话,就不用再说了。凤仙说,你要彩礼有什么用?你无父无母的,不要彩礼就是为以后少添负担。张满朵说,我说过了,两千块钱不能少,少一分,我就是到八十岁还嫁不出去,我也自己认了。

然后是一大段沉默。凤仙叹了一口气说,我去说说吧。然后,她又扭着肥硕的屁股走出了院门。张满龙说,姐,你是不是要嫁了?小玉也说,姐,你是不是要嫁了?张满朵抬眼看了他们一眼说,你们说我是嫁好,还是不嫁好?张满龙和小玉对视了一眼,没说话。

8

两千块钱送到张满朵手里的时候,张满朵轻轻地抚摸着钞票,钞票是冰冷的,但是,张满朵感受到了钞票上的温度通过掌心传到了她的心里。她把自己卖了,卖给一个四十岁的名叫张文武却不文不武的男人。张满龙在屋檐底下说,姐,你这两千块钱,我想借来盖房子。张满朵看了张满龙一眼,她觉得姐弟间的亲情在小玉来了以后就越来越淡了。张满朵笑了一下,说,是不是小玉让你跟我要的?张满龙红着脸说不是。张满朵又笑了一下,这是姐卖身的钱,我已经为你卖过血,如果你觉得姐卖身的钱你拿着不会烫手,你拿走吧。张满朵把钱递到张满龙的眼前。张满朵想,如果张满龙接了钱,也就把钱给他吧,让他造两间新屋。但是,她再也不会回到这个家,她对张满龙已是仁义皆尽了。张满龙搓着手,他最终没有收下钱,他说,姐,等有急用的时候,再跟你拿吧。张满朵很清楚地听到张满龙说的是"拿"而不是"借",这让她很伤心。张满朵说,好的,弟弟,钱我给你留着。

张春来找张满朵。张春说,你就那么在乎钱吗?我给你不行吗?你这不是作践自己吗?你就值那两千块钱吗?张春说,我一直看错了你,原来你是一个会将自己出卖的人。张满朵没有说话,眼泪在眼眶里打转。终于她大吼一声,张春,你给我闭嘴,我不嫁张文武难道嫁你吗?你要是男人你跟你们家沙发离了,我就是讨饭我也跟你。张春呆了,半晌说不出话。张春想了想,大约他觉得自己不可能跟沙发离婚,所以,他默不作声地离开了张满朵家的院子。离开院子前,他看了张满朵一眼,他看到张满朵把自己靠在院子里一棵碗口粗的枣树上。

张满朵嫁给张文武了。张文武乐得一直都没把那张吃了四十年饭的嘴合拢。张满朵嫁给张文武那天,刚好是立春。张满朵在新房里看了看日历,她感到春天正从四面八方向自己逼近,而自己,在春天来临之前,成了一个男人的老婆。张文武急不可待地爬上去,又急不可待地下来了,这让张满朵感到深深的失望和吃惊,张文武原来最多只能算半个男人。张满朵把自己瘫在床上,她听到了张文武的鼾声,她将和一个没有用的男人一起度过下半辈子。但是,她没有流泪,她觉得她已经没有眼泪了。这时候她开始想念张春,张春一定在窑厂的巨大烟囱下抽"金猴"牌香烟。她忽然想,她和张春的故事,一定还没完。张满朵沉沉地睡了过去,天亮之前,她梦见茶花从南山下来,对她说,满朵,好好过日子。然后她就醒来了,醒来的时候,看到红烛还在毕剥燃着,她将红烛吹熄了,红烛的烛泪刚好在这个时候滚滚而下。有一滴滴到张满朵的手背上,很烫。

9

张满朵在张文武家住了下来。张满朵是新娘,新娘第三天就得回娘家,所以她回了娘家。她看到娘家院子里张满龙在劈柴,小玉在洗衣服,看上去这是一对很恩爱的夫妻了,而且,他们看到张满朵进门了,还笑了笑,还招呼她坐,还泡了一杯茶。张满朵才知道,这座熟悉的小院已经不再属于自己了,以后自己再来的话,那就是来做客。张满朵的鼻子忽然就酸了一酸。

张满朵在娘家住了一天,她什么也不做,看着张满龙和小玉洗菜做饭,看着两口子招呼她吃饭。吃过晚饭,她要走了,走的时候,她一直抚摸着院子里的一棵枣树,那时候茶花带他们姐弟俩种下了枣树。累了的时候,她就把身子靠在并不粗的枣树上。张满朵的心里空落落的,她不知丢了什么,当想到张春时,她的心颤了颤。张春能给的,张文武并不能给。一辈子也不能给。张满朵走进漆黑的夜色里,小玉和张满龙站在屋檐下微弱的灯影中和她道别,他们的样子看上去是像模像样的夫妻了。

张满朵在村口碰到了张春。张春是从黑暗中闪出来的,张满朵看到一个黑影一闪,闻到了一股熟悉的烟味。张满朵就知道一定是这个天杀的。这个天杀的没有放过她。果然,她被拦腰抱起了,她闭上眼,就听到呼呼的风声响起来,她知道张春正跑得飞快。然后,她闻到了柴火的气味,她就知道,她已经到了张春的窑厂里。张满朵睁开眼,看到了红着眼睛,胸部起伏不定的张春。张满朵说,张春,我已经嫁给张文武了。张春说,我不管。张春说着就扑上来。张满朵拼命拍打着张春的背部,她只听到咚咚咚的声音传出来,像是空谷才有的那种回声。她用手揪张春的头发,她用牙咬张春的肩膀。最后,她紧紧抱住了张春,她对自己说,要死了,自己要死了,就死在柴火上吧。张满朵的脑子里就什么也没有了,她知道现在该做的是什么,她把什么都置之度外了。死就死吧,张春,你有力气,你就让我死吧。张满朵不知道被张春冲撞了几回,也不知自己是怎样回到张文武家的。她只能回到张文武家,她知道自己回不了那个熟悉的家了。张文武蹲在门口吃早饭,他笑了一下,说,你睡你兄弟家了?张满朵就机械地点了点头。张文武又问,那你吃过早饭了吗?张满朵机械地摇了摇头。张文武奇怪地看着张满朵,说,张满朵你怎么了?你的腿是不是受伤了?你走路的样子怪怪的。张满朵笑了笑,扭了一下,张满朵说不小心扭了一下,很快会好的。张文武转过头,对着屋子里喊,妈,你替满朵盛一碗早饭。里面应了一声。张满朵想,对不起了,婆婆和文武。

  张满朵仍然常去砍柴,而且常去张春的窑厂卖柴。有一天,她突然感到累了,她就想休息一天。这天张满朵去的是镇上的医院,因为张满朵吐得厉害,婆婆笑吟吟地让她去医院查查,她的心就咯噔了一下。她从婆婆怪怪的笑容中,突然想到是不是怀上孩子了;如果怀上了,那么,孩子就一定是张春的,因为张文武不行的。

张满朵去了医院，那个医生让她取了一个小塑料杯去，说怎么做怎么做。她就照着做了，将热腾腾的小塑料杯递还给医生。过不了多久，张满朵就知道消息了。医生说，你有孩子了。张满朵很落寞地离开了医院，镇上的水泥路上淌着阳光，这些阳光有一种让张满朵不舒服的发了霉的气味。张满朵踱着很慢的步子回到张文武家。婆婆说怎么样？张满朵就郑重地点了点头。婆婆的脸上就像开了一朵花，她以最快的速度生起了火，张满朵看见烟囱里蹿出一道烟来，一会儿，张满朵就看到了一碗糖氽鸡蛋放到了自己的面前。张满朵说，妈，我不想吃。婆婆说，你不吃，孩子也得吃的呀。张文武回来了，他放下锄头，哈哈地搓着双手。张文武知道自己要做爹了，但是他不知道怎样才能做爹，他以为他讨了老婆然后再过一段时间就会做爹的。

张满朵就在婆婆和张文武充满慈祥的目光中吃完了鸡蛋。张满朵吃完鸡蛋后一直想着一个问题：要不要告诉张春。

10

张满朵还没告诉张春，就听到了张满龙的脚步声。他走进张文武的家时，张文武马上告诉他说，满龙，你姐有喜了。张满龙噢了一声，说，姐，小玉不见了，昨天晚上明明还在的，今天早上就不见了。她又不是原子弹，怎么一下子被发射掉了。张满龙反复说着这句话，在屋子里打着转。张满朵眼前就浮起了刘拐不怀好意的笑。张满朵说，别急，你找不到她，她一定去找刘拐了。张满龙说，她去找刘拐干什么？张满朵看了张满龙一眼。张满朵说，弟弟，你永远也长不大了，小玉是刘拐的人。张满龙突然蹿出了屋子，向外面奔去。张满朵轻轻抚摸着自己的肚子，对张文武说，你去看看满龙，他会急坏的。

张满龙果然就急坏了。他对村里的任何人说，小玉不见了，长得这么白的人不见了，让我去哪儿找呢？你们见过小玉吗？长得很漂亮的那一个。张文武见到张满龙时，张满龙正流着涎水，对一些小孩子说，我要讨女人，我的女人不见了，我还要讨女人。

张满朵住回了自己家。张满朵对张文武说，满龙需要人照顾，我只能住回家里一段时间。张满朵回到了家，她看到发呆的张满龙，就长长地叹了口气。张满朵说，满龙别怕，姐一定给你找回女人来。张满龙说，满朵，你一定要给我把小玉找回来，小玉她好。张满朵听到满龙叫她满朵，就知道，张满龙又傻掉了。

已经是初夏了，小玉始终没出现，刘拐也没出现。张满朵对张满龙说，满龙，你如果见到刘拐和小玉，你就扑上去咬他们。张满龙应了一声，过了半响，才有气无力地说，张满朵，你再给我讨一个女人。

张满朵的肚子已经显山露水了。她挺着肚子在村里转着。凤仙看到满朵了，她正和七姑八婆们闲聊。凤仙说，张满朵，你做娘了，你们家的文武也真是好福气。凤仙说的"你们家文武"，让张满朵感到不舒服，但她的脸上却荡起了笑。张满朵在七姑八婆的议论声中走了过去。然后，她看到了一个熟悉的身影从对面走来，走过她的身边又向前走着。他们的目光稍稍做了交流，张满朵想告诉他，张春你这个天杀的，肚子里的孩子是你的，你知不知道？张春一句话也没说，像不认识张满朵似的匆匆而过。张满朵只闻到了"金猴"牌香烟的味道，很淡地漾了开来。

11

有一天，凤仙家油腻腻的八仙桌上忽然静静地躺了两千块钱。八仙桌的这边坐着穿着西装的凤仙，那边坐着张满朵。桌子上安静的两千块，就是张满朵向张文武家要的彩礼钱。张满朵的目光越过了这沓钱，落在涂了厚重脂粉的凤仙身上。张满朵说，凤仙，你帮张满龙介绍一个本地的女人吧，外地人靠不住的。缺胳膊断腿的都行，只要能生孩子就行了。如果成了，这两千块钱你就看着花吧。凤仙笑了，她白多黑少的目光始终落在这沓钱上。她轻轻地将这沓钱拿起来，甩了甩说，我去打听打听，这钱嘛，就用在女方身上吧，谁让我和你妈是要好的姐妹呢？说完她还声调优美地叹了一口气。在她悠长的叹气声中，张满朵和她的大肚子一起离开了凤仙的家。然后，张满朵出现在张满龙家里。张满龙还在流涎水，他已经流了不少涎水了，所以，地上就多了一块黑黑的湿。张满朵抚摸了一下张满龙的头。张满龙的头发很长，胡子也很长，乱糟糟的，像乱草。张满朵说，满龙，你马上就有女人了。你有了女人就得看紧一点，不然又要跑了。张满龙说，在哪里？女人在哪里？

张满龙果然就有女人了。张满龙的女人叫骆梅芳。一个天气晴朗的下午，骆梅芳和凤仙一起出现在一条笔直的泥路上。在这之前，骆梅芳告别了爹娘。骆梅芳说，爹，我走了。爹就说你走吧。骆梅芳说，娘，我走了。娘就说你走吧。骆梅芳又对哥说，哥，我走了。哥说走吧走吧。哥是三十六岁的老光棍了，娶不了媳妇据说是因为他有一个盲眼的妹妹。现在妹妹终于走了。妹妹和她的竹竿在凤仙的牵引下一步步走向了张满龙家的院子。走进了院子，张满朵和张满龙正坐在院子里，骆梅芳的竹竿探到了那棵枣树。骆梅芳伸出手迅速地摸了一下树皮，说，是枣树。然后她一伸手，就摘下了一颗青青的枣子。骆梅芳坐在枣树底下吃枣子。吃完枣子她说，我叫骆梅芳，我五岁的时候就什么也看不到了。你呢？你叫什么？张满龙说，我叫张满龙，我的女人跑了。我的女人叫小玉，她很漂亮的，也很胖。骆梅芳哑哑地笑起来。骆梅芳说，你眼睛看得见的，你怎么会管不住她？你太没用了。张满朵没吱声，她看着凤仙领了一个瞎女人进来，就在心里骂了。那两千块钱，一定全部落入了凤仙的腰包。最后，张满朵对张满龙说，满龙，你看到了，梅芳是这个样子，你要不要？张满龙揩了揩涎水说，姐，我要的，为什么不要？张满龙又说，姐，我知道，凭我是留不住女人的，还是看不见好，想跑也跑不了。张满朵就一直看着张满龙，她发现张满龙又变好了。张满龙站起身来，他摘下了一颗枣子，递到骆梅芳手中，说，你尝尝吧。你尝尝，这是茶花种的。骆梅芳问，茶花是谁。张满龙说，茶花是我娘，也是张满朵的娘，可惜现在不在了，她现在住到南山了。骆梅芳说，那她为什么要住到南山去呢？

张满朵听着他们俩的对话，想，满龙要找的人，其实就是骆梅芳，一定是骆梅芳了。张满朵离开院子的时候，他们俩还在枣树底下聊天，没有发觉凤仙离去了，张满朵离去了。他们发表着他们的意见，后来，张满龙牵着骆梅芳的竹竿去村子里转。张满龙说,我带你认认路。骆梅芳就笑了,说,原来你就是我的男人。

12

这天张满朵去了张春的窑厂。张满朵后来记不起来自己是怎么去张春的窑厂的,反正她就鬼使神差地去了窑厂,她看到了熟悉的烟囱、砖坯和在烟囱下叼着香烟的张春。她闻到了柴火那好闻的味道。张春的目光忽然亮了一亮,他先是看到一个像企鹅一样走路的女人蹒跚着向这边走来,然后他看清了那是挺着大肚子的张满朵。张春的脸上盛开了一朵鲜花,他看着一个女人渐渐走近,他伸出了双手,搀她在石头上坐下来,并且叮嘱让她小心一些。张满朵心里忽然就有了一些感动,这种细腻的关怀是张文武不能给的。他们两个人谁也没有说话,至少在张春那个像沙发一样的女人出现之前没有说话。阳光很暖和,笔直地泻下来,他们的样子看上去就像是在晒太阳。然后就是一个像沙发一样的女人突然出现了,好像是从地底里冒出来的。和她同时冒出来的,还有两个男人,看上去长得很像。张满朵的脑子里急速地转着,从两个男人的五官上,她猜想一定是沙发的弟弟。果然,张春讪笑着和两个舅子打了招呼。两个舅子只从鼻孔里发了一个简单的音还给张春。沙发走到张满朵面前,她的脸上盛开着笑容,像初夏阳光下的向日葵。但是张满朵看到了沙发眼中的仇恨。果然沙发说,你这个狐狸精,我们都是女人,你何苦来害我们家张春呢?张满朵没说话,只拿眼冷冷地盯着沙发。沙发又说了,你以为我不知道?你来过窑厂几次我都知道,你就那么贱吗?你就那么没人要吗?你还会送货上门。村里这么多男人,你一定都送货上门了吧!张满朵还是没说话。张满朵冷冷的眼神让沙发感到自己在气势上并没有赢得多少,所以,她简直有些咬牙切齿了,她开始凭借大嗓门吼起来,你这个千人睡万人搞的贱货。这时候,张满朵肚子里的小家伙伸了伸小拳头,张满朵想,小家伙一定是打了一个哈欠,并且姿态优美地伸了一个懒腰。张满朵把目光抛向南山,南山上躺着安静的茶花。张满朵说,茶花,有人欺侮我们娘儿俩了,你说怎么办?张满朵又把目光收回来,降落在张春身上,这个平时意气风发的男人,这个曾经在张满朵身上生龙活虎心肝宝贝乱喊乱叫的张春,居然讪讪地低下了头,为了掩饰心中的不踏实,他还用他的那双旧皮鞋踢着一粒小石子。张满朵的眼眶里蓄满了泪水,她无力地摇了摇头。她说,张春,我看错你了,你连我们家文武也不如。张满朵不再说话了,此后她听不到沙发歇斯底里的吼叫,她的眼中是一个安静的无声世界。但她看到了沙发在一跳一跳,显然是气急败坏了。张满朵始终微笑着,用手轻揉着腹部。她看到沙发不再跳了,而是一脸坏笑地盯着张满朵的肚子看。张满朵就知道不好了,一定要坏事了。果然沙发和两个男人耳语了一番,两个男人点了点头,向她走来。他们架起了张满朵的两只胳膊,开始沿着窑厂堆砖瓦的场地拖。这时候,张满朵就看到了无边无际的蓝天,这是一种什么样的蓝呀,蓝得让人心痛。一切都很静,张满朵听不到一点声音,而且一点力气也没有。每拖一圈,她都会看到一次沙发狰狞的脸,还会看到张春麻木的脸。每次经过张春身边时,张满朵会积蓄所有的力量朝张春吐上一口痰。张满朵一直朝着张春吐痰。

张满朵的鞋子被拖没了，张春的脸上身上也全都是痰迹。张满朵忽然看到张春低着头在流泪，一刻也不停在流泪，这让张满朵的心隐隐痛了。张满朵在心里叹了一口气，看来自己是真的爱着他的。张满朵停止了吐痰，她看到了蓝天中的茶花，看不出下半身，只看到上半身那样飘着，满脸愁云地看着她。然后，她就什么也不知道了。

张满朵醒来的时候，躺在张文武家的院门口。张满朵支起上身，首先她看到了自己两只光着的脚丫，这让她想起了被人在窑厂里拖的情景。然后她看到了裤腿上的一摊血，她下意识地用手按住了肚子。她突然意识到自己的孩子一定已经没了，她开始不可遏制地淌眼泪。泪眼迷蒙中，她看到了许多双脚。她抬起头，看到了婆婆和村里的许多人。婆婆叹了一口气，又叹了一口气。婆婆一直都在叹气，那个叫文武的男人却始终没出现。婆婆说，张春的女人说了，肚里的孩子是张春的，我们不能留你，我们家文武再穷再傻也不能做了乌龟还替人养孩子。张满朵凄然地笑了笑。张满朵听到婆婆说，我们不能留你了，但是请你还我们的两千块钱。那是我们家文武东拼西凑借来的。张满朵郑重地点了一下头，又点了一下头。点了两下头只是为了说明，她欠下了张文武家的，她一定会还的。然后，她使出所有力气将自己仰着的身子翻转来，她感到骨头不是自己的，骨头已经散得一塌糊涂了。她开始慢慢朝张满龙家的方向爬。她看到了许多双脚，这些脚都是村里人的。她没有看到他们的表情，但是她知道一定全是一副漠然的表情。张满朵的身上积满了尘土，泥路上留下了她爬过的痕迹。从出生以来，这是张满朵和土地最为亲近的时候。茶花说生她的时候是在地里，但是她是不会记得自己出生时候的事的。她只记住了现在，她离土地原来如此近，那么，躺在南山上的安详的茶花，她离土地更近了。现在她才明白，茶花在南山上一定很踏实、很满足，土地，竟然使人有了如此的亲近感。张满朵忽然听到了两个人的脚步声，然后她看到了一个叫张满龙的人，牵着一根竹竿向这边走来，竹竿的另一头，当然就是骆梅芳了。张满龙背起了张满朵，然后腾出一只手牵住骆梅芳的竹竿。张满龙说，姐，我们回家。张满朵的眼泪就洋洋洒洒地落在了张满龙的肩头。

13

张满朵就在张满龙家里养伤，骆梅芳让张满龙把张满朵背到院子里。然后，她就陪着张满朵说话。阳光下张满朵能看到骆梅芳脸上细密的绒毛，原来，如果不是她的眼睛看不到了，骆梅芳还是个难得的美人坯子。骆梅芳说我五岁开始就看不到东西了，那年我和我娘去山上，结果被野蜂叮了一口，头肿了起来，第二天就什么也看不到了。家里没有钱，过了一个月，我们才去医院查。县城的医生说，已经迟了，角膜已经坏了，换角膜需要很多钱的。现在，我连花是什么样子的都已经忘了。我已经在黑暗里摸索了二十年，好在满龙他要我，他给我讲花是什么样子的，给我讲云是怎样在天上飘的。他长什么样子的。他说他很漂亮，我说让我摸摸，他就把脸给我了。我一摸，果然摸出他这个人很漂亮，鼻梁也挺，眼睛也不小，而且是双眼皮，就是嘴巴大一点。这也没关系的，男人嘛，嘴巴大，吃四方。张满朵静静地听着,她看到骆梅芳的笑容像阳光一样灿烂,原来一个人的满足就是一生中最大的幸福了。张满龙一直在旁边嘿嘿地笑着,说,姐,骆梅芳是个好心人呢,她常挂着你,说是你一直照顾我的,做人不可以没良心。张满龙又说,姐,我们想要一个孩子,有了孩子我们带着他上南山去看茶花。等我们有钱了,我还要给骆梅芳治眼病,医生说这眼病是能治的。张满朵听着听着,就握紧了身旁骆梅芳的手,她现在知道,原来离幸福最近的是这一对人。

张满龙上山采来了中药,院子里就一直弥漫着中药的味道。张满朵的身体渐渐变好了,她可以站在院子里的阳光底下伸胳膊踢腿了,可以帮着骆梅芳洗衣服了。骆梅芳眼睛看不见,但是她可以干一些简单的活。张满朵有一天觉得精神很好了,吃过中饭,她就说要去外面走走。张满龙说,姐,你去哪里?张满朵说,我去张春家找沙发算账。我的孩子没了,我不找她算账,我就不是张满朵。张满龙说,你等等我,我也去。张满朵说,你别去,你去会闯祸。张满龙不再说话,他走到院子里开始磨一把柴刀,霍霍的声音就在院子里响起来。阳光下,柴刀开始变得锋利无比,张满龙用手试了试刀刃,然后,满意地插进了腰间。张满龙跟着张满朵出门了,一路上他们没有说话。村里人都看着两个匆匆赶路的人,就问干什么去。张满朵没说话,张满龙说,我们找沙发算账去,她让我姐没了孩子,我们不找她算账,找谁算账?沙发有兄弟帮她,难道我们张满朵就没兄弟帮她?村里人就一起跟着去了,他们脸上盛开了笑容。村子里的生活太平静了,平静得像一潭死去的水一样。现在,这潭水里,被张家姐弟投进了一枚小石子,所以,村里人才会像过节一样高兴。

张满朵进了张春家的屋子。张春像一条狗一样蹿了出来,他一看这架势就知道不对了。他跑了。他跑了是因为对自己老婆和张满朵他不可以帮任何一个。然后,张满龙抽出柴刀守住了门口,他让张满朵进屋去,他说,张满朵,我只能守住门口,你能不能打赢沙发,那是你自己的事了。张满朵点了点头说,好的。然后,张满朵闪身进了屋。很快的,屋里传来了噼里啪啦的声音。屋外的人围成一个圈,他们的笑容很麻木,但是他们却很守秩序,谁也没有靠近屋子。张满龙知道,他们在等待一个结果。这时候,沙发的两个兄弟听到消息赶来了。他们推开了人群,向屋子走去。他们当然看到了门口立着的一个大汉和大汉手中寒光闪闪的柴刀。他们还看到大汉冷冷而又不屑地看了他们一眼。他们还知道,如果冲上去,他们就会被大汉卸下胳膊或是大腿,在权衡利弊之后,他们悄悄退了出来,因为他们知道他们的胖姐姐无论怎样也是不会有生命之虞的。

张满朵终于出来了。张满朵出来的时候,因为阳光的刺眼而眯了眯眼睛。然后,她拍了拍衣服,好像要拍掉灰尘似的。其实她身上没有灰尘,只有一些淡淡的血迹。张满朵微笑了一下,说,满龙,真累呀,我从来没有这么累过,比上山打柴要累多了。然后,张满朵和张满龙走了。人群让开了一条路,然后,又合拢了,迅速向屋子里挤去。他们不约而同地看到,一个肥胖的女人,衣服被撕成一缕一缕的,脸上全是被手抓的血痕,头发蓬乱着,而且有许多头发被撕了下来。嘴巴也破了,淌着血,好像是撕裂的。她的目光已经呆滞,看到人群中的两个兄弟时,她才淡淡地说,你们来了。

14

张满朵的生活平静下来了,张满朵突然感到从来没有这么平静过。她平静地和张满龙一起去地里干活,平静地和骆梅芳在院子里聊天,平静地去河埠头洗衣服。张满朵很害怕这样的平静,平静以后,就一定会有大事发生。果然有一天夜里,窑厂里起火了,所有用来烧窑的柴火全部烧毁了。还有就是那些新鲜的砖坯被捣得一塌糊涂。大火一直烧到第二天早上,火光把整座村子映红了。第二天早上,人们看到一个失魂落魄的人站在灰烬的中间,他的身边,还有余烟在袅袅升腾。这个人,就是张春。

张春什么也没有了。张春曾经是村子里富裕的人,现在他不是了,尽管他的身上还飘着"金猴"香烟的香味,尽管他还有一辆噪声很大并且老是要熄火的摩托车,但是,除此之外,只有一个胖女人属于他。镇上派出所的警察来了一趟,开着一辆很旧的三轮摩托。开摩托车的是小骆,村里人都认识他。他把摩托车停在村口,就步行着进村了。他步行着进村是因为摩托车熄火了,他发动很久也没能把摩托车重新发动起来,还狠狠地踢了三轮摩托几脚,有一脚大约把自己的脚趾踢痛了,所以他的样子有些龇牙咧嘴的,这些村里人都看到了。然后这个穿着笔挺警服的小骆进了村主任家,在村主任家一尘不染的沙发上坐了下来。再然后,一些人被村主任叫进了家里,小骆摊开笔记本,很认真地把他认为重要的东西记录下来。张满朵也被叫进了村主任家。张满朵进了村主任家才认出小骆原来竟是她初中时的同学。小骆是镇长的儿子,那时候调皮捣蛋,如果他老子不是镇长,他早就被开除掉了,因为他有一次居然偷看女老师洗澡。小骆朝张满朵笑了一下,说,满朵,根据我们掌握的情况,你的作案嫌疑最大。现在我问你,那天晚上,你在哪儿?在干什么?张满朵便开动脑筋想那天的事,但是她想不起来了。那天她应该会吃晚饭吧,应该和张满龙和骆梅芳谈了一会儿话吧,应该上床睡觉了,应该在没有睡着之前想了一会那个曾经给过她快乐的张春吧。张满朵想了许久,也没能想起来自己究竟在那天晚上干了什么。最后,张满朵迷惘地摇了摇头说,我真的想不起来了。村主任就把脸拉成驴脸一样。村主任说,坦白从严,抗拒从宽。村主任以为自己说的这句话很像干部,也很漂亮,但是他想了一会儿才知道自己说错了,忙改了过来说,张满朵同志,坦白从宽,抗拒从严。小骆笑了笑,合上了笔记本,又抬腕看了看表。看表的时候,他轻轻地叹了一口气,说,老同学,还是跟我去镇上聊聊吧!他给张满朵上了铐,上铐的时候,张满朵没有拒绝,但是她很清楚地对他说,小骆,你搞错了,你一定是搞错了,你这样会害了我的,你会把我一辈子毁掉的。小骆没有说话,又笑了笑说,你先跟我去所里吧,我们不冤枉一个好人,也不会放过一个坏人。张满朵就跟着小骆走了,走之前,她一直都在想,这句话怎么这样熟悉。后来她终于想起来了,村里放了一部破案的露天电影,电影里面有这样一句台词。

张满朵跟着小骆上车了,上车的时候,有许多人围拢来看,张春也看到了,他的眼光中就露出怨恨的神色。许多人都说,这个女人够狠的。张满朵没说话,她一直坐在车里,她的目光抛向了遥远的南山,她仿佛又听到了一声来自南山绵软而又悠长的叹息,那是茶花的叹息。小骆在忙着发动摩托车,但是摩托车还是没能顺利发动起来。这时候,张满龙用竹竿牵着骆梅芳来了。他们站在摩托车前。张满龙说,张满朵,你又不是放火犯,为什么要抓你?我看公安人员的眼睛比我们家骆梅芳的眼睛还要瞎。骆梅芳说,张满龙你怎么可以这样说?公安人员怎么会瞎眼呢?公安人员心里比谁都亮。要是没把姐放回来,那才叫瞎了呢,姐你说是不是?张满朵说,我马上就能回来的,我又没有放火,再说我有许多事情要做,我要赚钱还张文武家的两千块钱,我还要赚钱替你治眼病呢。我答应过茶花,我要照顾满龙的。

这时候,摩托车发动了,发出巨大的声音,并且扬起了一篷烟。张满龙盯着那篷烟说,这铁马的屁真大,像发原子弹。有人就笑了,说,张满龙你见过原子弹?张满龙说,你这个傻瓜,不可以想象一下吗?

摩托车就在张满龙的无限想象中歪歪扭扭冲出了村子。出了村子,小骆放慢了速度,并且停了一下,给张满朵开了铐。小骆说,老同学,你别怕,事情会查清楚的,有我呢。摩托车来到了镇上,速度就更慢了。这时候,张满朵看到了街上的许多人,看到了一块电影牌,电影牌上画着男人和女人,还看到了南货店,看到了知青饭店。然后,她看到了一个这么热的天也穿着皮衣的人,他的旁边,是有说有笑的女人,女人的嘴里,还在啃一个啃了一半的苹果。他们,就是冒充城里人的刘拐和从甘肃来的小玉。

15

　　张满朵说,小骆,你停一下。小骆没听到。张满朵又说,小骆,你停一下。小骆终于听到了,说,干什么?张满朵说,我看到熟人,就是前面那两个人,我和他们说一句话。小骆说快点回来,就将车停了下来。但是没熄火,他怕又发动不起来。然后,小骆看到张满朵快步走了过去,她并没有和他们说话,而是一上去就抱住了小玉,接着街上的人都听到了一声撕心裂肺的号叫,他们看到一个胖女人手捂着耳朵,她的手指缝里渗出了许多的血水。他们还看到一个怒气冲冲的女人,嘴里居然衔着半截耳朵。女人就是张满朵,张满朵呸地吐掉那半截耳朵,咬牙切齿地说,我早说过了,我们都是女人,你以为两千块钱很容易赚吗?然后她又狠狠地踢了在地上打滚的小玉一脚,接着把目光投在了刘拐身上,冷笑着说,你也有份的,我今天找你算账。刘拐被突如其来的变故惊呆了,他猛然意识到这个傻女人正像发威的老虎一样,而且马上就会对他不利了。于是他想也没想就冲向了旁边的百货商店。百货商店里一个麻脸的店员正在修手指甲,她被突然冲向店里的一个穿皮衣的男人吓了一跳。接着,她听到了刺耳的刹车声和熙熙攘攘的人声。

　　张满朵倒在了血泊里。张满朵记得自己是冲向百货商店的,但却突然轻飘飘地飞了起来。然后,她觉得整个人如麻木了一般。她以为自己要死了,但是却没死。小骆将车停了下来,他赶过来了,他带回来的人突然倒在大街上,让他难以交差。所以他很懊丧。张满朵看到了小骆锃亮的皮鞋,就说,小骆,我的心口为什么这么甜？我又没吃糖，为什么有这么甜？

张满朵被送进了医院，她的眼前晃来晃去都是白大褂，她还听到器皿撞击的声音。张满朵还看到了刺耳的灯光。张满朵想，这些人围着我干什么？然后，张满朵就什么也不知道了。

张满朵醒过来的时候，看到了张满龙和骆梅芳，还有张春。医生进行了抢救，但是她的失血量很大，而且，有内脏破裂。医生对张春和张满龙、骆梅芳摇了摇头，他们就知道，一个人就要去了。张满龙当即流下了眼泪。张春说，可以见见吗？可以见她吗？医生说好的。于是他们就见到了血肉模糊的张满朵。

张满朵说，我是不是不行了？张满朵笑了，说，不行了也没关系。张春，我没有放火烧你窑厂，真的没有。张春说，我知道，我知道。张满朵说，把我的角膜给了骆梅芳，把我有用的器官给医院吧。我欠了张文武两千块钱，我把身上有用的东西拿来还他们的钱。还有，余下的钱，让我弟弟盖新房，再让你的窑厂重新开窑。我身上的东西反正没用了，把什么都卖了吧，卖完了，就把我埋在茶花的身边。

张满朵看到骆梅芳一直没有说话，但是，她的眼睛里流下了两行泪水。张满朵说，你们一定要照我说的去做。她看到张满龙点了点头。她感到身子轻飘飘地飘了起来，飘出了医院，医院外的大街上，人很多，阳光也暖和，她看到百货商店门口，有一摊自己留下的血，已经变成暗红色了。这时候，她突然听到响亮的哭声从医院的某个房间里传出来，她就回过头，朝那个房间的那扇窗笑了一下。

16

　　这一天,南山往日的宁静被打破了,茶花的旁边多了一座新坟。张满朵听到有人在放鞭炮,那是张满龙在放;一个人在她面前磕头,那是骆梅芳,骆梅芳已经有了明亮的眼睛。还有一个人,站在她面前不说话,那是穿着中山装的张春。张满朵的身子是空的,张满朵想,我把什么都留给别人了。然后,一切都平静下来。

　　接下来的日子就很安静,只能听到野兔出没时的声音和鸟的叫声。阳光直直地射下来,让张满朵感到了温暖,她不用再干活了,在每一个晴天,她只要晒晒太阳就行。她看到了张满龙家的院子里,弟弟张满龙和骆梅芳的幸福生活,骆梅芳已经把肚子挺得很高了。一棵枣树又结了枣子。那是茶花带着她和张满龙一起种的。她伸了伸腰身,她很累,想要睡一觉,这时候一只手从旁边伸了过来,轻轻地抚摸着她的头发,轻轻地叹了口气。她的眼泪就开始滚滚而下,落在温暖的泥土里,把泥土浸湿。这一刻她终于知道,自己从来不曾远离过土地。旁边的手,又伸过来,摸了张满朵一下,张满朵就想,南山,才是最温暖的。

　　山下一座窑厂的烟囱,又开始冒烟了。烟囱的下面,一定是一个穿中山装,抽"金猴"牌香烟的男人。张满朵这样想着,就露出了微笑。

到处都是骨头

1

李才才带着一把黑色的长柄雨伞回到了村庄。李才才离开村庄已经七年了,七年就等于两千多个日日夜夜。李才才想,村里人,差不多都已经把我忘了吧。李才才看到了熟悉的村庄升腾着地气,猪牛粪的气息夹杂在地气里亲切地扑向了他。村子的上空挤满了炊烟,像不停招摇的水草一样。李才才还闻到了米饭的清香,感到肚子饿了,肚子好像被什么东西掏空了似的。李才才很想吃一碗米饭,最好米饭上还盖着几块咸肉和一个荷包蛋。李才才咽了一下唾沫,不管怎么说,回到村庄是一件令他感到开心的事。这个时候,李才才站在村口的大樟树下想:我应该哭一哭的,七年了,我还是哭一哭吧。李才才刚想哭的时候,看到了三个男人,他们站在不远的地方,用粗大的胳膊抱住自己的身体,向他张望着。

李才才只好挤出一个笑容,他把笑容送给了三个男人。李才才沙哑的声音也随即响了起来,地瓜、土豆和玉米,我回来了。地瓜、土豆和玉米是三兄弟，他们没有爹娘，是三个光棍。他们曾经不是光棍的，但是最终还是做了光棍。地瓜、土豆和玉米一言不发地向李才才走来，他们一言不发的样子，令李才才感到害怕。他手里黑色的长柄雨伞拄在了地上，像是地主老爷的文明棍一样。他的脸上仍然挂着笑容，因为他突然发现自己脸上的皮肉已经僵硬了，那个做出来的笑容，怎么也退不下去。

地瓜、土豆和玉米站在了他的面前，他们呈三角形把李才才围在了中间。地瓜刚好站在了李才才的面前，地瓜的胡子已经很长了，他一定有很长时间没有刮胡子。李才才还闻到了地瓜身上散发出来的狐臭，狐臭令李才才感到恶心。李才才差点就要呕吐了，但是有一个声音一直在李才才的耳畔响着，李才才，你要坚强，你坚决不能吐，你还要装出很喜欢这种味道的样子。你要是吐了，那你就死定了。李才才果然就没有吐，他看到地瓜的小胡子抖动了几下，他不能分辨地瓜小胡子的抖动，算不算是对着自己笑了一下。地瓜说话了。地瓜说，李才才，你终于回来了。我们三兄弟，等了你七年。这次李才才闻到的是地瓜的口臭，李才才想，地瓜一定不刷牙。地瓜一定一年四季都不会刷牙。

地瓜接着说，李才才，你把李秀英给我们找回来，她是我地瓜花了三千块钱买的。三千块钱，我得花多少力气才能挣回来呀。她跑了，我就找你算账。她是我们兄弟三个的老婆，我们穷，讨不起老婆，所以我们就合用一个老婆。她给我们烧水、做饭、洗衣，她是多么好的一个老婆呀，但是现在她不见了。她像是从来没有在我们村里出现过一样不见了。李才才，是你把李秀英带到村子里来的。现在,我们找你算账。你说吧,我们怎么个算法?

地瓜的话音刚落,李才才手里的黑色长柄雨伞就被他身后的玉米拿走了。长柄雨伞飞了起来,像一颗瘦长的黑色的子弹,落在了不远的草垛上。然后,玉米和地瓜各伸出了一只脚,他们踢向了李才才的膝弯,李才才的腿一麻,就跪倒在地上。再然后,玉米又在李才才的背上踢了一脚,李才才就整个身子倒在了地上,像一条巨大的行动迟缓的肉虫。李才才的脑子里一下子空了,他搞不懂自己刚刚回到村庄,怎么就一下子躺在了地上了。凭直觉,他感到自己的身下有一坨猪粪。他的身下果然有一坨猪粪。现在,这坨柔软的湿润的猪粪显然已经被他压扁了。地瓜的一只脚,踩在了李才才的脸上。地瓜穿的是一双破旧的解放鞋,李才才看到了从解放鞋里顽强钻出来的脚趾。闻到了来自地瓜身体的第三种气息,脚臭令他的胃开始翻腾起来。他突然想起了在劳改农场里看过的一些外国录像片,录像片里的黑帮老大,就专门用脚去踩别人的脸。现在,地瓜的样子,无疑就像那些黑帮老大了。地瓜三兄弟,算不算村庄里的"黑帮"。

李才才感到腮帮有些酸,他相信自己的腮帮是被一双臭脚踩酸的。他的嘴角流下了一大堆壮观的涎水,那也是被一双臭脚踩下来的。李才才已经不能动弹,他像一只死去多时的螃蟹一样,趴在地上。但是他还是看到了许多脚向他奔来,他不能分辨这些脚是谁的,但是他却清晰地分辨出村里人的声音。他们在说,好像是才才回来了,这个懒汉终于回来了。哈哈,我们差点都把他忘了,现在他却突然回来了。李才才知道这个声

到处都是骨头

音是万松铜锣的。万松铜锣的声音非常洪亮,所以大家才会叫他万松铜锣。在万松铜锣的哈哈声里,聚集的人越来越多,他们说,快来看,才才回来了。

李才才突然觉得很委屈。他本来想在大樟树下哭一哭的,结果还没来得及哭,就已经被地瓜踩在了地上。李才才想,自己多么像一只蚂蚁呀,只要别人一个手指头的力量,就可以让自己在世界上消失。李才才越想越委屈,他终于哭了起来。他的哭声很低,不太有人能听得到。这时候,李才才被地瓜猛踢了一脚,这一脚踢在了胸口上。李才才痛了,是钻进骨头里去的那种痛。李才才的身子马上就缩成了一团。然后,土豆把他提了起来,很轻易地把他举过了头顶,然后,像是丢掉一件废弃不用的东西一样,那么随便地一抛,李才才就像一只破皮球一样,被甩向了草垛。在身体落在草垛上以前,李才才无声地笑了,因为他突然感到自己的运气来了,如果土豆不是把他抛向草垛,而是抛向一块大石头,那他李才才不被撞死才怪。

人越来越多了。人一多,就像蚂蚁。李才才一点也没有想到,他在监狱里待了七年被放出来,会被村里人用这样的方式迎接。他的脑子来不及再去想其他的,因为在很长一段时间内,他都被这三兄弟拎起来抛出去,像在玩一个游戏一样。李才才就在半空里飞来飞去,像一只破皮袋一样。后来终于安静了下来,安静下来是因为地瓜、土豆和玉米已经累了。他们是三个壮实的家伙,他们在土埂以外的河边挖沙子卖给建筑工地。他们曾经的老婆李秀英,是李才才从江西拐卖来的。那时候李才才穿着西装,系着领带。他接过了地瓜手里的三千元钱,站在自己家的屋檐底下点钱。那时候下着一场雨,李才才对着天空狠狠地看了一眼说,他妈的,这雨真大。然后他开始专心地点钱。他一共数了两遍,确认那是地瓜的三千块钱。地瓜高兴地领走了李秀英。李秀英从李才才身边走过时,李才才伸出了一双瘦而白净的手,鸡爪一样落在了李秀英丰硕的屁股上。李秀英回转身,她的手里拎着一只人造革的包,她朝李才才的脸上吐了一口唾沫。地瓜大笑起来,笑得人都歪了过去,他看到李才才在专心地擦着脸上的唾沫。地瓜说,哈哈,李才才,哈哈,李才才,你看看你多像一条瘦狗呀,连女人都往你身上吐唾沫。李才才愣了一下,但还是笑了,他甩了一下手中的钱说,他妈的,老子有钱了。

李才才望着李秀英跟着地瓜走了。不远处,地瓜的两个兄弟,各睁着一双呆眼看着地瓜领回来一个女人。李才才看到李秀英走进了雨幕里,很快地,她就被雨打湿了。李才才突然有了一些失落,他想,这样的女人留给自己用不是更好吗?李才才一共骗来了好几个女人,李才才的家一下子热闹起来,许多光棍都亲切地叫他才才哥。其实他自己也是光棍,但是他很乐意做光棍。直到有一天,他在自己那间破房子上落了一把大得有些夸张的锁,他落上了这把锁是因为有一辆警车在家门口等着他。他上车的时候,回过头看了一眼门上的那把锁,在想,这把锁总是安全的吧。其实李才才的家里,除了四面墙壁和墙上的一张年画以外,就什么也没有了。

现在李才才回到村庄了。他躺在村里人面前翻着一双白眼望着蔚蓝的天空。李才才想,天怎么那样蓝呀?天怎么可以那样蓝呢?这时候,他听到了地瓜的声音。地瓜的声音像是从遥远的云层里落下来似的,声音说,李秀英这个婊子养的跑了,李才才你就得还我们三千块钱。你不还三千块钱，我们兄弟三个就把你撕了去喂狗。李才才，你有没有听到？李才才想答应一声的，因为他怕不答应的话，那只臭脚再一次落在自己的脸上。但是他没有力气答应了，他的嘴巴在张合着，像一条被抛到岸上的奄奄一息的鱼一样。然后，他看到村里人慢慢散开去了，地瓜、土豆和玉米也走了，这三个矮胖的力大无穷的家伙，走路的时候一摇一摇的，像是陀螺一样旋转着离开。一下子安静下来，李才才想，怎么这样安静呢？怎么会这样安静呢？他看到了天边的夕阳，那血红的颜色，像潮水一样涌了过来。在瞬间，就把他包围了。他躺在地上，拼命地笑了一下，轻声说，我李才才回来了。

2

李才才回到了村庄。李才才是被一个叫麦枝的女人拖回家去的。麦枝花了很大的力气才把李才才拖回了他满是灰尘的家中。那是积了七年的灰尘，麦枝把李才才抛在了七年的灰尘上。麦枝用手擦了一下脸上的汗，笑着说，李才才，看你很瘦的，怎么这样沉，像死人一样。李才才再一次在地上翻了翻白眼说，其实我和死人只差了一口气而已。接着他像是突然想到了什么似的，说，麦枝，我的长柄雨伞呢？你能不能把我的长柄雨伞找回来？麦枝很轻巧地说，不要了吧，不就是一把雨伞吗？李才才说，不行的，这把伞对我来说，已经是很值钱的财产了。

麦枝后来果然去找那把长柄雨伞了。麦枝在草垛上找到了那把黑色的雨伞，那把雨伞很寂寞地躺在草垛上。麦枝拿着雨伞回到了李才才的家,她看到李才才还像一条懒狗一样躺在地上,就把雨伞丢在了李才才的身边。然后她做了一个稍息的动作,那是一个不会令她太累的动作。她说,李才才,你把我从江西骗到了这儿,你让我嫁给一个一年四季都哮喘的旺旺。他旺在哪儿了?一点也没觉得他旺。他连气都喘不过来,每天像我一样伸着长脖子,吸一口气像抽风箱似的,要多难听就有多难听。不过现在不难听了,因为,在你被抓走后的第三年,旺旺已经死了。

李才才在七年的灰尘上翻了一个身,他把身子侧了过来,用一只手托住了自己的头。李才才听到麦枝说旺旺已经死了的时候,就想,是不是可以再骗麦枝一次,把她卖掉。但是李才才很快就在心里狠狠地骂了自己一句,才才,是不是你的牢还没有坐穿?麦枝的声音很平缓,她在诉说着一个关于旺旺之死的故事。旺旺是去放牛的。旺旺是一个不能干重活的务农人,所以,他基本上就不算是一个务农人。后来旺旺骑在牛背上回来了,他是死在牛背上的。牛走进院子的时候,麦枝正在铡草。麦枝抬了一眼说,死鬼,你下来吧。旺旺果然就掉了下来,死了。麦枝吓了一跳,终于大叫一声,呀,死鬼,你真的死了呀!

麦枝用平静的口气讲完了一个哮喘病人旺旺的死。麦枝微笑地看着地上的李才才,说,你起来吧,你也不用赖在地上了。你再怎么赖着,也不可能有人来扶你的。我要走了,现在我一个人过,我是一个无所事事的寡妇。我有一亩八分的田,和三分自留地、七分茶园。我每天都在地里忙活着,晚上还有许多骚狗来敲窗。李才才你要给我记牢的,我现在这副样子,是你害的。

麦枝说完就走了。李才才什么话也没有说,他觉得自己的力气一下子就全跑完了,像被一种什么东西吸走了似的。屋子里一下子安静了下来,他抬眼看到了墙上的年历画。年历画上是一个美丽的女人,正在微笑着,她的微笑也同样被盖上了七年的灰尘。李才才后来从地上爬了起来,他爬到了自己的床上,一张积满灰尘的床上。但是他什么也顾不了,他想睡床总比睡地上要好得多。然后,他就睡过去了。他一直睡到麦枝来拍门。他没有想到麦枝会再一次光临他的破屋,但是麦枝却踩着一地的阳光来了。

麦枝推开门的时候,带进了一群阳光。这群阳光像小鸟一样叽叽叫着。麦枝的脸色红润,她好像有使不完的劲,她的身上溢出了一种力量。麦枝手里还拿着一只塑料脸盆,脸盆里放着一块抹布。她卷起了衣袖,在院子里的井台边打水。她不停地按压着井口那根铁杆,水就从一个小孔里拼命里往外奔逃着。七年没有使用的井,七年没溢。现在水跑出了井台,在院子里奔跑着。麦枝端着水进屋了,她开始擦洗屋子里的旧家具。旧家具像一群打瞌睡的老人,突然之间被惊醒了似的,它们开始窃窃私语。李才才从床上懒懒地翻了个身,然后他缓慢地下床,像一位老了的老爷。李老爷想,我多么像老爷啊。李老爷下了床,说,麦枝,你为什么要来帮我做这些?你是不是觉得我老得做不动了,才帮我来做这些活的?

麦枝没有说什么,她看了李老爷一眼,她的眼波里流淌着温情,这让李老爷激灵了一下。李老爷想:是不是这个女人看上我了?李老爷开始观察这个女人:这个女人不胖也不瘦,不高也不矮,长得也不错,再说旺旺也经死了。李老爷吸了一口凉气，想，是好事啊，这是好事啊。李老爷一高兴就唱戏，他一唱戏就真的以为是老爷了。他唱着戏走到了院子里。院子里流着水和阳光，院子里的气息让他感到惬意。阳光抽打着他的骨头，令他感到舒适。他开始脱衣服，他脱掉了衬衣和长裤，把瘦巴巴像麻条一样的身体呈现在阳光下。他想，回家，真是好呀。

衣服是麦枝洗的。洗衣服的时候，麦枝一直皱着眉，因为她闻到了衣服上的臭味。黄昏一点点降临了。黄昏降临就等于是夕阳降临。夕阳悄悄来到了李才才家的院子里，悄悄地埋伏过去，一把就把麦枝和李才才给抱住了。这时候，李才才的屋子已经很干净了，李才才想，多好的女人啊！我的干净的生活，就要开始了。

麦枝说，我走了。麦枝端着她的塑料脸盆走出了院门。李才才看着她转过身去，看着她滚圆的屁股像石磨盘一样滚动着。麦枝走出院门的时候，李才才把自己的目光艰难地从麦枝身体的中间部位拉了回来。李才才说，你给我站住。麦枝，你为什么要对我这么好？麦枝回过头来，妩媚地笑了。麦枝说，不为什么。麦枝想了想又说，不过你一定会明白的，你会明白我为什么要对你好。

麦枝后来就常来。麦枝来了，就帮李才才干活，洗衣做饭什么的。李才才喜欢吹牛。李才才穿着干净的衣服，衣服里包裹着他瘦弱的身体。李才才把自己瘦弱的身体搬到村口的樟树下，樟树下的人多。李才才就告诉村里人，自己这七年是如何过来的，他说他在监狱里，大家都得听他的。他出狱的时候，监狱里哭声一片，都为他的离开而感到难过。然后他就说起了

到处都是骨头 | 271

麦枝。他意味深长地说,麦枝这个女人,够水灵啊。

村里人的脖子就一下子伸长了,他们并不想听他监狱里哭声一片的事,但是他们想听关于麦枝的事。他们都看到麦枝在李才才的院子里进进出出的,现在听李才才一说,他们就争先恐后地把脖子给伸长了。李才才见好就收,他不再多说什么,而是反背着双手慢悠悠地踱回自己家的院子。

李才才回到自己家院子的时候,看到了麦枝正在打扫院子。其实院子里已经很干净了,但是麦枝仍然拿着扫把在地面上扫着。李才才就想象扫把之下,一定藏着许多树叶。这些想象的叶片,在地面上欢快地翻滚。李才才看了麦枝一眼,想,麦枝是不是家里一点事情也没有了,麦枝一定很有空吧。李才才就说,麦枝,你地里的活都忙完了?麦枝停止了扫地,把自己的身体斜支在扫把上说,没,山上的土豆,我得去施肥。麦田里也该去锄草了,还有三分田甘蔗,我去得剥叶。我其实一点也没有空。

李才才说,那你为什么还要来帮我?你为什么要对一个劳改犯这样好?村庄里数你对我这个劳改犯最好了。麦枝说,因为村庄里的人不可能对你这样好,所以我才对你好一些的。我对你好一些,是因为我恨你。你把我卖到这儿来,现在又让我做了寡妇。其实我早就可以离开村庄了,但是我一直都在等着你这个天杀的回来。现在,你终于回来了。

李才才走到了她身边。李才才走到她身边的时候,听到了树叶从树的身上落下来的声音。树叶落下来的声音,其实是听不到的,但是李才才听到了。李才才就像听到遥远之地一个演戏的戏子舞动水袖的声音。李才才喜欢这样的声音,在这样的声音里，李才才靠近了麦枝，他瘦如鸡爪的手就落在了麦枝的腰上。麦枝的腰并不是很细的那种腰，麦枝的腰上有一小圈肉。其实在农村里，大部分女人都有这一小圈肉。李才才感觉到那一小圈肉抖动了几下，然后，李才才就把麦枝抱在了怀里。李才才一下子就晕眩了一下，他开始计算自己这一次搂住麦枝和上一次搂女人的时间。已经七年多了，一个人的一生能有几个七年？而李才才已经有一个七年没有搂女人了。想到这里，李才才就感到委屈，真想哭一场。但是李才才没有哭，他叼住了麦枝脖子上的一块肉。麦枝是个长脖子，李才才很喜欢这样的长脖子。他一直都以为，长脖子可以缠来缠去的，特别适合在床上的温存。

　　李才才把手伸进了麦枝的裤子里。麦枝一把扔掉了手中的那把扫把。麦枝声音含糊地说，李才才，你是不是想要我？你把我卖到村庄的时候就已经要过我，现在你又想要我了？你想要我的话，你得做两件事情：第一件事情是你在我面前跪一跪，第二件事情是你舔一下我的脚趾。舔一下就行了。李才才愣了一下，但是他的心里烧着一团火。那团火已经越烧越旺了。李才才胡乱地点了一下头，就把手在麦枝的裤腰里伸了出来，扑通在麦枝的面前跪倒了。这时候李才才又听到了树叶从树身上掉下来的声音。李才才想，是不是树叶从树上掉下来，就等于是头发从人身上掉下来呢？李才才后来不去想这个问题了，因为他觉得这个问题是与他无关的。现在最最有关的，是把麦枝骗到床上去。他七年的力量，就要爆发了。那无疑是一颗重磅炸弹，会把麦枝轰炸得幸福地颤抖。李才才抬头仰望着麦枝，说，够了吗，麦枝？时间够了吗？麦枝笑了，她的眉眼含着笑，

到处都是骨头 | 273

她的头发也在笑，腰身也在笑。麦枝说，现在你舔我脚趾。

麦枝找了一把椅子坐了下来，甩脱了那双人造革中跟皮鞋，又脱下了一双短丝袜。麦枝把脚伸了过来。麦枝的脚形很好，属于娟秀的一类。但是，李才才还是闻到了脚的气味，那当然是一种不好闻的气味。李才才屏住呼吸，快速地舔了一下麦枝的大脚趾。李才才说，够了吗，麦枝？麦枝说，再两下就够了。于是李才才就又舔了一下。李才才接着又舔了一下。李才才舔第三下的时候，他听到了院门被推开的声音。李才才像趴着的一条狗，他回过头去，看到了一个孩子。这是一个七八岁的孩子，流着鼻涕，好奇地望着李才才。李才才忙从地上爬了起来，说，你是谁？你来干什么？

孩子看了李才才一眼说，你是李才才吧，你就是李才才。李才才说，是的，我是李才才，你是谁？孩子说，我叫王小毛。麦枝笑了起来，说，李才才，这个王小毛是东村王川的儿子。王小毛的娘，叫明芳。明芳也是被你拐卖来的，但是明芳四五年前就已经死了。王川在她死后没多久就出去做电瓶灯生意了，现在都没有回来过一次，据说和一个湖南女人好上了。现在，王小毛像个孤儿，不如你收养他吧。我看他和你长得挺像的，你看那神态眉眼，简直是一个李小才。李才才有些恼怒地看了王小毛一眼，说，谁让你进来的？你出去，你出去。王小毛就把手含在嘴里，慢慢地一步步退出了院子。李才才看到王小毛穿着一条破旧的裤子，光着脚没穿鞋子。王小毛的光脚，和他的身体一起消失了，消失在院门以外。

一切又都安静下来。李才才盯着麦枝看，麦枝说，你可以动手了。李才才就一弯腰抱起了麦枝向屋子里走去。李才才把麦枝放在了朴素得不能再朴素的那张床上。李才才的心里欢叫了一下，像一尾鱼儿的跳跃。麦枝自己动手，把自己给脱光了。她略显肥胖的身子白花花地出现在李才才面前，有一缕光影从窗口跳了进来，像一只活泼的皮球一样，在麦枝的身上跳来跳去。李才才狠狠地闭了一下眼睛，又睁开眼。他开始麻利地脱衣服，他脱衣服简直像从身上揭下一张皮一样容易，手脚一蹬，衣服就像刚蜕下的蛇皮一样，全都在地上了。这时候，李才才再一次听到了院子里树叶落地的声音，那声音像海浪一样涌了过来。李才才突然发现，自己不行了。李才才想起了自己给麦枝跪下了，自己给麦枝舔了脚趾。李才才开始后悔不已，他已经在心里抽了自己无数次巴掌了。麦枝显然已经等不及了，麦枝把一条腿曲了起来，另一条肥胖的腿踢了一下李才才的瘦屁股。李才才无奈地说，麦枝，我看还是算了吧。

很久以后，李才才才听到了一声冷笑。那是从麦枝鼻孔里发出来的。麦枝说，算了就算了。麦枝的话音刚落，她就在一分钟之内把自己的衣服都穿了起来。她走出了李才才的屋子，走到门边的时候，回过头来笑着说，我不恨你了。李才才还傻愣愣地裸着身子站在床上，听到麦枝又说，如果你愿意，我可以和你过。你知道的，我就算回到娘家，也好过不到哪儿去。你想一想，你再想一想吧。

麦枝消失了。李才才愣愣地站着，轻轻地呢喃，想一想，你再想一想。李才才想，我该有个老婆了，我该有个孩子了，我该和别人有一样的生活了。李才才这样想着，就咧开嘴笑了一下。

3

麦枝简直可以说是和地瓜、土豆、玉米一起进门的。

麦枝手里抱着被铺,推开了李才才的院门。她把东西往泥地上一丢说,我来了,你看着办。李才才正站在院子里的那口井边,他什么话也没有说,他的脑子里暂时有了一片空白。后来他想,是不是这就叫作结婚了?是不是,以后麦枝就是我的女人了?早知道这样,这个女人我就不卖了,我就自己留着得了,也用不着让旺旺这个死鬼占去了不少便宜。麦枝说,李才才,你不用愣了,你看你多么像一个木瓜呀。你说,我能不能留下来?能,还是不能,你得告诉我。

李才才的嘴巴张开,说能。

李才才刚说完能。地瓜、土豆和玉米就出现在院子里,他们齐齐甩了一下头,像是一条涉水而过到了对岸的狗甩甩头上的水珠一样。他们像是从地上突然冒出来的三个土行孙,他们的脸上盛开着令李才才感到害怕的笑容。他们的笑容大概持续了有一分多钟,然后地瓜难听的声音响了起来。地瓜说,李才才,你真有本事,你怎么把麦枝给骗来了?你不会把麦枝再卖一次吧。你要是再卖的话,先和我们三兄弟打个招呼。另外,你欠我们的三千块钱,我们没有算利息,但是这钱,最迟不超过四月十号就得还给我们。要是超过了,你的房子,我们烧了;你的两条腿,我们得砍下来。这样的话,我们就算谁也不欠谁了。

李才才在院子里感受到了一阵阵的冷空气。李才才想,多冷啊，怎么会这样冷呢？李才才看到三个豆腐桶一样的男人，走出了院子，像黑恶势力一样摇摆着走路。现在，他们消失了。他们一消失，李才才的耳边才又听到了树叶飘落的声音。李才才仔细地看着地面，他没有看到落叶。这时候他想，怎么了？我的耳朵怎么了？

麦枝说，他们走了，你还在发什么愣？你把我的东西拿进去呀。李才才摇了一下头，很腼腆地笑笑。李才才突然变得腼腆了，这实在是一件令人感到奇怪的事。李才才口齿清晰地说，不行的，麦枝，不行的。麦枝一下子蒙了，这是一件令麦枝很没有面子的事。麦枝说，为什么不行？我不要你一分钱，免费送给你也不行吗？李才才又笑了，李才才的笑容和他的人一样瘦弱。李才才说麦枝，你等我一小段时间，你等我把三个小矮人的三千块钱还了，你再来我这儿行吗？我不能让你一过来就背债，你觉得我说得有理的话，就回去。

麦枝回去了。麦枝尽管很认同李才才的话，但是回去的路上还是快快不乐的。她恨李才才，她开始咬牙切齿地骂李才才。她骂李才才没良心，天杀的，不得好死，骂着骂着就走到了自己的家门口。走到家门口的时候，她不骂了，她叹了一口绵长的气。她自言自语地说，那就，等等吧。

在麦枝短暂而漫长的等待中，村庄迎来了一场雨，又迎来了一场雨，再迎来了一场雨。意思就是说，今年三月间，春雨一直都不曾断过。李才才望着窗前的雨皱眉头，他一直在想着一个问题，自己以前是个懒汉，后来不懒了，很勤快地去贩卖妇女，但是却被抓去坐了七年牢。现在他从监狱出来了，却什么也不会做了。那么，这三千块钱，他从哪儿去赚回来？又怎么还得掉？李才才在这样想着的时候，院门被推开了。李才才看到了一个被雨淋得精湿的赤着脚的孩子，他就是王小毛。王小毛看着李才才，咧开嘴笑了一下，却什么话也没有说。李才才也笑了一下，他冒雨冲过了天井，站到了王小毛的面前。他摸了一下王小毛的头，说，王小毛，你来干什么？王小毛抬起了头，说，李才才，村里人都说，没有你就没有我。你是不是我爹？李才才说，不是我，我怎么会是你爹？你爹叫王川。王小毛说，那你不是我爹，村里人怎么会说，没有你就没有我？

李才才想不出来该怎么回答这个问题。他想了好久以后才说，我是你表舅，我把你妈带到这儿来了，你妈嫁给王川了，生下了你，知道吗？事情很简单。王小毛瞪着一双大眼看着李才才，说，你，是我表舅？我怎么不知道？李才才冷笑了一声说，你还小，你不知道的事情还多着呢。你以后，就叫我表舅吧。

后来王小毛走了。王小毛走的时候说，表舅，我回去了。王小毛一扭身子就走进了雨中。看他的背影和说话的口气，一定会让人误以为他有十岁了。他的背影显得有些寂寞，让李才才的心里痛了一下，像麦芒扎的一样。李才才本来想叫住王小毛的，告诉他不要在雨里走，那样会得病。但是后来李才才没有叫。李才才站在院门口想着一个重要的问题，就是怎么样把那三千块钱还掉。他害怕三个男人把他像一只皮球一样在地上拍来拍去的，他害怕三个男人会把他给拍死。

李才才站在院门口，斜雨很快就把他的肩头打湿了。这个时候他突然想到了老蔡。这个念头像是雨天里突然冒出的一粒芽。老蔡和李才才在监狱里关在一起，他们一起出了狱。李才才清楚地记得，他们走出监狱的时候，老蔡回过头看了一眼高墙，大笑起来，说，他奶奶的，我把青春献给你。李才才很惊叹老蔡有那么好的口才，出口成章，直到后来他才知道那是一本书的名字。出狱后李才才在老蔡家里住了一个月，老蔡的老家在如东，和监狱挨得很近。老蔡也是一个光棍，但是老蔡比李才才有钱。老蔡不仅在如东的城乡接合部有三间两层的楼房，还有一些存款。老蔡是因为配制假酒被抓进去的，老蔡的余钱当然比李才才要多得多。老蔡就站在如东的屋檐下和李才才拉家常，有时候也喝酒。有一次老蔡说起他们那儿时兴配阴婚。说清明节以前，那儿的人会为那些未成年就死去的亲人配一门阴婚，就是买来年轻女人的尸骨，和死去的未婚男人埋在一起，算是完婚了。老蔡说，一千块钱一具尸骨，李才才你要是能挖到尸骨的话，可以带到如东来，我帮你卖。

现在，李才才望着铺天盖地的雨幕，脸上露出了笑容。他已经知道接下去他会做些什么了。清明已经近了，他准备在过完清明就把三千块钱还给地瓜、土豆和玉米，然后，再把麦枝接到家里来住。不管怎么说，麦枝还是一个能过日子的好女人。现在，李才才想得最多的就是过日子，最好再弄出一个满地疯玩的小李才才出来。那样的话，李才才这辈子就算是完成任务了。李才才傻傻地笑着，嘿嘿，嘿嘿嘿。他抬眼望了一下不远的山，他的目光越过了重重雨帘，落在了山上。他想，山上的坟墓里，生长着他的三千块钱。

第二天，天放晴了，山上升腾着潮湿的雾气。那雾气袅袅娜娜的，像一群女人在跳着慢舞。第三天，天仍然放晴，雾气没有了，是干净得一眼能望到山顶上那棵松树的皮肤的那种晴。

这是一种透明的晴。这天李才才上山了,他反背着双手,像一个游手好闲的家伙一样来到了山上。他是来看墓碑的,他要看看最近村子里有哪些女人死去了。在上山的时候,他碰到了地瓜、土豆和玉米,他们在山脚的玉米地里忙活着。玉米眼尖,他看到了李才才,他说,李才才,你到山上干什么去?你不会是想要去偷树吧。你欠我们的三千块钱,马上就要到期了。如果你还不上,就别怪我们三兄弟把你的皮剥下来卖给人家去做灯罩。李才才笑了一下,他的笑声中包含着轻蔑。李才才说,放心,我像是没钱的人吗?时间一到,你们就来取钱。

李才才不再理他们。三个矮男人愣愣地望着他,他们被李才才突然表现出来的豪气吓了一跳。他们看到的只是李才才的背影,外加一双反背着的手。李才才上了山,很快就不见了,好像被郁郁葱葱的树林给吞吃掉了一样。李才才只是在三个矮男人的目光里不见了,他当然还是在山上。一会儿时间,他就找到了三位沉睡在地下的女人。其中一位,是王小毛的妈妈明芳。李才才选定了目标以后,慢悠悠地下山了,他像是被郁郁葱葱的树林重新吐出来一样,再一次出现在三个矮男人的面前。他看了一眼他们的玉米地,冷笑了一声说,你们种得太密了,你们不知道科学养殖,你们种什么玉米?你们真是笨到家了,还不如在玉米地上吊得了。三个矮男人听了这话后开始相互埋怨,地瓜说,我说要科学种科学种,你们偏不科学种。现在好了,才才说了咱们种得太密,咱们还是把苗拔起来再种一次吧。

李才才走了。走出很远的时候,一回头看到三个男人正在重新鼓捣那片玉米地,李才才在心里就欢叫了一下。李才才是个懒汉,是个不太愿意和土地打交道的农民,他怎么会懂得科学种田呢？李才才在穿路廊又碰到了去河边洗衣服的麦枝。麦枝挎着一只竹篮，这就使得她的身体倾斜，斜出了一种好看的弧度。麦枝的脸红了一下，麦枝的身体看上去越来越诱人，越来越健康了。李才才说，麦枝，你等着，我来接你的日子不远了。你准备一下吧，你准备穿上新衣服，准备我过来把你接到家里。李才才说完，麦枝就温柔无比地点了一下头。麦枝走了，要去河边。李才才望着麦枝的背影，他的目光穿透麦枝的身体，看到了麦枝运动着的一副骨头。李才才揉了揉眼睛，看到的仍然是一副运动着的骨头。他看到四处都是骨头。骨头，骨头，人的骨头。

半夜的时候，李才才家的院门被推开了。吱呀一声，在静夜里这声音清晰无比，像是某场电影里的片段。然后，一个人探出了并不丰伟的脑袋瓜，这个人背着一只蛇皮袋、一把铁锹，以及一种叫作"羊角"的铁镐。他走出了院门，一下子就隐进了黑暗之中不见了。像是突如其来的一场消失，像是水蒸气在夏天的骄阳下片刻间的升空和蒸发。这个人当然就是李才才。李才才穿过了村中的大路，上了山，开始对一座坟墓动用铁锹。他像一个工兵一样，动作麻利，时而蹲伏，时而用力挥锹。李才才用羊角撬开了棺材盖，一股难闻的气味差点让他立即瘫软在坟边。李才才跑开了，他在黑夜里像一只野兔一样奔突。他在不远处的黑暗中待了半个小时以后，才慢慢返回到了坟边。那股气味，被风一吹已经淡了不少。现在，轮到李才才翻捡骨头了。李才才把骨头一块块放到了蛇皮袋里，在捡骨头的时候，李才才想，五块钱、十块钱、二十块钱……李才才往蛇皮袋里装骨头，就等于是在往蛇皮袋里装钱。李才才最后拿起的是一个骷髅头,放进蛇皮袋以前,李才才对她审视了好久,说,明芳,对不起,再卖你一次。

这是王川的老婆、王小毛的娘明芳的尸骨。

李才才重新把棺盖盖上了,把泥土堆好了。李才才下山的时候,天仍然是黑的。李才才在黑暗里行走,背上,是明芳的尸骨。李才才记得自己把明芳从江西骗来的时候,明芳刚好病了,是李才才背着她上火车的。那时候的明芳,还很感动,以为认识的是一位好心副厂长。副厂长是谁?副厂长就是李才才,李才才说自己是某针织厂的副厂长,明芳可以在厂子里挡车。现在,李才才再一次背上了明芳,只不过,背的是明芳的一把骨头。李才才穿过了村庄,推开了院门。他从厨房里找来了一只小坛子,把骨头都装入了坛子里。然后他开始在院子里挖坑,他挖了一个坑,把坛子埋了下去。他埋坛子的时候,突然又听到了树叶从树上飘落下来的声音。在漆黑的夜里,他不由得抬头张望了一下院子里的树。树没有动,树一点声音也没有。李才才有些憎恨树,因为自从他从监狱回来以后,老是能听到树叶飘落到地面上的声音。

接连三天,李才才都出现在山上,他的视力越来越好了,他发现他在夜间可以看到山上的一切:一对野兔在追逐,一些山鸡在歌唱。他的人也显得精神多了,好像有使不完的力气。三具骨头,已经埋在了他家的院子里,等于是他已经埋下了三千元钱。但是,李才才发现他看人的时候,能看到别人的骨头;他拿东西的时候,也会发现自己正在捡起一块骨头。有一次他去了街上,在街上的肉摊买一块猪肉,他看到了许多猪骨头,那些骨头把他看愣了。他不由得伸出手去,抚摸着那些骨头。

摊主说，你是想要点骨头吧。李才才说，不，我买肉，骨头我只要摸摸就行了。我喜欢摸骨头。

喜欢抚摸骨头的李才才想要去如东了。春暖花开。春暖花开就是天气暖和的意思。李才才要在春暖花开的日子里去一趟如东。李才才跑到代销店给老蔡打了一个电话。李才才说，怎么怎么行吗？老蔡说，好的，好的，一定行。李才才挂上电话的时候，就笑了，想，事在人为，我以后不贩卖妇女也能赚钱了。李才才第二天清晨就动身，但是在动身以前，麦枝出现在院门口了。麦枝突然从一个拐角处闪了出来，这时候李才才刚好在开院门。麦枝跟着李才才进了院门。李才才对突然出现的麦枝感到突然，他还没想清楚怎么回事，就被麦枝堵在了墙上。麦枝把李才才像贴一张饼一样贴在了墙上。李才才说轻点轻点，我喘不过气来了。李才才太瘦了，瘦成了螳螂样，看上去到处都是骨头。这些骨头，都被麦枝身上的肉包围着，挤压着。很快，李才才退进了屋，退到了床上。很快，麦枝爬上了李才才的身体。能听到的，是李才才不知是受罪还是快活的低声号叫。很快，他们两个都平躺下来，望着屋顶的瓦片发呆。有一块瓦片破了，漏下了瘦瘦长长的光线。李才才想，这光线，是不是老天的目光？

4

这是一个漫长的下午。其实下午都是漫长的，我们可以睡午觉，午觉醒来还可以做许多事，然后等待黄昏的来临。相对而言，下午简直就是两个上午。在这个漫长的下午里，李才才

到处都是骨头 | 283

花去了两个上午和麦枝聊天。麦枝说,从此我就是你的人了。李才才嗯了一声。麦枝说,我要你娶了我,我们一起过一辈子。李才才又嗯了一声。李才才的眼睛失去了光泽,他有些疲惫。麦枝就探过半个身子来,侧着身,看了李才才一会儿说,怎么啦,累趴下了?李才才勉强打起精神说,明天,我要出一趟远门。出远门回来,我就娶你。我把你娶回家,你给我洗衣、做饭、捶背、洗脚,再给我弄一个小李才才出来。麦枝不停地点着头,麦枝的脸上漾起了幸福的神色。

麦枝后来穿上衣服走了,走到门边的时候,又回过头来说,不要忘了,你自己亲口说过的,你从外地回来就娶我。李才才无力地点了一下头。然后门就开了,麦枝像被门外吸过去似的,不见了。李才才透过窗口,看到麦枝穿过了院子,她正在打开院门。李才才的目光落在了麦枝的屁股上。他想,麦枝的屁股,怎么可以这么圆,简直就像石磨盘一样圆。

第二天天蒙蒙亮的时候,李才才起床了。他走到了院子里的时候,还穿着单衫。他突然感到了寒冷,但是他没有折回去加衣,而是挥动了铁锹。一些泥土在铁锹中欢快地扬起来,又落下去。一会儿,三只小坛被取了出来,装进了大而陈旧的背囊里。李才才背起了背囊,他走到院门边的时候,回头张望了一下那三个浑圆的小坑。那些小坑像是三只眼睛,呆呆地望着无边无际的天空。这时候,李才才又听到了树叶从树上落下来的声音。李才才院子里种的是一棵枣树,这个时候枣树不会落叶,只有李才才能听得到枣树落叶了。李才才折了回来,走到了屋子里,取下了墙上挂着的黑色长柄雨伞。他很喜欢这把雨伞,有时候,他甚至因为喜欢这把雨伞而盼望着下雨。然后,李才才正式走出了院子,经过枣树的时候,他狠狠地踢了枣树一脚。他骂,该死的树,你该死。枣树什么话也没说。枣树直到李才才走出院子,并给院门落上了锁以后,才低声啜泣起来。事实上,它一直都在落叶,只是你看不到它飘落的叶片而已。

李才才乘早班车到了县城,李才才在县城的火车站买了一张去如东的火车票。李才才检票进入站台,看到了一辆墨绿色的火车慢慢开进了站台,显得很疲惫的样子。李才才背着三个女人,就要上火车了。这时候,李才才看到了一群村里人出现在站台,他们正在东张西望,像是在寻找着目标。他们多么像突然从洞里钻出来的一群蚂蚁啊。李才才知道,这群蚂蚁寻找的目标就是自己,就是自己背着的三个女人。李才才更知道,如果村里人知道是他偷了尸骨,这三个女人的家人,一定会把自己的骨头,活生生地拆下来。李才才矮了矮身子,他检票上了车。然后,车门合上了,李才才看到一个矮而胖的男人穿着铁路制服,正在吹哨子和挥舞着一面小旗。火车缓缓开动了,李才才想,自己恐怕回不了村庄了,自己回村庄,可能就要被人送到山上去埋了。李才才站在火车连接的地方,望着车窗外边闪过的一格格风景,突然有了一种凄凉的背井离乡的感觉。这个时候,他想到了麦枝,他想麦枝在等着自己回去娶她,而他又怎么回得去?麦枝的面容,在车窗后一格一格的风景闪现中,慢慢淡了下去,最后,只剩下她浑圆的屁股,像火车轮一样,在李才才的脑海里转动。

李才才和三个幸福的可以在被埋几年以后仍然乘上火车的女人,一起度过了甜蜜的四个小时。车子到达如东的时候,李才才扭身对背上的三个女人说,你们听好了,我们到了如东,你们就要开始新的生活了。以后，你们就生活在如东。李才才的话音刚落，就看到了胡子拉碴的老蔡，已经站在了月台上四下张望。李才才下了车，走到了老蔡面前，老蔡还在四处张望着。李才才笑了，说，老蔡，老蔡。老蔡回过神来，一伸手在李才才的后背上拍了一掌。李才才背着的是三个女人，李才才说，你轻点，你怎么可以随便拍？

老蔡领着李才才走了。老蔡是把李才才领回家的。老蔡的家在城乡接合部，尘土飞扬的地方。老蔡家里有一个瘦女人，这个瘦女人出来迎接李才才，她给李才才泡了一杯茶，笑容满面地端上来。她太瘦了，像风干的丝瓜一样瘦。李才才就在心里叫她丝瓜。老蔡说，这是我的老婆。李才才认真地看了老蔡一眼，因为李才才知道老蔡是没有老婆的。老蔡笑了起来，说，都快老了，总得有个老婆吧。老蔡这样说，就让李才才有了一丝伤感。李才才想到了他的麦枝，忽然之间，李才才觉得他开始挂念麦枝。他不由得吓了一跳，想，是不是我爱上了麦枝？

李才才把破旧的背囊放在了地上。背囊很安静，也很落寞，像一件古董。李才才好像听到了三个女人在里面说话，很轻的声音，听不出是在说什么。李才才说，别吵了。老蔡吓了一跳，说，什么别吵了？李才才笑着指了指背囊。老蔡的脸一下子白了，说，你不要吓我呀。李才才说，可能是我的耳朵出问题了，前几天，老是听到树叶飘落下来的声音。老蔡说，你连树叶飘落下来的声音都听得到？你真是邪门了。我得赶紧找人来拿走这东西。

老蔡出门去找人了。剩下李才才一个人坐在堂前喝茶。李才才把喝茶的声音弄得很夸张，因为他感到既疲惫又孤单。丝瓜不太说话,像影子一样飘过来,替他加了点水。李才才就找话说,听你的口音,不是如东人吧。瘦女人看了看四周,神秘地笑了,说,我是江西人。李才才说,怪不得这口音那么熟呢。瘦女人说,你到过江西?李才才没有回答,只是笑了笑。瘦女人说,我是刚来如东的,我家里很穷,老公没了,孩子要上高中,我就把自己给卖了。和我一起来的,有好几个姐妹。我们是一起来打工的,但是到了这儿之后,被人偷偷卖了。我和老蔡说,你得每月贴我三百块钱寄回去,我就留下来;不然的话,我就跑。老蔡答应了,拍胸脯说,三百块钱算什么呀。老蔡家底子厚,我已经很满足了。只是我们村子里有几个姑娘,死活不同意留下来。有一个还吵着要上吊。

李才才认真地看了一眼丝瓜。丝瓜说话很缓慢,但是没有停下来的迹象。丝瓜好像有了一种诉说的欲望,她开始捧着热水瓶说自己的儿子了,说她儿子成绩如何好。那只热水瓶,像一个婴孩一样安静。只是丝瓜一直没有塞上那个瓶塞,她一定是在给李才才倒上水以后,忘了塞瓶塞了。热水瓶就一直冒着热气,像是快要爆炸的被点燃了导火索的小炸药包一样。李才才没有听下去的欲望了。李才才说,你为什么要告诉我那么多?丝瓜笑了一下,说,我也不知道。我从来没和人聊过天,一直都在家里替老蔡洗衣做饭,你来了我就特别想说。李才才皱了皱眉,他本来想说"可是我不想听",但是他最后还是忍住了。丝瓜接着又说了一句,兄弟,你说女人怎么会像一片水上漂着的树叶一样,漂到哪儿就算哪儿,漂着漂着一辈子就过去了,像活在梦里一样。李才才一下子愣住了,他一点也没有想到丝瓜会说出这样一句文雅的话来,仔细一想,还挺有道理。李才才愣愣地看着丝瓜，丝瓜再一次笑了，她像突然醒悟过来似的，在热水瓶上塞上了瓶塞。然后，她转身走了。

老蔡还没有来，但是夜幕却来了。夜幕从很遥远的地方赶来，罩住了这个城乡接合部，罩住了老蔡的家。李才才有些不安起来，他走到了天井里。这时候丝瓜开亮了屋檐下的灯，一下子把天井照亮了。李才才站在天井中央，就像是一棵树一样。李才才想，自己是一棵什么树呢，会不会就像是自己家院子里的枣树？这样想着，李才才觉得自己的脚长出了根须，真在往地底下钻呢。这时候院门打开了，老蔡领着两个老女人出现在院子里。老蔡在前，两个女人在后，他们组成了一个等边三角形。然后，这个等边三角形的三条边，就把李才才和他的背囊一起围在了中间。

两个坛子被从背囊里拿了出来，放在了地上。背囊一下子空了不少，松垮垮的，像刚生过孩子的女人的肚皮。两个老女人都拿出了一千块钱，她们恋恋不舍地把钱塞到了李才才的手中，然后抱起了那小坛子。她们像是抱着自己心爱的孩子一样，走出了院门，很快，就消失在黑暗中，无声无息，像是从来都没有来过一样。李才才在院子中间发愣，他怎么也想不通怎么可以一言不发就完成了交易，而他的手里，显然已经多了两千块钱了。老蔡拍了拍李才才的肩，大笑起来。老蔡说，还有一个坛子，明天成交。今天晚上，我们就好好喝一盅酒吧。

李才才看了看身边的背囊，低着头说，好的。他看到了背囊已经打开了，露出坛子的一部分。这个还没有成交的坛子，里面藏着的是王小毛的妈妈明芳。李才才把背囊的拉链拉了起来，明芳就又重归于黑暗之中了。

5

　　李才才已经记不清自己喝了多少酒。他和老蔡一起喝的是那种土烧酒，酒劲特别大。李才才其实不会喝酒，但是他还是喝了，而且喝醉了。喝醉的李才才对没有喝醉的老蔡说，老蔡，我怎么老想着哭？老蔡说，为什么老想着哭？李才才大着舌头说，我以前卖的女人，命都不太好，我自己的命也不太好，被关了七年。你说，我以后会不会下地狱？老蔡皱了皱眉说，说这些干什么呀？再说哪来的地狱可以下呀。兄弟你放心了，咱们都上天堂。来，喝酒，多喝酒是可以上天堂的。

　　于是李才才又喝了一盅。李才才记不清自己喝了多少盅了。李才才晕晕乎乎地想要抱着那只背囊睡觉，这时候他看到了老蔡的那张油滚滚的脸。老蔡说，来，你跟我来，我带你去一个好地方。李才才就晕晕乎乎地跟着老蔡走出了家门。走出家门的时候，他背着那只背囊。丝瓜脸色阴沉地盯着那只背囊看，老蔡也盯着背囊看。老蔡说，你带着这背囊干吗，多不方便。李才才傻傻地笑了，说，带着其实挺方便的。

　　老蔡就带着李才才走了。李才才就带着一个叫明芳的女人走了。老蔡把李才才带进了一个闪着红光的地方，那些红光像一团团的红雾，直直地向李才才扑来。李才才闻到了脂粉的香味，他揉揉眼睛，看到的仍然是红雾，但是这红雾里面，有了那些雪白大腿的晃动。他被一双手牵着，进了一个小包间。小包间干净而温暖，李才才想抱着那只坛子睡觉了。但是那个牵着他手的女人不让他睡。女人一个人忙活和鼓捣着，让李才才觉得自己真的像极了一片树叶，轻飘飘地飘了起来。后来，老蔡来叫李才才，说，该走了，总不能死在这儿吧。李才才跟着老蔡走。老蔡从李才才的怀里掏出了那两千块钱，一张一张地往外数，付给了那个女人。李才才很痛惜钱，他知道自己醉了，但是他却仍能清楚地记得老蔡一共付出去三百块钱。李才才的心里一下子难过起来，其实也不是为了钱而难过，他开始为两个女人难过。他突然觉得，他把人家的骨头卖出去，好像仍然是在贩卖妇女一样。这时候李才才有了一种预感，说不定自己还得再进去蹲上七年。

但是现在的李才才已经管不了那么多，他的腿是软的，腿一软，走的路就一定是歪的。一路上都是老蔡在扶着他，老蔡把他扶进门，扶上床，说，睡吧。李才才就在转瞬之间睡着了。李才才在后半夜醒过来一次，他看到那只背囊就放在地上，他突然感到了阴冷，想起了自己做了一个梦，梦中那个叫明芳的女人一直都在哭。还有王小毛，王小毛不会哭，但是却用阴冷的眼神看着他。王小毛走到他的面前说，才才，你怎么可以把我的妈妈卖两次？

李才才一下子睡不着了，他开始后悔自己去掘了三座墓。但是，后悔已经没用了。李才才后来走出屋去，走到了院子里。他感到难过，他又听到了树叶飘落的声音，而老蔡家的院子，是根本就没有树的。李才才在院子里发了一会儿呆，后半夜，越来越冷了，他只好回到了房间，重新钻回被窝里。李才才迷糊了一会儿，又醒一会儿，一直都没能睡好。李才才的眼皮又一阵阵地跳着，李才才想，说不定明天真的要出事呢。

第二天老蔡领了李才才去一户人家。路上老蔡说，李才才，你的眼泡怎么这样肿，是不是没睡好？李才才说，是的，我睡不着。老蔡说，怎么会睡不着？我们这儿这东西很好销的，明年清明节前，你再带一些过来。李才才说，我恐怕都回不去了，村里人追到了车站，他们一定是想把我的皮剥下来。老蔡愣了一下，说你去偷这东西，难道会让村里人知道？李才才凄惨地笑了，说，我一直都在想这个问题，可能是他们发现少了三具尸骨，而又在我院子里发现了三个坑吧。我很后悔，我那么细心的一个人，怎么可以变得那么粗心呢？

　　老蔡不再说话了。老蔡是用自行车驮着李才才去的，那是邻近的一个村庄。很快地，老蔡和李才才就到了那户人家家里。那户人家姓莫，户主是个三十来岁的男人，叫莫阿根。莫阿根从小没有爹娘，和弟弟相依为命。他和弟弟一起造了两座楼房，但是弟弟却被一根横梁砸中死了。这新房子，就全归了莫阿根。现在莫阿根想为弟弟配一门阴婚，说不配阴婚他就对不起弟弟。而他自己，也刚刚娶了一个老婆。是从人贩子手里买下的，一个有些胖墩墩的姑娘。李才才看到胖墩墩的时候，就感到这个女人，长得真像麦枝。

　　在莫阿根家的院子里，李才才放下了背着的背囊。李才才把坛子拿了出来，放在地上。李才才心里说，明芳，你就留在这儿吧。这时候李才才仿佛听到了遥远的哭声。李才才在心里又说，明芳，你别哭好不好？你这样哭着，我也难过的。我也想哭了。李才才看到莫阿根收下了坛子，他高兴地数着钞票，把一千块钱数给了李才才，说，这是你的了。谢谢你那么远把姑娘送过来。今天，我要和你们喝一盅。今天我高兴，我弟弟结婚了，我当然高兴。弟弟，弟弟你笑一笑，哥为你讨上一房老婆了。莫阿根说着说着,竟然眼圈红了,语调变成哽咽。老蔡说,你千万别哭,是高兴事,你如果哭了,我们就不留下来吃饭了。我们回去吃。

莫阿根终于没有再哭。莫阿根说,那屋里坐,吃了饭再走吧。莫阿根家也是在城乡接合部,院子外就是大马路,四处都是正在建造的房子。莫阿根招呼李才才和老蔡坐了下来,又让老婆炒菜。老婆叫玉华。莫阿根说,华啊。他不叫她玉华,叫她华啊。莫阿根说,华啊,炒几个小菜吧,我今天要和这两位兄弟喝一盅呢。玉华嗯了一声,很轻的一声,像蚊子的叫声。玉华开始忙碌,很快菜上来了,酒也上来了,于是就喝酒。喝酒的时候,李才才从莫阿根嘴里知道了玉华是从江西来的,是和老蔡老婆一起被卖到这儿的,所以老蔡才会认识莫阿根。莫阿根说,奶奶的,前几天吵得凶,我把她给绑了起来,扎扎实实地揍了一顿。她老是说家里有个一岁的孩子。我说你孩子才一岁,跑出来干什么。她说是被人骗来打工的。我说我不管,反正我付了钱,你就是我的。现在,听话多了。华啊,再来一盘炒番茄吧。

那个被称为华啊,而实际上叫玉华的女人,就一直在忙碌着炒菜。莫阿根和老蔡也忙碌,他们忙着干杯,好像不干杯就显不出他们的情谊了。李才才也干杯,但是他喝得少,昨天喝醉了,他的头还在痛着呢。李才才灌多了啤酒以后,去了一趟茅房,在茅房门口,他碰到了华啊。华啊看了看四周说,大哥,你救我。我一眼就看出你是好人。我在老家真的有小孩,我不能丢下小孩不管。你救我吧,你想我怎么谢你就怎么谢你。你帮我叫公安行吗?不离开这儿,我就活不长了,我肯定活不长。

李才才回头看了一眼屋子里。李才才一言不发地进了茅房，然后又出来了，回到屋子里继续和莫阿根、老蔡一起喝酒。李才才经过女人身边时，看到了女人目光里的怨恨和失望。李才才落座后，像是酒兴大发的样子，他敬了莫阿根，又敬老蔡，又是三个人一起干杯，说要"共同富裕"。莫阿根的舌头大了，他在叫，华啊，再拿几瓶酒来，再弄个小菜上来。

　　这酒一直喝到下午三点多。三点多的时候，老蔡和莫阿根都趴在桌子上哼哼哈哈地流口水，地上也已经吐了一地了。李才才看了两个男人一眼，缓慢地站起身来。走到院子里的时候，他又看到了那只坛子。他蹲下身子，抚摸着坛身，突然感到了从心底深处冒出来的悲凉。李才才说，明芳，我不留你在这儿了，我要把你带回去。就是村里人剥了我的皮，我也要带你回去。他把坛子又装进了背囊里，背在身上。这时候，他看到了那个叫华啊而实际上叫玉华的女人。女人手里拎着一只人造革的包。李才才笑了一下，他扶起了老蔡的自行车，说，我送你到车站吧，你赶紧走。他们两个，一时半刻怕是醒不过来。

　　华啊点了一下头，她突然之间想哭，又怕哭出声来，所以她拼命地用手捂住嘴巴，但是眼泪还是滚滚地落了下来。李才才很轻地笑了一下，说，哭什么呢？人本来就是苦的，有什么好哭？

　　华啊上了李才才的自行车。华啊坐在后座上，李才才瘦瘦的脚拼命蹬着自行车。华啊问，你是干什么的？李才才想了想说，我以前是一个懒汉，后来贩卖妇女被判了七年，现在又盗卖女人的尸骨为人配阴婚。我干的都是缺德事。华啊说，大哥，你真会说笑话，你叫什么名字？我以后一定要和老公一起来谢

到处都是骨头

你。李才才说,你千万别,你还是拿那谢我的路费养好你的孩子吧。我说的,也都是真的。不过这次你放心,我不拐卖你。

一会儿,车站到了,李才才看到火车站的外墙正在整修。李才才就抬头看了一会儿车站外墙脚手架上的工人。李才才想,以后不如去做个建筑工人,卖力气为生吧。这样想着,李才才心里就又涌起了一阵悲凉。李才才想,怎么老是悲凉呢?怎么老是悲凉呢?在这样的悲凉里,李才才为华啊买了火车票,李才才还送给华啊一千块钱。华啊一下子就跪了下去,被李才才一把拉起来了。李才才笑了,说,你傻不傻,你想让很多人都看到你,你想让莫阿根把你追回去是不是?

李才才把华啊送上了火车。李才才自己也买了火车票,是一小时后的一趟车。李才才想要回到村庄,再偷偷地把麦枝给带出来。李才才知道村里的人都在等着他回去,准备集体剥他的皮。李才才把身子靠在了座椅上,感到异常疲惫。他很想睡一觉。这个时候,他看到了莫阿根,还看到了一群和莫阿根在一起的陌生人。他们看到了李才才,李才才的心里轻轻叫了一下,完了,他想,完了。他把背囊背在了身上,然后,他凄惨地对着莫阿根笑了一下。

莫阿根没有笑。莫阿根走到了他的面前,甩过去一个巴掌。李才才在听到清脆的声音响过以后,感到自己的脸辣了一下。然后,莫阿根又在李才才肚子上踢了一脚,李才才随即就在地上扭成一团麻花。许多人围了过来,他们看到有一个人对着另一个人下毒手,但是这个人却不会还手。李才才的嘴角挂着血,他想,自己今天肯定要像刚出狱时被地瓜、土豆和玉米打一顿一样,好好地挨上一顿了。他艰难地站直了身子,突然对着莫阿根笑了一下。他猛地推了莫阿根一把,莫阿根跌坐在地上。莫阿根看到李才才跑了,李才才像一只瘦兔一样蹿出了简陋的候车室。和莫阿根一起来的男人们,就一下子冲了出去,追赶着李才才。

这是一个,很黄昏的黄昏。李才才感到风是凉爽的,气候宜人。他被一帮人逼到了火车站脚的一块空地上。空地不远就是火车站正在翻新的外墙,李才才笑了一下。李才才搞不懂自己为什么老是笑。他先是看了一眼一步步逼近的而且越来越小的包围圈,然后转过身去,开始攀爬脚手架。那伙人也赶到了,他们也开始攀爬脚手架,他们一定要把这只瘦弱的兔子交给莫阿根。李才才人长得瘦,爬起来却快。但是他是一个懒汉,懒汉的力气,一定是不会大的,所以很快李才才就感到累了。李才才累了就停了下来,看下面正在往上爬的那些人。李才才想起了录像片里的镜头,也是有许多人在爬着脚手架。像在蛛网上挂着的一群蜘蛛一样。莫阿根站在脚手架的下面,他不往上爬,他让叫来的这批人往上爬。他一定是在等待着李才才回到地面上。如果李才才回到地面上了,莫阿根一定会把李才才撕开,像撕一张旧报纸一样撕得七零八落。

李才才最后没有让莫阿根撕开。李才才继续往上爬着,但是他已经爬不动了。他抬头看了一下天,天上布满了乌云。一会儿,乌云掉了下来。乌云掉下来等于就是雨掉下来了。雨点扑打在李才才的身上,雨点一会儿就让李才才的整个身子都湿了。李才才再一次伸手握住脚手架的钢管时,手一滑,整个人就飘了起来。李才才听到了风在尖叫。风为什么要尖叫?

李才才在下坠的过程中,一直计算着今天是几号。直到他听到一声巨响的时候，他才算出今天是四月五号，清明了。李才才想，怪不得今天下雨了，清明时节，雨就是特别多。李才才感到自己的身体一下子就轻了，像一片羽毛。李才才看到背囊被摔得稀巴烂，坛也碎了。坛子里的骨头散了一地。李才才的一只眼睛已经看不到了，眼眶也被摔烂了。李才才的另一只眼睛，看到了面前的许多骨头。那只骷髅头刚好滚到他的眼前，他就轻声说，明芳，是你吗？我对不起你。

明芳没有理他。明芳只是以骨头的姿势陪伴在他的身边。许多纷乱的脚步声响了起来，许多脚在朝李才才的方向移动着。李才才看到莫阿根吓呆了，多么像一只呆鸟呀。呆鸟，呆鸟。李才才在心里骂着莫阿根，他看到莫阿根醒过神来，跑掉了，他就大笑起来。只不过他不能笑出声来，他的嘴巴被一大团的血糊住了，他的整个身体，几乎就是被黏糊糊的液体包围着的。

雨越下越大了。李才才想到了麦枝，麦枝是不是在屋檐下等着他的归来？李才才又想到了王小毛，王小毛是不是一次次地来到他的院门前敲门？李才才还想到了地瓜、土豆和玉米，他们一定是在无所事事的雨天，扳着脚趾计算着李才才还他们钱的日子。另外，李才才想到的，是山上。山上被他挖过的三座坟，尽管他盖上了新泥，但是被雨一浇，会不会陷了下去一大块呢？这是令李才才担心的一件事。李才才叹了一口气，担心又有什么用呢？他看到周边的水积了起来，形成了一个大大的水洼。他的身体，像要漂浮起来。而那些四散着的骨头，已经有一半被埋在了水中，另一半正在等待着被水埋葬。在埋葬以前，累极了的李才才，悄悄地合上眼睛。他又听到了树叶飘落下来的声音，一个长梦，就此开始……

赵邦和马在一起

1

　　阳光从窗玻璃钻进来,一束束松针一样扔在赵邦瘦弱的大腿上。赵邦醒过来,看到阳光有一半落在了赵红梅身上。赵红梅侧卧着,她身体的形状,看上去有连绵的山峰的味道。赵邦的手伸过去,犹豫了一下,停住了,但最后还是落在赵红梅的屁股上。那是一个有些像是红富士苹果的熟悉的屁股。

　　赵邦看到自己在阳光中的手,手指轻颤,有些微的暖意。阳光开始飘荡起来,赵邦的心也开始飘荡。他的另一只手扳过了赵红梅的肩头,赵红梅醒了过来。干什么?她说干什么。赵邦什么话也不说,动手扒赵红梅的粉绿色内裤。赵红梅明白了赵邦想干什么,她想,这是一个多么安静的早晨啊,早起的鸟已经在院子里鸣叫了。现在,这个早晨开始变得热闹非凡。赵红梅开始挣扎。干什么干什么干什么,赵红梅说,你简直是头猪。她混浊的口气落在赵邦的脸上。

　　赵邦什么话也没有说,他的额头已经沁出了汗珠。赵红梅抬起腿,一脚踹在了赵邦的肚皮上。赵邦感到了疼痛,但这样的疼痛很快被恼怒掩盖,他涨红了脸,用牙咬着唇,一把扯破了赵红梅的内裤,扔在地上。赵邦说,你只是个副厂长,别以为你是副省长。赵邦动作麻利,很快脱下了自己的裤衩。他牵着自己,暴怒地进入赵红梅的身体时,看到赵红梅闭上了眼睛。她不再反抗,像是要熟睡过去。这时候赵邦闻到了赵红梅身上散发出酱油的味道,突然感到从未有过的厌倦,他像一只装了水的皮袋一样,软软地伏在了赵红梅的身上。

赵邦后来终于被赵红梅推开了。赵红梅掀掉身上沉重的水袋,翻身下床。墙上的石英钟迈着细长的双腿在无声走动。很长的时间里,赵邦俯卧着,将半边脸贴在床上,如同要挤掉脸上的水分似的。他的眼眶里,装下了那个墙上的石英钟。他觉得石英钟在不厌其烦地走动,实在是一件奇怪的事。阳光仍然从窗口漏进来,和清晨一样的安静,不动声色地落在了赵红梅的小腿上。那是一双饱满的小腿,有着细密的绒毛。赵邦就盯着那双小腿看。小腿侧身进了边间,但是透过门框,赵邦还是能看到赵红梅在刷牙,洗脸,涂口红和忙碌。这是一个忙碌的女人,她不久前已经荣升为镇上酱油厂的副厂长。村里人都用仰视的目光看着赵红梅。就连村主任赵杨胡同,也改口不再叫红梅大匹,而是叫她赵厂长了。

赵邦家多了一个赵厂长,就少了一个赵邦。赵邦找不到自己了。赵邦心里涌起无比的悲凉,他听到风声,赵红梅和镇工办的梁主任如火如荼地勾搭在一起。梁主任有一辆破旧的桑塔纳,那扇车门破得简直随时都会掉下来。赵邦深有感触,女人可以做家长,但是最好不要当厂长。赵邦望着赵红梅换衣服,她给了赵邦一个丰腴的后背。黑色的胸罩带子,紧紧地勒着她白白胖胖的皮肉。她头也不回地说,今天晚上我们几家镇办企业的领导要开碰头会。

赵邦说,开会就开会,还碰头会。

赵红梅笑了,她其实不是想说开会,只是想说,她晚饭不回家吃,晚上会忙到很晚。她没再理会赵邦,拎起包就往外走。她有一辆绿风牌电瓶车,那是一辆高档的电瓶车,就停在隔壁屋里。赵邦看到赵红梅跨出了房门,只留给她一个短暂的副厂长的背影。

赵红梅骑上电瓶车走了。赵邦能听到院门打开又合上的声音。这个单调的声音过后,就是死一样的寂静。不知道为什么,院子里的鸟叫声也消失了。赵邦看到了不远处的人造革沙发上,堆满了赵邦好久都没有洗的衣服。这些衣服像是一堆零乱的蛇蜕,散发着霉味,让赵邦对自己无比愤恨。他还朝天放了一个响屁,他想:这日子究竟怎么了?

赵邦后来起床了。他走到院子里,看到八成新的威风牌方向盘拖拉机,安静地伏在一棵老枣树下。墨绿色的小屋一样的驾驶室,焊着铁皮与角钢。那些玻璃明晃晃的,把阳光反射到赵邦的脸上。赵邦的心里涌起了一阵悲凉,当年他还是小伙子的时候,买的是手扶拖拉机。这辆突突奔走的拖拉机,吸引了村里多少姑娘的目光?后来等到别人也买上手扶的时候,赵邦改成了方向盘。当别人买方向盘的时候,赵邦改成了有驾驶室的拖拉机。他还用三间大瓦房迎娶了黄毛丫头赵红梅,那时候赵红梅只是在村办纺织厂打工的挡车工。但是现在,她是镇酱油厂的副厂长了。当上了副厂长,她变得不太愿意回家,她和赵邦的话也越来越少。

赵邦在院子里扩了扩胸，做了一个深呼吸。他很想要吞掉一些什么，或者是把内脏全部吐出来。后来他钻进了驾驶室，发动了威风牌拖拉机。拖拉机开出了院门，赵邦连院门也懒得关，就跑上了村路。眼前是一大片白晃晃的阳光，赵邦毫不犹豫地冲进了那片广阔辽远的阳光里。

村主任赵杨胡同反背着双手，站在代销店的门口。他看到赵邦的拖拉机咆哮着，像一只下山的华南虎一样，跌跌撞撞向镇上奔去。他冷笑了一声。他一点也看不惯赵邦，认为赵邦是一个懒汉。赵厂长嫁给了赵邦，简直是瞎了眼。

赵邦的拖拉机开出了村路，开在土埂上。很快他的拖拉机就追上了骑着电瓶车的赵红梅。拖拉机在赵红梅前面停下来，赵邦从驾驶室钻出来。赵邦说，赵红梅，你给我站住。赵红梅就停下了电瓶车，两只脚踮在地上说，你想干什么？

赵邦走到赵红梅的面前，他微笑着，把手放在电瓶车的把手上。赵邦的脖颈转了转，看了看四周。四周是田野，那些水稻与野草，以及沟渠里的水草，散发着植物的气息，在赵邦和赵红梅身边无声地蔓延。赵邦觉得心情一下子好多了，他抽了抽鼻子说，赵红梅，我要同你离婚，我肯定是要同你离婚的。

赵红梅愣了一下，本来想问为什么，但是她最后却说，真的？

赵邦绕着赵红梅的身体转起了圈，得意地说，当然是真的。女人如衣服，穿一件，抛一件。

赵红梅笑笑，又发动了电瓶车。赵邦说，你还没回答我呢。

赵红梅说，我上班要迟到了。

赵邦说，你是副厂长，上班迟到怕什么？

赵红梅说，副厂长更应该以身作则。

赵邦说，那你也得给我一个回音呀。

赵红梅说，我是想给你一个后悔的机会，可是你却不要这个机会。那离吧，我别的什么也不要，只要我的衣服、我的电瓶自行车。

赵红梅说完，骑着电瓶车走了。赵邦待在原地，他把一只脚踩在拖拉机的轮胎上。他以为他和赵红梅会有一场争吵，但是没想到赵红梅根本连吵架都不肯。这让他觉得很没劲。后来他慢慢蹲下了身子，使劲地研究着拖拉机轮胎的花纹。那些植物的气息，像海浪一样再一次无声地涌过来，一下子就把他给吞没了。再后来，他索性在拖拉机边上躺了下来。那是一块略带潮湿的泥地，地气有些凉，钻进他的肌肤。赵邦的眼里，就突然有了无边无际的天空。

赵邦和赵红梅离婚了，离得出奇地平静。那天赵邦一直躲在拖拉机的驾驶室里，看着赵红梅拖着两只大皮箱出来。酱油厂的驾驶员小高，把两只大皮箱扔在皮卡车的车斗里，又把那辆电瓶车搬上了皮卡。赵红梅拍了拍手掌上的灰尘，像是要把以前的往事全部拍落在地上，把这个院子还给赵邦。赵邦在拖拉机驾驶室里抱紧了自己的膀子，他突然觉得自己无助。他看到赵红梅在走到院门口的时候，还是回头看了一眼生活过的三间大瓦房。她的目光始终没有投在拖拉机上，这让赵邦觉得悲哀。赵红梅的身影在院门口一闪，不见了。

赵邦后来爬上了拖拉机的车斗，他在车斗里摊开四肢睡了长长的一觉，一直睡到傍晚。他做了一个梦，梦见院里的枣树发了芽。那些叶片从嫩芽开始，疯狂地生长。生长的时候，还发出了呼啸的声音。在这样的声音里，赵邦骑着一匹枣红马，雄壮地穿过了村庄。

醒来的时候，赵邦头枕双手，仍然沉浸在梦境里。当他从拖拉机车斗里跳下来的时候，看到了天边那像血一样的夕阳。这个时候，赵邦决定要买马。

2

当丹桂房最著名的牲畜贩子李才才把缰绳交到赵邦手里的时候，村里人都围在祠堂前的大操场上看热闹。赵邦板着脸，神情严肃，有些郑重，像是从游击队长手里接过了钢枪。寡妇马英姑挤在人群里，羡慕地望着这匹年龄相当于七十岁老头的老马。在马英姑的眼里，那不是一匹马，那是一个劳力。李才才从赵邦手里接过了一沓钞票，那是赵邦凑齐的七千块钱。李才才把钱仔细地数了一下，然后在手掌心里一拍说，老赵，你占了便宜了，这可是汗血宝马。我们都叫它大河。

赵邦纠正他说，你叫我赵邦，我不是老赵。

李才才奇怪地看了赵邦一眼，挤出了人群。挤出人群的时候他还回过头来胸有成竹地说，总有一天你要被叫成老赵的。

那天人们都兴奋地围着赵邦的马看，有许多孩子还爬上了马背。大河很温顺，鼻孔中不停地喷着粗重的气。它不时地抬起头来，用忧伤的目光望望主人赵邦。赵邦伸出一只手去，撸着大河脖子上的皮毛，从大河的耳根往下抚摸。大河甩了甩尾巴，看得出对于赵邦的抚摸，它有些心花怒放。许多人都伸出手去，抚摸着这匹被称为汗血宝马的老马。后来人们觉得老是抚摸一匹马，是一件多么无聊的事，于是散了。人群散了以后，赵邦才发现，不远的地方，直愣愣地站着村里十五岁的傻小子海皮。海皮站得笔直，站得跟军人一样。他张着嘴，目光呆呆地落在大河的身上。他的喉结在不停翻滚着，终于在好久以后，"嗷"地叫了一声，一双手落在大河的脖子上。

赵邦厌恶地推开了海皮。你小心弄脏大河的皮毛。赵邦吼了一句，他拉起缰绳往家中走去。他和大河把海皮给丢在了原地。当他走出很远拐进一条弄堂的时候，回头看了一下。海皮仍然像军人一样，站在操场中央，像从天而降的一根笔直的钉子钉进大地。然后，暮色四合。

赵邦一直坐在屋檐下，他看着院子里突然多出来的一匹马。大河的缰绳被绑在那棵老掉牙的枣树上。它正在吃地上的番薯藤，吃得缓慢而认真，这让赵邦认定大河一定是在回忆着什么。那儿本来是停着一辆拖拉机的。那辆明晃晃的透着钢铁硬度的拖拉机已经被卖给了牛二麻。赵邦是主动去找牛二麻的。以前牛二麻就对这辆拖拉机虎视眈眈，非要一万块钱买下这辆八成新的拖拉机。赵邦说，你简直是在做梦。但是现在，买马心切的赵邦说，牛二麻，你要捡到天大的便宜了，我这拖拉机一万块要不要？

牛二麻说，我妈说，让我别相信这个世界天上会掉馅饼。我不要。

赵邦说，你以前不是说要的吗？

牛二麻说，我妈说，以前是以前，现在是现在，世界是在变化的。

赵邦和马在一起

赵邦说，滚你妈个蛋，到底要不要？

牛二麻生气地说，你敢骂我妈？我都不敢骂，你敢骂我妈？

赵邦无奈地说，那九千。

牛二麻笑着摇摇头。

赵邦说，八千。

牛二麻仍然笑着摇摇头说，我妈说，顶多值七千。

赵邦说，牛二麻，你没去镇上开小店，你真是太可惜了。

牛二麻说，我知道你要向李才才买一匹马，一匹马七千块钱就够了，你要一万块干什么？

赵邦什么话也不愿说，因为他已经说不动了。他轻轻地挥了一下手说，什么时候你来把拖拉机开走吧。

在赵邦把拖拉机卖给牛二麻以前，他把拖拉机开到了村外的小溪里。那儿有一条长长的斜坡，拖拉机从斜坡上往下滑行，滑进了溪水里。赵邦给拖拉机认真地洗澡，他用明晃晃的溪水，把拖拉机擦得干干净净。这时候他突然发觉，拖拉机像他的女儿一样。他要把女儿嫁出去了。这样想着，赵邦的心里就有些辛酸。他看到水面上到处都泛着波光，这些波光铺天盖地，跳跃和闪动着，像无数的银针。他的眼睛不由得眯了起来，这时候他发现，不远处站着似笑非笑的牛二麻。牛二麻的手里，是一沓钱。那些钱藏在一张旧报纸里，散发着浓重的霉味。

赵邦接过钱的时候，闻到了那股味道，这让他对着河水打了一个响亮的喷嚏。他看到牛二麻走进了驾驶室，很快发动了拖拉机。拖拉机在水中像一只河马一样，挣扎吼叫了一阵，就突突地冲上堤岸与斜坡，在土埂上疯狂地奔跑起来。赵邦惊恐地瞪大了眼睛，牛二麻开拖拉机的速度很快，看上去那简直是一架贴地飞行的直升机。

现在,拖拉机不见了,四个轮胎变成了四条瘦长的马腿。赵邦认真地看着大河,他想着赵红梅的离去、拖拉机的离去,现在陪伴着他的,就是大河了。一场急雨从很远的地方奔来,飞快地落在赵邦家的院子里,卷起了尘土。大河抬起头,望望天,它看到主人赵邦从屋檐下奔了出来,迅速解下枣树上的缰绳,把它牵进了朝南的大屋。这是一间干燥而高大的房子,赵邦认真地打量着这房子,房子里有他的一张床。他决定把床搬到另一间小的房子里去,他想在这儿建一个马厩。无论是采光和通风,这间房子都是最好的。他又撸了一下毛的鬃毛,说,大河,这房间归你。

每天赵邦都会在凌晨五点准时醒来,他牵着大河去小溪边吃草和饮水。他们在波光闪耀的河边走着时,就像是一部外国电影里的镜头。海皮像一个土行孙一样,总会在适当的时候突然从地底下冒出来。他站在很远的地方看着赵邦牵着马的镜头。海皮看到这样的镜头就会兴奋,他很佩服赵邦。赵邦不仅把老婆给离掉了,还把拖拉机给卖掉了。但是他不敢靠近赵邦,他认为赵邦看不起他,赵邦看到他走近肯定会骂娘。赵邦肯定会这样骂,海皮,你给我在一分钟之内弹开。

在赵邦的眼里,海皮确实基本上就属于在他的视野范围内可以忽略不计的人。赵邦一点也不想去地里干农活,他就牵着马或者骑着马在南方村庄的土埂上走来走去。他感到寂寞,并且认为寂寞是一件非常可怕的事。村民们都奇怪地望着他,望着一匹北方的马突然生活在南方的农村。村主任赵杨胡同总是出现在村口的大樟树下,他会经常性地对着赵邦和马的影子大骂，呸，神经搭牢。

赵邦什么也没有听见。赵邦奇怪的是，这些人怎么老是在农田里上下折腾着。如果生活没劲了，可以养马呀。赵邦开始一次次地向大家推荐养马。赵邦的推荐没有成功，只有海皮，像一个目光阴沉的特务一样，四处尾随着他。

有一天海皮看到赵邦骑在马背上，在祠堂前的操场上绕着圈奔跑。海皮的骨头就咯咯咯地怪叫起来，他兴奋地冲进了操场，毫不犹豫地跟在大河的屁股后头奔跑起来。一会儿，他的脸上就布满了汗水，那双破旧的回力牌运动鞋，上下翻飞，看得围观的人们眼花缭乱。这是一幕奇怪的场景，大河和海皮都跑得飞快，像马戏团的演员一样，为丹桂房的村民免费演出。十五岁的傻小子海皮，已经长得高高大大，他迈动双腿的样子，就像是旋转着的风车。赵邦抱紧了大河的脖子，他把自己的前胸也紧紧地贴上去，看上去就像是要把身体贴到马脖子里面去。大河越跑越快了，就像在战争片里一样，它还嘶鸣了一声。这时候大家都听到，涨红着脸疯狂奔跑的海皮，也"嗷"地长号了一声。

后来大河停了下来。海皮也停了下来。海皮的脚步停下来的时候，他的喘气声却停不下来了。他的嗓子发出巨大的如抽动风箱般的声音，脸上却洋溢着幸福的笑容。他对着马背上的赵邦笑了，露出两排整齐的白牙。在马背上故意显出英武模样的赵邦转过头来，惊讶地发现，海皮其实是有一副洁白的好牙的。

从此以后，大河的身边，就一直跟着海皮。

赵邦把日子过得昏昏沉沉，有许多时候他差点就在马背上睡着了。他骑着马经常去上坂和湖头坂的田间,其实他也没什么事,他只是把这许多已经分田到户的田地,在臆想中当成自己的田。他在视察庄稼长势的过程中,就把自己想象成了地主。这时候他突然发现,当地主是一件很幸福的事。但是,即便当上了地主,他仍然是寂寞的,所以有一天,他的耳朵里突然有了一对耳塞,耳塞里播放着音乐。这些声音注入他的体内,让赵邦有了暂时的兴奋。

再不久,赵邦不知从哪儿弄来了一杆锈迹斑斑的猎枪,他说他要上彩仙山打猎去。他骑着大河向彩仙山进发,但是大河却不会爬山,这让他无比懊恼。所以他只有虚张声势地背着枪随便走走。有一天他甚至买来了一只野兔,挂在枪杆上,然后骑着大河回家。他不停地对路边的人说,喂,喂喂,今天收获并不大,只击毙一只野兔。

他喜欢说击毙这个词,他认为这个词比较生动。

赵邦背着枪的形象,一直到碰到了华所长才结束。那天华所长带着协警陈小跑和王小奔,在赵杨胡同家喝酒。赵杨胡同还叫来了妇女主任,妇女主任又叫来了年轻的团支部书记,这两个少妇用酒把华所长灌得满脸通红。华所长带着陈小跑和王小奔离开的时候,刚好看到赵邦背着枪骑着马在村路上走过。

华所长那时候刚想上车,他打开破旧的吉普车车门时,看到了坐在马背上的赵邦。华所长说,你是谁?

赵邦说,李才才叫我老赵,但我可以告诉你,我肯定叫赵邦。

因为酒精,华所长的眼里,晃荡着两匹马、两个赵邦和两支猎枪。华所长说,你们反天了,你们有持枪证吗?

赵邦说，我这枪是打野猪用的，是为民除害。

华所长说，好呀，你们还异口同声地说，你们的嘴真是太硬了，比茅坑石板还硬。你们给我滚下来。

赵邦说，我为什么要下来？

华所长终于恼怒了，小跑、小奔，给我把他们抓起来关三天。简直是无法无天了。

陈小跑和王小奔没喝醉，但是他们仍然打了一个长长的酒嗝。他们的身手依然敏捷，三下五除二，就把赵邦从马背上提了下来，并且麻利地把他塞进车子。

这时候华所长左右摇晃了一下，也咕咚一声倒在地上。来送行的赵杨胡同和妇女主任、团支部书记齐心协力，把华所长也塞进了车里。大河目送着车子远去，它突然一下子六神无主起来。它回过头张望的时候，只看到微笑着的海皮。

海皮又"嗷"地叫了一声。他慢慢地走到大河的身边，伸出左手，轻轻地按在大河的耳边，然后顺着脖子缓缓下滑。他在梳理着大河的皮毛，大河的鼻孔中不停地喷出热气，那些热气像一颗子弹，轻易击中海皮的心房。

3

赵邦在派出所里一共被关了三天。在三天的寂寞光阴里，他开始想念赵红梅。这是一个奇怪的念头，他以为他几乎已经把赵红梅给忘了，这时候他才发现，忘记比记住更难。除了赵红梅，他最想的是大河。在这三天的时间里，大河怎么办？

三天后，陈小跑给赵邦打开了手铐。赵邦从派出所出来了，在派出所的大铁门旁边,他停住了脚步。他看到海皮牵着大河,在不远处锯板厂的围墙下迎接他。大河显然很兴奋,嘴里不停地喷着气,它就站在锯板机发出的轰鸣声里。赵邦看到它的身上纤尘不染,皮毛像缎子一样光滑。赵邦不知道这三天里,海皮天天牵着大河去溪里洗澡。

赵邦从海皮手里接过了缰绳,他的目光越过大河的头顶,看到了不远处的一只破旧的垃圾桶。他的目光再次向上攀升,一座小锅炉房的烟囱正在喷着细小而无力的烟。这时候赵邦猛吼了一声,他说,驾。他居然说,驾。他驾驾驾地叫着,大河奋起了蹄子,一头撞进江南小镇空荡荡的街道。

海皮紧紧跟着,他在奔跑。他脏兮兮的头发高高扬起,两只手不停地上下摆动,下巴高抬着,眼睛几乎全部合上了。海皮只听到风的声音,呼啸着撕扯着他的耳朵。他看到了赵邦抱着马脖子,低着身子,迅速地冲进了一片低矮的玉米地,又冲进了油菜地,然后冲进了甘蔗林。海皮想,大河这一次,把春天完全给踏碎了。然后,大河停了下来,它站在了溪水里。它看到赵邦仔细地用水擦着它的身子。

海皮站在远远的岸边,他的眼里是白花花的泛着阳光的溪水,以及溪水之上一个人和一匹马的剪影。寡妇马英姑就在这时候莽撞地撞进了剪影里。马英姑在溪边洗一担芥菜,她洗了好久了,所以她光脚丫上的皮肉被浸得起了折皱。马英姑后来起身走到了赵邦的身边。喂,她说,喂,你的马能不能帮我家运桑条?

赵邦没有理她。

马英姑说,你聋了?喂,你聋了?

赵邦和马在一起

赵邦慢慢地回过头去，说，我是赵邦，赵邦的赵，赵邦的邦。

马英姑大笑起来，她的笑声放肆地跌进水中。赵邦看着水中马英姑白花花的小腿肚，她的裤腿管被水打湿了，散发着春天的气味。小腿在水的折影中，显得飘忽不定。赵邦盯着那小腿说，真短，你的腿真短。这时候马英姑一下子收起了笑容，马英姑说，赵邦，你个杀坯，你真是个天杀的。

赵邦说，你不想我的马为你家运桑条了？

马英姑的大脸上，突然绽开了麦饼一样的笑容。赵邦看到马英姑的牙缝里，残留着青菜的叶片。赵邦的眼睛就感到非常恶心。他狠狠地合上了眼睛，又睁开了。

赵邦离开了小溪，他骑在马背上，晃荡着向岸上走去。马上岸的时候，洒落下一路的水滴。这些水滴落在泥地里，卷起尘，像一堆离了水的蝌蚪，它们挣扎着，如活蹦乱跳的音符一般。站在岸上的海皮看到了湿漉漉的马再一次走近他，他无声地笑了，再次露出一排整齐的白牙。

赵邦看到海皮身后突然出现了海老三。海老三阴着一双眼，他的裤脚管高高卷起，露出铜黑精瘦的脚，脚上套着一双积满尘土的塑料拖鞋。海老三突然神出鬼没地冒出来，把赵邦吓了一跳。海老三伸出鸡爪般的手，一把抓住海皮的耳朵。你跟我回去，你跟我去矿上。

海老三拖着海皮走了。海老三是海皮的爹，他让海皮去村里的蜡石矿挑矿石。赵邦骑在马背上，望着海皮被海老三拖走。海老三就像是在拖着一只蛇皮袋，那是一只十五岁的蛇皮袋。这时候赵邦突然有了一些伤感，大河也在这时候哝地叫了一声。

海皮和海老三的身影渐渐远了，最后变成黑点，然后消失，好像是被空气给融化掉一般。

赵邦带着大河，在漫长的春天里开始变得忙碌。赵邦忘掉了赵红梅。他觉得自己就像一位古人了，长时间地在那棵枣树下牵马而立。偶尔会有一小枚叶片飘落。赵邦认为，这是一个充满感伤的年代，他在这个忧郁的春天里，开始给马英姑运桑条。桑条就在小溪对岸的桑园地里，齐整地一捆捆地捆扎好了。赵邦把这些桑条放在马背上，又牵着马蹚过小溪。赵邦喜欢这样的场景，他想起了一篇叫作《小马过河》的课文。赵邦认为，马，就是要学会过河的。

在一个黄昏，赵邦把马英姑按在了地里。赵邦也不知道怎么就把马英姑按在地里了。那时候，暮色正悄悄地包抄过来，旷野无人。赵邦后来怎么也想不通，他怎么就把马英姑按在地里了？马英姑短腿、大脸，看上去就不像一个女人。马英姑在赵邦的身下挣扎，这让赵邦很气愤，他说，你要是再动，我就把你强奸了。

马英姑动得更猛烈了，她踢腾起来。她说我是让你来帮忙运桑条的，又不是让你来折腾的。

大河身上已经压了桑条。它轻笑了一下，第一次看到赵邦那么勇敢和生动，这让它的心里欢叫起来。它看到马英姑像一条波涛中的船在摇晃，而赵邦无疑就是斗风浪的船夫。最后，赵邦把马英姑的裤子给扒了下来。马英姑的脸涨得通红，因为兴奋，她气喘吁吁。

马英姑说，你真的要强奸？

赵邦说，那是因为你不配合。

赵邦和马在一起

滚蛋,你给我滚蛋。马英姑边说,边拼命拍打着赵邦的背部。你要找,你找你们家赵红梅去。

赵邦不再说话,他突然想起了赵红梅经常坐着镇工办梁主任的破桑塔纳,被灌得一身酒气地回来。赵邦不喜欢那样的酒气。赵邦想,赵红梅又不是公家的,为什么要为公家喝那么多酒?

现在,赵邦不再去想前妻的事。他觉得这个时候,他应该是愤怒的,所以他愤怒地牵着自己进入了马英姑。马英姑大概是觉得泥地比较凉,所以她龇牙咧嘴地在倒吸了一口凉气以后,发出了一声惊喜的欢叫。她不再踢腾了,本来凶猛拍打赵邦背部的手,一把抱紧了赵邦。赵邦有些喘不过气来,他觉得马英姑简直是想要把他抱进自己的皮肉里去。这时候,他觉得无比失望,眼睛里只能看到一片灰暗的空气。

马英姑能感到赵邦的快速消失,这让她很扫兴。后来她看着赵邦站起身来,把自己塞回裤裆里。马英姑懒得起来,她的双手大张着,两脚叉开,裤子就在膝盖处,毫无生机地躺着。赵邦看着马英姑麦饼一样的大脸,和腰部一圈游泳圈一样的皮肉,突然感到无比反胃。他想,我一定是胃痛了,他一手捧着自己的胃,一手牵着大河,向对岸走去。

一路上,赵邦都在后悔。怎么可以把东西放进马英姑的身体里面去?东西一放进去,这性质就变了。他牵着马蹚水过小溪的时候,一扭头却看到了马英姑已经穿好了裤子。她的目光变得无比温柔,含情脉脉地看着他。赵邦的心绝望地尖叫了一下。完了,赵邦想,完了。赵邦毫不犹豫地认为,尽管自己错误地把东西放进了马英姑的身体里,而且只放了一秒,但是马英姑肯定认为，从此以后她就是赵邦的女人了。

马英姑果然就认为她是赵邦的女人了。女人真是奇怪，心理身份的改变，以身体是否接触为界。马英姑在傍晚的时候，再次找到了赵邦。赵邦正在马厩里清洗着，他没有理会马英姑。马英姑把身体靠在墙上说，喂，你说这桑条运完，要多少天？

赵邦头也不抬地说，我不知道。

马英姑说，一共有一百八十捆桑条，今天运了六十八捆。那么，三天不到的时间，你就能运完了。

赵邦仍然头也不抬地说，你怎么知道我还会帮你运桑条？

马英姑瞪大了眼睛，咦，你都把老娘给干了。老娘的屁股印还在那泥地上留着没干呢，难道你想抵赖？

赵邦放下手中的塑料水桶，站直身子，盯着马英姑。

马英姑说，你怎么了？你的眼睛怕兮兮的，不要吓人倒怪。告诉你，我马英姑不是吓大的。

赵邦哧的一声笑了。赵邦说，我怎么觉得，是你把我强奸了。

马英姑说，是你。你脱我裤子。你要是想抵赖，我告到派出所华所长那儿去。华所长说了，有困难，找公安。

赵邦的心一下子灰暗起来，他认为，自己从此以后将成为马英姑最廉价的劳力。他想，平生最错两件事：一件是鼓励前妻当上酱油厂的领导，另一件是把东西不加考虑就放进了马英姑的身体。

4

赵邦和潘大头坐在庙后弄的三春面馆里吃面条。他们一边吃面条,一边喝啤酒,唏嘘的声音比较雄壮。潘大头是个律师,开了一个潘家园律师事务所。赵邦骑着马出现在律师事务所门口时,他正在看报。他听到了大河的叫声,一抬头,看到赵邦不慌不忙地从马背上下来了。

潘大头站起身,拱了拱手。为了显示气度不凡,他穿着一件灰黄的绸衫。潘大头说,我知道你要来了。

赵邦说,我想请你吃面条。

潘大头说,你请我吃面条?你不想打官司?

赵邦说,就是想打官司,我也可以边吃面条边和你商量呀。听说弄堂口一个次坞人开的三春面馆不错的。

潘大头想了想,又拱起了手,说,盛情难却。

潘大头于是便和赵邦坐在了三春面馆里吃面条。他很简短地听了赵邦说的话,赵邦的意思是,他的错误只犯了一秒,但是他却要付出余生的代价,来为一个矮脚女人免费打工。这是一件令人痛苦的事。

潘大头一边吃着面条,一边兴奋地骂娘。因为面条中加了辣椒,他的鼻子很快就红了。他红着鼻子骂娘,从镇政府造一条路造了十年,到一个女的用自己的阴部作画竟然出名了。他骂得畅快淋漓,却又无比恶毒。他甚至骂现在的奸商,因为他买了一盒避孕套,却在使用过程中突然破了。后果是他让女人怀上了孕,但是这个女人却不是他的老婆。这是一件令他感到棘手的事。

要早知道这样，我他妈的还不如买个气球当避孕套。潘大头大声骂着，让赵邦吃了一惊。

赵邦小心翼翼地问，潘律师，我的官司，你说该怎么打？

潘大头终于回过神来，你的官司？你的什么官司？

赵邦说，马英姑会不会告我强奸？你知道的，我不怕被关进去，我已经被关过三天了，再关几年，也就是个关。但是，我的大河怎么办？

潘大头说，大河是你儿子？

赵邦摇了摇头。

潘大头急了，说，你阴阳怪气的，不是你儿子，难道是畜生？

赵邦说，潘律师，你真是太英明了，大河就是畜生。

这时候，大河在三春面馆外面又咴地叫了一声。潘大头终于明白过来，他发了好长时间的呆，突然大喝一声，老板娘，给老子再来一瓶啤酒。

赵邦急了，说，潘律师，我那事究竟怎么办？

潘大头说，你没有脑子的？

赵邦说，我是有脑子，可是那东西它是没脑子的。

潘大头说，过去几天了。

赵邦说，一星期了。

没事了，你回去吧。潘大头喝了一口啤酒不慌不忙地说，莱温斯基告克林顿还得有个证据呢。

赵邦说，莱温斯基是谁？

潘大头说，外国的一个女公务员。你别管那么多，你回去吧。

这时候,赵邦才长长地吁出一口气来。

赵邦骑着马,从桥头镇上回到了丹桂房。他在小溪里给马洗澡,春天的水清而浅,小鱼在水里自由地唱着歌。四个女人走过来,她们很像是一排女民兵,背上各背着一只茶篮,她们当然就是去山上采茶的。领头的是一个叫茶茶的老女人。茶茶说,赵邦,让你的马把我们送到对岸去。

赵邦站在湿漉漉的水里说,为什么要把你们送到对岸去?

一个女人说,你能给马英姑运桑条,就不能把我们送到对岸?

另一个女人说,你那点儿破事,我们帮你瞒着,需要封口费。

还有一个女人说,马英姑说她很委屈,但是想想是同村人,她说,算啦。

赵邦在水里有些站立不稳,他差一点就跌倒在水中,幸好他一把抱住了马脖子。赵邦这时候真想杀了马英姑,他怎么也想不到马英姑那么厚的嘴唇,竟然可以在那么短的时间内,把这事情给搞得沸沸扬扬。这时候一个男人牵着一头牛走了过来。那是一头健壮的水牛,步子迈得稳健而扎实,一副目中无牛的神情。女人们欢叫起来,男人,男人你让牛把我们驮过去。

这让赵邦很没面子。赵邦说,那黑不溜秋的是个什么呀,最多是一匹长了角的马。这完全是次品马。

男人说,赵邦,你那是不长角的牛,完全是次品牛。

赵邦冷笑了一声说,我懒得跟你这种人争。你简直是个文盲。

男人说，我虽然是个文盲，也比你这个流氓强。你不仅戴绿帽子，你还强奸马英姑。

这时候，赵邦的眼泪都差点掉下来了。他觉得非常委屈，所以他更不能输给男人。他微笑了一下，走到茶茶身边，温柔地说，茶茶，你先来，如果你们坐我的马过小溪，我给你们每人五块钱工资。

男人不服输，说，我给十块。

男人的话音未落，就听见背后一个女人对着他声嘶力竭地大吼，你给我滚回家去。

这是男人的老婆发出的声音。男人牵着牛，灰溜溜地回家去了。

赵邦把四个女人一一运过了小溪。四个女人上了岸，都摊开了手。赵邦恋恋不舍地从口袋里掏出四张五块，一一塞在她们的手心。这时候，赵邦听到四个女人齐声说，赵邦，我们怎么会相信马英姑的话呢？你是老实人，就是把我们打死，我们也不相信你会强奸马英姑。

茶茶又加了一句，要强奸，也是她强奸你。

赵邦什么话也说不出来，他被感动了。所以他一直目送着四个女人上了山上的茶场，直至消失。

然后。然后夏天就来了。夏天是随着植物的气息越来越凶猛而来的。那些青草和庄稼的气息，被暑气一逼，就呈现出蒸腾的样子。在这种气息的裹挟下，形成了一条长长的无形的巷道。赵邦就骑在马背上，穿过这无形的巷道，一次次地来到光棍潭泡澡。那是一大片水域，赵邦乐此不疲地在水里扑腾。但是有一次他的脚抽筋了，他笨拙的身体拍打出一些单调的水花，

赵邦和马在一起 | 317

沉闷的空气中突然响起赵邦的喊声。赵邦没有说救命，而是说，完蛋了，这下完蛋了。

赵邦的声音穿透了整个夏天。这个漫长空旷的夏日午后，四处没有人影，连一只飞蝇都没有出现。最后把赵邦捞上岸来的是大河。大河游向了潭中央，这时候赵邦才发现，原来马是会游泳的。赵邦骑在马的身上，就像坐在漂移的小岛上一样。他抹了一把脸上的水珠，兴奋异常地尖叫起来。他突然想起了自己卖给牛二麻的那辆拖拉机，拖拉机能游泳吗？

赵邦湿漉漉地上了岸，他为自己捡了一条命而高兴。他索性脱光了衣服，躺在草地上晒太阳。他清楚地看到，在阳光下自己白花花的身体正向上冒着氤氲的水汽，像是刚出笼的包子一般。他一转头，突然看到不知从哪儿冒出来的海皮，一脸黝黑，呵呵傻笑着。

赵邦说，你不是被海老三弄到蜡石矿里去挑矿石了吗？

海皮说，我跑出来的。

海皮这样说的时候，两只脚靠在一起，蹭了蹭鞋跟。那双回力牌运动鞋鞋头的口子开得更大了。

我跑步比较快。海皮又跟了一句。

赵邦在草地上翻了一个身，用手托着下巴，斜着身懒洋洋地说，那你跑到这儿来干什么？

海皮突然从身后亮出了一捆玉米秆，他翻动着厚厚的嘴唇笑了，我主要是想大河了。

那捆新鲜玉米秆被塞到了大河的嘴边，大河的嘴嚅动起来。赵邦的心像被小草的草芒触了一下似的，他眯起眼睛，看到海皮很认真地喂着大河。阳光刺眼，赵邦的眼睛就慢慢地花了。

在他的眼里，分明是两匹马：一匹七十岁，一匹十五岁。

5

赵邦也是需要生活的，这是赵邦秋天的生活。

在康红梅出现的日子里，赵邦曾经一次次地和康红梅说他在桥头镇大庙的生活。但是，这个秋天来临的时候，康红梅还没有出现。

赵邦在大庙里给人拍照。大庙有一个很大的天井，天井里生活着大河。大河总是在天井里慢悠悠地散步，有时候抬头看看四四方方的天空，有时候看看天井里的一口深井。有一天，大河把头伸到了井口，它看到了井中的自己，突然觉得自己老了。这时候它感到了悲凉。头顶飞过一行大雁，大河也想起了它在昌平的老家。大河本来是生活在昌平的，它和一架大车连在一起。后来，它老了，它和大车分离，大车和一匹年轻的马连在了一起。那是大河的儿子小河。

大河被丹桂房著名的牲口贩子李才才牵走的时候，小河就要拉上一车的西瓜进北京城，到一个靠近朝阳无线的农贸市场。那儿比较偏僻，可以打打擦边球把马车赶过去。小河挥动四蹄出发的时候，没有回头。大河一直用慈爱的目光看着小河远去。大河想，过几年，小河也就这样老了。它的眼中流出了泪水，小河和大车在它的视线里糊成了一团，最后，不见了。它长长地叹了一口气，收回了它温暖的目光。

它不喜欢李才才，但是它对李才才没有恨意，它认为李才才也是为了生活。

现在它就站在秋天的空气里,打量着大庙的檐角。这儿早就变成了镇上的文化活动中心,中心主任毕四眼打听到赵邦有一匹马,就把赵邦叫了过来,让他搞副业。赵邦索性住进了大庙。让客人骑马一圈,外加拍照一张,一共十块钱。赵邦胸前钟摆一样晃荡着的小包里,塞满了来自各种不同手纹的钞票。

赵邦突然觉得,自己的钱越来越多了。钱一多,毕四眼就要眼红,非要赵邦拿出一部分钱来,贴补镇上的业余剧团置办戏装。

赵邦说,我的钱为什么要给你?

毕四眼语重心长地说,你要支持农村文化事业。

赵邦说,唱戏跟我有什么关系?我不喜欢唱戏,我喜欢流行歌曲。你听好,下雨的时候你会想起谁……

毕四眼说,你总要交租的吧,交管理费。

赵邦说,我不是交了吗?

毕四眼说,那不够,你们六条腿生活在我们的大院子里。

赵邦说,按你这样说,院子里的蜈蚣要交更多的管理费。

毕四眼说,你不交的话,你就给我滚回丹桂房去,我让你颗粒无收。

赵邦冷笑了一声,老子连婚都敢离,还怕离不了你这个破庙?

赵邦骑着马走了。他离开桥头镇顺着土埂往丹桂房走。大河已经老了,它走得很缓慢,像是在散步,又像是在欣赏着大好河山。这时候一辆拖拉机轰鸣着,像华南虎一样下山了。拖拉机在赵邦身边慢了下来,牛二麻子伸出一颗光溜溜的头来,哈哈大笑着,说,赵邦,你的拖拉机已经给我赚了一万块钱了。

拖拉机不会死，但是你的马会死的。你真是笨到家了。

赵邦淡淡地一笑，把脸扭向了一边。他认为牛二麻是个文盲。

牛二麻不再理会赵邦，加大马力。拖拉机像贴地飞行的飞机一般，高速向前飞奔，卷起了一路黄尘。赵邦就骑着马走在飞扬的黄尘里，这让赵邦在这个秋天有了一种悲凉感。他喜欢这样的黄尘，认为这黄尘飞扬，有了古道的意境。他很像一位唐朝诗人，并且渴望这时候有古代的音乐响起来。

赵邦越来越像诗人了。他在光棍潭边的一大片空地上搭起了几间木房子。一间给自己住，一间给大河住，还有一间养了许多小兔。后来，有一个城里人到了这儿，他带着大炮一样的照相机来拍照，他对赵邦说，老赵，这儿的生态真好。你可以开一个农庄。

赵邦同样纠正了他，我不是老赵，我是赵邦。

城里人说，赵邦，这儿开农庄真不错，一定会有许多客人。

于是赵邦真的开出了农庄。他把小院子给卖了，又凑上在大庙里替人拍照赚来的钱，狠狠地向村主任赵杨胡同砸出去三条中华烟，狠狠地圈了一大片的地，租期三十年。

赵杨胡同抽着中华烟，心里发出疯狂的笑声，这块荒地谁会要？这块荒地连三包中华烟都不值。但是有一天，赵杨胡同看到农庄里开来了几辆越野车，那是城里人叫来的。城里人为赵邦带来了几位大肚皮官员。

赵杨胡同看到海皮正在指挥交通。海皮穿着一件唐装，那是赵邦买了送给海皮的。他把海皮从蜡石矿带了出来，他斩钉截铁地说，海皮，你负责两件事：一、养马；二、指挥交通。

赵邦和马在一起 | 321

现在，海皮就在指挥交通，他的手上下挥舞着，指挥得有板有眼，很像是一个合格的交警。这些官员，在农庄里狠狠地吃了一顿，又回去了，过几天，带回来一支更长的车队。赵邦兴奋地说，海皮，城里人都疯了，给咱塞钱呢。

赵邦的农庄迅速有了好几名女服务员，她们都是村里的女人。赵邦成了总经理，他一天到晚捧着一台调频收音机，收听《交通之声》。有一天赵杨胡同问赵邦，你那拖拉机卖给牛二麻了，你没有交通工具了，你听啥《交通之声》啊？

赵邦冷冷一笑，他懒得答话，只是把目光投在了大河的身上。他其实是用目光在告诉赵杨胡同，大河，就是交通工具。他看到海皮悄无声息地像影子一样飘过来，拿过马刷子，牵着大河的缰绳。他牵着大河去小溪里，会花上半小时的时间，仔细地替大河洗澡。赵杨胡同看到海皮和大河，就像两兄弟一样无声地离开了。一会儿，赵红梅骑着电瓶车出现在一条小路上，她歪歪扭扭地撞进赵杨胡同的视线。看上去她好像变得比以前更白胖了一些，有了明显的富态。她在赵杨胡同面前停住了电瓶车，说，赵主任。

赵杨胡同用双手抱着自己的身体，说赵副厂长，你来推销酱油？

赵红梅笑了，看了看赵邦。赵邦站在秋天的风中，他捧着收音机，收音机里一个女人在说着一桩和车祸有关的事。那些声音被秋风吹得七零八落，像被风吹散的一阵烟一样。赵红梅说，赵邦，你怎么像不认得我似的？

赵邦笑了，说你烧成灰我也认得。

赵红梅一下子收住笑，说你还记隔夜仇呀？这可不像男人。

赵邦头发在风中乱舞,他觉得有些凄凉,说,你觉得我以前就像男人?

赵杨胡同嘿嘿嘿阴险地笑了起来。他依然用手抱着自己的身子,走到赵红梅和赵邦的中间,对赵红梅说,赵厂长,赵邦这家伙玩大了,他把这荒无人烟的光棍潭,弄得越来越热闹。我真怕有坏人绑架了赵邦,问他要钱。

赵杨胡同一边说着,一边迈开步子走了。他的破皮鞋毫不犹豫地踏在草丛中。赵邦望着赵杨胡同的离去,他听到茶茶老匹从不远的地方传来嘎嘎嘎的笑声,不由得皱了皱眉头。风吹乱了赵红梅的头发,她不时地用手捋着。这个镜头增添了她的不少风情。

赵邦说,进去坐坐吧。我有办公室了。

赵红梅跟着赵邦进了小木屋,那办公室其实就是一张床、一张办公桌。

赵红梅说,呀,赵总艰苦朴素。

赵邦说,这是传统美德,我们要发扬光大。再说我再艰苦,这办公室也是我自己的。

赵红梅说,那是。不像我,我的办公室是公家的。

赵邦说,那你坐吧,我给你泡杯茶喝。铁观音。

赵红梅坐了下来,看着赵邦泡茶。赵邦端着一缕香气,把茶杯放到了赵红梅手中。赵红梅低头,揭杯盖,低垂着眼睑吹茶叶的泡沫。她那神态,有几分娇羞。赵邦突然发现,赵红梅还是妩媚的,不然镇工办梁主任怎么会看上她呢?

赵邦说,你这次来,主要是干什么?

赵红梅说,主要是来和你商量一下,我们离婚,我什么也没有分到。我想你考虑一下我的分成。

赵邦说，你想要多少钱？

赵红梅说，最起码一万。我听听你的意见。

赵邦说，不行。

赵红梅瞪大眼说，你真小气。

赵邦说，两万。一万太少了。我一天能挣上千块的净利润。

赵红梅脸上浮起了笑意，看来，你果然走狗屎运了。

赵邦纠正她说，不对，是大河给我带来运气的。

赵红梅说，大河是谁？

赵邦本来想说是一匹老马的，但是想了想，他说，是我老婆。

赵红梅有些失落地说，你果然有新欢了。你真不要脸。

赵邦大笑起来，说，这话该我来说。

两个人都不说话，相互看着，一会儿就对视着笑了。

你其实蛮好看。赵邦后来边说边走到了赵红梅的身边，他把赵红梅拉了起来。

赵红梅说，你想干什么？

赵邦说，我想动动你。

赵邦一把抱起了赵红梅，扔在了床上。赵红梅说，喂，我现在不是你老婆。

赵邦动手就扒赵红梅的衣服说，不是我老婆又怎么样？不是我老婆，但你还是个女人。

赵红梅脸上泛起了红晕说，你真不要脸。

赵邦说，答对了，加十分。我就是不要脸。

赵红梅说，我喊人了。

赵邦却大叫起来，来人哪，来人哪！赵红梅让我帮她喊人。

赵红梅惊惶地一把按住了赵邦的嘴，说你叫个魂。

赵邦恶毒地说，叫魂？等一会儿，我让你叫魂。

赵邦一边说着，一边麻利地剥去了赵红梅的衣衫，他发现赵红梅像一只被剥掉了粽叶的粽子。然后他掏出了自己的东西放进赵红梅的身体里，他看到赵红梅痛苦地闭上了眼睛，寻死觅活的样子。

赵邦觉得自己很勇敢。他也闭上了眼睛，但是脑子里是一幅这样的画面：他骑在大河的背上，纵马飞奔，越过高山，跳过沟壑。大河嘶鸣着，完全是一匹年轻的矫健的马。它的头高高昂起，纵身跳进太阳光投下的一束束光圈中……这时候，赵邦听到了赵红梅叫魂的声音。赵邦得意地说，我说了，是你叫魂，不是我叫魂。

赵红梅的脸红得像火一样。她说，真不要脸。

赵邦就又闭上眼睛奔驰起来。那些从前的镜头交叠着：赵红梅穿着高跟鞋，跨进了那辆破旧的桑塔纳车。车子开走了，据说要去邻近县考察取经。赵邦想，呸，取个鸟经。赵邦这样想着，越来越勇敢了，像是要冲破敌人的封锁线。后来他听到赵红梅尖叫了一声，像面条一样软绵绵地瘫在床上。

赵邦和赵红梅休息了很长的时间。黄昏来临了，夕阳爬进小窗，照在床上。在夕阳的余晖里，赵红梅和赵邦默不作声地穿衣起床。

赵红梅后来坐在床沿上扎头发。赵红梅说，赵邦，你有点儿像年轻人，刚才。

赵邦得意地说，你以为我老了？

赵邦和马在一起 | 325

赵邦看着赵红梅，心里就有了打了胜仗的感觉。他认为这不是自己的老婆，他把一个不是自己老婆的女人睡了，这就是胜利。于是赵邦笨拙地吹起了口哨，从一只黑色的皮包里掏出两万块钱，拍在床沿上说，这是你的。他想了想，又掏出了五千块，拍在床上，说，这也是你的。

赵红梅收起了两万块，冷冷地把五千块扔还给赵邦，我只要我自己的，你以为我是卖的吗？

赵邦一下子就蒙了。赵邦想，难道这两万块就是你自己的？但是赵邦没有说出来。赵邦用忧伤的眼神，望着一动不动的五千块钱。那钱像一具尸体，冰冷，毫无动静。赵邦拿起钱抚摸着，仿佛是要和亲人告别似的。赵邦看到前妻赵红梅打开了门，走了出去。

赵红梅看到木屋门口不远的地方，一个十五岁的少年，牵着一匹湿漉漉的马，像待命的军人一样，站在拴马桩边。在辽阔的夕阳里，看上去这一人一马，已经着火了。

赵红梅说，他是谁？

跟出来的赵邦说，你连海老三的傻儿子也不认识了？他是海皮。

赵红梅说，我是问海皮旁边的那玩意儿。

赵邦恍然大悟地说，那就是我的老婆大河。

6

其实在漫长的黑夜来临时，赵邦都没有离开过大河。海皮已经去睡觉了，赵邦就坐在马厩门口的石条凳上，听马咀嚼草叶的声音，听马喷出粗重的呼吸。闻着马的气味，赵邦就觉得踏实，那是一种令人温暖和安心的气味。

黑夜已经很浓重。夜深了，寒气就会逼人。马英姑出现在赵邦面前，她像一个突然冒出来的幽灵。

赵邦淡淡地说，你想干什么？你想闹，没门。

马英姑露出讨好的笑容，赵总，我敢闹吗？

赵邦说，你要敢闹，我把你撕了喂马。

马英姑说，马吃肉的？

赵邦说，我这马凶起来就是一只藏獒。

马英姑说，赵总，我就喜欢藏獒，我的理想是养一只藏獒。我能来你这农庄上班吗？我帮你养马。

赵邦说，养马有海皮了。不让海皮养马，就等于要了海皮的命；要了海皮的命，就等于犯了杀人罪。你愿意犯罪？

马英姑说，那你也得给我一个活干。我儿子十七岁了，他要上高中。我挣不到钱，他怎么上高中？

赵邦想了想，掏出了赵红梅没有要的五千块钱，丢在了地上。马英姑愤怒了，口沫飞溅地说，你以为我是要饭的？

赵邦没再说什么，他觉得什么都没劲。他咽了一口唾沫，喉结滚动着，他感到了比夜色还凉的悲凉。他抱紧膀子，很想回屋去睡觉。于是他站了起来，向自己的小木屋走去。走进小木屋，他合上了门。

赵邦从小窗口往外看。暗淡的路灯下，马英姑在认真地数着钞票。赵邦的心里涌起了难过，他绝望地倒在了床上。

天是不知不觉中亮起来的。赵邦被一阵喧嚣声吵醒，他走出木屋，看到镇长赵三贵在村主任赵杨胡同的陪同下，正一步步地走向农庄。赵邦眯起眼，抬头看到了旗杆上高高飘扬的标着"赵"字的大旗。这大旗让他有了底气，让他认为自己是有队伍的人。

赵三贵上来握赵邦的手，装作老朋友似的搂赵邦的肩。赵三贵说，中午有个贵客要来。赵邦很淡地笑了一下，他对海皮说，海皮，把马牵来。

这天上午，赵三贵在赵杨胡同的陪同下，在光棍潭四处转着。光棍潭的四周，将种下桃树李树，种下杨梅樱桃。光棍潭边上大片的草坪，搭起了木屋，挂起了吊床。光棍潭就像一个小型的西湖，这是多么好的一片地方。赵杨胡同很后悔，只收了三条香烟，就让赵邦的圈地阴谋得逞了。他们看到赵邦骑上了马，慢吞吞地往远处走去。赵邦是去遛马了，他的背影看上去，挺拔得有些像老板。

赵邦骑着马回来的时候，看到几辆车子一字排开停着。赵三贵正和一位戴金丝眼镜的老板在聊天，看上去赵三贵显得有点儿拘谨。老板的身边，是一位娇小可人的女孩。赵邦骑马走到他们的面前，却没有从马上下来。

赵三贵说，赵总，这是黄世轮黄董事长，他在麦城开了一家最大的药厂。

赵邦笑了笑说，镇长，我不需要药。

赵三贵说，你下来。

赵邦说，我下不下来，都能听到你说话。

赵三贵无奈地说，老赵，黄老板有要紧的事和你商量。

赵邦说，连你也叫我老赵。我早就说了，老子叫赵邦，赵子龙的赵，兴邦的邦。

黄世轮哈哈哈地大笑起来，说，赵邦，你真幽默。

赵邦也笑了，从马背上跳下来。海皮飞快地从小木屋里奔出，牵走了马。赵邦看到马和海皮耳鬓厮磨的样子，就觉得很欣慰。

赵邦请黄世轮董事长、赵三贵、赵杨胡同和那个女孩吃饭。他们喝了很多的青梅烧酒，喝酒的过程中，赵邦搞清楚那个女人叫婴宁。她不太说话，看到赵邦直勾勾地看着她，就嘻嘻嘻地低声笑。赵杨胡同有些生气，哎哎哎地提醒，拿手在赵邦面前晃动。赵邦说，你干什么？你的手肯定没有演千手观音的那些手好看。

赵杨胡同说，哎哎哎，你要注意影响。

黄世轮董事长却宽容地笑笑，说，没什么，爱美之心人皆有之。

赵邦说，黄老板，这个婴宁是干吗的？

黄世轮说，她是著名演员。

赵邦说，著名演员？演过什么？是不是《一个馒头引发的血案》。

黄世轮又大笑起来，说，幽默，绝对幽默。赵兄，她演过很多越剧，以后，她就是这个农庄的形象代言人了。

赵邦看了看旗杆上飘着的"赵"字大旗，用手指头指了指。

黄世轮也看了看那旗，说，赵邦兄，我想把你这块地转包过去。你的这些小木屋、你的这些投资、你的这匹马，全归我。我给你八十万。

赵邦摇了摇头。

赵邦和马在一起 | 329

黄世轮说，那就一百万。

赵邦慢条斯理地说，一百万好是好，我想说的不是这个。我想说，马我得带走，那旗我也要带走，那个叫海皮的弼马温我也要带走。

赵三贵说，那这么说，赵总愿意把这农庄整体转让了？

赵邦说，我觉得这真没意思。人那么多，就为来这儿看草皮，钓钓鱼。我还是回家享清福去。我躺在利息上，够吃够喝了。

这时候黄世轮开始兴奋起来，他早就看好了，光棍潭边还有一大片的山景，他要在山上开出旅游项目。他对婴宁大叫一声说，你敬一下赵大哥。

婴宁听话地站起来，很妩媚地笑着，倒了一杯啤酒。

黄世轮说，不，要白酒。

婴宁就倒了小半杯白酒。

黄世轮说，不，要全心全意，满杯。

婴宁就倒了一满杯的白酒，说，赵大哥，小妹敬你一下。

赵邦听了就有些飘飘然，他和婴宁碰了一下杯，一口喝掉了青梅烧。他看到婴宁皱着眉喝着酒，就有些心痛，从婴宁手中夺下了酒，也一口倒入肚中。然后，他只听到扑通一声，才发现自己就地倒下了。

十天后，赵邦骑在马背上，怀里抱着那面"赵"字大旗。海皮牵着马缰，在前面走。他们慢慢地离开了黄世轮的视线。黄世轮站在小木屋门口笑了，风吹起他油光光的头发。他对身边的赵三贵说，这人有意思。

赵三贵说，他是个笨蛋。那么好的农庄也让出来。

黄世轮的笑容收了起来，对赵三贵认真地说，他不笨。他只是不想折腾。

赵邦推开祠堂的门时，已经是初冬的一个清晨。祠堂很陈旧，但却很结实，像一个少林老和尚。赵邦身后紧紧跟着海皮，海皮手里牵着马。赵邦的目光投在天井中的一根现成的旗杆上，那是清朝的时候，为表彰一位村里的进士，皇帝赐的。现在，赵邦要把这面"赵"字大旗，挂到进士旗杆上去。

赵邦说，海皮，上。

海皮接过了大旗。他走到旗杆边上，一纵身，就贴在了旗杆上。他爬杆的速度非常快，灵敏得像一只壁虎。他爬到旗杆顶上，把旗给挂了上去。这时候他看到很远的地方，一束阳光呼啸着奔来，一下子投在了那面写着"赵"字的大旗上。海皮无声地笑了，他哧溜滑了下来，站在旗杆边上，像另一根旗杆。

马被牵进了一间干燥的厢房，海皮已经给它投了一些草料。赵邦坐在天井中央的一把陈旧的太师椅上。整个下午，他闭着眼睛，像一个高深莫测的高人。他是在等待着夜晚来临，夜晚来临以前，他一直在考虑一个问题：他怎么就住到祠堂里来了？

赵邦离开光棍潭农庄后才记起，他的小院早就卖了。他说，海皮，我们住哪儿去？

海皮说，我们住祠堂，那儿很宽大。

赵邦喜欢这样的宽大，他找到了赵杨胡同说，赵主任，我要买下祠堂。

赵杨胡同说，你疯了，你买下祠堂干什么？

赵邦说，我给大河住。

赵杨胡同说，那得村委会研究决定。

村委会最后决定把祠堂卖给赵邦。赵邦就带着海皮住进了祠堂。但是住进祠堂后,赵邦突然感到了寂寞。祠堂太大了,祠堂一大,他就觉得自己太渺小,自己像蚂蚁一样渺小。他经常去天井的一口深井里照照,井水映照着毫无生机的赵邦。赵邦就觉得悲哀。

赵邦在院子里种下了两棵桂花树,又种下了两棵枣树。很多时候,赵邦搬一把太师椅坐到天井中间。看上去,这天井里就一共有了五棵孤独的树。天下雨了,赵邦在太师椅的后背绑一根棍子,棍子上再绑一把巨大的雨伞,雨伞上写着:天有不测风云,请找黄河保险公司。

赵邦坐在保险公司的广告伞下面,那雨伞简直就是一个小型的凉亭。雨水飞溅着,形成水雾。赵邦喜欢这样的水雾将他打湿。他看到屋檐下站着海皮,海皮缩着头,像一只寒风中的燕子。赵邦笑了,说,海皮,你寂不寂寞?

海皮摇了摇头。

赵邦说,为什么?

海皮的目光抬起来,抛出去,抛向厢房中正吃草料的大河。大河也抬起了眼,望望雨中的赵邦。赵邦长长地叹了一口气。赵邦说,海皮,大河能遇见你,真是幸运。

这时候祠堂的木门被推开了。赵杨胡同收拢了雨伞,不停地跺着脚。他在破口大骂,他妈的,这大冬天的不下雪,下那么久的雨干什么。赵杨胡同骂完了,看到坐在天井中一把雨伞下的赵邦,一下子呆了。赵杨胡同说,你发神经了?

赵邦说,我要是真得精神病了,我就把这儿建成一个疯人院。

赵杨胡同说，赵邦，我越来越搞不懂你了。

赵邦说，搞不懂没关系。你来这儿不是为了搞懂我吧。

赵杨胡同说，我是为七个老人来的。老人们本来住在镇上的福利院，但是现在福利院要拆了重新造，各村自己解决。所以，我想借你的房给老人们住。

赵邦突然大笑起来。赵杨胡同说，你笑什么？

赵邦说，这真是太好了。

七个老态龙钟的老人，第二天清晨就来了。赵邦喜欢睡懒觉，他醒来的时候，发现祠堂的大门已经打开，七个老人贴着墙根正在晒太阳。他们晒了一会儿太阳，就把头凑在一起，神秘地说着什么。赵邦久久地望着他们，突然想到，自己没有孩子，过几年会不会也住到福利院去？

赵邦后来走出了屋子，这时候他看到有四个老人在打牌，两个老人在观战，一个有点痴呆的老人在烧水。他叫老唐，老唐拼命地烧水，烧得热水瓶都装满了，可他还是在烧水。老人们的出现，让这个祠堂有了生机，他们争吵，争得面红耳赤。老唐看到了赵邦，他拎着一只热水瓶走过来，呵呵笑着说，看到陆桂枝了吗？你转告她，让她回家，外面冷。

赵邦知道，肯定是老唐在说胡话，就说，陆桂枝在海南岛，那儿四季如春。

老唐噢了一声，又半懂不懂地折回了。走到牌桌边的时候，压低声音神秘地对那六个老头说，她在海南岛，那儿不冷的。

老头们爆发出一阵大笑。

赵邦那天牵出了马。马站在了天井的一堆光影里。马的出现让七个老人充满了好奇，他们把牌收了起来，七颗光光的头

赵邦和马在一起 | 333

又碰到了一起,像在商量一件非常重要的大事。一会儿,老唐走过来,对赵邦说,喂,他们说,你的马能不能让大家骑一下?

赵邦说,当然可以的。

七个老头开始骑马,每个人骑十分钟。赵邦怕他们从马上掉下来,所以他让海皮给他们牵着马。一会儿,七个老人又开始争吵,他们集体认为,别人骑马的时间是十一分钟,而自己骑马的时间只有九分钟。

这是一个快乐的冬天。雪开始降临在丹桂房的大地,它们漫天飞舞,从天空中落下来,将整个村子盖得严严实实。祠堂的天井里,勤快的海皮在扫雪,老人们已经起来,他们把八仙桌搬到天井中间,在阳光下喝茶、打牌和争吵。日光和雪光融在一起,异常刺眼。檐头倒挂的冰凌和屋瓦上的雪开始融化,滴滴答答发出绵长而烦人的水声。赵邦在中午醒来,他醒来后,数着光秃秃的人头,他一共数到了六个人头。

赵邦寻找老唐。他知道老唐是一个最容易丢失的老人。后来赵邦在厢房里找到了老唐,老唐正在给马穿一件特制的衣服。那是一块绣着大红牡丹的被面布做起来的围肚,在大河的肚皮和腰背上围成了一个圈。

赵邦说,老唐,你想干什么?

老唐说,我怕它冷,会冻死的。

赵邦才知道,老唐也喜欢上了马。老唐盖的棉被,已经没有了被面,只有光秃秃的棉花胎。六个老人围坐在一边,东一句西一句地告诉赵邦,老唐年轻的时候有一个女人,但是这个女人后来偷偷跟人走了,还卷走了老唐的一千多块钱。老唐找了整整一年,还是没有找到。后来老唐就有些不太正常了。老唐逢人便说，看到陆桂枝了吗？你转告她，让她回家，外面冷。

雪融化的时候，赵邦骑着马去了一趟桥头镇。他找到镇上的一家铝合金门窗厂，让这个厂子给他加工秋千，加工一些简单的运动器材，他要把祠堂的天井做成健身场。这些器材很快就运来了，工人们装好了运动器材。安装的时候，老人们兴致勃勃地围在工人身边，东摸西摸。赵邦心里就很难过，他一边难过，一边高兴。因为他看到一个老人坐在了秋千上，发出了咯咯咯的笑声。他掉光了牙齿的嘴，在阳光下露出一个黑色的小洞。这时候，赵邦看到老唐把一个工人拉到一边，轻声地说，看到陆桂枝了吗？你转告她，让她回家，外面冷。

听着这些话，赵邦觉得自己也老了。

在冬天还没有真正结束以前，县报记者陈娜莉莎出现在祠堂。她带着一台照相机，从一辆采访车上下来。村主任赵杨胡同陪伴着她。赵杨胡同猛地一脚踢开了祠堂的大门，赵邦，赵邦，你为老人们做好事，你个杀坯，你要上报纸了。

那时候赵邦坐在天井中间的太师椅上，他不动声色地说，上报纸很稀奇吗？

赵杨胡同失望地说，你真是个扶不起的阿斗。

赵邦说，做阿斗不累，因为阿斗不用动脑子。

陈娜莉莎笑了，走到了赵邦身边说，请问您叫什么名字？

赵杨胡同忙插嘴说，他叫赵邦，赵邦的赵，赵邦的邦。

从来不开口的海皮突然咧着嘴笑了，不对，是赵子龙的赵，兴邦的邦。

陈娜莉莎再一次轻声笑了，她洁白的牙齿让赵邦的心情愉悦。其实她一点也不漂亮，但是她却有着一对阳光下的酒窝。

她说,让他自己说吧。陈娜莉莎的声音很清脆,这让赵邦感到很舒服。赵邦说,叫我老赵吧……

7

春天如期而至。所有的时间都在发芽。在那绵长的春水里,无所事事的赵邦觉得自己是一枚随时会发芽的叶片。赵邦总是坐在天井中间的太师椅上,太师椅上绑着雨伞。他在这个小凉亭里看四面八方逼来的雨。大河会偶尔发出咴咴的叫声,从厢房里传出来。海皮什么话也不说,他就站在屋檐下,半个身子被斜雨给打湿。这是一幅多么奇怪的图画,有时候雨声盖过了老头们打牌发出的声音。赵邦像在看着一场无声电影,他看到最忙碌的穿着围裙的老唐,一次次地烧着水,像一个奋勇的伙夫。

大河死在清明这天。大河得了癌症,赵邦没想到马也会得癌症。赵邦从桥头镇兽医站离开的时候,就不再忍心骑在大河的身上。他牵着它,一步步地走回丹桂房。从此,海皮再也轮不到给大河喂草料了,所有的食物,全是赵邦亲手喂大河的。

清明这天并没有下雨。赵邦把大河从厢房里牵了出来,走到天井的中央。大河走几步,就会停下来一次。它的身子不停地颤动,仿佛只有赵邦手中的缰绳,在维系着它的生命似的。最后,赵邦把它牵到了天井中央,一人一马一动不动地站着,很像被挖掘出来的兵马俑。一只黄蜂飞过来,在他们的身边绕了很久,又飞走了。七个老人静静地看着赵邦和马。

海皮站在不远的地方,他脸上的肌肉在颤动,他想一定要发生什么事了。他看到大河的头在赵邦身上轻轻擦了擦，然后它的腿软了，整个身架像被爆破的旧楼一样，垮了下来。大河就平躺在地上，赵邦久久地站着，没有人敢走近他。好久以后，赵邦才慢慢地蹲下身去，他看到大河流了一滴眼泪，眼睛还没有合上。赵邦用手轻轻地抹了一下大河的眼皮，说，大河你去吧，乖。

赵邦抬起头，看到不远处的屋檐下，系着围裙的老唐在不停地抹眼泪。他在嘤嘤地哭着，伤心得像个孩子。赵邦笑了，说，这孩子。赵邦又把头转向了海皮，说，海皮，大河它正式去了。

海皮没有回音，他的身体有轻微的颤动，双脚不由自主地移动着。赵邦的目光落在那双破旧的回力牌运动鞋上，赵邦盯着那鞋子说，海皮，你过来，你和大河说几句。

好久以后，海皮才"嗷"地叫了一声，他像一只受了枪伤的兔子，蹿出了祠堂的大木门。七个老人都看到，海皮在操场上一圈圈地跑步，他把自己跑成了一匹马。

雨是清明这天的黄昏开始下的。那时候，赵邦抱着马脖子，仍然一言不发。海皮还在跑步，他已经跑不动了，但是他还在操场上一圈圈地跑着。他最后跑累了，终于扑倒在地上。这时候，在祠堂的天井里，老唐举着一把雨伞，走到了赵邦的身后，替赵邦挡着雨。

赵邦抬起头，感激地看了老唐一眼。

老唐说，喂，我想问你一个问题。

赵邦说，陆桂枝肯定是在海南岛。

老唐认真地说，我不问陆桂枝。我是想问，大河死了，是不是和人死了一样，是去同一个地方的？那个地方，肯定有点儿像海南岛。

赵邦缓缓地站直了身子，仔细地看着老唐。老唐的前额大部分秃了，剩下的地方，也只有稀疏的短短的白发。他的目光混浊，脸上布满了密集的皱纹，像田间沟壑般纵横交错。但是他的眼神里有着渴望，他渴望赵邦给他一个明确的答案。他干燥的嘴唇动了动说，喂，你的耳朵是不是聋了？

赵邦把手举起来，像环住一个亲人一样，环住了老唐的肩膀。赵邦说，老唐，大河不去海南岛，大河去的地方叫秦皇岛，也是很不错的一个地方。

老唐像是听懂了，应了一声，说，我去烧水去了。

老唐把雨伞递给了赵邦，赵邦接过了。赵邦回头的时候，看到六个老人把操场上的海皮抬了回来。他们把海皮丢在他们平常打牌的八仙桌上。海皮跑累了，翻着白眼，直喘粗气，像桌上一道巨大的菜。

这是一个平常的清明。赵邦叫了一班人，把大河抬到了光棍潭的草地，挖了一个深坑，埋了下去。大河是从北方来的，却客死在南方，这让赵邦有些过意不去。不远处就是农庄，旗杆上大大的"黄"字迎风招展。赵邦笑了，想这人生就是奇怪。自己在这短短的时间里，做了那么多意想不到的事。比如说，赵红梅的离开、大河的到来……

这天傍晚，赵邦和海皮，还有七个老人一起吃饭，厨房里还在蒸着清明果。赵邦他们吃饭吃得悄无声息，但海皮吃饭有点儿急了，不一会儿就打起了嗝。这时候，祠堂的门被猛地撞开，村主任赵杨胡同撑着一把伞出现了。赵邦和海皮，还有七个老人都把目光从饭碗里抬起来，落在赵杨胡同的身上。目光的意思是，怎么了？

赵杨胡同说，赵邦，你个杀坯，你的命真大。

后来在赵邦的脑海里，一直浮现着这样一个镜头：牛二麻装着一车黄沙，把拖拉机开成飞机的速度。牛二麻很兴奋，目光投得很远。阳光很好，照在一个叫上虞的县城。牛二麻的拖拉机在一个火车道口熄了火，然后一辆火车正在匀速前进。那黑乎乎的铁头，吭哧怪叫着，轻易地把拖拉机扬了起来，抛向天空，然后又坠落在地上。那肯定是一个阳光粉碎的午后，火车在稍作停顿后继续前行。在赵邦的脑海里，只剩下拖拉机被抛起时的慢镜头。这个慢镜头，配着男高音帕瓦罗蒂的歌声。驾驶室玻璃碎裂的声音很刺耳，那些玻璃碎成无数，像是绽放开来的冰花一般。赵邦认为，那就是透明的子弹。而牛二麻被从驾驶室里撞了出来，飞起来，如铁臂阿童木一般飞出去很远。对于火车而言，他这个大块头，充其量也就是一件衣服的重量。现在，他肯定是一件会飞的破衣服。

赵邦不知道赵杨胡同是几时离开祠堂的，他只记得天开始暗下来，海皮和七个老人悄无声息地离开。灯亮起来，一些小虫子开始围着灯光载歌载舞。赵邦一个人坐在八仙桌边，他想，清明节，一辆拖拉机和一匹马，同时走了。他没有往牛二麻身上想一想，一点也没有。

8

在李才才家的院子里，赵邦说，你给我再买一匹马来，要买一匹年轻一点的好马。

李才才冷笑了一声说,我不贩牲口了。

赵邦说,难道贩人了?

李才才纠正赵邦说,我那是婚姻介绍,不是贩人。你说得真难听。

赵邦说,我不管,你得给我找一匹马来。童年的也行,童年的马容易忘掉故乡。

李才才说,你想得美,我没空。我日理万机,我怎么会有空去北方?

赵邦没再说什么,他从随身带着的皮包里,掏出了两万块钱,扔在李才才的面前,转身走出了李才才的视线。

一个清晨,赵邦正在祠堂天井里吊嗓子。他爱上了越剧,竟然置办了一套行头。他穿着贾宝玉的服装对着天井里的那棵桂花树唱"金玉良缘将我骗"。海皮在练倒立,他的脚贴在墙上,脚趾从破回力鞋里钻出来。老人们在练健身器材,只有老唐在生煤饼炉,他要开始烧水了。

这时候,祠堂的大门被徐徐推开,干瘦的李才才系着领带,穿着奶黄色的衬衣出现了。李才才说,赵邦,你要走狗屎运了。赵邦转过身来,他那戏装的颜色很夺目,把李才才吓了一跳。李才才说,呀呀呀,你怎么变成一个古代的人了?

然后,李才才拍了拍手掌,一匹骡子驮着一个女人从祠堂外进来了。骡子的脖子上挂着铃铛,每走一步就锵啷啷地响起来。骡子身上的女人,穿着大红的衣衫,脸蛋也红扑扑的。骡子走到李才才面前停住了。

李才才说,赵邦请看,这是你要的马。

赵邦笑了,说,你骗谁呀?马能长成这模样?

李才才说，这是马和驴子生下来的，马的儿子，就是小马。

赵邦说，你这奸商，你是在糊弄我。如果你把这玩意儿说成是马，那我就敢把蚯蚓说成是龙。

那我搭你一个女人好了，她叫康红梅。李才才振振有词说，康红梅，女，二十七岁，河北沧州人，家庭出身贫农，初中学历，未婚。自幼习武，会螳螂拳和十八路地炮拳，从十三岁开始就养马。康红梅，你给我下来。

康红梅麻利地从骡子上跳了下来，她抽了抽鼻子，迅速地奔向厢房。她一定是闻到了厢房里传来的马的气息。赵邦一直看着她，这是一个短脖子短手短腿的女人，但是动作敏捷，很像是练过武的人。康红梅奔到厢房门口，突然看到空空如也的墙上，有一只黑色的镜框。黑镜框镶着白纱，镜框中是一匹马的照片。康红梅像是明白了什么似的，她扭头对赵邦笑了，说，喂，你愣着干吗？给我提水。

赵邦仍然一动不动。倒是海皮看到骡子，笑了。他兴奋地跳起来，很快找来水桶，从水井里拎了一桶水，飞奔到康红梅身边。姐，姐，给你水。

赵邦想，这世道变了，海皮的嘴竟然变得这么甜。

海皮像一阵旋风一样，一会儿搬来扫把，一会儿搬来新鲜的玉米秆和番薯藤。他把祠堂里一个春天的早晨撞得支离破碎。

康红梅也像风一样旋转着，她和海皮配合得非常默契。她简直是一架活着的风车。赵邦缓慢地转过身去，对着桂花树轻声唱"问紫娟，妹妹的诗稿今何在啊"……赵邦的声音无比苍凉，他突然觉得，每一个未来的日子，都薄雾一样，蒙着一层忧伤。这时候，赵邦想起了前妻赵红梅，听说镇工办梁主任被

赵邦和马在一起 | 341

逮起来了,那她怎么办?想到这儿,他就有了一些伤感。他一抬头,看到了满满一天空的暮春。

其实这时候本来就暮春了。微醺的风从遥远的地方奔来,跌进赵邦的怀里。赵邦看着从天而降的一头骡子、一个火红的女人,这让他有些不知所措。康红梅转过身来,笑了,露出一口白牙。她举着扫把说,过来帮我冲水,我们把小河安顿好。

赵邦说,小河是谁?

康红梅用手指了一下那匹骡子说,喏,是那匹马。

赵邦的脸上就滚落黄豆大的泪珠。赵邦想,不管怎么样,新的生活就要开始了。但是,那肯定不是赵邦想要的马,赵邦的马肯定还要长得高大英武,赵邦的马肯定还生活在北方。

赵邦想了想说,康红梅,你能帮我照顾好七个老人吗?

康红梅点了点头。

赵邦说,那我就放心了。

一个充满薄雾的清晨,早起的康红梅打开了祠堂大门。她打了个哈欠,依稀看到前面不远的地方,走着一个中等个子的男人。男人背着一只旅行包,像一个登山运动员一样,他就是赵邦。赵邦要亲自去北方找马了,这大概将会是一个漫长的旅程。这时候康红梅突然发现,祠堂的照壁下面,站着七个老人。他们把身子贴在照壁上,像一幅画一样。他们竟然比康红梅起得还早,在目送着赵邦的远去。

多么清新的空气啊。康红梅抬起头来,狠狠地吸了一口。这时候阳光穿透了云层,拨开厚重的南方大雾,温暖地落进康红梅的眼眶。那匹叫小河的骡子,竟然长长地鸣叫了一声。夏天正式开始。

瓦窑车站的蜻蜓

瓦窑镇有一条唯一通往外界的路,如果那座简陋的车站是一个肚脐眼的话,那么那条通往外界的道路就像是一条来不及剪掉的脐带,细细长长、歪歪扭扭地伸向远方。瓦窑车站聚集了这个镇上的许多人,他们想要从这个肚脐眼出发,沿着脐带走向精彩的世界。当然也有县城省城里的人偶尔光顾小镇,他们是来这个叫瓦窑的地方听听蝉声和鸟叫的声音的。瓦窑的四周都是山,山上是碧蓝的天,每一辆汽车在脐带上跑过都会留下痕迹,它们会掀起滚滚的黄尘,像是拖着的一条硕大的黄色尾巴。

瓦窑车站的站长是一个从部队退伍回来的老兵,大家都叫他毛大。毛大是个癞子,但是毛大混进了革命队伍里。毛大一共当了六年兵,戴了六年军帽。毛大复员后仍然一年四季戴着帽子,他在部队里留下的趣闻是有一回紧急集合时,因为有人藏起了他的帽子,所以他没能找到帽子。那时候他脸上的汗都掉下来了,最后他还是扎着武装腰带,亮着一颗黄灿灿的头站到了队列中间。连长站在队列前皱了一下眉头。连长说毛大你为什么不戴帽子?你是不是觉得你的头比别人的头要漂亮?大家都笑了起来，那时候毛大希望自己是一只地鼠，那样的话可以立马钻到地底下去。

　　现在毛大是站长了。车站里有五个职工，都归他管，他还管着儿子毛小军。毛小军已经十四岁了。毛大看到儿子毛小军又在车站的停车场里抓蜻蜓。这是一个满是蜻蜓的季节，空气温暖而潮湿，蜻蜓喜欢在这个初夏的日子低空飞行。毛小军穿着一件暗红色的薄毛衣，袖口的线脱了开来，软绵绵地在那儿挂着，像是一丛女人的头发。毛小军患的是小儿麻痹症，他上过两年学，后来他不上学了，因为在他上学的过程中，经常发生他被同学骑在身上的事情。作为毛小军的父亲，毛大很爱自己的儿子，毛小军像一片柳叶在风中打着战，这样的姿势在毛大的视线里飘忽不定。他害怕一阵大风会把这棵嫩嫩的柳树连根拔起并且吹向天空。毛小军听到了蜻蜓的歌声，他看到了密密麻麻的蜻蜓布满天空。许多时候这些暗绿色或嫩绿色的生命会突然静止在半空中，这是一件令毛小军感到无比奇怪的事，他希望自己也能像蜻蜓一样学会飞翔，甚至能在半空静止，那将是一件令他热血沸腾的事。毛小军的两只手掌都朝后翻着，两条腿的上半部分紧紧靠在一起扭捏着，像是有强烈尿意的样子。他的手里努力地举着一个绑着竹竿的小巧网兜，在看准了一只蜻蜓以后，猛地挥动竹竿。大部分蜻蜓都能灵活地逃开，但是也有不小心落入网中的。毛小军很兴奋，他抬头看了一下天，没有太阳的天空上居然会有那么多蜻蜓在飞翔。他有些累了，能感觉到后背出了汗以后才会有的那种阴冷与潮湿，这样的潮湿令他很不舒服，他想剥去身上破旧的毛衣，但是他很难顺利地剥除毛衣。

这件暗红色的毛衣是黄秀英在三年前给他织的。黄秀英是毛小军的娘，同时还是毛大的老婆。黄秀英有着一个肥硕的屁股，这个屁股常常能和许多人的目光相连，那些细细长长、充满韧性的目光扯也扯不断。毛大的一个战友来看望毛大，并且在毛大家里住了三天，三天以后战友走了。战友是做电瓶灯生意的，战友走的时候没有和毛大打一声招呼，和战友一起在瓦窑车站或者说瓦窑镇消失的，还有一个叫黄秀英的女人。那时候毛大把自己关在房间里，像是要虚脱的样子，躺在床上一动不动，毛小军就坐在床前。毛小军在第二天的中午费力地拉开了窗帘，一群阳光像鸟一样叽叽喳喳涌了进来。毛小军又费力地打来一盆水，费力地绞了一块毛巾。那块毛巾由于毛小军手上无力，还在湿淋淋地滴着水。毛小军为毛大擦脸，毛大不耐烦地一挥手，毛小军就跌倒在地上。和毛小军一起跌倒的是一只搪瓷脸盆，脸盆发出一连串清脆的声音，盆里的水在地面上向四处漫延，一会儿就形成了一个黑色的包围圈，把毛小军包围了起来。毛小军就坐在一堆水中，他感到屁股底下一股凉气在向上升腾，钻进了他的皮肉和骨头，像是把他浸在还略带一些寒意的春天的一口井中。毛小军流下了眼泪，他不想哭的，他看到这个有着黄灿灿的瘌子头的父亲懊丧的脸时，就感到有些难过。他一点也不怪黄秀英，他老是觉得这个大屁股女人总有一天会出点什么事情。后来毛大终于起床了，毛大叹了一口气，然后他把毛小军从湿湿的地上拎了起来，并且轻轻拍了拍毛小军的脸。他从一只陈旧的樟木箱底里翻找出一条呢裤，并且给毛小军换上。然后毛大走出了屋子。屋外有很多阳光，毛大一走出屋子马上被阳光们包围住了。毛大不由得打了许多个喷嚏,然后他抓起胸前的铁哨子放进嘴里猛吹了起来。响亮的哨声仿佛是在告诉别人,他毛大离开那个大屁股女人照样把日子过得好好的。

现在毛小军在一个台阶上坐下来,他看到了毛大胸前挂着一只闪亮的铁哨子,正站在很远的地方看他。在毛小军的眼里,毛大的形象很模糊,显然毛大已经到了发胖的年龄,其实他已经发胖了,他的形状像一只圆柱形的木桶。毛小军手里有了一只蜻蜓,他用两只手抓住蜻蜓的两只翅膀,举起来,并稍稍用力向外张把蜻蜓的身体最大限度地展现在自己的面前。他抬起头看到了阳光穿透云层,然后又穿透蜻蜓的翅膀,然后轻轻拍打着他的脸。翅膀上的脉络异常清晰,小巧而颀长的身子由于挣扎或者渴望重新飞翔而剧烈震动起来,最后蜻蜓终于无力了,它一动不动地任由毛小军的两只手抓着它的两只翅膀,像抓着两只绵软的小手一样。小仙女,毛小军笑着暗暗地叫了一声,小仙女,他想蜻蜓多么像是一个绿色的仙女。这时候毛小军看到不远处一团红色的身影,像一个火球一样飘了过来。火球在毛大身边站住了,毛大把双手放在裤袋里,摆出一个很随意的姿势和火球在聊天。毛小军知道那团火球叫红红,是个二十岁的姑娘,高中毕业在瓦窑汽车站做临时工。毛小军还知道红红为了能做上售票员,托她的舅舅给毛大送了两斤绿剑茶和两条利群牌香烟。毛小军仍然举着蜻蜓,他在等着红红向这边走来,太阳光刺得他的眼睛生疼,但他还是透过蜻蜓的翅膀看着云层和阳光,以及天上偶尔飞过的一只鸟。毛小军知道红红一定会向这边走来,因为红红要经过这儿去她的卖票房上班。毛大一直把那个卖票的地方叫售票室,但是毛小军喜欢叫那儿卖票房,他认为这样的叫法才更加贴切。毛小军喜欢红红走路的样子，红红走路不快不慢，迈着两条好看的长腿，而且她的脸稍稍向上仰着，手里叮叮当当地摇着一串钥匙。红红果然走了过来，在毛小军面前站住了。红红问毛小军，你在干什么？毛小军笑了一下，说，我在和小仙女玩，你看这就是小仙女。毛小军手中的蜻蜓又挣扎起来，剧烈地振动着。红红笑了，说，你不要玩死了蜻蜓，蜻蜓是益虫，它是专门吃蚊子的。红红的声音很悦耳，是让人舒服的那种悦耳。声音传进了毛小军的耳朵，毛小军就觉得自己浑身的毛孔都张开了。毛小军说，红红，我又没说蜻蜓不是益虫，我只是跟它玩玩。毛小军说话口齿不清，嗡嗡嗡地响着，但是红红还是听懂了毛小军想要说的话。红红笑了一下没再说什么，她又摇起了她的钥匙走向卖票房。

毛小军后来回到了家里，那是一间阴暗的屋子，屋子里乱七八糟地堆着一些东西，那完全是没人整理的结果，当然那个叫黄秀英的大屁股女人还没有离开这个家的时候，这里的情形也不会好到哪儿去。毛小军家住二楼，从他家窗口望下去，能看到红红卖票的窗口。毛小军在屋子里仍然玩着小仙女，他家屋子里已经有许多蜻蜓在飞了。毛小军小心地撕去了蜻蜓薄薄的翅膀的一部分，然后松开了手。蜻蜓像是得到自由一样，毛小军听到了蜻蜓的欢呼声，然后蜻蜓轻松地飞离了他的手掌。但是蜻蜓飞不高了，它会在飞的过程中跌跌撞撞。毛小军笑了起来，在床上和衣躺了下来，床上有股淡淡的霉味，这是这个季节特有的味道。毛小军并不想睡着，他只是想看着许多蜻蜓在屋子里飞来飞去。在这个漫长的午后，毛小军其实是很寂寞的，许多时候他的耳朵里除了蜻蜓在飞翔的声音以外，再也听不到别的声音。而楼下车站的停车场里车来车往，伴随着喇叭声和毛大吹哨子的声音。这个时候毛小军会想到毛大挥动着两只胖手的样子，像一个威风凛凛的指挥官一样。毛大喜欢这样的感觉。毛大在部队时的最高级别是做到班长，多时管十二个人，少时管八个人，在数量上要比现在管五个职工要多。但是现在毛大还管着那么多车子和车子里坐着的旅客，他们在他哨音的指挥下才能离开这个瓦窑小镇，这样的感觉比在部队里的时候要好得多了。但是现在毛小军的耳朵里听不到哨音和汽车喇叭声，他听得更多的是蜻蜓振动翅膀的声音。那都是些翅膀被毛小军破坏了一半的蜻蜓，它们像毛小军一样不再是健全的。毛小军喜欢这样，他喜欢和这些蜻蜓生活在一起。

　　后来毛小军从床上坐直了身子，他想看看红红，走到窗前看到了卖票房的窗口前站了三个年轻人。他们并没有买票的意思，他们在抽烟，并且笑着不停地说些什么。毛小军还看到有一个留着小胡子的年轻人把一口烟往窗口里喷。毛小军想，这些人一定是看上了红红。毛小军以前也常看到镇上的一些年轻人来红红这儿胡闹，毛小军很厌恶这些年轻人。他在屋子里走来走去，后来他终于想到了什么，从他睡的床里取出了一把弹弓。这是一项伟大的工程，在这个潮湿而闷热的下午毛小军费了很大的劲才把一把弹弓绑到了窗户的两根栅栏上。栅栏是十毫米的钢筋制成的，上面涂着红色的防锈漆。太阳已经一点点西斜了，所以阳光无力地把一团黄晕投进毛小军的房间里。毛小军看着几个年轻人，他们好像有了那种想要离开的意思。毛小军心说不要走，你们先不要走。他去了一趟楼下，就蹲着身子在离卖票房不远的地方捡小石子。没有人知道他在干什么，没有人想要去看他一眼。他听到了几个年轻人的笑声,他们在说一个黄色的笑话,他们讲这个笑话的目的是想让红红脸红,然后他们会感到开心。毛小军步履蹒跚地上楼去,他的脸上盛开着怪异的笑容,嘴角微微有些歪了,也许这是心底里爆发出笑声的缘故。他走回房间,走到窗前,把一粒精巧的小石子裹在了弹弓的那块皮里。他的手使不出劲,所以拉动弹弓费了他很大的力气。一粒小石子终于飞了出去,像一只正在学习飞翔的麻雀一样,跌跌撞撞地从毛小军的屋子里飞出去,然后落在了年轻人的脚边。悄无声息得让三个年轻人一点感觉也没有。毛小军看到他们脸上挂着淫邪的笑容,嘴巴仍然在动着,那就是说他们一定是又开始讲另一个黄色的笑话了。毛小军再次拉动了弹弓,他的身子夸张地扭曲着,像是一个愤怒但却瘦弱的螳螂想要去挡住一辆车的车轮一样。石子又飞了出去,仍然显得有些无精打采,它飞翔的姿势没有力度,甚至在离年轻人很远的地方就停住了,然后磕磕绊绊地翻了几个跟斗。毛小军有些急了起来,他甩动了一下手臂,想借来一点力气,他是一个只有很小力气的人。第三粒小石子装了上去,他把目标锁定在小胡子的脸上,然后他用两只手使劲地拉着弹弓。他的脸已经涨红了,而且还因为用力太猛放了一个屁。他没有去管这些,他的手松开了,石子飞了出去。这粒石子像一只冲向云层的欢叫的云雀,它奔向了那个留着小胡子的年轻人。毛小军看到小胡子的笑容突然凝固了,他的一只手掌盖在脸上,惊愕地向着四周张望着。毛小军笑了起来,笑出了声,浑身的肌肉和骨头也发出了夸张的笑声。显然小胡子不可能找到袭击者的方位,他甚至连发生了什么事都不知道。他只知道脸上突然被什么东西咬了一口,火辣辣地痛。他什么也没说,因为他说什么也不好。后来他招呼着另外两个年轻人灰溜溜地离开了卖票房,他们的神情有些沮丧,而且没有了刚才谈笑风生的模样。接着红红走出了卖票房,她在卖票房前舒展了一下身子。她的样子好像是闷坏了,三个无聊的年轻人的离开让她得到了解放。毛小军看到红红在舒展身子的时候,红色的上衣向上拎起,露出了腰间的一段雪白的腰。那段腰像一把钩子,飞快地奔过来,钩住毛小军的目光,把毛小军的目光拉得又细又长。毛小军的口水不经意间流了下来——毛小军时不时就要流口水,倒并不是因为看到了红红的腰。毛小军的口水在昏黄的阳光下显出一种亮晶晶的颜色,有着那种良好的黏度。它挂了下来,挂在毛小军的鞋面上,积成一个圆形,仍然闪着淡淡的光。

  门被打开了,毛大一闪身走了进来,他的脸上红红的,像是喝了酒一样。看上去他有些兴奋,接着一个女人也一闪身走了进来,毛小军闻到了咸菜的气味。有那么一段时间里,毛小军家经常吃咸菜,那是毛大从菜市场上买来的。毛小军对这种气味很反感,他甚至有那种呕吐的欲望。这是一个从乡下村子里到镇上来卖菜的女人,她是个瘦女人,脸上看不到一丝笑容。毛小军怀疑她屁股上只有骨头没有肉,或者说是皮包骨头。她的眼圈深黑,有了轻微的眼袋。她烫了头发,由于长时间没有洗,她的头发呈现出灰黑的颜色,干燥而杂乱,顶着头发就像顶着一个鸡窝。她穿了一件绿色的上衣,那是一种触目惊心的颜色。而且毛小军还看到女人那无比粗糙的手,那是一个辛苦女人的手,手指甲里嵌了许多的泥。而女人的耳朵上,居然挂着两个亮闪闪的黄金耳环,就像挂在大宅院大门上的门环一样。

毛小军不喜欢这个女人，说明白一点是很不喜欢这个女人。这个女人不太说话，但是她一说话就会发出粗哑毛糙的声音，像一头驴子的鸣叫。毛小军对这个女人最为不满的原因，无疑是女人身上的咸菜的气息，他不太喜欢吃咸菜，而毛大却一次次地从这个女人那儿买来咸菜。咸菜的气息是一浪一浪的，像波涛一样，它们不间断地钻进毛小军的鼻孔，所以毛小军看女人的目光里就有了些反感的内容。女人却没有看毛小军一眼，她把两只很大的红色塑料桶和一根扁担扔在了地上，塑料桶里还斜斜地伸出一杆秤，像是一个被河水淹着了的人绝望地伸在水面上的一只手。毛小军发现女人其实是长得很高的一个人，她有一双又瘦又长的腿，就那样岌岌可危地立在那儿，像是圆规的两只脚。女人捋了捋头发，有一些头皮屑飞扬起来，飞扬的头屑让毛小军想起了去年冬天的一场小雪。然后女人把自己靠在了门背上，她的头斜着，一句话也没有说，她的目光也斜斜地投了过来。那是一种有着咸菜气味的目光，像一层黏糊糊的蛛网，把毛小军包裹起来，让他喘不过气来。日头终于完全沉没在山的那一边了，没有了昏黄的夕阳，只有一种沉郁的灰黑色的颜色。这样的颜色会一点点变成深灰和深黑，然后才会再有昏黄的灯光从一个个窗口亮起来。

毛大挤出了一个胖乎乎的笑容，毛大胸前的哨子在不停地晃动着，他俯下身子抚摸了一下毛小军的头，然后他用一双肥胖的手轻轻拍了拍毛小军的脸。这样的抚摸传达着一种温暖，它像一只美丽的飞鸟欢快地钻进毛小军的胸腔一样让他感到了温热。毛大的手上有许多手汗，毛小军闻到了手汗的气味，有些酸涩和亲切。毛大在口袋里摸索着，他掏出了两毛钱，他把那张皱巴巴的纸币递到了毛小军的眼前,毛小军感到了一种淡淡的有些橘黄的颜色一下子布满了他的视线。毛小军接了过来,他听到了毛大的声音,毛大的声音好像从很遥远的地方飘过来似的。毛大说,去,你去打台球,你去老三的球摊那儿打台球。毛小军接过了钱,他走向门口的时候看到卖咸菜的女人挪动了一下身体,露出了意味深长的笑容。她的意思是,长着这样一副绵软的身体,也能打台球?毛小军有些气愤,他很有抬脚踢她一脚的欲望,但是他没有抬脚。他怕一抬脚自己先跌倒了。他看到女人露出了一排黄牙。毛小军打开了门,艰难地从女人身边侧身而过,尽管他屏住了呼吸,但是那些咸菜的气味还是钻进了他的鼻孔,并且顺着鼻孔下滑,进入了他的胃部。他的胃因此痉挛起来,冒起了酸水,像井底的喷泉一样。

毛小军悄无声息地走出了门,在车站的停车场走来走去。停车场上停了许多大小不一的车子,有大客车也有招手车,这些车子像巨兽一样,发出一阵阵汽油的气味。毛小军就在这些车组成的小弄堂里穿来穿去,他一抬头,又看到了蜻蜓在飞舞。红红说它们是益虫,那么它们一定在飞翔的过程中捉着蚊子。毛小军还看到了红红,她从卖票房走出来,她白皙的脸稍稍上抬,其实她的目光也稍稍有些上抬,能看到别人的头顶。她仍然摇着那串钥匙,脚步轻快地走出了车站。天色越来越暗了,那些灰暗的颜色中毛小军看到了安静的车站。车站的地上有许多纸屑,还有许多甘蔗的皮,青哑哑地横陈在破旧的地面上,像等待腐败的尸体。毛小军就在车站里走来走去,后来他坐到了候车室的长椅上。候车室有许多长椅,但是候车室里只坐着毛小军一个人。毛小军坐在长椅上,像一个五线谱上孤独的音符,他在等待天完全黑下来。在等待的过程中,他想起了那个叫黄秀英的大屁股女人。那是一个让家充满了温情的女人,她就像从一潭水的上空飞过的蜻蜓一样,偶尔在水面上一点,一潭水就活了起来。现在这个女人正和毛大的战友在走南闯北卖电瓶灯,他们心安理得地背叛了战友和丈夫。毛小军勾着头,候车室里的安静有些可怕,他后来还是走出了候车室,走出候车室的时候,许多户人家已经开始亮起昏黄的灯了。他有些愤怒。他其实并不想要那两毛钱,他要留在属于自己家的那间屋子里。但是毛大让他出来了,让他去打台球。他又不会打台球,毛大却让他去打台球。

毛小军用自己微弱的力气叩击着门,门的声音有些暗哑沉闷。毛小军的手翻转着,他用手背敲门,整个人都侧了过来。门开了,一条门缝露了出来,然后亮起了灯光。毛小军看到了赤着膊的父亲,他穿着一条裤衩,很滑稽地站在那儿。他的身体太过肥胖了,在毛小军的眼里那无疑是一团肉。女人仍然坐在床沿上,她穿着一条红色的内裤,很肥大的那种。那鲜艳的红色在暗暗的白炽灯下发出灼人的光芒,让毛小军感到逼仄。他想躲闪,但是他无处可躲。女人身上的咸菜气味在屋子里弥漫,毛小军看到了女人赤着的上身,两只绵软的乳房低垂着,像两条秋后的丝瓜,在寒风中挂在枝头,细细长长的。丝瓜旁边是两排肋骨,它们排得整整齐齐,像搓衣板上的槽一样,它们显现出愤怒的神情,它们是想突破那层薄而松弛的皮的。毛小军闻到了另一种气味,那是男女混杂才会产生的气味。他的胃部又开始冒出酸水。他走到了窗边。

你要干什么?毛小军站在窗边没有说话。你要干什么?女人喑哑的声音又传了过来。毛小军的手伸向了插销,他想打开窗,让风涌进来。女人的声音显得有些慌乱,她快速而胡乱地往身上套着衣服,她一定是担心一阵风涌进来会吹破她少得可怜的皮肉。毛小军终于打开了窗门,他看到的是漆黑的夜,还有在一团漆黑中悄悄潜伏进来的一阵风。风一下子把屋子灌满了,风在驱赶着混浊的空气,有几只缺少翅膀的蜻蜓在跌跌撞撞地飞舞。蜻蜓布满了房间,它们甚至有些像是一个小分队,在黑夜来临时悄悄行动。毛大对这些蜻蜓表现出了从未有过的反感,他有些厌烦这些能够飞翔的昆虫了。他咽了一口唾沫,毛小军看到他的喉结滚动了一下。女人已经完全穿好了衣服,女人走到门边,捋了捋自己的头发。她弯下腰拿起了扁担和塑料水桶,然后她用扁担钩住两只塑料桶并且放到了肩上。在走出门之前,她笑了一下,用喑哑的声音说,你儿子也能打台球吗?做梦去吧你。毛大突然咆哮了,他几乎是在大吼,毛小军从未听到过毛大有如此大的嗓门。毛大说,闭上你的臭嘴,我不许你这样说我的儿子。女人吓了一跳,她撇了撇嘴,本来想反抗一句什么,但是她始终一句话也没说,她怕愤怒的毛大会跳起来打她一顿。她的脸上有了委屈的神色,在电灯光下显得有些灰黄。毛大的口气也温和了下来,他大概不想得罪这个自从黄秀英走后经常出现在他身子底下的女人。毛大说,我送你吧,我送你回村。他们一前一后地走出了屋子,走出屋子的时候毛大朝毛小军看了一眼。他们走出很远了,毛小军走到窗边,他对着窗外"呸"了一下,他的意思是要"呸"那个讥讽他不能打台球的女人,其实他根本看不到人影,只看到黑漆漆的夜,他对着夜的幕布狠狠地"呸"了几下。风仍然一阵一阵地灌进来，夹带着一丝热气，那是天气越来越暖和了，他感到身子骨懒洋洋的，他想这些风要是一刻不停地吹着的话，那么他的骨头可能就要被风吹得拆离身体了。

毛小军常去红红的卖票房，没事的时候红红喜欢修手指甲。红红的手是很漂亮的，纤长而白皙，十个手指头血肉丰满，闪着淡光。红红老是把她的手翻来覆去地看，有时候会拿嘴亲一下手。毛小军坐在卖票房里很安静，那是一间很小的房子，但是却暖和。夏天即将来临的时候，这样的小房子其实不需要暖和，需要的是凉爽。红红不大和毛小军说话，她不知道毛小军为什么喜欢坐在她这儿。有一天红红看到了毛小军手中的蜻蜓。红红说，毛小军，你不要老是玩蜻蜓，我不是跟你说过嘛，那是会吃蚊子的益虫。毛小军的两只手抓着蜻蜓的两只翅膀，他用含糊的声音说，蜻蜓怎么啦？蜻蜓就是跟我一起玩的。红红不再说话了，她不太想和毛小军说话。

毛小军又看到了几个年轻人出现在售票窗前，其中有一个是被毛小军的弹弓打了一下的小胡子。小胡子笑了一下，他的胡子轻轻抖动了起来。小胡子说，红红，你寂寞吗？我们来陪你。我们还想请你看一场电影呢。那是一部新片子，叫《周渔的火车》。你想不想看？红红把自己的身子坐直了，对着那个小小的窗口说，我不想看，我想看也不会跟着你们去看。毛小军听到了窗口外面飘进来的放肆的大笑，然后他听到那个小胡子说，那不是毛大的儿子吗？毛大的儿子你坐稳点，你坐不稳的话会从椅子上掉下来的。毛小军的脸立即涨红了，红红回头看了一眼，然后对着窗口骂。红红说，你们是不是人？你们取笑别人，小心自己生了小孩没屁眼。毛小军想要笑。毛小军想，红红说的没屁眼其实比他还要痛苦，人怎么可以没屁眼？没屁眼怎么活？但是毛小军没有笑出来，他想回到自己的屋子去，他想再一次在窗户的铁栅栏上架起弹弓，再给那个小胡子来一下子。但是小胡子他们离开了，他们嘻嘻哈哈地离开了售票窗。

天气开始渐渐转暖，汽车站停车场上的蜻蜓一点也没有少，它们扇动翅膀的样子毛小军没能看出来，他只能看到这些小仙女的翅膀在轻轻地颤动。毛小军看到了大头，大头背着一只书包，手里挥舞着一根桑杆。桑杆不但被剥去了桑叶，而且被剥去了皮，白花花的一长条被捏在大头的手里。大头是毛小军两年读书生涯的同学，也是常骑在毛小军身上的其中一员。大头的爹是镇里的干部，所以大头老是把自己也当成干部。大头向汽车站的停车场走来，他挥舞了一下桑杆，又挥舞了一下桑杆，终于有一只蜻蜓跌落了下来。大头大笑起来，小肚皮一颤一颤的。毛小军说，大头，你干什么？你不要打死蜻蜓，红红说蜻蜓是益虫，蜻蜓是会吃蚊子的。毛小军含糊不清的声音和蜻蜓在空中振动翅膀的声音混合在一起，他讲了好几句话，所以用去了他很长的时间。大头盯着毛小军看了很久，然后他冷冷地笑了一下，又挥舞了一下桑杆。一只蜻蜓跌落下来，跌到毛小军的面前。毛小军听到蜻蜓惨叫了一声，是那种惊恐而且愤怒的声音，异常的尖细，像要刺破一些什么似的。毛小军吃力地弯下腰去，他听到桑杆挥舞的声音，呼啦啦地响着。他还听到了蜻蜓们一声又一声的惨叫，几只蜻蜓就那样安静地躺在毛小军面前，它们还没有完全死去，但是它们纤长的身子显然已经烂了，毛小军看到了它们破烂不堪的湿淋淋的尸体。它们的翅膀还在轻微颤动，像是要重新起飞。毛小军把这些蜻蜓拾起来放在手心里，他的手心里湿乎乎的，他看不到蜻蜓的血液，但是他想那些湿漉漉的汁液无疑就是蜻蜓的血或者忧伤的眼泪。他再抬起头的时候看到了脸上布满得意笑容的大头，大头愣了一下，因为他发现毛小军的眼睛已经红了，毛小军的手里捧着一捧没有生命或者生命正在逝去的蜻蜓。大头感到有些害怕，果然他听到了毛小军一声毛骨悚然的号叫，他没有听清那句含糊不清的话具体说的是什么，但是他明白毛小军显然是愤怒了。大头举起了桑杆——他为自己壮了壮胆，所以他挥舞起桑杆。毛小军挺直身子向大头走来，他的身子因为愤怒而斜斜扭扭的，显得异常夸张。大头不想用桑杆抽毛小军的，但是桑杆还是下意识地挥向了毛小军。毛小军看到了一条细长的白色，那么纤秀地向他奔来，然后他感到脸上火辣辣的，辣得他睁不开眼睛。大头惊呆了，大头看到了毛小军脸上一条斜斜的血痕，他不由自主地抛掉了桑杆，用颤抖的声音说，毛小军，你想干什么？毛小军什么也没说，毛小军撞在了他的身上，所以他们一起跌倒在地上。毛小军的手是没有劲的，但是他的嘴有劲、牙齿有劲，他穿衣服的时候常用嘴去叼住衣领，现在他叼的不是衣领，他叼住了大头的肩膀。然后人们都听到了一声惨叫从汽车站的停车场传来，接着又是一声惨叫，毛小军的嘴始终没有离开大头的肩膀。后来大头终于从毛小军的嘴里夺回了自己的肩膀，他一蹿一跳地手捂伤口逃离了停车场。然后有一些司机围了上来，他们看到毛小军躺在停车场的地上，翻转的手中还捧着那些已经不再动弹的蜻蜓。他挣扎着想爬起来，但是他努力了无数次也没有爬起来，他的腿快速而用力地蹬着地面，很可笑的样子。终于有一个人抓住毛小军的衣领把他拎了起来，毛小军站住了，他愤怒地看了看围观的人群。有人说，毛小军，你去找毛大，你要把今天的事告诉毛大。毛小军没说什么，他是要去找毛大，他要告诉毛大自己差点把大头的肩膀咬下来了。

毛大在红红的卖票房里，毛大的声音有些颤抖。毛大说，红红，我可以给你办转正，我在县运输公司里有人，经理是我的战友。你依我一次好不好？你依我一次，我就给你办转正。毛小军走到卖票房门边的时候，听到了毛大熟悉的声音。毛小军有些累了，他的脸上仍然火辣辣地痛着，他翻转的手心里仍然握着许多只没有生命的蜻蜓。卖票房传来了毛大粗重的呼吸声，毛大说，红红、红红、红红。然后毛小军听到红红的声音，惊恐而尖细，像一枚缝衣针一样。红红说，毛大叔，毛大叔你干什么！毛大带了一些哭腔。毛大说，红红，你应我一次，我给你办转正。红红说不行。红红说，我还没嫁人呢，我不可以。毛小军冷笑了一下，他举起了无力的手轻轻拍打着卖票房的门，很显然里面的动静声太大，所以里面的人没有听清敲门声。毛小军站起身用身体去撞开那扇门，门打开了，毛大红着一双眼睛回头看了一眼。红红站起身躲到毛小军的身边，毛小军突然感到从未有过的温暖，也许那种感觉不是温暖，而是一种毛小军说不出来的感觉。毛小军觉得他是一个已经长大了的正常男人，他很喜欢红红躲到他的身边。毛大看到毛小军脸上的血痕吓了一跳。毛大说，你来干什么？你脸上的血痕是怎么回事？毛小军闻到了红红身上淡淡的香味，红红一定是往身上喷了香水。红红的长睫毛一闪一闪的，红红的胸脯起伏着，很紧张的样子。远处传来了猫的叫声，毛小军说，你怎么会像春天的猫一样？毛大生气了。毛大说，你在跟谁说话？我不许你这样说。

但是毛大说完以后他低下了那颗黄灿灿的癞头,他向外面走去。

那天午后,毛小军就坐在红红的卖票房里。红红用毛巾替毛小军擦掉脸上的血污。卖票房里很安静,红红没有和毛小军说话,她想不起来应该和毛小军说些什么。其实毛小军也没想要说话,他只要看着红红卖票就行了,他很喜欢这样的安静。至于那几只死去的蜻蜓,毛小军用白纸把它们包了起来,他准备着在黄昏来临之前埋掉。毛小军在卖票房里坐到傍晚,他看到红红整理了一下卖票房,然后他和红红一起走出屋子,然后红红锁门,笑着抚摸了一下毛小军的脸。毛小军闭上了眼睛,他突然想哭,他想那个叫黄秀英的女人离开家门很久了,在离开家门前,黄秀英也没如此抚摸过他的脸。他想,红红要走了,红红要摇着她的钥匙走了。果然他听到了叮叮当当的声音,他睁开眼睛的时候看到红红微昂着头向自己的家里走去。

毛小军在停车场附近的一块小土丘上埋掉了那些蜻蜓,它们离开这个世界已经好几个小时了,很安静地躺在一张白纸里。白纸上有了绿色的汁液,那是蜻蜓身体的颜色。毛小军挖了一个很小的坑,然后小心地把蜻蜓们放了进去,然后用两只手的手背去堆土。泥土温暖而潮湿,发出淡淡的腥味,沾在手上有些微的凉意和黏稠。毛小军后来离开了那堆土丘,他回到了自己的家,看到毛大居然烧了一碗红烧肉。毛大一言不发地替毛小军洗手,洗那些沾在手上的泥巴。洗手的时候毛大抽了抽鼻子,眼圈忽然红了。但是他的动作却无比温柔,他像一个女人一样仔细地捧着毛小军有些异样的手,仔细地洗着,仔细地用一根小竹签挑掉了嵌在毛小军指甲里的泥。后来他们坐在昏黄的白炽灯下一起吃饭,他不停地往毛小军碗里夹着红烧肉。毛小军一抬头,他看到了那些在屋子里飞着的蜻蜓,那些蜻蜓逐渐模糊起来,变成椭圆的形状,而且渐渐变大。最后蜻蜓们的影子映在他往下掉的泪水里滑落下来。毛小军想,那个叫黄秀英的女人,怎么还不回来?是不是一辈子都不愿回来了?

下了一场雨,然后天又放晴了,很高远的那种天空,连云也不太能看得到。蜻蜓已经开始选择高空飞行,它们在毛小军的眼里越来越小,像是一粒粒的灰尘浮在半空中。毛小军也愿意做那些小小的灰尘,浮在半空中,但是他做不成灰尘,他是一个活着的人。他仍然选择一些孤独的午后去红红的卖票房里坐着,一坐就是半天。有时候红红会回过头来冲他笑一笑,那是毛小军最幸福的时光。毛大没有跨进红红的门,显得异常沉默。有时候毛大会领着那个充满咸菜气息的女人到家里来,来的时候毛大仍然会给毛小军两毛钱,让他去打台球。毛小军不会打台球,他有小儿麻痹症,怎么可能打得准台球呢?但是他会收下钱,他口袋里已经有好几块钱了。毛小军看到一辆黑色的车子在停车场停了下来,车门打开了,下来一个年轻人。年轻人戴着副眼镜,身体瘦削,但脸很白。年轻人抬头看了看天空,他皱了一下眉头说,蜻蜓真多。然后他走向了卖票房,他推开了门看到毛小军时愣了一下。毛小军看到了他黑亮的皮鞋,他还看到红红对那个男人笑了一下,眼睛弯弯的,很有一种妩媚。毛小军的心忽然酸了一下。红红说,小军,你出去玩好不好?我们有点事要谈。毛小军很不乐意,但是他还是推开门走了出去。他知道那个年轻人的目光一直投在自己的后背上,他一定在看着自己走路时摇摇晃晃的姿势。

很久以后年轻人才走出了卖票房,年轻人的脸上漾着笑意,很显然他有些开心。然后他上了车,那辆黑色的车子轻轻地发动了,悄无声息地驶出了停车场。毛小军一直望着那辆车的远去,像在目送一位亲人的远去一样。一直到那辆黑色的车子完全不见了,毛小军才重新回到卖票房里。红红低着头在发呆,红红的脸很红,她偶尔会笑一下子。毛小军的心里越来越酸了。毛小军终于用含混的声音说,他是谁。红红姐,那个人是谁?这时候红红才发现毛小军走进了卖票房。红红说,那是我的男朋友,我就要离开瓦窑镇了,去城里的一家药厂工作。我的男朋友在文化局里给局长开车,他让我不要再待在瓦窑镇,他要让我去县城。红红说了许多话,毛小军笑了一下,他很安静,他就那么一言不发,他坐在一条长凳上听着红红说话。红红说,小军,明天上午我还来上班。我跟他已经讲好了,中午就要走,我要离开瓦窑镇。

第二天的早上下起了小雨,是那种雾般的小雨。毛小军从自己家里出来,他去了街上。他的手里捏着一大把的两毛纸币。毛小军走过了知青饭店,走过了大庙和文化馆,又走过了五金物资商店。后来他看到了一块淡黄色的方格子围巾。他问女老板多少钱,女老板听不清他说什么,但是女老板还是报出了一个数字,女老板说,五块钱,你拿走好了。毛小军的头发已经被打湿了,衣服也有些湿,他在很认真地数着掌心里的钱,数到后来他有些失望。他一共数了三遍,数来数去只有三块六毛钱。他想要离开的时候女老板叫住了他,女老板笑了,说,你把手上的钱给我,围巾你拿走吧。毛小军笑了,他把那些汗津津的钱交给了女老板,然后从女老板手里接过了那条毛茸茸的围巾。他把围巾放在鼻子下面闻着,有一股好闻的毛织物的气息。他一边闻着,一边往汽车站走,他走到了瓦窑汽车站,走进了卖票房。

红红看到毛小军把围巾递给她时愣了一下,然后红红突然哭了,她把毛小军抱在了怀里。毛小军感到了女性身体的绵软,这个时候他也想哭,但是他没有哭。他想他长大了,不能再哭,所以他用一只手轻轻拍着红红的后背。红红把围巾围在脖子上,很灿烂地笑了一下,笑容在这个湿漉漉的雨天像一束不知从哪儿射来的阳光。中午的时候红红走了,毛小军躲在自己家里,他在窗口看着一辆黑色的车子飘进了车站,然后红红上了车,然后车子又飘走了。毛小军陷入了一片孤独中,他坐在床沿上,看着屋子里的一些蜻蜓飞来飞去的样子。后来他打开了窗,窗口有很淡的一丝风,夹杂着雨的潮湿气息。这是一种江南的初夏会经常出现的很小很小的雨,没多久它也会把你淋得精湿。一只蜻蜓飞了出去,在雨中跌撞了几下,消失了;又一只飞了出去,好几只蜻蜓飞了出去,然后屋子里就更加寂静了,只留下毛小军孤零零的一个人。毛小军后来去了停车场,他看到毛大肥胖的身子就站在雨中,很神气地指挥着一辆汽车倒车。毛小军在一些停着的汽车中间来回走动,闻着汽油的气味。从一生下来开始,他就闻到了这种气味,这种气味越来越浓烈,变成了一种清香。毛小军看到一个水洼,不时有许多细小的雨滴滴入其中。毛小军还看到了一只蜻蜓,在那一层薄薄的水面上停留着。翅膀在振动,尾巴就那么在水中一点一点。他看到了细小的东西落入了水中,那是它在产卵了。毛小军的心就那么痛了起来,他知道只要一个太阳,这个水洼就会干涸,也就是说那些还没来得及形成的小小生命也会随着水蒸气升腾到空中。

毛小军挥手驱赶那个小母亲，但是小母亲仍然坚持着在那儿点着水。后来毛小军不再重复那个驱赶的姿势了，毛小军离开了那个水洼，他救不了那些小生命。

整个下午毛小军都坐在候车室里，候车室里没有多少人，有些人在抽烟，有个小孩在随地小便。毛小军不知道自己坐了多长时间，他的屁股都有些发麻了。人一个一个离去，乘着车离开了瓦窑镇。瓦窑镇就嵌在山洼里，能被那么多山上葱茏的树木包围着，是这个镇特有的温暖和幸福。毛小军其实很热爱这个小镇，他压根没有想过有一天要像黄秀英一样拍拍肥大的屁股离开小镇，他想守着这个车站一辈子，当然他也没有能力离开瓦窑镇。他坐在长长的有着靠背的椅子上，仍然像一个孤独的音符。候车室里真是太静了，后来他索性在长椅上躺了下来，但是他的目光飘向了屋外，屋外飘着似雾似雨的东西，像一层纱一样把瓦窑镇罩住了。农民们开始种番薯，那些留着白色汁液的番薯藤的清香让毛小军很是喜欢。他甚至可以预见秋天的时候一整车的番薯安静地躺在车里运往征天水库的糖厂。

黄昏终于来临了。黄昏的来临说明红红离开瓦窑镇已经整整半天。毛小军在想着红红在城里是怎样生活的，那家药厂一定像镇卫生所那样充满着药品的味道，红红在药厂里不知道是干什么工作的。毛小军就这样想着，他还想到红红像一只长着翅膀的蜻蜓一样飞出了瓦窑镇，她是小仙女，以后是小母亲，她把笑容留给县城那个给局长开车的年轻人。毛小军走出了候车室，他在停车场走来走去，雨仍然没有停，但是那些蜻蜓好像不怕雨水，它们在低空飞行，密密麻麻像部队出动的战斗机一样。毛小军看到了淋得半湿的毛大的身影闪了一下，和毛大在一起的是那个充满咸菜气息的女人,女人仍然挑着一对空的塑料桶,他们一起消失在停车场。毛小军知道他们去干什么,他对着那个女人的背影"呸"了一下,唾沫落在了水洼里,那些白色的小泡就稍稍有些散了开来。毛小军又"呸"了一下,水洼里落满了大大小小的唾沫。毛小军不喜欢那个女人,尽管黄秀英并不怎么疼爱毛小军,但是毛小军却爱着他的母亲。毛小军显得有些无聊,他不想再去敲门要那打台球的两毛钱了,他在停车场驱赶着那些蜻蜓。他是驱赶不了蜻蜓的,蜻蜓们仍然像一群妖怪一样,在低空飞舞着。毛小军笑了,毛小军想,蜻蜓的腰怎么那么细,比红红的腰都还要细。毛小军的手掌乱舞,终于有一只蜻蜓落了下来,落在水洼中。它的翅膀被打湿了,有些狼狈,绵软的身子骨也湿了,沾着许多水。毛小军哑哑地欢呼,他弯腰抓起了蜻蜓,并且把蜻蜓的翅膀分开。他就透过那薄薄的翅膀看着那些开进停车场或开出停车场的车子。

毛小军当然不会想到一个叫黄秀英的女人在这个时候回来了。黄秀英离家的时间并不长,但是毛大的战友把她甩了,他在领略了大屁股的无数妙处后把黄秀英给甩了。她乘着一辆中巴车回来,她打算要在毛大面前跪一个晚上,然后请求毛大的原谅。除了毛大这儿,她没有其他地方可去了。她望着车窗外边越来越近的瓦窑镇,望着迎面而来的熟悉的车站,她的心就越跳越快。她乘坐的这辆车进站了,同时有一辆车出站了,两车在出口处附近的一堵墙边交会,然后一辆车子驶出了车站。但是在不远的地方车子停住了,从车上跳下来许多人向墙边奔来。

毛小军手里还抓着那只蜻蜓,他站在墙边做了一个向上爬的姿势,他站立不稳,所以他做出的姿势是无比丑陋的。事实上他很想学会像蜻蜓一样飞,或者可以自由自在地停留在半空,或者说他其实就是想做一只蜻蜓,那样的话他会飞去药厂,看红红怎样生产药品。后来他觉得胸口紧了紧,心头突然涌起了一种恐惧。事实上他没有喊叫,因为他根本没能喊出声来。他只是觉得自己贴到了墙上,长出了翅膀,真的像要飞起来了。他没有听到后来纷乱的脚步声,也没有看到许多从车上下来的乘客那惊恐的眼神。他只是觉得心口很甜,想这个时候毛大和咸菜女人一定已经坐到了床沿边上,屋子里的空气一定很混浊,夹杂着咸菜和男女汗液的气息。他回去以后一定要打开窗,好好地通一通风。当然他也不知道一只蜻蜓被他捏死了,那只蜻蜓其实感受到的是毛小军几个指头的温柔,它想毛小军一定会放了它的,不会像别的孩子那样要么扯下它们整个的翅膀,要么就一把拧下它们的头颅。它一点也没有感觉到危险,但是突然毛小军的手紧了一紧,它还没来得及尖叫一声,就变成了湿淋淋的一团。身体里的液体喷溅出来,温热而充满腥味。

有人看到毛小军那时候像贴在墙上的一幅画一样扁平,那辆该死的汽车,那个该死的司机。毛小军的身子鼓鼓地装在已经扁得不成样子的衣服里,那件衣服就像挂在墙上一样。后来毛小军掉到了地上,仍然是扁扁的,他的脸上盛开着扁扁的笑容。蜻蜓们仍然在低空飞行,那个司机的脚一软跌倒在地,毛大和咸菜女人在潮湿而充满霉味的床上,黄秀英下了车,她看到许多人围在一堵墙的旁边,于是她也向那堵墙走去。

在她发出一声惊叫以前,谁也没有注意到这个大屁股女人。她穿着时髦的薄毛衣,下身穿着一件大花的长裙,她跳过了几个水洼,像一只笨拙的腹中抱着仔的母蜻蜓。她抬头看了一眼天空,除了细雨外就是密密麻麻的蜻蜓。她甚至还嘟哝了一声,她说瓦窑车站上空的蜻蜓怎么还有那么多,她说这话的时候皱了一下眉头。然后她到了墙边。

人们听到了一声尖厉的叫声,划破了黑沉沉的天空。声音就在雨阵和蜻蜓飞舞的空间钻来钻去。

为好人李木瓜送行

1

球球坐在秋天的门槛上搓一根草绳,他把草绳搓得像这个季节一样绵长。草绳的一端是上下翻飞盘旋的稻草,另一端已经成形的绳子像一条蛇一样被球球压在屁股底下。球球搓草绳很认真,他不知道自己搓了多久,不知道这草绳搓了多长,只知道一担干草就快被他搓完了。他的手心发热,不停往手心吐唾沫,已经令他口干舌燥。这时候他很想休息一下,于是他抬起了头,看到秋天的风从他家的院门前经过。打开的院门,在秋风中发出吱吱呀呀的声音。球球就知道,冬天就要来临了。这时候,他看到了马寡妇蹒跚着向他家走来,马寡妇的裤脚管一只高一只低地出现在他家的院门口。她站在院门的门框下,摆出一个相对舒服的姿势。球球想,看上去,马寡妇多么像一幅秋天的油画呀,那门框就相当于画框。

马寡妇笑了,她闻到了稻草温暖的气息。马寡妇说,球球,你搓这么长一根绳子干什么?你难道想办一家草绳厂?

球球说，主要是我明年想种两季丝瓜，丝瓜藤需要草绳。

马寡妇说，明年的事今年就开始做了，你想得当真长远。

球球冷笑了一声说，人无远虑，必有近忧。

马寡妇一下子愣住了，她完全没有想到球球会说出这样的话来。她愣了一下，抬眼看了看院子里的枣树。又一阵秋风经过了，天上掉下来几声零星的不成样子的雁鸣。这让马寡妇的心里突然涌起了一丝悲凉。马寡妇说，球球，告诉你也不要紧，李木瓜死了。

这个时候球球已经又开始在搓绳了。他没有听清马寡妇的话。

马寡妇只好重复了一次，李木瓜死了。本来李木瓜是去替大竹院的一户人家报死的，他骑着自行车，骑在一条土埂上，突然就从自行车上掉了下来，像是被风吹下来的一件衣裳一样，掉在了地上。医生说，他的血冲到脑里面去了。球球，你说说看，血怎么可以冲到脑里面去呢？

球球停止了搓草绳，他分明听清了马寡妇的话。他冷笑了一声，说，老天有眼呀，死得好，死了活该。

马寡妇长长地叹了一口气。球球，你怎么可以说这样的话？李木瓜人不错的，上次村主任许大马私拆了我的信件，李木瓜还和许大马狠狠地吵了一架。

马寡妇把"狠狠"两个字咬得很重，来说明那一架留给她的印象很深。

球球说，你跟我绕了半天，原来是想说这件事。你跟我说这件事干什么？我不需要知道这件事。

马寡妇说，我主要是想告诉你，他专门给别人家报死，死的时候却没有人给他来报死。

球球说，活该。

马寡妇说，他已经被烧成灰了，从医院直接被拖去了火葬场。因为许大马对医院里的人说，他没有亲人的，直接烧掉算了。

球球说，活该。

马寡妇说，现在骨灰就放在他的屋子里，但是许大马说，屋子是村委会长期借给他的，现在村委会要收回这屋子。那他的骨灰该放到哪儿去呢？还有，谁来为他送葬？

球球站直了身子，他一步步走到了院子，站在院子的中央，对马寡妇说，马兰花，你找错人了，你用不着来告诉我这些，我就当什么也不知道。

马寡妇的脸上露出了失望的神色。马寡妇说，球球，你真不是东西，我看错你了。

球球说，我本来就不是东西，我是球球。哈哈，李木瓜终于死了，活该，呸，呸呸，活该。

马寡妇不再说什么，她转身离开了院子的门框，像是从一幅油画中突然走掉了一样。她走路的样子依然蹒跚着，仿佛秋天是一口很深的井，她被井吸走了似的。

球球在院子中间站了许久，他主要是回想了一下李木瓜的面容。李木瓜的脸很长，像丝瓜一样长。李木瓜的胡子是稀稀拉拉的，他笑的时候和不笑的时候，都像是似笑非笑的样子。他的腿很长，骑一辆二八黑绿色邮政自行车，看上去像一面移动着的屏风。另外，他总是喜欢穿中山装，中山装的扣子扣得严严的，生怕风会从领口漏进去。他还喜欢穿一双棕色的皮鞋，那是一双他穿了十多年的鞋,但是却仍然油光锃亮。李木瓜的形象在球球的脑海里越来越清晰,就像站在了球球的面前一样。

球球对着一团空气说,李木瓜,你也有今天哪。

李木瓜却什么也没有说,只是悲凉地笑笑,抬头看了看阴沉沉的天空,然后,他的身影就突然淡了,像洇开了墨汁的水墨画一样,淡下去,淡下去,像烟一样消失。

球球虽然有些高兴,但却又有些怅然若失。他走回到屋里,抬头看到了墙上的老婆春树。春树在镜框里轻轻笑了一下。春树离开球球已经三年了,同样是在秋天。春树是在病床上走的,她走的时候,咬着球球的耳朵轻声说,球球,我有一个秘密。

但是还没等她说出秘密,她就死了。

球球望着墙上的春树说,春树,你们怎么都走了呢?

2

黑夜来临了。球球蜷缩在黑暗的床上。那是一张宽大的老式睡床,因为春树的离去,球球总是觉得这床太大了。球球个子很小,其实只要睡很小的一块地方就够了。风轻手轻脚地从屋顶走过,零星的雁鸣再次响起,球球就在被窝里偷笑。大雁摸黑赶夜路干什么呢?

球球一直都没有睡着,因为他睡不着,他开始想象一个叫李木瓜的人。李木瓜是一个退休了的邮递员,他退休的时候,一直在村委会借给他的那间小屋前,望着那辆墨绿色自行车发呆。李木瓜问路过的人,我该干点啥?你说我该干点啥好?

很多人都说,你拿退休金,每天数数钞票就好了。

还有一些人说，你去镇上的茶楼听戏吧，那里有一个叫月娘的，唱戏很好。

有一小部分人说，你不是有个儿子在北京吗？你去北京享福去。

只有春树走到他的面前，嘎嘎嘎老鸭一样笑起来。春树说，嘎嘎嘎，你不如替人报死去。

李木瓜终于开始替人报死，他的自行车后座上，夹了一把黑色的长柄雨伞。他放出风声说，我李木瓜要替人报死了。就会有死人的人家来找他，说，木瓜，报死去。李木瓜能挣到钱，他有退休工资，还有报死的钱。他本来应该有好多钱，但是他的钱全部被村里人借走了。

有人说，我要去买一只母猪，等我家母猪生了小猪，小猪被人买走了，我就把钱还你。

有人说，我家要造房子，造了房子我就讨儿媳妇，讨了儿媳妇我们家多了一个人，挣钱就容易多了，再把钱还给你。

有人说，我想要种一亩西瓜，但是买西瓜秧的钱没有了，你能不能借我？我卖掉了西瓜，就还你。

还有人直接就说，木瓜，借钱。

李木瓜的钱全借出去了。村里人达成了一个共识：李木瓜是个会动的银行。李木瓜其实比银行还好，因为从李木瓜这儿借钱，不用还。

村里人都认为李木瓜算是一个好人。他在替人报死的时候，总是一边吃着这些人家端上来的点心，比如汤圆，比如鸡蛋，比如面条什么的，一边不停地边哭边向人家说死去的那个人，有多好。说得人家都泪水涟涟的。然后，他拿起长柄黑雨伞就走,他能听到呼啸而来的碗的声音,那是一只会飞的碗。风俗就是这样,对方等报死的人走后,要把碗给砸破。这种清脆的声音,会让李木瓜很不舒服,好像要把骹膜给撕裂开来。李木瓜骑上自行车就走,他把自行车蹬得飞快,那简直就是一个小伙子才能蹬出来的速度。他的脸也在风中涨得通红,看上去他显得很有活力。风把他的衣服鼓起来,他的身体就显得膨大雄壮。他就这样在四季里横冲直撞,告诉一个又一个人,谁死了,谁谁死了,谁谁谁也死了。

球球蜷缩在床上,他看到了木窗口投进来的一小片月光。那小片的月光,在秋风的吹送下,显得有些缥缈。李木瓜其实也是一个缥缈的人。十多年了,他一直和球球争着春树。那时候春树新寡,球球觉得自己没有和李木瓜争的可能性。球球看到李木瓜送给春树一个煤气灶,一按开关,啪的一声冒出蓝色的火焰,就把春树的脸也给映蓝了。李木瓜送春树大米、火腿,甚至小到几毛钱一根的油条。李木瓜说,春树,我的钱用也用不完,我是有工资的人。

而其实他的钱是用光的,他老是被村里的人借走钱,他不太会管钱,所以在他死的时候才会一分钱也不剩。球球那时候只有力气,他就用力气给春树家种地,锄草,砍柴。直到有一天,春树病了,病得在床上一动也动不了。春树说,我想吃光棍潭的螺蛳青。螺蛳青不是螺蛳,而是一种鱼。春树刚说话,雪就在丹桂房的上空飘落下来。那时候李木瓜和球球都在春树的床前,球球笑了,大笑着走出屋去。他没有回家,而是去了光棍潭。

其实村里很多人都看到了,在十多年前的一个冬天,球球把自己脱得只剩下一条裤衩。球球跳进了潭里，一待就是半天。球球摸上来一条小得可怜的鱼，才手指头那么大。但是球球还是用它给春树熬了鱼汤。球球端着这根本就不像是鱼汤的鱼汤，送到了春树的面前。春树喝鱼汤的时候，看到球球不停地打喷嚏，她已经知道球球去光棍潭摸鱼的事，于是她说，你上床，你得暖身子。那时候球球哭了，哭得有些酣畅。球球说，春树春树，春树春树。球球说不出其他的话来。

李木瓜从此就退出了春树的目光。在春树无边无际的目光里，除了春夏秋冬和远处的青山，就是球球。春树有一天对球球说，球球，如果我让你去死，你会不会死？球球想了半天没答上来。春树笑了，说，你别想了，你会的。我非常清楚。球球说，你怎么知道？我都没想出来你居然知道了。春树说，那是螺蛳青告诉我的。

那时候的李木瓜，还没有开始为人报死，他只是枫桥镇上一名普通的邮递员。李木瓜看到球球和春树住在了一起，他就无比失落。他的钱更不可能多了，他的钱全部成了村里人的公共财产。村里人都说，李木瓜是好人。只有村主任许大马没说这话，因为许大马和李木瓜干过一仗。

那时候，是许大马正青春无限的时候，许大马看上了马寡妇。许大马经常去马寡妇家，但是马寡妇老是和儿子在一起。许大马就知道，马寡妇是故意让儿子陪在身边的。许大马有一次从李木瓜手里接过了马寡妇的一封信，李木瓜说，这是马兰花的，你给马兰花吧。许大马说，好的好的好的。许大马虽然连着说了三个好的，但是却仍然把信给拆了，看了。信是马寡妇的弟弟从部队写来的，信上说，姐姐，我在部队挺好的，你常回爸妈家吧。我买了一件毛衣给妈妈,到时候你让她穿上吧……总之,许大马没从信上看出一点儿名堂来,然后他就把信撕了,扔进了灶膛里烧掉。

许多天后,李木瓜沉着脸找到了许大马。李木瓜从自行车上下来,说,许大马,你出来。许大马就从院里出来了。李木瓜说,信呢?你把信拿出来。我问马兰花了,马兰花说没有收到信。她没有收到信,就等于是我没有送到信。我李木瓜送了那么多年信,还从没有送不到的信。你把信拿出来!

许大马冷笑了一声。许大马说,信,我烧了;烧成灰,灰放到田里去肥田;田里长了庄稼,庄稼被我收了,吃了;吃了我又拉了。你要找信,你去茅坑里找去。

许大马是村主任,但是李木瓜不怕村主任。因为李木瓜并不是丹桂房人,只是他借用了村委会的一间房子而已,所以李木瓜就扑了上去。李木瓜和许大马在那个春天的午后,打得不可开交。他们的眼睛都黑了一个圈,像两只熊猫。然后马寡妇出现了,马寡妇说,停!

很多人都听到,马寡妇对许大马和李木瓜说了无比简短的两句话。马寡妇对李木瓜说,好人,你是好人。马寡妇对许大马说,呸。

这是一个令人兴奋的夜晚。秋虫也在兴奋地叫着,球球兴奋得睡不着觉。他想到了很多关于李木瓜的往事,他清楚地记得,春树走的时候,是在一个无比春天的春天,在那样的春天里,春树对球球说,球球,我怕是不行了,我要见一下李木瓜。

球球去找李木瓜,那时候李木瓜正在吃一碗面条。李木瓜把吃面条的声音弄得很响。球球耐心地站在李木瓜的面前,等李木瓜把面条吃完，然后说，春树要走了，说她想见你。

李木瓜说，我不去，我还要吃面，我的锅台上还有一碗面。球球你知道，我的钱很多，所以我有吃不完的面。

李木瓜说完，转身就走到了屋里。他去吃他的面了。

球球跪下来。球球跪倒在地，膝行着进了屋。球球说，老哥，求你了，去看看春树，我不能让她走得死不瞑目。

李木瓜有些恼怒了，他皱着眉头说，滚开，你给我滚开，我在做重要的事，你没看到我在吃面吗？我不吃面，就送不动信。送不动信，就会耽误很多信的主人的事。你担得起这责任吗？

球球后来灰溜溜地回去了，那个下午显得无比漫长。他回到家的时候，俯下身紧紧握住春树的手说，春树，他刚好不在家，他可能是去办十分重要的事去了。

春树什么话也没有说，慢慢地合上了自己的眼睛。那时候球球握着春树慢慢冷却的手，咬着牙说，李木瓜，你是我的仇人了，你一不小心就成了我的仇人了。

球球去找了三根道士。三根道士正在家里听一个半导体收音机，收音机里有一个男人用普通话说，千万不要搞迷信活动。三根道士就很气愤，啪一下关掉半导体。这时候球球出现在门口，球球的目光呆滞，眼泪鼻涕不停地往下掉。球球说，三根，三根，我家春树不在了，你去帮她唱道情，你去帮她做道场。你不是有个道士班吗？你把道士班带来，我一定要让春树热热闹闹地上路。

这是一个雨水充沛的春季。三根道士背上胡琴，合上破旧的门，去了球球家。球球家变得热闹非凡，道士班在球球的家

为好人李木瓜送行 | 375

里又唱又跳，把一个春天弄得支离破碎。为春树送葬的队伍，集合在祠堂道地。二踢脚在空中炸开，发出喑哑的声音。在这样的声音里，球球咬着牙对阴暗的天空说，李木瓜，你对我的恨是一辈子的，我对你的恨也是一辈子的。

　　这个漫长的夜晚，球球一直在想着这些往事。他睡不着，所以他不断地变换着睡姿，俯卧、侧卧、仰卧，他就差没有试一下站着睡觉了。球球在心里说，李木瓜，你也会有这一天，你对不起我的春树，我凭什么要对得起你？

　　天蒙蒙亮的时候，球球睡着了。球球是在凌晨的一场雨中睡着的，也许是那均匀如春蚕咬桑的雨声，让他平静了下来。所以当他看到了窗口朦胧的白光时，睡意袭来，他沉沉地进入了梦乡。梦中，春树对她笑了一下，说，球球，李木瓜这家伙终于肯来见我的面了。

3

　　球球在这个上午，一直都在沉睡着。他睡得很熨帖，身子屈了起来，像一个婴儿的睡姿。中午的时候他醒了，他想他必须要过一个从容的下午。他不搓草绳，他要在屋檐下，泡一壶茶。他要庆祝一个叫李木瓜的人离去。因为李木瓜没有给春树面子，因为李木瓜让春树走得一点也不开心，所以，球球也会一直不开心。现在，球球要开心了，球球一开心，他就想唱一首歌。

　　球球为自己煮了一碗玉米糊，他坐在屋檐下一边看雨，一边吃玉米糊，他把玉米糊吃得稀里哗啦地响，吃得头上都挂满了汗珠。球球想，很久都没有这样爽了。院子里到处都是奔跑着的雨，它奔跑的时候，掀起了一阵雾气。球球很喜欢这样的雾气，他起身为自己泡了一杯茶，茶就放在一张四方凳上。他还拿来了热水瓶，他要不断地喝茶添水，不断地看雾气重锁的院子里的光景。因为，一个叫李木瓜的人死了。

这时候，丹桂房的村庄以外，有一条奔腾的河，正巧被雨淋湿了。在这个心情愉快的下午、精力充沛的下午，球球很想去看一看那条受潮的河。球球很久没有去河边了，河的对岸就是春树的墓地。村里实行火葬，球球买了两个墓位，一个给自己留着，一个安放了春树。现在，球球想去隔着河思念一下春树。球球想隔着河对春树说，那个叫李木瓜的人，那个在你走的时候不愿来看你的人，现在完蛋了。

球球这样想着，就找来了一顶笠帽，他戴着笠帽向外走去。打开院门的时候，却看到了院门外不远的空地上，像一枚钉子一样站着马寡妇。马寡妇撑着一把黑色的长柄雨伞，头上竟然包着一块白布。那长柄雨伞破了，有雨水从小洞流下来，已经湿了马寡妇的半块头巾。马寡妇仍然一只裤脚高，一只裤脚低，看上去她已经站了很久。她站得有些苍凉，或许是春寒的缘故，她甚至有些微的颤抖。球球想，多像一片可怜的树叶呀，马寡妇这样子就像是一片可怜的树叶。

马寡妇说，球球，你给我站住，你要干什么去？

球球说，我想去旅游，我想到埂上去看看河对面的风光。

马寡妇说，你不要去，你听我说几句话。

球球说，我不听。你是来给李木瓜讲好话的，你为什么要为他讲好话？他又不是你哥，不是你叔，不是你任何人。

马寡妇说,他是我的恩人。

球球说,他又没救过你,怎么就成了你的恩人?真是笑话。

马寡妇说,她为了我被拆开的信,和许大马吵了一架。没有人敢为我去和许大马吵架,只有他敢,他就是我的恩人。他是一个称职的邮递员。他既然是我的恩人,他的事我就不能不管。

球球说,那你去管好了,跟我有什么关系?你站在我家门前干什么?你是不是想把自己扮成树?

马寡妇说,只有你能帮他。村里人向他借了钱,但是现在都不出来为他送葬了。只有你能为他做这件事。

球球大笑起来,笑得有些上气不接下气。球球说,错,错错错,我恨他都来不及,我凭什么要给他料理后事?就是全世界的人都死光了,死得只剩下我一个人了,我也不给他料理后事。

马寡妇说,如果全世界的人都死光了,也就用不着你去为他送葬了。你听我说,我只要你三分钟时间。

球球想了想说,那你说吧,你要说快点。我有很要紧的事要去办。

马寡妇说,春树走的时候,你去找李木瓜,让李木瓜去看一下春树。但是李木瓜没有去,然后你就生气地走掉了。然后我刚好经过李木瓜的家门口,我看到李木瓜关了门,他躲在门背后哭。他哭声很低,他是怕别人听到他在哭。他哭得就像一条呜咽的狗一样。他说春树,你丢下我,你也不能丢下球球呀。你难道不想喝螺蛳青的鱼汤了吗?他说春树你上路吧。他哭了很久,然后他去找了三根道士。他给了三根道士很多钱,并且很认真地握着三根的手说,三根你不要给我骨头轻,你要给我好好唱,你要热热闹闹地把春树送上山。后来你去找三根,三根就跟你走了。你以为你那点钱就能请得动道士班?那全是李木瓜先把钱付了的……

马寡妇滔滔不绝地说着,说得嘴角都泛起了白色的泡沫。球球想,马寡妇怎么这样能说,马寡妇说起来简直就像丹桂房土埂外的河一样滔滔不绝,马寡妇怎么什么都知道,难道她是一个女特务?球球这样想着,就说,马兰花,你怎么知道三根收了李木瓜的钱?

马寡妇说,因为三根经常来敲我的窗。

球球猛地拍了一下自己的脑门,说,明白了,我终于明白了。你是想感动我,告诉你,门都没有。三分钟有没有到?

马寡妇露出了失望的神情,说,到了。

球球说,到了你就走。站在我这院门口,是要收钱的。

球球说完,自顾自向丹桂房村外的土埂走去。球球站在土埂上,土埂上风大,那雨就更斜了。斜雨把球球的目光也劈得斜斜的。球球隔着一条河望着对面的猪肚山,猪肚山上依稀可以看到村里公共用地上辟出的一小片公墓,白白一片,显得有些醒目,看上去像虚幻的一个世界。球球用双手拢在嘴上,拢成一个喇叭的形状。他想喊一些什么,想了好久,才大声地喊出来,春树,李木瓜这个杀坯死了,这个杀坯终于也死了。

春树没有理他。春树躲在河对面猪肚山斜斜的土坡上一言不发。

球球想了想,就又喊了一声,春树,你给我听好了,我要为李木瓜去料理后事。

球球说完，又在土垭上站了很久。他看到自己的话像一条会飞的白蛇，在雨雾中迅速穿行，直直地奔向对面的墓地。球球说完这句话，就觉得无比苍凉。他不知道有一个叫马兰花的寡妇，站在很远的村口，手里撑着长柄黑雨伞，正在望着他的背影。此刻的丹桂房很安静，像被雨埋葬的坟。

4

李木瓜家的门被推开了，和光线一起涌入的是球球和马寡妇。他们携带着一身雨水的潮气，走进了屋子。屋子正中是一张八仙桌，李木瓜就安静地躺在八仙桌上的木盒子里。

马寡妇说，李木瓜，球球来了。球球说，他要来帮你料理后事。

球球盯着李木瓜的木盒子，冷笑了一声说，李木瓜你件东西，想不到你也有今天。然后球球就坐在了八仙桌的边上，球球在想一个问题：李木瓜要葬到哪儿去？

球球想了好久，也没想到一个好地方。李木瓜不是丹桂房人，他是邮递员，户口在镇上，按理该葬到十里牌的墓地去。但是十里牌的墓地价钱有些吓人，要八千块钱一穴。李木瓜把钱全部瓜分了，统统被丹桂房人借光。到哪儿去找那么多钱？球球就想到了村里猪肚山上的那一片墓地，但是这要村主任许大马批准。许大马和李木瓜是死对头，许大马会同意吗？

球球看到了挂在墙上的一长溜衣服，就开始翻找口袋里的东西。球球想翻出一些借条来，要是找到了借条，球球就有理由问人家要钱了。但是球球翻遍了衣服，都没有找到借条。翻遍了几只破箱子，还是没有找到借条，却找到了一张照片。那是一张黑白的二寸照，李木瓜和春树非常幸福地笑着，都露出了大门牙。春树还把头靠在了李木瓜的肩上。

春树离去已经好多年了，但是球球的身体还是颤抖了起来。球球终于明白，春树说她有一个秘密，原来就是这样一个秘密。球球就猜想，他们原来也很好，就因为他在冬天为春树摸了螺蛳青，他才能和春树在一起。

马寡妇说，球球，球球你在发冷吗？

球球说，是有点儿冷，我发现今年的春天特别冷。

马寡妇说，你手里拿着什么照片？

球球说，手里不是照片，是一张小纸片。

马寡妇说，是借条吗？

球球说，不是借条，是一张检讨书，是李木瓜写给我的。因为他不愿在春树走的时候去看看春树，所以他就很内疚，一内疚就写了检讨书。

马寡妇说，那你原谅他了吗？

球球说，人都死了，人死为大，我原谅他。

球球想了想又对马寡妇说，马兰花，你不要再问来问去的，现在，我有一个任务要交给你。

马寡妇说，你说吧，我保证完成任务。

球球说，李木瓜要一块墓地，买墓地要钱，现在我命令你去挨家挨户问有没有人向李木瓜借过钱。

马寡妇不再说什么，她转身走了，她和长柄黑雨伞一起消失。现在，她开始穿行在弄堂的春天里，敲开了一家又一家的院门，问，你有没有欠李木瓜的钱，我和球球想给他买一块墓地。

所有的人都摇头，都不说话，都把院门轻轻合上。所以在这个春天的雨阵里，丹桂房响起了此起彼伏的敲门声。马寡妇经过了村主任许大马开的小店门口时，许大马笑了。他坐在长凳上，屁股后垂着，像倒挂着的一个老南瓜。他在抽一支烟，烟灰已经烧得很长了，但是烟灰却没有掉下来。许大马无声地笑了，笑得眯起了眼睛，又突然睁大眼放出精光。马寡妇明白，眯眼是一种蔑视，而突然睁大眼，无疑是一种警告与威胁。马寡妇挺了挺腰身，突然觉得自己很像是地下党员。现在在春天的雨中，她一点也不怕，她要为李木瓜做点事。她认为她是一个有良心的人，有良心的人就要学会报恩。

马寡妇挺着胸从许大马的小店门口走过。尽管她没有要到一分钱，但是她仍然把步子迈得很大。她走到了李木瓜的屋门口，发现球球仍然拿着那一小片的检讨书发呆。马寡妇说，球球，你还在读检讨，现在不是读检讨的时候。

球球把那二寸大小的检讨给收了起来。球球说，任务完成了吗？

马寡妇说，没有完成。

球球显得有些手足无措，他问，你有没有钱？

马寡妇摇了摇头说，我只有一条命。

球球说，我有钱，但是我的钱太少了。现在，我再次命令你，你跟我去找许大马去。

5

在许大马的小店门口，马寡妇和球球笔直地站着，他们一个戴着笠帽,一个撑着雨伞,像两棵孤独的树。雨已经小了很多,但是没有完全停止。檐头的水,黄豆般大小,垂直地飞行与下坠,滴落在落水沟里。在球球和马寡妇听来,这是一种巨大的声音。许大马什么话也没有说,依然坐在长凳上,并且把屁股下垂成一个老南瓜。他嘴里的烟,在燃烧。多么安静啊,球球想,多么安静的春天。他甚至能听到许大马香烟燃烧的咝咝声了。接着,许大马笑了,皱纹舒展开来,并且用手捋了一把半灰半白的头发。就在那一瞬间,球球的耳朵跳动起来,他听到了许大马皱纹舒展和头发落地的声音。他想,许大马要站起来了。

许大马果然站起来了,他反背着双手,在他的小店里踱着步。球球故意不去看他,看着小店门口用红漆写着的字:许大马伐销店。球球就笑了,说,村主任,代销店的代字写错了,写成了伐。

许大马说,什么伐?这怎么会是伐?

球球说,是伐木的伐。你有一次不是没有经过镇里批准,就把山上一棵一百多岁的老树给伐了吗?

许大马的脸就青了起来。许大马说,我说那是个代字,那就是个代字。马兰花,你说这是不是代字?

马寡妇显然比球球识相得多。马寡妇说,是代,这肯定是代,尽管多了一撇,但是它看上去仍然是一个代。

许大马的脸色缓和了下来。许大马说,马兰花,你答对了。

接着,许大马又开始踱步,他大约踱了五分钟的步。球球和马寡妇仍然一动不动地看着他,他终于开口了,李木瓜是个好人,但是好人也要讲原则。他不是村里的户口,怎么能分到村里的墓地？我很想帮他一把，但是村民们会不答应。村民们要是不答应了，我这村主任怎么当得下去？

球球这时候非常气愤，他一气愤，胸脯就像波涛一样奔涌了起来。

许大马说，现在，村委会决定，不能给李木瓜墓地。

球球大喝一声，你一个人怎么就是村委会了？

许大马瞪着一双小眼睛，从小店里出来了，走到球球面前。他的脸和球球的脸只有一厘米的距离，他咬着牙齿，一字一顿地说，我儿子是民兵连长，我女婿是村会计，我堂兄弟是治保主任，我说了和村委会说了，有什么两样？你说，有什么两样？！

马寡妇想了想，觉得这真的没什么两样。她长长地叹了一口气，一言不发地转身走了。本来球球想要说些什么，最后他也没再说什么，跟着马寡妇匆匆地离去。许大马就站在微雨里，他什么也没有说，而是抽出一支烟再次叼在嘴上。他掏出一盒火柴，火柴在雨中被划亮，散发着燃烧的气息。火柴点燃了香烟，这时候，雨又略略大了起来，马寡妇和球球的背影，在雨与雨之间显得无比缥缈。许大马轻轻甩了甩手，火柴被甩灭了。

然后，黄昏来临。再然后，夜晚来临。

球球和马寡妇坐在八仙桌的两边，长明灯燃了起来，就燃在八仙桌下。马寡妇说，你饿不饿？球球说，饿，但是我现在没有心思回家烧饭。既然许大马这样说，那我一定要想办法把李木瓜葬出去。

马寡妇变戏法似的掏出了一块饼干，她把饼干当中折断，递了一半给球球说，吃。

球球没有接。球球说，就那么点饼干，你吃吧。

马寡妇说，这是命令，拿着。这可是压缩饼干，是打仗的时候，解放军才吃得到的。

于是，两个人开始吃解放军才能吃得到的压缩饼干。黑夜终于完全来临，黑夜穿着黑色的袍子，把马寡妇和球球紧紧地、紧紧地包裹起来。这时候，马寡妇问，明天就是第三天了，李木瓜还能不能出丧？

球球在黑暗之中笑了，能，我说能，就能。

6

清晨正式来临了。球球出现在枫桥镇上。他是去找著名的时疯时不疯的癫佬海皮的。

海皮正在十字街口打太极拳，其时人来人往，但是海皮好像没有看到人一样，在自行车的铃声和人的嘈杂声中，打着他不知从哪儿学来的太极拳。打完太极拳，海皮对站在一边的球球说，你找我什么事？

球球说，李木瓜死了，他是个好人。

海皮说，好人也会死的，你连这也不懂。

球球说，没有人为他送葬，你能不能为他去举花圈？

海皮举起了一只右手。海皮的右手保养得很好，尽管指甲很长，但是却显得有些白嫩。海皮的右手翻了两下，意思是说，他的报酬，需要十块钱。

球球伸出一只手，意思是，五块。

海皮摇了摇头。

球球又用右手做出八的手势，意思是八块。

海皮仍然摇了摇头。

球球猛地拍了拍胸膛，一把握住了海皮的手，意思是我豁出去了，成交。

然后，球球去了花圈店，买回一只花圈，让海皮举着。海皮举得很文雅，他竟然回家换了一袭脏兮兮的长衫，很有玉树临风的味道。球球又买了一封炮仗，他想，总要热热闹闹地替李木瓜送行才行。然后，球球带着李木瓜去了庙后弄，庙后弄里住着李木瓜唯一的亲戚周伯通。周伯通以前在蜡石矿里干爆破工，但是有一次点炸药时，炸药没起爆，于是他就过去想看一看，没想到这时候爆了。周伯通大叫一声不好，因为他看到一块大石头飞起来，把他的两条腿压得像纸头一样扁。周伯通后来就一直生活在一辆滑轮车上，他用两只手支撑地面，靠滑轮代步。看上去，他的行走，就像是在划船。

球球站在周伯通家的门前说，这是周伯通家吗？

门打开了，球球看到只有半人高的周伯通。周伯通抬起头说，是的，有何贵干？

球球说，你的远房亲戚李木瓜死了，我来请你去为他送行。

周伯通这时候哭了起来。周伯通呜咽着，把球球也感动了。球球没有想到，周伯通这个那么远的亲戚，怎么会那么动情。球球说，伯通，不要难过，人死不能复生的。周伯通却抽泣着说，他每个月都给我钱的，以后，我再也没有钱了。

这个清晨，球球在周伯通的滑轮车上吊了一根绳，他拉着周伯通前行。海皮举着花圈，在路上一直都唱着"昏睡百年，国人渐已醒"。他们很快抵达了丹桂房，很快抵达了李木瓜的家门口，远远地，他们就听到了马寡妇的哭声，马寡妇在哭丧。

马寡妇说,木瓜呀木瓜,木瓜呀木瓜。马寡妇哭得很伤心,她的脸上果然有一大片的眼泪。

在江南,春天的雨总是很多,多得像牛毛一样。一会儿,又下起了雨。球球安顿好海皮和周伯通,就去了村里叫人,他想让村里人都去为李木瓜送行。他想了一个办法,手里拿着一刀白纸,在村里人面前不断地晃动着。球球说,这是借条,这是李木瓜留下来的借条。你去为李木瓜送行吧。送行完了,我就要把这些借条全部烧掉。但是村里人仍然一言不发,他们都知道,村主任许大马已经撑着一把雨伞站在了村口。许大马在看,究竟有哪些人,愿意为他的敌人李木瓜去送行。

村里人都没有动身,这让球球很失望。球球像斗败的公鸡一样回到了李木瓜的家门口。球球对马寡妇说,马兰花,你来哭丧,你在路上一定要哭一段跪一跪。

球球又对海皮说,你举好花圈,你让花圈上掉下一朵花来,我就让你的脑袋搬家。

球球还对周伯通说,伯通,我们要经过一座小木桥,你能过得去吗?你过不去,我就抱你过去。

周伯通说,过不过得去,到时候再说。

马寡妇说,球球,你墓地都没有找到,你还折腾个啥呀?

球球苦笑了一下说,我让李木瓜葬我的墓穴里,我让他和春树在一起,他可以陪春树说说话。

球球这样说着的时候,几乎想要哭出声来。但他终于没有哭,他大喝了一声,上路了,李木瓜你福气好,有我球球亲自送你上路。

球球这样说着,一把抱起了八仙桌上的骨灰盒。他把骨灰盒放在了自行车的后架上，用绳子绑起来。然后，他一手捧着二踢脚，一手牵着自行车，向前走去。海皮举着花圈，嘴里哇啦地叫着，模仿的是道士班在敲锣打鼓。他说，锵咚锵咚锵咚锵。周伯通双手撑地，滑轮车在向前滑行着。马寡妇抑扬顿挫的哭声响了起来，她说，木瓜，木瓜我们送你上路了。你好好走啊。

这是一支简单得有些滑稽的送行队伍。球球不时地支起自行车，停下来放一个二踢脚。球球说，李木瓜你个天杀的，你个杀坯，你死了还要麻烦我。你不仅麻烦我，还抢我的墓穴。我下辈子不会放过你。球球嘴上虽然这样骂着，但是他的眼泪却下来了。瘦瘦高高的李木瓜骑着自行车的样子又浮现在他的面前，李木瓜的鼻子被风吹红，眼睛眯着，多么可笑。

送葬的队伍经过了村口。村口的一棵树下，坐着村主任许大马。许大马撑着一把伞，他坐在石凳上，像一尊石像。他要看看村里有哪些人和他唱对台戏，和他过不去。当他看到只有球球和马寡妇带着海皮和周伯通时，他就放心了。他在树下伸了一个懒腰，大笑起来。他说，你们这也叫送葬，简直是笑话。

球球和马寡妇都没有睬他，他们继续往前走，走到了河边。球球说，李木瓜你这个天杀的，你要小心，现在要过河了，你要走得稳稳的。球球牵着自行车过了桥，海皮和马寡妇也过了桥，只有坐滑轮车的周伯通过不去了，因为那是一座不平的木桥。周伯通笑了，他慢慢地弯下腰去，双手撑地，重重地将头磕在木桥上。周伯通大叫一声，好人李木瓜，我不送你了，你要走好。当周伯通重新将头抬起时，他的脸上已经是一片泪光。

球球、马寡妇和海皮丢下了周伯通，他们过了河，回过头去看时，只看到一个小小的周伯通，仍然在桥的那边向这边张望。送葬的队伍继续向前，他们经过油菜地，经过了麦田，经过了那些流水与树木、那些空气与风、那些植物与泥土的气息。他们就穿行在春天里，把整个春天踩在脚下，踩得支离破碎。然后他们穿过密密的雨阵，终于到达了猪肚山的那片土坡。

球球一抬头，看到了无数的笠帽与雨伞，他们都是村里人，他们竟然早就到了这片墓地。球球冷笑了一声，对马寡妇说，看来他们都想要让我烧了借条，他们真不是东西。要来就光明正大地来，他们还要避开许大马来。球球把自行车停好了，抱起了后架上的骨灰盒。球球对着盒子说，李木瓜，算你走运，今天你的场面有些热闹。

球球捧着骨灰盒在前，哭声不断的马寡妇居中，手舞足蹈举着花圈的海皮殿后。他们像一只春天的鸭子拨开春水一样，穿越了人群。人群让出一小条路，让他们通行。然后，球球到了为自己留着的墓前。球球把李木瓜的骨灰盒放进了墓穴，并且把李木瓜和春树的二寸照片也放了进去，然后用水泥板盖好。

马寡妇说，你把检讨书放进去干什么？

球球有些生气，说，马兰花，你管得有点儿宽了，我命令你打住。

马寡妇果然没再说什么。这时候球球看到隔壁墓穴的墓碑瓷像上，春树对他笑了一下。看到春树的笑容，球球的心一下子酸了起来。酸得胃部都冒起了酸水。球球的眼泪再次掉落下来，说，春树，知道你很孤单，我让李木瓜这个天杀的先来陪你。

球球突然听到了爆竹的声音铺天盖地。村里人在放爆竹了，他们一言不发，看上去心情沉重。球球想，村里人还是好人多。球球看到那些爆炸的烟雾开始升腾，硫黄的气息爬满了山坡。村里人都从李木瓜的身边绕了一圈，他们就要回去了，他们不可能逗留太长的时间。这时候球球觉得，应该表现一下，于是他点起了火，把一堆白纸扔进了火堆里。球球大声地说，我把大家欠李木瓜的借条烧掉了，让这些欠条跟着李木瓜走吧。

这时候一个只有十六七的小伙子笑了。小伙子刚刚发育，站在雨水里，很像一根豆芽。小伙子说，球球叔，你烧那么多白纸，是一种浪费。我爹说，李木瓜借钱出去，从不让人写借条。我们来送他，是因为李木瓜是一个好人。我娘生急病的时候，他亲自给我们家送钱了。

球球想了想，不甘示弱地说，我烧这白纸，也是为了给李木瓜送行。我只不过是和你们开一个玩笑罢了，你这个傻小子。

村里人并没有理会球球，村里人开始陆续离去。他们像一群黑压压的蚂蚁，蹒跚着离开。他们离开的时候，都没有看球球，其实球球是对着他们的背影，深深地鞠了一躬的。球球把腰弯下去，把头垂下去。球球鞠的躬是一个标准的90度角的躬。

坡地上又安静下来。在这样的安静里，只剩下被淋得浑身湿透的球球、马寡妇和海皮。球球说，马兰花，我们应该默哀三分钟的。于是三个人对着李木瓜的墓默哀。

7

春天的风一阵阵地吹着。春天的雨不知道停。球球很害怕，自己的身体被这春水一淋,会不会发芽。马寡妇停止了呜咽,她笑了起来,说,球球,我们把李木瓜送上山了。

球球说,是,我们把他送上山了。海皮呢,海皮怎么不见了?

马寡妇说,海皮走了。我看到他走了。

球球说,他还没算工钱呢,我还欠他十块钱工钱。

马寡妇说,海皮刚才说了,他不缺这十块钱,他要是拿了这十块钱,他晚上会睡不着的。

球球说,那看来他是不疯的。

马寡妇说,他疯。他有时候疯,有时候不疯。

球球说,那马兰花,你饿不饿?

球球刚说到这儿,马寡妇就觉得肚子在猛烈地叫着。马寡妇说,不行了,我饿得走不动了。球球,你要背我下山。

雨终于停了,路却是泥泞的。球球背着马寡妇高一脚低下脚地下山,鞋帮子上沾满了泥。下山的时候,他们脚下的野花在呼啸声中次第开放,他们一转眼,四处都是瞬间开放的野花。他们的心情,因此变得愉悦起来。马寡妇在球球的背上说,球球,你的墓穴被李木瓜占去了,你以后睡哪儿?

球球突然有些伤感,他停住了脚步说,以后,我让海皮把我的灰带到山顶上,把灰扬起来,风一吹,我就飘散了。我就不需要墓穴了。球球说完这话的时候,发现马寡妇的眼泪滴落在自己的脖颈上,凉凉的。这时候球球看到一条春天的蛇,蜿蜒地从他的脚前游过,迅速地隐没在春天的最深处。